D 0683927

LA MAISON DE SOIE

Né en 1957 en Angleterre, Anthony Horowitz est l'auteur d'une trentaine de romans vendus à plus de treize millions d'exemplaires dans le monde, dans des genres aussi variés que le fantastique, le policier ou l'horreur, principalement pour la jeunesse. Il est aussi scénariste pour la télévision, notamment pour la série *Hercule Poirot*.

ANTHONY HOROWITZ

La Maison de Soie

TRADUIT DE L'ANGLAIS (ROYAUME-UNI)
PAR MICHEL LAPORTE

HACHETTE

Titre original :
THE HOUSE OF SILK
Publié par Orion Books,
an imprint of The Orion Publishing Group Ltd,
a Hachette UK Company

12, 13, 14 sol

Préface

J'ai souvent réfléchi à l'étrange série de circonstances qui m'ont conduit à ma longue association avec un des personnages les plus remarquables de mon époque. Si j'avais l'esprit philosophique, je pourrais me demander jusqu'à quel point chacun contrôle sa propre destinée ou si, en fait, nous pouvons prédire les conséquences lointaines d'actions nous semblant parfaitement banales sur l'instant.

Par exemple, ce fut mon cousin Arthur qui me recommanda comme chirurgien assistant au 5e fusiliers du Northumberland parce qu'il pensait que ce serait une expérience utile pour moi. Il n'avait absolument pas pu prévoir que, cinq mois plus tard, je serais envoyé en Afghanistan. À ce moment-là, le conflit désormais connu comme la seconde guerre anglo-afghane n'avait même pas débuté. Quant au *gazi* qui, d'un simple mouvement du doigt, a expédié sa balle dans mon épaule à Maiwand… Neuf cents Britanniques ou Indiens sont morts ce jour-là et, sans nul doute, son intention était que je fasse partie du nombre. Il a raté son but : quoique vilainement blessé, j'ai été sauvé par Jack Murray, mon fidèle et courageux ordonnance, qui est parvenu à me porter pendant trois kilomètres en territoire ennemi, jusqu'à nos lignes.

Murray est mort à Kandahar en septembre de la même année. Il n'a jamais su que j'ai été réformé et rapatrié et qu'alors j'ai consacré plusieurs mois – petit tribut de ma part à ses efforts – à une existence un peu dépensière au contact de la bonne société de Londres. Au terme de cette période, j'en suis venu à considérer sérieusement un déménagement sur la côte sud, une nécessité imposée par cette pénible constatation : mes finances déclinaient rapidement. On m'avait aussi laissé entendre que l'air marin serait bon pour ma santé. Un logement abordable à Londres aurait cependant constitué une alternative plaisante, et j'ai bien failli cohabiter avec un agent de change dans Euston Street. Notre rencontre ne se passa pas bien, et, tout de suite après, ma décision fut prise : ce serait Hastings, moins convivial, peut-être, que Brighton, mais à moitié prix. Mes effets personnels étaient empaquetés, j'étais prêt à m'en aller.

Et là, nous en arrivons à Henry Stamford, pas vraiment un ami proche mais une relation – il avait été mon infirmier à l'hôpital de St Bart's. S'il n'avait pas bu la veille, il n'aurait peut-être pas eu mal à la tête, et s'il n'avait pas eu mal à la tête, il n'aurait peut-être pas pris un jour de congé au laboratoire de produits chimiques où il travaillait désormais. Après avoir flâné à Piccadilly Circus, il décida de descendre tranquillement Regent Street jusqu'à un magasin appelé Arthur Liberty's Est India House, où il voulait acheter un cadeau pour son épouse. Il est étrange de penser que, s'il s'était dirigé vers l'autre côté, il ne serait pas tombé sur moi qui sortais du Criterion Bar. Du coup, je n'aurais sans doute jamais rencontré Sherlock Holmes.

En effet, comme je l'ai écrit par ailleurs, ce fut Stamford qui me proposa de partager un logement avec un homme qu'il pensait être chimiste, et qui avait travaillé dans le même hôpital que lui. Stamford me présenta donc à Sherlock Holmes. À l'époque, ce dernier expérimentait une méthode pour isoler les taches de sang. Notre première rencontre fut étrange, déconcertante et, en tout cas, mémorable…

Tel fut le grand tournant de mon existence. Je n'avais jamais eu d'ambitions littéraires. En fait, si quelqu'un avait suggéré que je pourrais un jour être auteur et publié, j'aurais ri de cette idée. Mais je pense pouvoir le dire, en toute honnêteté et sans me flatter : je suis devenu très connu pour la façon dont j'ai fait la chronique des aventures du grand homme. Je ne me suis pas senti peu honoré quand on m'a invité à prendre la parole lors de son service funéraire à l'abbaye de Westminster, une invitation que j'ai respectueusement déclinée. Holmes s'était souvent moqué de ma prose, et je n'ai pas pu m'empêcher de penser que, si j'avais pris place devant le pupitre, je l'aurais senti debout derrière mon épaule, en train de se moquer gentiment, depuis l'outre-tombe, de tout ce que j'aurais pu dire.

Il m'a toujours reproché d'exagérer ses talents et l'extraordinaire perspicacité de son cerveau si brillant. Il riait de ma façon de mener mes récits en laissant pour la fin une solution qu'il avait découverte dès les premiers paragraphes. Il m'accusa plus d'une fois de romantisme vulgaire et ne me jugeait pas mieux que n'importe quel scribouillard de Grub Street. Mais, à mon avis, il était injuste. Je n'ai jamais vu Holmes lire un livre de fiction – à l'exception des pires exemples de littérature à sensation –, et même si je ne peux faire l'éloge de mes propres talents de description, je suis prêt à affirmer qu'ils ont rempli leur office. Lui-même n'aurait pas fait mieux. En réalité, Holmes l'a presque admis quand il a finalement pris une plume et du papier pour raconter, avec ses propres mots, l'étrange cas de Godfrey Emsworth.

J'ai reçu, comme je l'ai dit, une certaine reconnaissance pour mes tentatives littéraires, mais ça n'a jamais été le plus important. À travers les divers détours de Dame fortune que je viens d'évoquer, j'ai été choisi pour porter à la lumière les exploits du plus exceptionnel des détectives dont j'ai présenté pas moins de soixante aventures à un public enthousiaste. Plus précieuse à mes yeux, cependant, demeure ma longue amitié avec l'homme lui-même.

Cela fait un an qu'on a retrouvé Holmes gisant immobile dans sa maison des Downs, ce grand esprit pour toujours réduit au silence. Quand j'ai appris la nouvelle, j'ai compris que je n'avais pas seulement perdu mon compagnon et ami le plus proche mais aussi, de bien des façons, la raison même de mon existence. Deux mariages, trois enfants, sept petits-enfants, une carrière réussie dans la médecine et l'ordre du Mérite accordé par Sa Majesté le roi Édouard VII en 1908, cela pourrait être considéré par tout le monde comme une réussite suffisante. Pas pour moi. Sherlock Holmes me manque tous les jours et parfois, quand je me promène, je m'imagine que je les entends encore, ces mots familiers : « Le gibier est levé, Watson ! La partie reprend. »

Ils servent seulement à me rappeler que je ne plongerai plus dans l'obscurité et le brouillard tourbillonnant de Baker Street, mon fidèle revolver d'ordonnance à la main. Je pense souvent à Holmes. Il m'attend de l'autre côté de la grande ombre qui doit venir sur chacun de nous et, en vérité, je me languis de le rejoindre. Je suis seul. Ma vieille blessure m'empoisonne la vie jusqu'au bout pendant qu'une guerre terrible et absurde fait rage sur le continent. Je ne comprends plus le monde dans lequel je vis.

Alors pourquoi prendre la plume une dernière fois ? Pourquoi remuer des souvenirs qu'il vaudrait mieux oublier ? Peut-être mes raisons sont-elles égoïstes. Peut-être, comme tant de vieillards qui ont leur vie derrière eux, suis-je à la recherche d'une sorte de consolation. Mes infirmières m'assurent qu'écrire a une vertu thérapeutique et m'empêchera de tomber dans les humeurs auxquelles je suis parfois enclin. Mais il y a une autre raison.

Les aventures de l'Homme à la casquette plate et de la Maison de Soie ont été, d'un certain point de vue, les plus sensationnelles de la carrière de Holmes. Seulement, à l'époque, il m'a été impossible de les raconter pour des raisons qui apparaîtront clairement au lecteur. Leur extrême imbrication n'a pas permis de faire le récit de chacune à part. Cependant, j'ai toujours eu le désir de les écrire, afin de compléter le canon holmesien. Dans ce domaine, je suis comme un chimiste à la poursuite d'une formule ou, peut-être, comme un collectionneur de timbres rares qui ne parvient pas à se sentir totalement satisfait de sa collection tant qu'il sait que deux ou trois spécimens lui échappent. Je ne peux m'en empêcher. Ce doit être fait.

C'était impossible plus tôt – et je ne me réfère pas seulement au fait bien connu que Holmes détestait attirer l'attention. Non, les événements que je vais décrire étaient trop monstrueux, trop choquants pour être imprimés. Ils le sont toujours aujourd'hui. Je n'exagère rien en affirmant qu'ils pourraient mettre à mal le tissu tout entier de notre société, ce que, particulièrement en temps de guerre, je ne peux risquer. Une fois ma tâche accomplie, à supposer que j'aurai la force de la mener à bien, j'empaquetterai le manuscrit et je l'enverrai dans les coffres de Cox and Co., à Charing Cross, où certains autres de mes papiers personnels sont conservés. Je donnerai cette instruction : de cent ans, le paquet ne devra pas être ouvert. Il est impossible d'imaginer à quoi le monde ressemblera alors, mais peut-être que mes futurs lecteurs seront mieux immunisés contre le scandale et la corruption que ne l'auraient été mes contemporains. Je leur transmets un dernier portrait de Mr. Sherlock Holmes vu sous un angle totalement inédit.

Mais j'ai gâché assez d'énergie avec mes préoccupations personnelles. J'aurais déjà dû ouvrir la porte du 221B Baker Street pour entrer dans la pièce où tant de nos aventures ont débuté. Je les vois d'ici, la lueur de la lampe derrière la vitre et les dix-sept marches qui me font signe depuis la rue. Comme elles me semblent lointaines ! Il y a si longtemps que je ne suis pas retourné là-bas ! Oui. Le voici, la pipe à la main. Il sourit. « La partie reprend… »

I

Le marchand d'art de Wimbledon

— La grippe est désagréable, remarqua Sherlock Holmes, mais vous avez raison de penser que, grâce aux soins de votre épouse, l'enfant guérira rapidement.

— Je l'espère réellement, répondis-je avant de m'interrompre et de le fixer avec des yeux remplis d'étonnement.

Mon thé était à mi-chemin de mes lèvres mais je le reposai sur la table avec tant de force que la tasse et la soucoupe manquèrent de se séparer.

— Pour l'amour du Ciel, Holmes ! m'écriai-je, vous m'avez tiré les pensées de la tête ! Je jure que je n'ai pas prononcé un seul mot à propos de l'enfant et de sa maladie. Vous le savez, mon épouse est absente – cela, vous avez pu le déduire de ma présence ici. Mais je ne vous ai pas encore indiqué le motif de son absence, et, j'en suis bien certain, rien dans mon comportement n'a pu vous donner le moindre indice.

Cette petite conversation a eu lieu au cours des derniers jours de novembre de l'année 1890. Londres était en proie à un hiver impitoyable. Les rues étaient si froides que les lampes à gaz elles-mêmes paraissaient

15

gelées et que le brouillard qui ne se levait plus semblait avaler le peu de lumière qu'elles émettaient.
Dehors, les gens glissaient le long des trottoirs comme
des fantômes, la tête basse et le visage couvert, tandis
que les fiacres passaient en ferraillant tirés par des
chevaux impatients de retrouver l'écurie. Pour ma
part, j'étais heureux d'être à l'intérieur. Un feu brillait
dans la cheminée, l'odeur familière du tabac flottait
dans l'air et – en dépit de tout le fatras et du désordre
dont mon ami aimait à s'entourer – j'avais l'impression que tout était bien à sa place.

J'avais télégraphié mon intention de reprendre mon
ancienne chambre pour demeurer quelque temps avec
Holmes, et j'avais été ravi de recevoir son accord. Mes
patients pouvaient se débrouiller sans moi. J'étais
provisoirement seul. Et j'avais l'intention de veiller
sur mon ami, afin de m'assurer que sa santé était tout
à fait rétablie. Holmes, en effet, était resté trois jours
et trois nuits sans manger ni boire afin de faire croire
à un adversaire particulièrement cruel et vindicatif
qu'il était à l'article de la mort. La ruse avait triomphalement réussi et cet homme se trouvait désormais
entre les mains compétentes de l'inspecteur Morton
de Scotland Yard. Seulement, j'étais préoccupé par
l'épreuve que Holmes s'était imposée et je jugeais rai-
sonnable de garder l'œil sur lui jusqu'à ce que son
métabolisme soit redevenu normal.

J'étais donc content de le voir faire un sort à la
grande assiette de scones avec du miel de violette et
de la crème que Mrs. Hudson avait apportée sur un
plateau avec un quatre-quarts pour accompagner
notre thé. Holmes semblait en voie de se remettre,
confortablement installé dans son gros fauteuil, vêtu

de sa robe de chambre, les jambes allongées vers le feu. Il avait toujours eu ce physique à la maigreur caractéristique, presque cave, et ce regard aigu que soulignait le nez aquilin, mais, du moins, sa peau montrait-elle un peu de couleur et tout, dans sa voix et son comportement, indiquait qu'il était bel et bien redevenu lui-même.

Il m'avait accueilli chaleureusement, et, en reprenant ma place face à lui, j'eus l'étrange sensation que je m'éveillais d'un rêve. C'était comme si les deux dernières années ne s'étaient pas écoulées, comme si je n'avais pas rencontré ma chère Mary, comme si je ne l'avais pas épousée ni déménagé dans notre maison de Kensington achetée avec le produit de la vente des perles d'Agra. J'aurais pu être toujours célibataire, vivre là avec Holmes, partager avec lui l'excitation de la traque et le plaisir d'élucider un nouveau mystère.

Il me vint à l'esprit qu'il aurait peut-être préféré qu'il en soit ainsi. Holmes parlait rarement de mes arrangements domestiques. Il était à l'étranger au moment de mon mariage, et j'avais songé que ce n'était peut-être pas entièrement dû à une coïncidence. Il serait malhonnête de prétendre que mon mariage constituait un sujet de conversation tabou, mais il existait entre nous un accord tacite pour éviter d'en parler. Mon bonheur et ma satisfaction étaient évidents à ses yeux, et il était assez généreux pour ne pas les réprouver. À mon arrivée, il avait tout de suite demandé des nouvelles de Mrs. Watson. Mais il n'avait pas réclamé d'informations supplémentaires et, j'en étais certain, je ne lui en avais pas fourni, ce qui rendait sa remarque d'autant plus étonnante.

— Vous me regardez comme si j'étais sorcier, remarqua Holmes en riant. Je suppose que vous avez abandonné les œuvres d'Edgar Allan Poe ?

— Vous voulez parler de son détective, Dupin ? dis-je.

— Il utilisait une méthode qu'il baptisait ratiocination. De son point de vue, il était possible de lire les pensées les plus intimes d'une personne sans même qu'il soit besoin de parler. On y parvenait grâce à une simple étude de ses mouvements, d'après le seul battement de ses paupières. L'idée m'a beaucoup impressionné à l'époque mais il me semble me rappeler que vous vous étiez montré assez réticent.

— Et sans nul doute, je vais le payer maintenant, conclus-je. Mais êtes-vous sérieux, Holmes, en me disant que vous pouvez déduire la maladie d'un enfant que vous n'avez jamais vu de mon seul comportement face à une assiettée de scones ?

— Cela et bien plus, répliqua Holmes. Je peux vous dire que vous revenez tout juste de Holborn Viaduct. Que vous êtes sorti de chez vous à la hâte mais que vous avez quand même raté le train. Peut-être le fait que vous vous trouvez sans servante pour le moment en est-il responsable.

— Non Holmes ! Je ne marche pas !

— Je me trompe ?

— Non. Vous avez raison sur toute la ligne. Mais comment est-ce possible… ?

— C'est une simple question d'observation et de déduction, l'une informant l'autre. Si je vous l'expliquais, tout cela paraîtrait douloureusement enfantin.

— J'insiste pourtant.

— Eh bien, puisque vous avez été assez bon pour me rendre visite, je suppose que je vous le dois, répliqua Holmes avec un bâillement. Commençons par les circonstances qui vous ont amené ici. Si ma mémoire est bonne, nous devons approcher du deuxième anniversaire de votre mariage, n'est-ce pas ?

— Effectivement, Holmes. C'est après-demain.

— Un moment peu commun, par conséquent, pour vous séparer de votre épouse. Vous venez de le dire vous-même, vous avez décidé de demeurer avec moi, et pour une assez longue période. Cela suggère qu'elle a une raison impérieuse de se passer de votre compagnie. Quelle pourrait-elle être ? Je me rappelle que Miss Mary Morstan – c'était son nom alors – est venue des Indes, et qu'elle n'avait ni amis ni famille en Angleterre. Elle fut alors engagée comme gouvernante, pour s'occuper du fils d'une certaine Mrs. Cecil Forrester, à Camberwell, quand vous l'avez rencontrée. Mrs. Forrester s'est montrée très bonne envers elle, en particulier quand elle se trouvait dans la gêne. J'ai imaginé qu'elles sont restées proches.

— C'est le cas, en effet.

— De sorte que si quelqu'un peut demander à votre épouse de quitter ainsi son domicile, c'est bien elle. Je me suis demandé ensuite ce qui pourrait motiver une telle requête. Par ce mauvais temps froid, la maladie d'un enfant vient aussitôt à l'esprit. À coup sûr, avoir son ancienne gouvernante à son chevet serait d'un grand réconfort pour ce garçon malade.

— Il se nomme Richard et il a neuf ans, dus-je admettre. Mais comment pouvez-vous être aussi certain que c'est la grippe et non pas une maladie plus grave ?

— Si c'était le cas, vous auriez certainement insisté pour y aller vous-même.

— Jusqu'à présent, votre raisonnement a été juste en tout point, dis-je. Mais il n'explique pas comment vous avez su que mes pensées avaient pris cette direction précisément à ce moment.

— Vous me pardonnerez de vous le dire : pour moi, vous êtes comme un livre ouvert, mon cher Watson, et à chaque mouvement que vous faites, vous tournez une nouvelle page. Tandis que vous étiez assis là à siroter votre thé, j'ai remarqué que votre regard s'égarait sur le journal posé sur la table à côté de vous. Après un coup d'œil aux grands titres, vous l'avez pris pour le reposer à l'envers. Pourquoi ? C'était peut-être le reportage sur l'accident de train qui a eu lieu à Norton Fitzwarren voici quelques semaines qui vous troublait. Les premières conclusions de l'enquête sur la mort des dix passagers ont été publiées aujourd'hui, et, bien sûr, c'est la dernière chose que vous avez envie de lire après avoir laissé votre épouse à la gare.

— De fait, cela m'a fait penser à son voyage. Je l'admets. Mais la maladie de l'enfant ?

— Après le journal, votre attention s'est portée sur la reprise du tapis, derrière le bureau, et je vous ai nettement vu sourire. C'était là, bien sûr, que vous laissiez votre trousse médicale autrefois. C'était certainement cette association d'idées qui vous a rappelé les raisons du voyage de votre épouse.

— Tout cela n'est que devinettes, Holmes, insistai-je. Vous dites Holborn Viaduct, par exemple. Mais cela aurait pu être n'importe quelle autre gare de Londres.

— Vous savez que je désapprouve les devinettes. Il est parfois nécessaire de relier entre eux des éléments de preuves en faisant appel à l'imagination mais ce n'est pas du tout la même chose. Mrs. Forrester habite Camberwell. La compagnie de chemin de fer de Chatham et Douvres a des départs réguliers depuis Holborn Viaduct. J'aurais considéré cette gare comme un point de départ logique même si vous ne m'aviez pas aidé en laissant votre valise près de la porte. D'où je suis assis, je vois nettement une étiquette de la consigne de cette gare attachée à la poignée.

— Et pour le reste ?

— Le fait que vous vous trouvez sans servante et que vous avez quitté votre domicile précipitamment ? La trace de cirage noir sur votre poignet indique clairement les deux. Vous avez ciré vous-même vos chaussures et vous l'avez fait à la va-vite. De plus, dans votre précipitation, vous avez oublié vos gants…

— Mrs. Hudson m'a débarrassé de mon manteau. Elle aurait pu prendre mes gants en même temps.

— Dans ce cas, quand nous nous sommes serré la main, pourquoi la vôtre aurait-elle été aussi froide ? Non Watson, tout votre comportement traduit la désorganisation et le désarroi.

— Tout ce que vous dites est vrai, admis-je. Mais un dernier mystère, Holmes. Comment pouvez-vous être certain que mon épouse a raté son train ?

— À votre arrivée, j'ai senti une forte odeur de café sur vos vêtements. Pourquoi auriez-vous pris du café juste avant de venir me rejoindre pour le thé ? La conclusion est que vous avez raté le train et que vous êtes demeuré avec votre épouse plus longtemps que vous l'aviez prévu. Vous avez déposé votre valise à la consigne et vous avez accompagné Mme Watson dans un café. Se peut-il qu'il s'agisse de Lockhart's ? On m'a dit que le moka y est particulièrement bon.

Il y eut un bref silence avant que j'éclate de rire.

— Eh bien ! Holmes, dis-je, je constate que je n'avais aucune raison d'être inquiet pour votre santé. Vous êtes remarquable, comme toujours !

— C'était plutôt élémentaire, répondit le détective avec un geste alangui de la main. Mais voici peut-être quelque chose de plus intéressant. Sauf si je me trompe, c'est la porte d'entrée…

Effectivement, Mrs. Hudson reparut, cette fois pour introduire un homme qui pénétra dans la pièce tel un acteur sur la scène londonienne. Il était en grande tenue, avec costume à queue-de-pie, col cassé et nœud papillon blanc. Il avait une cape noire sur les épaules, un gilet, et des chaussures vernies. D'une main il tenait une paire de gants blancs et, de l'autre, une canne en bois de rose dont le bout et la poignée étaient en argent. Ses cheveux bruns, étonnamment longs, étaient peignés en arrière, laissant dégagé un front large. Il ne portait ni barbe ni moustache. Sa peau était pâle et son visage un peu trop allongé pour être véritablement beau. Son âge, aurais-je dit, devait s'établir autour du milieu de la trentaine mais la sévérité de son maintien jointe à sa gêne évidente de se trouver là le faisait paraître plus vieux. Il me fit aussitôt penser à certains de mes patients : ceux qui avaient refusé de se croire malades jusqu'à ce que leurs symptômes les persuadent du contraire. C'étaient toujours eux les plus gravement atteints. Notre visiteur se présentait à nous avec une égale réticence. Il attendit sur le pas de la porte en regardant autour de lui avec anxiété, le temps que Mrs. Hudson remette sa carte à Holmes.

— Mr. Carstairs, dit Holmes, je vous en prie, asseyez-vous.

— Il faut m'excuser d'arriver de cette manière, sans être attendu ni annoncé.

Il avait une façon hachée et plutôt sèche de parler. Ses yeux ne soutenaient pas encore tout à fait notre regard.

— En réalité, je n'avais pas du tout l'intention de venir. Je vis à Wimbledon, à proximité du communal, et je me rendais à l'opéra – bien que je ne sois pas d'humeur pour Wagner. J'arrive juste de mon club où j'ai croisé mon comptable, un homme que je connais depuis de longues années et que je considère à présent comme un ami. Quand je lui ai fait part de mes ennuis et de ce sentiment d'oppression qui me rend la vie si diablement pénible, il a mentionné votre nom et m'a pressé de vous consulter. Par coïncidence, mon club se trouve non loin d'ici aussi ai-je décidé, en le quittant, de venir directement chez vous.

— Je suis ravi de vous accorder toute mon attention, dit Holmes.

— Et ce gentleman ? demanda le visiteur en se tournant vers moi.

— Le docteur John Watson. Il est mon plus proche collaborateur, et je vous assure que tout ce que vous avez à m'exposer peut être dit en sa présence.

— Fort bien. Mon nom, comme vous avez pu le voir, est Edmond Carstairs et, de mon métier, je suis marchand d'art. J'ai une galerie, Carstairs et Finch, sur Abermarle Street. Elle est ouverte depuis six ans à présent. Nous sommes spécialisés dans les œuvres des grands maîtres, principalement ceux de la fin du siècle dernier et du début de l'actuel : Gainsborough, Reynolds, Constable et Turner. Leurs peintures vous sont familières, j'en suis sûr, et elles se vendent à des prix très élevés. Rien que cette semaine, j'ai cédé deux portraits par Van Dyck à un client privé pour la somme de vingt-cinq mille livres. Nos affaires sont florissantes. Nous prospérons malgré la prolifération de nouvelles galeries – de qualité inférieure, je peux le dire – dans les rues alentour. Au fil des années, nous nous sommes bâti une réputation de sérieux et de respectabilité. Notre clientèle inclut plusieurs membres de l'aristocratie, et nous avons pu accrocher nos œuvres dans quelques-unes des plus belles propriétés du pays.

— Votre associé, Mr. Finch ?

— Tobias Finch est nettement plus âgé que moi, même si nous sommes associés à parts égales. S'il existe un motif de désaccord entre nous, c'est qu'il est plus prudent et plus conservateur que moi. Par exemple, je manifeste un vif intérêt pour les œuvres nouvelles qui nous viennent du continent. Je fais référence aux peintres désormais connus comme les impressionnistes, des artistes tels que Monet et Degas. Il y a seulement une semaine de cela, on m'a proposé une scène de bord de mer de Pissarro que j'ai trouvée délicieuse et pleine de couleurs. Mon associé, hélas, a été d'un avis contraire. Il persiste à considérer que ces œuvres sont à peine plus que des esquisses et, même s'il est vrai que certaines formes deviennent indistinctes quand on les regarde de loin, je n'arrive pas à le convaincre qu'il passe à côté du propos du peintre. Je ne vais cependant pas vous ennuyer, messieurs, avec un cours sur l'art. Nous sommes une galerie traditionnelle et, pour le moment, nous le resterons.

Holmes hocha la tête.

— Je vous en prie, continuez.

— Mr. Holmes, il y a deux semaines, je me suis rendu compte qu'on me surveillait. Ridgeway Hall, comme se nomme ma maison, se dresse sur le bord d'un chemin étroit. Il y a un petit groupe de bâtiments faisant partie de l'hospice un peu plus loin, au bout du chemin. Ce sont nos voisins les plus proches. Nous sommes entourés de terrains communaux et, depuis mon vestiaire, j'ai vue sur la pelouse centrale du village. C'est là que, un mardi matin, j'ai remarqué la présence d'un homme qui se tenait jambes écartées et les bras croisés – j'ai tout de suite été frappé par son extraordinaire immobilité. Il était trop loin pour que je puisse le voir distinctement mais j'aurais dit qu'il s'agissait d'un étranger. Il portait une longue redingote rembourrée aux épaules dont la coupe n'était certainement pas anglaise. En fait, j'étais aux États-Unis l'an passé et, si j'avais à faire une hypothèse, je dirais que c'est de là qu'il venait. Ce qui m'a le plus vivement frappé, toutefois, pour des raisons que je vais vous expliquer, c'est qu'il portait un couvre-chef, une casquette plate, d'un modèle qu'on appelle parfois *cheese-cutter* outre-Atlantique.

» Ce fut ce détail et la façon dont il se tenait là qui ont d'abord attiré mon attention avant de me rendre nerveux. S'il s'était agi d'un épouvantail, je vous jure qu'il n'aurait pas été plus immobile. Il tombait une pluie fine que la brise poussait à travers le communal mais il ne semblait pas s'en apercevoir. Ses yeux fixaient ma fenêtre. Je peux vous dire qu'ils étaient très sombres et qu'ils me donnaient l'impression de me transpercer. Je l'ai fixé pendant une minute, peut-être un peu plus, puis je suis descendu prendre le petit-déjeuner. Toutefois, avant de manger, j'ai envoyé le garçon de cuisine vérifier si l'homme était toujours là. Il n'y était plus. Le garçon est revenu me dire que la place du village était vide.

— Un fait singulier, remarqua Holmes. Mais Ridgeway Hall est, j'en suis sûr, une belle demeure. Et un visiteur étranger au pays peut tout aussi bien l'avoir jugée digne d'attention.

— C'est ce que je me suis dit. Mais, quelques jours plus tard, je l'ai croisé de nouveau. Cette fois, j'étais à Londres. Mon épouse et moi sortions juste du théâtre – nous étions allés au Savoy – et il était là, de l'autre côté de la route, portant le même manteau et toujours avec sa casquette. J'aurais pu ne pas le remarquer, Mr. Holmes, mais comme précédemment, il se tenait immobile tandis que la foule passait près de lui. Il aurait pu être un rocher solidement campé dans le courant, au milieu d'une rivière. J'ai peur, toutefois, de ne pas avoir pu le voir nettement bien qu'il ait choisi de se poster dans la pleine lueur d'un lampadaire. Une ombre lui tombait sur le visage en faisant l'effet d'un voile. Mais peut-être était-ce intentionnel.

— Vous êtes sûr qu'il s'agissait du même homme ?

— Il n'y a aucun doute possible !

— Votre épouse l'a-t-elle vu ?

— Non. Et je ne voulais pas l'inquiéter en mentionnant le fait si peu que ce soit. Un cabriolet nous attendait. Nous sommes partis aussitôt.

— Voilà qui est très intéressant, remarqua Holmes. Le comportement de cet homme n'a absolument aucun sens. Il se tient au beau milieu de la place d'un village et sous un réverbère. D'un côté, c'est comme s'il faisait tous ses efforts pour qu'on le voie. Et pourtant, il ne tente pas de vous aborder.

— Il m'a abordé, répliqua Carstairs. Le lendemain même, en fait, alors que je rentrais chez moi de bonne heure. Mon ami, Mr. Finch dressait le catalogue d'une collection de dessins et d'eaux-fortes de Samuel Scott. Il n'avait pas besoin de moi à la galerie et je me sentais mal à l'aise après ces deux rencontres. Je suis arrivé à Ridgeway Hall un peu après trois heures – et j'ai bien fait de revenir car cette fripouille était là, en train de se diriger vers la porte d'entrée. Je l'ai interpellé. Il s'est retourné et, aussitôt, il s'est mis à courir vers moi. J'étais sûr qu'il allait me frapper, au point que j'ai levé ma canne pour me défendre. Mais il n'était pas venu pour exercer une quelconque violence. Il s'est avancé tout droit vers moi et, pour la première fois, j'ai pu distinguer son visage : lèvres fines, yeux marron foncé et une cicatrice livide sur la joue droite, résultat d'une blessure par balle récente. Il avait bu de l'alcool, je l'ai senti dans son haleine. Il n'a pas prononcé un seul mot mais, en revanche, il a exhibé un billet qu'il m'a mis de force entre les mains. Et puis, avant que j'aie pu le retenir, il s'est enfui en courant.

— Et le message ? demanda Holmes.

— Je l'ai ici.

Le marchand d'art produisit un carré de papier plié en quatre qu'il tendit à Holmes. Ce dernier le déplia avec soin.

— Ma loupe, s'il vous plaît, Watson.

Je la lui fis passer. Il se tourna vers Carstairs :

— Il n'y avait pas d'enveloppe ?

— Non.

— Voilà qui, à mon avis, n'est pas dénué d'importance ! Mais lisons plutôt…

Il y avait juste cinq mots écrits en majuscules sur la page :

ÉGLISE ST MARY DEMAIN MIDI.

— Le papier est anglais, fit remarquer Holmes, même si le visiteur ne l'est pas. Vous noterez qu'il écrit en majuscules, Watson. Une suggestion pour expliquer ses intentions ?

— Dissimuler son écriture, risquai-je.

— C'est possible. Toutefois, comme l'homme n'avait jamais écrit à Mr. Carstairs auparavant et qu'il ne lui écrira probablement pas de nouveau, on peut penser que révéler son écriture aurait été sans conséquence. Le message était-il plié quand on vous l'a remis, Mr. Carstairs ?

— Non. Je ne pense pas. Je l'ai plié moi-même, ensuite.

— La scène devient plus claire à chaque minute. L'église à laquelle il est fait référence, St Mary, se trouve à Wimbledon, je suppose.

— Dans Hothouse Lane, répondit Carstairs. À quelques minutes à pied de chez moi.

— Ce comportement manque aussi de logique, ne trouvez-vous pas ? L'homme désire vous parler. Il vous remet entre les mains un message à cet effet. Mais il ne parle pas. Il ne prononce pas un mot.

— J'ai pensé qu'il voulait me parler seul à seul. Il s'est passé que mon épouse, Catherine, est sortie de la

28

maison quelques instants plus tard. Elle se tenait dans la salle à manger, qui donne sur la rue, et elle avait vu ce qu'il venait de se passer. « Qu'est-ce que c'était ? » m'a-t-elle demandé. « Je ne sais pas », lui ai-je répondu. « Que voulait-il ? » Je lui ai montré le billet. « C'est quelqu'un qui veut de l'argent, a-t-elle dit. Je viens de le voir par la fenêtre, c'est un ruffian. Il y avait des gitans sur le communal la semaine dernière. Ce doit être l'un d'entre eux. Edmond, tu ne dois pas y aller ! » « Tu ne dois pas t'inquiéter, ma chérie, ai-je répondu. Je n'ai nullement l'intention de le rencontrer. »

— Vous avez rassuré votre épouse, murmura Holmes, mais vous êtes allé à l'église au moment convenu.

— Exactement ! Et j'ai pris un revolver. Il n'était pas là. L'église est mal entretenue et il y faisait un froid désagréable. J'ai arpenté les dalles pendant une heure puis je suis rentré. Je n'ai plus entendu parler de lui depuis, et je ne l'ai pas revu, mais je ne suis pas parvenu à me l'ôter de l'esprit.

— Cet homme, dit Holmes, vous le connaissez.

— Oui, Mr. Holmes. Vous allez droit au fait, je vois. Je crois vraiment connaître l'identité de cet individu quoique, je le confesse, je ne saisisse pas le raisonnement qui vous a amené à cette conclusion.

— Cela m'a paru aller de soi, admit Holmes. Vous l'avez aperçu seulement trois fois. Il vous a donné rendez-vous mais il ne s'y est pas montré. Rien dans ce que vous avez décrit ne peut porter à croire que cet homme est une menace pour vous, et pourtant vous avez commencé par nous faire part du sentiment désagréable et oppressant qui vous a conduit jusqu'ici. De plus, vous n'avez pas voulu le rencontrer sans vous munir d'un revolver. Et vous ne nous avez pas encore dit ce que signifie cette casquette plate.

— Je sais qui il est. Je sais ce qu'il veut. Et je suis épouvanté qu'il m'ait suivi jusqu'en Angleterre.

— Depuis l'Amérique ?

— Oui.

— Mr. Carstairs, votre histoire est pleine d'intérêt. Si vous avez le temps avant que votre opéra ne commence ou si vous acceptez de manquer l'ouverture, il me semble que vous devriez nous raconter l'histoire tout entière. Vous avez signalé que vous vous trouviez en Amérique voilà un an. Est-ce à ce moment que vous avez rencontré l'homme à la casquette ?

— Je ne l'ai jamais rencontré mais c'était par sa faute que j'étais là-bas.

— Vous ne voyez pas d'objection à ce que je bourre ma pipe ? Non ? Alors ramenez-nous en arrière et racontez-nous ce qu'il vous est arrivé de l'autre côté de l'Atlantique. J'aurais pensé qu'un marchand d'art n'est pas le genre d'homme à se faire des ennemis, mais il semble que vous y avez réussi.

— Tel est bien le cas. Mon ennemi s'appelle Keelan O'Donaghue et j'aimerais, par le Ciel, n'avoir jamais entendu ce nom.

Holmes saisit la babouche persane dans laquelle il gardait son tabac et se mit en devoir de bourrer sa pipe pendant qu'Edmond Carstairs prenait sa respiration.

Voici l'histoire qu'il nous raconta.

II

Le gang des Casquettes plates

— Il y a dix-huit mois, on m'a présenté à un homme tout à fait extraordinaire nommé Cornelius Stillman qui se trouvait à Londres après un long voyage en Europe continentale. Il habitait la côte est des États-Unis et était un Brahmane de Boston, comme on appelle les membres des familles les plus huppées et les plus respectées de cette ville. Il avait fait fortune avec les mines de Calumet et Hecla, et avait aussi investi dans des compagnies de chemins de fer et de téléphonie. Dans sa jeunesse, il avait apparemment caressé l'ambition de devenir artiste, et son voyage était en partie motivé par la visite des divers musées et galeries de Paris, Florence, Berlin et Londres.

» Comme beaucoup d'Américains riches, il possédait un sens aigu de ses responsabilités civiques, ce qui était tout à son honneur. Il avait acheté de la terre dans la zone de Back Bay, à Boston, et avait déjà commencé des travaux pour y construire une galerie d'art qu'il avait baptisée « Le Parthénon » et qu'il envisageait de remplir des plus belles œuvres d'art achetées au cours de ses voyages. Je l'ai rencontré lors d'un dîner, et j'ai découvert en lui un homme volcanique, débordant d'énergie et d'enthousiasme. Il était assez démodé dans sa tenue, portant barbe et monocle, mais remarquablement bien informé ; il parlait couramment le français et l'italien avec en outre quelques notions de grec ancien.

» Sa connaissance de l'art et sa sensibilité esthétique le plaçaient à part de la plupart de ses compatriotes. Ne me jugez pas vainement chauvin, Mr. Holmes, mais il m'a exposé lui-même les nombreux travers de la vie culturelle dont il a dû s'accommoder quand il était jeune – comment des tableaux de haute qualité se trouvaient exposés à côté de monstruosités de la nature telles que des sirènes ou des nains. Il avait vu jouer Shakespeare avec des interludes dédiés à des danseuses de corde et des contorsionnistes. À l'époque, tel était l'ordre des choses à Boston. Le Parthénon serait différent, disait-il. Ce serait, comme son nom l'indiquait, un temple de l'art et de la civilisation.

» J'ai été transporté de joie quand Mr. Stillman a accepté de venir dans ma galerie d'Abermarle Street. Mr. Finch et moi avons passé nombre d'heures en sa compagnie, à lui faire découvrir notre catalogue et les derniers achats que nous avions effectués lors de ventes un peu partout dans le pays. Le fait important a été finalement qu'il nous a acheté des œuvres de Romney, de Stubbs et de Lawrence ainsi qu'une série de quatre paysages de John Constable qui étaient en quelque sorte l'orgueil de notre collection. C'étaient des vues du Lake District peintes en 1806 et assez éloignées des canons habituels de cet artiste. Elles avaient une profondeur expressive et spirituelle inhabituelle ; Mr. Stillman nous a promis de les exposer dans une vaste salle bien éclairée, spécialement conçue pour elles. Nous nous sommes séparés en excellents termes. Et, au vu de ce qui est arrivé ensuite, je me dois d'ajouter que j'ai encaissé une somme d'argent plutôt substantielle. En fait, Mr. Finch a fait remarquer qu'il s'agissait de la transaction la plus heureuse de notre existence.

» Il ne restait plus qu'à expédier les œuvres à Boston. Elles ont été soigneusement emballées puis placées dans une caisse et confiées à la White Star Line pour un transport de Liverpool à New York. Par un de ces hasards du sort qui ne signifie rien sur le moment mais vient ensuite vous hanter, nous avions d'abord décidé de les envoyer directement à Boston. Le *RMS Adventurer* effectuait ce trajet mais nous l'avons raté de quelques heures, en sorte que nous avons choisi un autre bateau. Notre agent, un brillant jeune homme nommé James Devoy, a récupéré le colis à New York et a pris avec lui un train de la Boston and Albany Railroad – un voyage de trois cents kilomètres.

» Seulement les tableaux ne sont jamais arrivés.

» À ce moment-là opéraient à Boston un grand nombre de gangsters, surtout dans le sud de la ville, à Charlestown et Somerville. Beaucoup de leurs bandes portaient des noms fantaisistes tels que « Les Lapins morts » ou « Les Quarante Voleurs ». Elles étaient principalement composées d'Irlandais. Il est triste de penser que ce grand pays qu'est l'Amérique les avait très bien accueillis et qu'en retour ces gens se montraient malhonnêtes et violents. Mais c'était ainsi et, jusqu'alors, la police s'était révélée incapable de les empêcher de nuire ou de les mener devant le juge. Un des groupes les plus actifs et les plus nuisibles était connu sous le vocable de gang des Casquettes plates. Il était mené par des jumeaux originaires de Belfast, Rourke et Keelan O'Donaghue. Je vais vous décrire ces deux démons du mieux possible car ils tiennent une place cruciale dans mon récit.

» Ces deux-là, on ne les voyait jamais séparés. Alors qu'ils étaient identiques à leur naissance, Rourke était le plus grand des deux, carré d'épaules et large de torse, avec des poings pesants toujours prêts à servir pour la bagarre. On dit qu'il avait battu à mort un homme au cours d'une partie de cartes alors qu'il avait tout juste seize ans. Par contraste, son jumeau se tenait toujours dans son ombre, étant plus petit et plus calme. En fait, il parlait très rarement – et la rumeur courait même qu'il en était incapable. Rourke était barbu, Keelan sans barbe. Tous deux portaient des casquettes plates, et c'est cela qui avait donné son nom à la bande. Il était aussi de notoriété publique que chacun portait les initiales de l'autre tatouées sur le bras, et que, quoi qu'il puisse se passer dans leur vie, ils étaient inséparables.

» Quant aux autres membres de la bande, leurs noms vous diront sans doute tout ce que vous pouvez souhaiter savoir sur leur compte. Il y avait Franck « Chien fou », Kelly et Patrick « Rasoirs » Maclean. Un autre, connu comme « Le Fantôme », était aussi effrayant que la créature surnaturelle. Ils étaient impliqués dans toutes les formes imaginables de crimes de rue, de vol, de cambriolage et de racket. Et, en même temps, ils étaient tenus en haute considération par beaucoup des habitants les plus pauvres de Boston. Ceux-là ne semblaient pas capables de voir qu'ils constituaient une terrible nuisance pour la communauté. À leurs yeux, ils passaient pour des opprimés luttant contre un système égoïste et impitoyable. Je n'ai pas besoin de vous faire remarquer que les jumeaux sont présents dans la mythologie depuis l'aube de la civilisation. Il y a Romulus et Remus, Apollon et Artémis, Castor et Pollux, ces derniers immortalisés à jamais dans le ciel nocturne comme les Gémeaux. Quelque chose du même genre était lié aux O'Donaghue. La croyance s'était répandue qu'on ne les prendrait jamais et qu'ils réchapperaient à tout.

» Je ne savais rien du gang des Casquettes plates – je n'en avais même pas entendu parler – quand j'ai expédié les tableaux depuis Liverpool. Seulement, juste au même moment, ses membres ont reçu l'information qu'une grosse somme d'argent allait être transférée dans les prochains jours depuis l'American Bank Note Company, à New York, jusqu'à la Massachusetts-First National Bank, à Boston. Certains disent que Rourke était le cerveau des opérations. D'autres croient que Keelan était naturellement le plus apte à concevoir des plans. Dans tous les cas, à eux deux, ils sont arrivés à l'idée de dévaliser le train avant qu'il n'atteigne sa destination et de s'enfuir avec l'argent.

» Les attaques de train sont encore chose courante aux frontières occidentales des États-Unis, en Californie ou en Arizona. Mais qu'un tel fait puisse se produire dans la zone côtière orientale, beaucoup plus développée, voilà qui était inconcevable. C'est pourquoi le train quitta Grand Central Terminal, à New York, avec un seul homme armé. Il se tenait dans le wagon postal. Les billets de banque étaient enfermés dans un coffre. Et, par malchance, les peintures, qui étaient toujours dans leur caisse, se trouvaient dans ce même wagon. Notre agent, James Devoy, voyageait, lui, en seconde classe. Il a toujours été très consciencieux dans son travail, et il avait pris une place aussi proche du wagon-poste que possible.

» Le gang des Casquettes plates avait choisi un lieu situé juste à la sortie de Pittsfield pour tenter son coup. À cet endroit, la voie ferrée monte fortement avant de traverser la rivière Connecticut. Il y a un tunnel long de soixante mètres à la sortie duquel, selon le règlement des chemins de fer, le mécanicien est dans l'obligation de tester ses freins. Le convoi roulait donc à très faible allure quand il a émergé du tunnel. Pour Rourke et Keelan O'Donaghue, rien de plus facile que de sauter sur le toit d'un wagon. De là, ils ont rejoint le tender et, à la grande surprise du mécanicien et de son assistant, ils ont fait irruption dans la locomotive les armes à la main.

» Ils ont donné l'ordre d'arrêter le train dans une clairière. Elle était entourée de pins blancs très hauts qui formaient un écran à l'abri duquel ils pourraient commettre leur forfait tranquillement. Kelly, Maclean et les autres membres du gang attendaient avec des chevaux et de la dynamite qu'ils avaient volée sur un chantier. Tous étaient armés. Le train s'est arrêté et Rourke a frappé le mécanicien avec la crosse de son revolver, ce qui l'a assommé. Keelan, qui n'avait pas prononcé un seul mot, a utilisé une corde pour ligoter l'assistant à un poteau métallique. Pendant ce temps, le reste de la bande était monté dans le train. Ils ont donné l'ordre aux voyageurs de rester assis et ont rejoint le wagon-poste. Ils ont commencé à disposer des explosifs autour de la porte.

» En voyant ce qu'il se passait, James Devoy se désespéra en songeant aux conséquences de l'explosion. Il avait sûrement deviné que les voleurs n'en voulaient pas aux Constable. Après tout, très peu de gens connaissaient leur existence. Tandis que les voyageurs se faisaient tout petits sur leurs sièges, Devoy a quitté sa place et s'est approché pour discuter avec les gangsters. Du moins, je présume que telle était son intention. Avant qu'il ait pu dire un mot, Rourke O'Donaghue a tourné son arme vers lui et l'a abattu. Devoy a reçu trois balles dans la poitrine. Il est mort dans une mare de son propre sang.

» Depuis l'intérieur du wagon-poste, le gardien a entendu les coups de feu. Je peux seulement m'imaginer la terreur qu'il a dû ressentir en entendant les membres du gang s'affairer. Aurait-il ouvert la porte s'ils le lui avaient demandé ? Nous ne le saurons jamais. Un moment plus tard, une énorme explosion a déchiré l'air, et la cloison du wagon a été entièrement soufflée. Le garde a été tué sur le coup. Le coffre avec l'argent était en vue.

» Une seconde charge plus légère a suffi pour l'ouvrir. C'est alors que la bande a découvert qu'elle avait été mal informée. Deux mille dollars, seulement, avaient été expédiés à la Massachusetts-First National Bank. Une fortune, peut-être, pour ces vagabonds mais infiniment moins que ce qu'ils espéraient. Ils n'en ont pas moins pris les billets avec des hourras et des cris de joie sans se soucier du fait qu'ils laissaient deux hommes morts derrière eux et que leurs explosifs avaient détruit quatre toiles qui, à elles seules, valaient plus de vingt fois ce qu'ils avaient pris. Leur destruction a constitué, et constitue toujours, une perte inestimable pour la culture britannique. Certes, il faut m'en souvenir, un homme jeune et dévoué est mort ce jour-là, mais je vous mentirais si je vous cachais, même s'il est honteux de l'admettre, que je regrette la perte de ces peintures tout autant.

» Mon ami Finch et moi avons appris la nouvelle avec horreur. Nous avons d'abord cru que les tableaux avaient été volés ; nous aurions préféré que ce soit le cas. Au moins, ils auraient continué d'être appréciés par quelqu'un, outre qu'il aurait subsisté une chance de les récupérer un jour. Mais un aussi malheureux concours de circonstances, un acte délibéré de vandalisme, perpétré pour une poignée de billets ! Avec quelle amertume nous avons déploré le choix que nous avions fait de l'itinéraire, et combien nous nous en sommes voulus pour ce qui était arrivé ! En outre, il y avait les considérations financières. Mr. Stillman avait versé un important acompte pour ces œuvres mais, selon le contrat de vente, nous en restions responsables jusqu'à ce qu'elles soient livrées entre ses mains. Encore heureux que nous ayons souscrit une assurance auprès de la Lloyd's, sinon nous aurions été lessivés. Au final, en effet, je n'aurais pas eu d'autre choix que de restituer l'argent.

» Restait à régler la situation de la famille de James Devoy. Je venais d'apprendre qu'il avait une femme et un jeune enfant. Il fallait que quelqu'un prenne soin d'eux.

» C'est pour ces raisons que j'ai décidé d'aller en Amérique. J'ai quitté l'Angleterre presque tout de suite pour me rendre d'abord à New York. J'ai vu Mrs. Devoy. Je lui ai promis qu'elle recevrait une compensation financière. Son fils avait neuf ans, et on pouvait difficilement imaginer un enfant plus aimable et plus joli. Je me suis ensuite rendu à Boston et, de là, à Providence où Cornelius Stillman a fait construire sa résidence d'été.

» Je dois le dire, les nombreuses heures que j'avais pourtant passées en compagnie de cet homme ne m'avaient pas préparé au spectacle qu'ont découvert mes yeux. Shepherd's Point était immense, construit dans le style d'un château français par le célèbre architecte Richard Morris Hunt. Les jardins à eux seuls s'étendaient sur quinze hectares. L'intérieur de la demeure affichait une opulence au-delà de tout ce que j'aurais pu imaginer. Stillman en personne a insisté pour tout me montrer, et c'est une visite que je n'oublierai jamais. Le magnifique escalier de bois qui dominait le grand hall, la bibliothèque avec ses cinq mille volumes, le jeu d'échecs qui avait appartenu à Frédéric le Grand, la chapelle avec son orgue ancien sur lequel avait joué Purcell... Au moment où nous arrivâmes au sous-sol, avec sa piscine et sa piste de bowling, j'étais presque épuisé. Et pour ce qui est de l'art, eh bien ! j'ai recensé des œuvres de Titien, de Rembrandt et de Vélasquez, et ce avant même d'avoir atteint le salon. C'est pendant que je considérais toute cette richesse, ces fonds sans limites que mon hôte semblait capable de réunir, qu'une idée s'est formée dans mon esprit.

» Durant le dîner, ce soir-là – nous étions assis à une immense table de banquet médiévale où la nourriture était servie par des domestiques noirs vêtus dans ce qu'on pourrait appeler le style colonial –, j'ai évoqué le sujet de Mrs. Devoy et de son fils. Stillman m'a assuré que, bien qu'ils ne soient pas de Boston, il alerterait les Pères de la cité qui prendrait soin d'eux. Encouragé par sa réponse, j'ai abordé le sujet du gang des Casquettes plates. Je lui ai demandé s'il était possible qu'il aide à faire traduire ses membres en justice, la police n'ayant fait aucun progrès dans ce sens. Si ce n'était pas possible, je lui ai suggéré d'offrir une récompense conséquente pour toute information qui permettrait de les retrouver. Je lui ai proposé d'engager des détectives privés afin qu'ils les arrêtent pour notre propre compte. De la sorte, nous vengerions la mort de James Devoy en même temps que nous les punirions pour la perte des paysages de Constable.

» Stillman s'est emparé de mon idée avec enthousiasme. « Vous avez raison, Carstairs ! s'est-il écrié en frappant la table du poing. C'est exactement ce que nous ferons ! Je montrerai à ces clodos qu'ils ont choisi un mauvais jour pour chercher des poux à Cornelius T. Stillman ! » Ce n'était pas là sa façon habituelle de parler, mais nous avions fini à nous deux une bouteille d'un vin clairet particulièrement délicieux avant de passer au porto. Il était plus relâché qu'à son ordinaire. Il a même insisté pour prendre en charge tout ce que coûteraient les détectives et la récompense bien que je lui aie offert d'y contribuer. Nous nous sommes serré la main pour sceller notre accord et, là-dessus, il m'a proposé de demeurer chez lui le temps que tout soit réglé, une invitation que j'ai été ravi d'accepter. L'art a toujours été ma vie, comme collectionneur et comme marchand. Or il y avait assez dans la résidence d'été de Stillman pour me rendre enthousiaste des mois durant.

» Seulement, les événements ont pris une tournure plus rapide que prévu. Mr. Stillman a contacté l'agence Pinkerton et il a engagé un homme qui s'appelait Bill McParland. Je n'ai pas été invité à le rencontrer – Stillman était le genre de personne à faire tout, tout seul, et à sa façon. Mais je connaissais assez la réputation de McParland pour être certain qu'il s'agissait d'un formidable détective qui ne renoncerait pas tant que le gang des Casquettes plates ne serait pas tombé entre ses mains. Au même moment, des annonces parurent dans le *Boston Daily Advertiser* offrant cent dollars – une somme considérable – pour toute information pouvant permettre l'arrestation de Rourke et Keelan O'Donaghue ainsi que de tous leurs complices. J'ai été content de constater que Mr. Stillman avait mentionné mon nom avec le sien au bas de l'annonce, même si l'argent venait entièrement de lui.

» J'ai passé les jours suivants à Shepherd's Point et à Boston même, une ville remarquablement belle et qui s'agrandit vite. J'ai fait plusieurs fois le voyage de New York où j'ai eu l'occasion de passer plusieurs heures au Metropolitan Museum of Art, un bâtiment d'assez triste mine mais qui renferme une collection superbe. J'ai aussi rendu visite à Mrs. Devoy et à son fils. C'est pendant que je me trouvais à New York que j'ai reçu un télégramme de Stillman, me pressant de revenir d'urgence. L'importance de la récompense avait produit son effet. McParland avait reçu une dénonciation. La nasse se refermait sur le gang des Casquettes plates.

» Je suis revenu aussitôt à Boston où j'ai pris une chambre dans un hôtel de School Street. C'est là que, le soir même, j'ai appris de Cornelius Stillman ce qui était arrivé.

» La dénonciation était venue du propriétaire d'un bar – ce que les Américains appellent un saloon – du South End, un quartier de Boston moins que salubre où vivait un grand nombre d'immigrants irlandais. Les jumeaux O'Donaghue se terraient dans un petit immeuble non loin de la rivière Charles, un bâtiment sombre et lépreux de trois étages, avec des douzaines de pièces collées ensemble, sans hall d'entrée, avec juste un cabinet d'aisances par niveau. Les égouts coulaient à ciel ouvert dans les passages et seules les fumées du charbon qui brûlait dans des centaines de petites cheminées parvenaient à tenir la puanteur un peu à l'écart. Ce trou infernal était rempli de bébés qui criaient, d'hommes saouls et de femmes à demi folles qui marmonnaient. Une construction grossière faite de troncs d'arbre et de quelques briques crues avait été ajoutée par l'arrière. C'était là que les jumeaux avaient réussi à se faire un chez-eux. Keelan disposait d'une pièce à lui, Rourke en partageait une autre avec deux de ses hommes. Une troisième était occupée par le reste de la bande.

» L'argent qu'ils avaient volé dans le train avait déjà filé, volatilisé en alcool et au jeu. Tandis que le soleil se couchait, ce soir-là, ils étaient assis autour du feu, à boire du gin et à jouer aux cartes. Ils n'avaient pas de sentinelle. Aucune des familles voisines n'aurait osé les moucharder, et ils étaient certains que la police de Boston ne s'intéressait plus au vol des deux mille dollars depuis longtemps. De telle sorte qu'ils n'ont pas fait attention à l'arrivée de McParland en compagnie d'une douzaine d'hommes armés. Les agents de la Pinkerton ont encerclé le bâtiment.

» Ils avaient reçu instruction de prendre les gangsters vivants, si possible. En effet, Mr. Stillman espérait fermement les voir passer devant un tribunal. De plus, il y avait beaucoup d'innocents à proximité, une fusillade était donc à éviter. Quand ses hommes ont été en position, McParland a pris le porte-voix qu'il avait apporté et a fait une sommation. S'il espérait que le gang des Casquettes plates se rendrait tranquillement, il a été détrompé un instant après par une volée de balles. Les jumeaux s'étaient laissé surprendre mais ils n'allaient pas lâcher prise sans se battre. Une grêle de plomb s'est abattue dans la rue, tirée non seulement depuis les fenêtres, mais aussi par des trous percés dans les murs. Deux des hommes de Pinkerton ont été tués et McParland lui-même a été blessé, seulement les autres ont rendu ce qu'ils avaient reçu en vidant leurs six-coups directement à travers la structure en bois. Il est impossible d'imaginer la scène après que des centaines de balles eurent réduit les fragiles rondins en miettes. Il n'y avait aucun abri. Nulle part où se cacher.

» Quand tout a été fini, on a trouvé cinq hommes en tout, qui gisaient dans les trois pièces remplies de fumée ; les corps étaient réduits en lambeaux. L'un des gangsters s'était échappé. Au début cela a paru impossible mais l'informateur de McParland l'avait assuré que toute la bande serait réunie sur place et, pendant la fusillade, il avait bien semblé que six hommes répliquaient aux coups de feu. On a examiné la pièce et, finalement, le mystère s'est trouvé résolu. Une planche du sol était déclouée. En la soulevant, on a découvert un passage étroit, un égout qui s'enfonçait dans la terre et qui se prolongeait tout droit jusqu'à la rivière. C'était par là que Keelan O'Donaghue s'était échappé, même s'il avait dû s'y sentir diablement à l'étroit car le tuyau était à peine assez large pour laisser passer un enfant. D'ailleurs, aucun des agents de Pinkerton ne s'est risqué à l'y suivre. McParland a envoyé quelques-uns de ses hommes à la rivière. Déjà il faisait nuit. Il savait que les recherches s'avéreraient vaines. Le gang des Casquettes plates était détruit, mais un de ses meneurs s'en était tiré.

» Tel fut le résultat de l'opération que Cornelius Stillman a racontée dans mon hôtel ce soir-là. Cela ne signifie en rien que mon histoire est terminée.

» Je suis resté à Boston encore une semaine, en partie dans l'espoir qu'on finirait par retrouver Keelan O'Donaghue. En effet, une légère préoccupation s'était fait jour dans mon esprit. Peut-être existait-elle depuis le début mais c'est à ce moment-là seulement que j'en ai pris conscience. Elle concernait cette maudite promesse de récompense à laquelle j'ai fait allusion et qui incluait mon nom. Stillman avait rendu public le fait que j'étais partie prenante dans l'offre de récompense et dans l'engagement de l'équipe qui s'était lancée aux trousses du gang. Sur le moment, en prenant seulement en compte mon sens du service public et, je le suppose, l'honneur d'être associé à ce grand homme, j'en avais été gratifié. Il m'est ensuite venu à l'esprit que le fait qu'on ait tué un des jumeaux et laissé l'autre en vie faisait de moi la cible d'une possible vengeance, en particulier dans une ville où les pires des criminels pouvaient compter sur le soutien de nombreux amis et admirateurs. Dès lors, je n'ai plus quitté l'hôtel qu'en éprouvant une nervosité certaine.

J'ai évité les quartiers mal famés. Et, bien sûr, j'ai renoncé à sortir la nuit.

» Keelan O'Donaghue n'a pas été capturé. On a même émis quelques doutes sur sa survie. Il avait pu être blessé et mourir comme un rat dans son souterrain après avoir perdu tout son sang. Il avait pu aussi se noyer. La dernière fois que nous nous sommes vus, Stillman était persuadé que c'était le cas. Seulement il appartenait à ce genre d'hommes qui n'admettent jamais un échec. Pour ma part, j'ai réservé un billet de retour pour l'Angleterre sur le *SS Catalonia* de la Cunard. J'étais désolé de ne pas pouvoir dire au revoir à Mrs. Devoy et à son fils mais je n'avais pas le temps de repasser par New York. J'ai quitté l'hôtel et je me rappelle que j'étais au pied de la passerelle, prêt à monter à bord, quand j'ai entendu la nouvelle. Elle était criée par un petit marchand de journaux et s'étalait là, à la une.

» Cornelius Stillman avait été abattu alors qu'il se promenait dans la roseraie de sa maison de Providence. D'une main qui tremblait, j'ai acheté un exemplaire du journal. J'ai lu que l'attaque avait eu lieu la veille, qu'un jeune homme portant une veste en serge, un foulard et une casquette plate avait été vu en train de s'enfuir. Une chasse à l'homme avait débuté et allait s'étendre à toute la Nouvelle-Angleterre. S'agissant du meurtre d'un Brahmane de Boston, aucun effort ne serait épargné pour amener l'assassin devant la justice. Selon l'article, la police recevait l'aide de McParland dans ses recherches, ce qui ne manquait pas d'une certaine ironie, car lui et Stillman s'étaient disputés quelques jours avant la mort de ce dernier. Stillman avait en effet retenu la moitié des honoraires qu'il avait promis à l'équipe de Pinkerton au motif que le travail ne serait pas terminé tant que le dernier corps n'aurait pas été retrouvé. En fait, ce dernier corps se tenait debout, et marchait. Il ne pouvait, en effet, y avoir le moindre doute sur l'identité de l'agresseur de Stillman.

» J'ai lu le journal puis j'ai grimpé la passerelle. Je suis allé directement dans ma cabine et j'y suis resté jusqu'à six heures du soir, heure à laquelle a retenti un très fort coup de sirène. Le *Catalonia* a alors quitté son mouillage puis il est sorti du port. Alors seulement, je suis monté sur le pont pour voir Boston disparaître derrière moi. J'étais immensément soulagé d'être parti.

» Voilà, messieurs, l'histoire des Constable perdus et de ma visite en Amérique. Bien entendu, j'ai raconté à mon associé, Mr. Finch, ce qu'il était arrivé. J'en ai aussi parlé à mon épouse. Mais je ne l'ai jamais répété à quiconque d'autre. C'est arrivé voilà plus d'un an. Et jusqu'à ce que l'homme à la casquette apparaisse à Wimbledon, je pensais – j'espérais – ne jamais devoir y faire allusion de nouveau.

Holmes avait fini sa pipe longtemps avant que le marchand d'art ne vienne à bout de sa narration. Il l'avait écouté en tenant ses longs doigts serrés devant lui, avec une expression d'intense concentration peinte sur le visage. Il y eut ensuite un long moment de silence. Un morceau de charbon tomba en faisant des étincelles. Le bruit parut le tirer de sa rêverie.

— Quel opéra aviez-vous l'intention d'entendre ce soir ? demanda-t-il.

C'était la dernière question à laquelle je m'attendais. Elle semblait de si peu d'importance à la lumière de tout ce récit que je me demandai s'il se montrait malpoli délibérément.

Edmond Carstairs avait dû penser la même chose. Il sursauta, se tourna vers moi puis, de nouveau, vers Holmes.

— Je vais à une représentation de Wagner – mais rien dans ce que je vous ai raconté ne vous a impressionné ? s'enquit-il.

— Au contraire, j'ai trouvé le tout d'un intérêt extrême et je dois vous complimenter pour la clarté et le souci des détails avec lesquels vous nous avez raconté l'affaire.

— Et l'homme à la casquette… ?

— Vous pensez qu'il vous a suivi en Angleterre pour assouvir sa vengeance.

— Quelle autre explication pourrait-il y avoir ?

— De chic, je pourrais vous en donner une demi-douzaine. J'ai toujours été frappé de constater que toutes les explications à une série d'événements demeurent possibles aussi longtemps que les preuves ne disent pas le contraire. Et même alors, il convient d'être prudent avant de sauter à une conclusion. Dans ce cas, oui, il se pourrait que ce jeune homme ait traversé l'Atlantique et qu'il ait trouvé son chemin jusqu'à votre demeure de Wimbledon. Cependant on pourrait se demander pourquoi il lui a fallu un an pour faire ce voyage, et quelles étaient ses intentions en vous donnant rendez-vous à l'église St Mary. Pourquoi ne pas vous avoir tiré dessus où vous vous trouviez, s'il en avait l'intention ? Le fait qu'il n'est pas venu au rendez-vous est encore plus étrange.

— Il essaie de me terroriser !

— Et il y parvient.

— Effectivement !

Carstairs baissa la tête.

— Êtes-vous en train de me dire que vous ne pouvez pas m'aider, Mr. Holmes ?

— Jusqu'à présent, je ne crois pas qu'il y ait grand-chose que je puisse faire. Qui qu'il soit, votre importun visiteur ne nous a pas donné d'indice qui nous permettrait de le retrouver. D'un autre côté, s'il réapparaît, je serai heureux de vous apporter toute l'assistance que je pourrai. Mais il y a une dernière chose que je peux vous dire, Mr. Carstairs : savourez votre opéra en toute tranquillité d'esprit. Je ne crois pas qu'il a l'intention de vous faire du mal.

Seulement, Holmes se trompait. Du moins, ce fut ce qu'il sembla le lendemain même. Car, entre-temps, l'homme à la casquette plate avait frappé de nouveau.

III

À Ridgeway Hall

Le télégramme arriva le lendemain matin alors que nous étions ensemble à la table du petit déjeuner.

O'DONAGHUE VENU À NOUVEAU LA NUIT DERNIÈRE.
COFFRE FRACTURÉ ET POLICE APPELÉE.
POUVEZ-VOUS PASSER ?

C'était signé Edmond Carstairs.

— Alors, que dites-vous de cela, Watson ? demanda Holmes en reposant le morceau de papier sur la table.

— Il est revenu plus tôt, peut-être, que vous ne le pensiez, dis-je.

— Pas du tout. Je prévoyais quelque chose tout à fait de ce genre. Depuis le début, il m'est apparu que l'homme à la casquette s'intéressait plus à Ridgeway Hall qu'à son propriétaire.

— Vous vous attendiez à un cambriolage ? bégayai-je. Mais Holmes, pourquoi n'avez-vous pas prévenu Mr. Carstairs ? À tout le moins, vous auriez pu suggérer cette éventualité !

— Vous avez entendu ce que j'ai dit, Watson. Faute d'autres indices, il n'y avait rien que je pouvais espérer faire d'utile. Mais désormais notre visiteur indésirable s'est très gentiment décidé à nous aider. Il a très probablement forcé une fenêtre. Il aura traversé la pelouse, piétiné une banquette de fleurs et laissé des traces de boue sur le tapis. À partir de là nous apprendrons au minimum sa taille, son poids, sa profession et les particularités de sa démarche. Il peut avoir eu la bonté de laisser tomber un objet ou d'oublier quelque chose derrière lui. S'il a pris des bijoux, il faudra qu'il s'en débarrasse. Si c'est de l'argent, cela aussi peut l'amener à se trahir. Au moins, maintenant, il a laissé une piste que nous pouvons suivre. Puis-je vous prier de me faire passer la confiture d'oranges ? Il y a beaucoup de trains pour Wimbledon. Je gage que vous allez m'y accompagner.

— Bien sûr, Holmes. Rien ne pourrait me faire plus plaisir !

— Excellent ! Parfois, je me demande où je trouverais l'énergie et le courage d'entreprendre une nouvelle enquête si je n'étais pas assuré que le grand public pourra en lire les moindres détails le moment venu.

Je m'étais habitué à ce genre de plaisanteries ; je la pris comme une marque de l'excellente humeur de mon compagnon et ne répondis pas. Un peu plus tard, après que Holmes eut fini de fumer sa pipe du matin, nous enfilâmes nos manteaux et sortîmes. La distance jusqu'à Wimbledon n'était pas bien grande mais il était tout de même près de onze heures quand nous y arrivâmes, en nous demandant si, finalement, Mr. Carstairs n'avait pas cessé de compter sur notre visite.

La première impression que j'eus de Ridgeway Hall fut que, en fait de maison, c'était un véritable écrin à bijoux convenant parfaitement à un collectionneur d'art qui ne manquerait pas d'y installer beaucoup d'œuvres inestimables. Deux portails, un de chaque côté, s'ouvraient sur une allée de graviers en forme de fer à cheval qui contournait une pelouse parfaitement soignée et menait à la porte principale de la demeure. Ils étaient encadrés de piliers ornementés et couronnés chacun d'un lion en pierre qui tenait une patte levée comme pour inviter les visiteurs à réfléchir avant de se décider à entrer. Un mur bas courait entre les deux entrées. La maison se dressait à quelque distance en retrait. C'était ce que j'aurais appelé une villa, construite dans un style georgien classique, blanche et parfaitement cubique, avec d'élégantes fenêtres disposées de façon symétrique de part et d'autre de l'entrée. La symétrie s'étendait aux arbres dont il y avait plusieurs beaux spécimens, et qui étaient plantés de telle façon qu'un côté du jardin apparaissait comme le reflet de l'autre dans un miroir. Et pourtant, au dernier moment, tout avait été gâché par une fontaine à l'italienne. Quoique belle en elle-même, avec ses amours et ses dauphins qui jouaient dans la pierre et le soleil qui faisait étinceler la mince couche de glace, elle avait été bâtie légèrement décalée. Il était impossible de la regarder sans avoir envie de la déplacer de deux ou trois mètres vers la gauche.

Il s'avéra que la police était venue et repartie. La porte nous fut ouverte par un serviteur vêtu élégamment et à la mine sévère. Il nous mena le long d'un grand couloir qui commandait des pièces des deux côtés et dont les murs étaient couverts de peintures, de gravures, de miroirs anciens et de tapisseries. Une sculpture montrant un jeune berger appuyé sur sa houlette se dressait sur une petite table aux pieds recourbés. Une élégante comtoise blanche et dorée, à l'extrémité du couloir, faisait entendre son doux tic-tac en écho dans toute la maison. Nous fûmes introduits dans le grand salon où Carstairs, assis dans une chaise longue, parlait avec une femme plus jeune que lui de quelques années. Il portait une redingote noire, un gilet brodé d'argent et des chaussures vernies. Ses cheveux étaient soigneusement peignés en arrière. À le voir, on aurait dit qu'il venait juste de perdre une levée au bridge. Il paraissait difficile de croire que quelque chose de plus fâcheux était arrivé. Toutefois, il sauta sur ses pieds dès qu'il nous aperçut.

— Ainsi, vous voici ! Vous m'avez dit hier que je n'avais aucune raison de redouter cet homme que je crois être Keelan O'Donaghue. Et cette nuit, il entre par effraction chez moi. Il a pris cinquante livres et des bijoux dans mon coffre. Mais le fait est que mon épouse, qui a le sommeil léger, l'a surpris au beau milieu de son larcin. Qui sait ce qu'il aurait fait ensuite ?

Je portai mon attention sur la femme qui se trouvait assise près de lui. C'était une petite personne très charmante d'une trentaine d'années ; je fus d'emblée impressionné autant par la vivacité et l'intelligence de son expression que par son attitude confiante. Elle avait des cheveux blonds tirés en arrière et retenus par un nœud, un style de coiffure qui semblait viser à accentuer l'élégance et la féminité de ses traits. En dépit des inquiétudes de la matinée, je devinai qu'elle avait un fort sens de l'humour. Cela se lisait dans ses yeux, d'une teinte peu commune, entre vert et bleu, et sur ses lèvres constamment prêtes à sourire. Ses joues étaient légèrement semées de taches de rousseur. Elle portait une robe toute droite à manches longues, sans broderies ni aucun décor. Un collier de perles lui entourait le cou. Il y avait quelque chose en elle qui, presque tout de suite, me fit penser à ma chère Mary. Avant même qu'elle ait parlé, j'étais sûr qu'elle manifesterait les mêmes dispositions qu'elle : une indépendance naturelle jointe, toutefois, à un sens très vif de ses devoirs envers l'homme qu'elle avait choisi d'épouser.

— Peut-être devriez-vous commencer par nous présenter, fit remarquer Holmes.

— Bien sûr. Voici mon épouse, Catherine.

— Et vous devez être Mr. Sherlock Holmes. Je vous suis reconnaissante d'avoir répondu aussi vite à notre télégramme. J'ai demandé à Edmond de l'envoyer. Je lui ai dit que vous viendriez.

— Je crois comprendre que vous avez vécu une expérience déplaisante, dit Holmes.

— En effet. Tout s'est passé comme mon mari vous l'a dit. Je me suis éveillée la nuit dernière, et j'ai vu à la pendule qu'il était trois heures vingt. La pleine lune brillait par la fenêtre. J'ai d'abord cru que c'était un oiseau ou une chouette qui m'avait dérangée mais j'ai entendu un autre bruit provenant de l'intérieur de la maison. J'ai compris alors que ce n'était pas le cas. Je me suis levée, j'ai passé ma robe de chambre et je suis descendue.

— C'était une folie d'agir ainsi, ma chère, fit observer Carstairs. Vous auriez pu être blessée.

— Je ne me suis pas du tout sentie en danger. Pour être honnête, il ne m'est même pas venu à l'idée qu'il pouvait y avoir un intrus dans la maison. J'ai pensé qu'il devait s'agir de Mr. ou de Mrs. Kirby – ou même de Patrick. Voyez-vous, je ne fais pas totalement confiance à ce garçon. De toute façon, j'ai jeté un coup d'œil dans le salon. Rien n'avait été dérangé. Puis, pour quelque obscure raison, j'ai été attirée par le bureau.

— Vous n'aviez pas de lumière avec vous ? demanda Holmes.

— Non. Le clair de lune suffisait. J'ai ouvert la porte et il y avait quelqu'un, une silhouette perchée sur le rebord de la fenêtre, qui tenait quelque chose à la main. Il m'a vue et nous sommes tous deux restés immobiles, face à face, d'un côté et de l'autre du tapis. D'abord, je n'ai pas crié. J'étais trop choquée. Ensuite ce fut comme s'il se laissait simplement aller par la fenêtre pour retomber sur l'herbe. À ce moment-là, j'ai recouvré mes esprits et j'ai appelé pour donner l'alerte.

— Nous examinerons le coffre et le bureau dans un instant, dit Holmes. Mais auparavant, Mrs. Carstairs, je déduis de votre accent que vous êtes américaine. Êtes-vous mariée depuis longtemps ?

— Edmond et moi sommes mariés depuis presque un an et demi.

— J'aurais dû vous expliquer comment j'ai connu Catherine, dit Carstairs. Car cette rencontre est fortement liée au récit que je vous ai fait hier. J'ai choisi de ne pas le faire parce que j'ai cru que ce n'était pas intéressant.

— Tout a son intérêt, remarqua Holmes. J'ai souvent observé que l'aspect le moins important d'une affaire peut en être, en même temps, le plus significatif.

— Nous nous sommes rencontrés à bord du *Catalonia* le jour même où il a quitté Boston, dit Catherine Carstairs.

Elle tendit la main pour saisir celle de son époux.

— Je voyageais seule, à part, bien entendu, une jeune fille que j'avais engagée pour me tenir compagnie. J'ai vu Edmond au moment où il est monté à bord et j'ai tout de suite su que quelque chose de terrible venait d'arriver. Cela se devinait à l'expression de son visage, à la peur qu'il y avait dans ses yeux. Nous nous sommes croisés sur le pont ce soir-là. Nous étions seuls tous les deux. Par un heureux coup du sort, nous nous sommes trouvés assis l'un à côté de l'autre au dîner.

— Je ne sais pas comment j'aurais supporté la traversée s'il n'y avait pas eu Catherine, dit Carstairs en poursuivant le récit. J'ai toujours été d'une nature nerveuse et la perte des Constable, la mort de Cornelius Stillman, cette terrible violence… Tout cela avait été trop pour moi. Je me sentais mal, j'avais de la fièvre. Mais, dès le début, Catherine a pris soin de moi et j'ai senti grandir mes sentiments à son égard à mesure que la côte américaine s'éloignait derrière moi. Je peux dire que j'ai toujours méprisé la notion de coup de foudre, Mr. Holmes. C'est quelque chose que j'ai lu dans les romans à cinq sous mais à laquelle je n'ai jamais cru. Pourtant, c'est ce qui est arrivé. Au moment où nous sommes arrivés en Angleterre, je savais que j'avais trouvé la femme avec qui je voulais passer le reste de ma vie.

— Et, si je puis me permettre, quelle était la raison de votre visite en Angleterre ? demanda Holmes en se tournant vers la jeune femme.

— J'ai été brièvement mariée à Chicago, Mr. Holmes. Mon mari travaillait dans l'immobilier mais, même s'il était respecté dans notre communauté, s'il allait régulièrement à l'église, il n'a jamais été gentil avec moi. Il avait un caractère épouvantable au point qu'il y a eu des moments où j'ai craint pour ma sécurité. J'avais peu d'amis, et il faisait tout son possible pour qu'il en soit ainsi. Durant les derniers mois de mon mariage, il m'a littéralement enfermée dans la maison, peut-être parce qu'il craignait que je puisse raconter tout ce qu'il me faisait subir. Puis, brusquement, il a contracté la tuberculose et il est mort. La maison et l'essentiel de ses avoirs sont allés à ses deux sœurs. Je demeurais avec très peu d'argent, pas d'amis et aucune raison de vouloir rester en Amérique. Je suis partie. Je venais en Angleterre pour y prendre un nouveau départ.

Elle baissa les yeux et ajouta, avec une expression pleine d'humilité :

— Je ne pensais pas que cela se produirait aussi vite ni que je trouverais le bonheur qui m'avait si longtemps manqué dans la vie.

— Vous avez mentionné une dame de compagnie qui était avec vous sur le *Catalonia*, remarqua Holmes.

— Je l'avais engagée à Boston. Je ne l'avais jamais vue avant – et elle a quitté son emploi peu après que nous sommes arrivés.

Dehors, dans le couloir, l'horloge sonna. Holmes sauta sur ses pieds en affichant un large sourire et cette expression d'énergie et d'excitation que je lui connaissais bien.

— Il ne faut plus perdre une seconde ! s'exclama-t-il. Je désire examiner le coffre et la pièce dans laquelle il se trouve. Cinquante livres ont été dérobées, dites-vous. Ce n'est pas une grosse somme, tout bien considéré. Voyons un peu ce que le voleur a laissé derrière lui, à supposer qu'il a laissé quelque chose.

Mais avant que nous ayons pu nous déplacer, une autre femme entra dans la pièce. Je vis tout de suite que, bien que faisant partie de la famille, elle différait de Catherine Carstairs autant qu'on pouvait l'imaginer. Elle était banale et revêche, toute vêtue de gris, avec des cheveux noirs attachés court sur la nuque. Elle portait une croix en argent et elle avait les mains jointes comme pour la prière. Ses yeux sombres, sa peau pâle et la forme de ses lèvres me firent supposer qu'elle était apparentée à Carstairs. Seulement, elle ne possédait pas son côté théâtral ; elle ressemblait plutôt à un souffleur, perpétuellement promis à rester dans l'ombre, à attendre qu'il oublie sa réplique.

— Qu'est-ce à présent ? demanda-t-elle. D'abord je suis dérangée dans ma chambre par des policiers qui me posent des questions absurdes dont je ne peux raisonnablement pas connaître la réponse. N'est-ce pas assez ? Allons-nous inviter le monde entier à envahir notre intimité ?

— Voici Mr. Sherlock Holmes, Eliza, bredouilla Carstairs. Je vous ai dit que je l'ai consulté hier.

— Et vous vous en êtes remarquablement bien trouvé ! À ce qu'il vous a dit, il n'y avait rien qu'il pouvait faire. Brillant avis, Edmond, à coup sûr ! Nous aurions tous pu nous faire assassiner dans nos lits.

Carstairs la regarda affectueusement avec, en même temps, pas mal d'exaspération.

— Voici ma sœur, Eliza, dit-il.

— Vous résidez dans la maison ? lui demanda Holmes.

— On m'y tolère, oui, répondit la sœur. J'ai une chambre dans le grenier où je me tiens par-devers moi car tout le monde semble préférer qu'il en soit ainsi. Je réside ici, oui, mais sans faire partie de la famille. Vous pourriez aussi bien parler aux domestiques qu'à moi.

— Vous savez bien que ce n'est pas vrai, lui dit Mrs. Carstairs.

Holmes se tourna vers le galériste.

— Peut-être pourriez-vous me dire combien il y a de personnes dans la maison.

— Outre moi-même et Catherine, Eliza occupe effectivement le dernier étage. Nous avons Kirby qui est notre valet et homme à tout faire. Son épouse fait fonction de gouvernante, et tous deux vivent au rez-de-chaussée. Ils ont un jeune neveu, Patrick, qui nous est arrivé récemment d'Irlande ; il sert de garçon de cuisine et fait les courses. Il y a aussi une fille de cuisine. En plus, nous avons un cocher et un palefre-nier mais ils vivent au village.

— Une grande maisonnée, très occupée, remarqua Holmes. Mais nous étions sur le point d'examiner le coffre.

Eliza Carstairs demeura où elle était. Le reste de notre compagnie sortit du salon, remonta le couloir et gagna le bureau qui se trouvait tout à l'arrière de la maison, avec une vue sur le jardin et, au-delà, sur un bassin d'ornement. La pièce se trouvait être confortable et bien meublée, avec un bureau encadré par deux fenêtres, des rideaux en velours, une belle cheminée et des tableaux figurant des paysages. Au vu de leurs couleurs vives et de la façon presque hasardeuse dont les couleurs avaient été appliquées, je sus qu'ils relevaient de cette école impressionniste dont Carstairs avait parlé. Le coffre, un assez solide spécimen, était relégué dans un coin. Il était encore grand ouvert.

— Est-ce ainsi que vous l'avez trouvé ? demanda Holmes.

— La police l'a examiné, répondit Carstairs. Mais j'ai jugé préférable de le laisser ouvert jusqu'à votre arrivée.

— Vous avez eu raison, dit Holmes.

Il regarda le coffre.

— La serrure ne semble pas avoir été forcée, ce qui suggère qu'on a utilisé une clef, fit-il remarquer.

— Il y avait une seule clef que je garde toujours sur moi, répliqua Carstairs. J'ai toutefois demandé à Kirby d'en faire exécuter un double voilà six mois de cela. Catherine y serre ses bijoux. Elle a considéré qu'elle devrait avoir une clef à elle, pour y accéder quand je suis absent.

Mrs. Carstairs nous avait suivis dans la pièce et se tenait près du bureau. Elle joignit les mains et dit :

— Je l'ai perdue.

— Quand cela ?

— Je ne peux pas le dire exactement, Mr. Holmes. Peut-être il y a un mois, peut-être plus. Edmond et moi avons examiné la question. J'ai voulu ouvrir le coffre voici quelques semaines et je ne l'ai pas trouvée. La dernière fois que je l'ai utilisée, c'était pour mon anniversaire qui tombe en août. Je n'ai pas idée de ce qu'elle est devenue ensuite. Normalement, je ne suis pas aussi peu soigneuse.

— Se peut-il qu'on vous l'ait volée ?

— Je la garde dans un tiroir près de mon lit, et personne ne vient dans la chambre à part les domestiques. Pour autant que je sache, la clef n'a jamais quitté la maison.

Holmes se tourna vers Carstairs.

— Vous n'avez pas remplacé le coffre ?

— Je n'arrêtais pas d'y songer. En même temps, je pensais que si la clef était tombée dans le jardin, ou même au village, personne ne pourrait deviner ce qu'elle ouvrait. Et si, comme cela semblait le plus probable, elle était quelque part dans les affaires de mon épouse, elle était peu susceptible de tomber dans des mains mal intentionnées. En tout cas, nous ne pouvons pas être certains que c'est la clef de mon épouse qui a servi à ouvrir le coffre. Kirby a pu faire faire un second double.

— Depuis combien de temps est-il chez vous ?

— Six ans.

— Vous n'avez jamais eu de raison de vous plaindre de lui ?

— Jamais aucune.

— Et ce garçon de cuisine, ce Patrick ? Votre épouse dit qu'elle ne lui fait pas confiance.

— Mon épouse ne l'aime pas parce qu'il est insolent et se montre parfois un peu sournois. Il est chez nous depuis quelques mois seulement, et nous l'avons engagé sur l'insistance de Mrs. Kirby qui nous demandait de lui trouver un emploi. Elle répond de lui, et je n'ai pas de raison de le croire malhonnête.

Holmes avait tiré sa loupe et examinait le coffre en accordant une attention particulière à la serrure.

— Vous dites que des bijoux ont été volés. Est-ce ceux de votre épouse ?

— Non. En fait, il s'agit d'un collier de saphirs ayant appartenu à ma défunte mère. Trois groupes de saphirs avec une monture en or. J'imagine qu'il est de peu d'intérêt pour le voleur mais il a une grande valeur sentimentale pour moi. Elle vivait avec nous jusqu'à il y a quelques mois, quand…

Il se tut et son épouse poursuivit à sa place en posant la main sur son bras.

— Il s'est produit un accident, Mr. Holmes. Elle avait un poêle à gaz dans sa chambre. Pour on ne sait quelle raison, la flamme s'est éteinte, et elle a été asphyxiée pendant son sommeil.

— Était-elle très âgée ?

— Elle avait soixante-neuf ans. Elle dormait toujours la fenêtre fermée, même en été. Sinon, elle aurait pu en réchapper.

Holmes laissa le coffre pour aller à la fenêtre. Je le rejoignis tandis qu'il examinait le rebord, le châssis et le cadre. Comme il en avait l'habitude, il faisait ses réflexions à voix haute, sans s'adresser à moi particulièrement.

— Pas de volets, dit-il. La fenêtre est fermée et se situe à quelque distance du sol. Il est évident qu'elle a été forcée de l'extérieur. Le bois est fendu, ce qui peut expliquer le bruit que Mrs. Carstairs a entendu.

Il semblait faire des calculs.

— J'aimerais, si vous le permettez, parler à votre valet, Kirby. Après quoi je me rendrai dans le jardin même si je m'imagine que la police locale a piétiné tout ce qui aurait pu me fournir un indice sur ce qu'il a pu se passer. Vous ont-ils laissé entendre vers où ils orientaient leurs recherches ?

— L'inspecteur Lestrade est revenu nous parler peu de temps avant votre arrivée.

— Comment ? Lestrade ? Il était ici ?

— Oui. Et quelle que puisse être l'opinion que vous avez de lui, Mr. Holmes, il m'a paru être à la fois méticuleux et efficace. Il a déjà établi qu'un homme avec l'accent américain a pris le premier train de Wimbledon pour London Bridge à cinq heures ce matin. D'après la façon dont il était vêtu et la cicatrice sur sa joue droite, nous sommes certains qu'il s'agit bien de l'homme que j'ai vu devant la maison.

— Je peux vous le garantir, si Lestrade est sur l'affaire, soyez sûr qu'il arrivera très vite à une conclusion, même si elle est complètement erronée. Bonne journée, Mr. Carstairs. Ce fut un plaisir de vous rencontrer, Mrs. Carstairs. Allons, Watson !

Nous revînmes sur nos pas le long du couloir jusqu'à la porte principale où Kirby nous attendait déjà. Il s'était montré peu accueillant à notre arrivée mais c'était peut-être parce qu'il nous avait perçus comme une gêne dans le fonctionnement paisible de la maison. Il avait toujours sa mâchoire carrée et son visage en lame de couteau mais, au moins, il se montra un peu plus aimable pour répondre aux questions de Holmes. Il confirma qu'il servait à Ridgeway Hall depuis six ans. Il était originaire de Barnstaple, sa femme, de Belfast. Holmes lui demanda si la maison avait beaucoup changé depuis le moment où il y était entré comme employé.

— Oh oui, monsieur ! fut la réponse. L'ancienne Mrs. Carstairs avait des idées bien arrêtées. Elle n'aurait jamais manqué de vous le faire savoir s'il y avait eu quoi que ce soit qui ne lui convenait pas. Il était impossible que la nouvelle Mrs. Carstairs soit plus différente. Elle est d'un naturel très cordial. Ma femme la considère comme une bouffée d'air frais.

— Vous avez été heureux que Mr. Carstairs se marie ?

— Nous avons été ravis, monsieur, en même temps que surpris.

— Surpris ?

— Je ne voudrais pas commettre un impair, monsieur, mais jusqu'alors Mr. Carstairs n'avait jamais manifesté d'intérêt à ce sujet, dévoué qu'il était à sa famille et son travail. Mrs. Carstairs est entrée brutalement en scène mais nous sommes tous d'avis que la maison s'en porte beaucoup mieux depuis.

— Étiez-vous présent quand l'ancienne Mrs. Carstairs est morte ?

— En effet, monsieur, j'étais là. Je m'en blâme en partie. La dame redoutait beaucoup les courants d'air en conséquence de quoi – et à sa demande – j'avais bouché toutes les fissures qui auraient pu laisser l'air pénétrer dans sa chambre. Le gaz, par conséquent, n'a pas trouvé d'issue pour s'échapper. C'est la bonne, Elsie, qui l'a découverte le matin. À ce moment-là, la pièce était pleine d'émanations – une histoire vraiment épouvantable !

— Est-ce que le garçon de cuisine faisait partie de la maisonnée à l'époque ?

— Patrick était arrivé juste une semaine plus tôt. Ça a été un début plutôt malheureux, monsieur.

— Il est votre neveu, si je comprends bien ?

— Du côté de ma femme, oui, monsieur.

— De Belfast ?

— En fait, Patrick ne trouve pas cela facile d'être placé comme domestique. Nous avions espéré lui faire prendre un bon départ dans la vie mais il doit encore apprendre à bien se comporter pour quelqu'un qui vise sa position, en particulier la manière de s'adresser au maître de maison. Il se peut, toutefois, que la soudaine calamité dont nous avons parlé et le désordre qui l'a suivie soient en partie responsables. Ce n'est pas un si mauvais jeune homme, et j'espère qu'il s'améliorera avec le temps.

— Merci, Kirby.

— Avec plaisir, monsieur. Je vous donne votre manteau et vos gants…

Une fois dans le jardin, Holmes se montra d'une humeur inhabituellement guillerette. Il traversa la pelouse à grands pas, aspirant l'air de l'après-midi et appréciant sa brève escapade hors de la ville, car aucun des brouillards de Baker Street ne nous avait suivis jusque-là. À cette époque, certaines parties de Wimbledon semblaient encore se trouver à la campagne. Nous pouvions apercevoir des brebis serrées les unes contre les autres sur la pente d'une colline à proximité d'un bosquet de vieux chênes. Il n'y avait que quelques maisons éparpillées autour de nous, et nous étions tous deux frappés par la tranquillité du paysage et l'étrange qualité de la lumière qui semblait mettre toute chose en valeur.

— C'est globalement un cas remarquable, ne trouvez-vous pas ? s'exclama-t-il tandis que nous prenions la direction du chemin.

— Il me frappe plutôt par sa banalité, répondis-je. La somme de cinquante livres a été dérobée en même temps que le collier ancien. Ce n'est pas votre gageure la plus difficile à relever.

— Je trouve le collier particulièrement fascinant étant donné tout ce que nous avons entendu dire de la maisonnée. Mais vous êtes déjà arrivé à la solution, alors ?

— Je suppose que la question est de savoir si le visiteur importun était bien le jumeau de Boston.

— Et si je vous assurais que, presque certainement, ce n'était pas lui.

— Je dirais que vous me rendez tout à fait perplexe, et que ce n'est pas la première fois.

— Cher vieux Watson. Comme c'est bon de vous avoir à mon côté ! Mais je pense que c'est par là que notre intrus est venu la nuit dernière…

Nous étions arrivés au fond du jardin, à l'endroit où l'allée rejoignait la voie publique, avec la place du village de l'autre côté. Le temps continûment froid et le gazon bien tondu avaient formé un tapis sur lequel toutes les allées et venues depuis vingt-quatre heures avaient été effectivement gelées.

— Sauf si je me trompe, voici les empreintes du méticuleux et efficace Lestrade.

Il y avait des traces de pas tout autour de nous mais Holmes en avait désigné une série en particulier.

— Vous ne pouvez pas savoir que ce sont celles-ci !

— Ah ! Non ? La longueur du pas suggère un homme d'une taille de 1,70 mètre, celle de Lestrade.

Il portait des bottines à bout carré comme j'en ai souvent vu aux pieds de Lestrade. Mais la preuve la plus désespérante en est qu'elles vont dans la mauvaise direction et passent à côté de tout ce qui est important – qui d'autre pourrait agir ainsi à part lui ? Comme vous le verrez, il est entré et sorti par le portail de droite. C'est un choix parfaitement naturel puisque, quand on va vers la maison, c'est le premier qu'on rencontre. Notre intrus, cependant, est sûrement arrivé par l'autre.

— À moi, les deux portails me semblent identiques, Holmes.

— Ils sont certes identiques, mais celui de gauche est moins en vue à cause de la fontaine. Si vous deviez vous approcher de la maison sans vous faire voir, c'est celui que vous choisiriez. Du reste, comme vous pouvez l'observer, nous avons ici une seule série d'empreintes dont il faille nous préoccuper. Hello ! Qu'avons-nous là ?

Holmes s'accroupit et se saisit du mégot d'une cigarette qu'il me montra.

— Une cigarette américaine, Watson. On ne peut pas se tromper sur le tabac. Vous constaterez qu'il n'y a pas de cendres à proximité immédiate.

— Un mégot de cigarette et pas de cendres ?

— Ce qui signifie que, malgré son désir de ne pas se faire voir, il n'a pas attendu longtemps. Vous ne trouvez pas cela significatif ?

— C'était au milieu de la nuit, Holmes. Il pouvait voir que la maison était dans l'obscurité. Il n'avait pas peur qu'on le remarque.

— Même ainsi…

Nous suivîmes les traces jusqu'au bureau à travers la pelouse puis en contournant la bâtisse.

— Il marchait d'un pas régulier. Il aurait pu faire une pause près de la fontaine pour vérifier qu'il ne risquait rien mais il a choisi de ne pas le faire.

Holmes examina la fenêtre que nous avions déjà observée de l'intérieur.

— Ce doit être un homme d'une force peu commune.

— La fenêtre n'a pas dû être si difficile à forcer.

— Certes non, Watson ! Mais considérez sa hauteur. Vous pouvez voir où il a sauté une fois qu'il a eu fini. Il a laissé deux profondes empreintes dans l'herbe. Mais il n'y a pas trace d'une échelle ni même d'une chaise de jardin. Il est possible, tout simplement, qu'il ait trouvé une prise sur le mur. Les joints sont usés et quelques angles sont à découvert. Mais il a dû se tenir d'une main au rebord de la fenêtre pendant qu'il se servait de l'autre pour ouvrir. Nous devons aussi nous demander si c'est par coïncidence qu'il a choisi d'entrer justement dans la pièce qui contient le coffre.

— Sans doute est-il venu derrière la maison parce que c'était plus tranquille et qu'il y avait moins de risques qu'on le voie. Il aura ensuite choisi une fenêtre au hasard.

— Pour le coup, il aura été extrêmement chanceux !

Holmes avait terminé son examen.

— Voilà qui est exactement ce que j'espérais, poursuivit-il. Un collier fait de trois groupes de saphirs sertis dans une monture en or. Il ne devrait pas être très difficile à pister. Et il nous conduira directement à notre homme. Lestrade a au moins confirmé qu'il a pris le train pour London Bridge. Nous devons en faire autant. La gare n'est pas loin et la journée est agréable. Allons-y à pied.

Nous traversâmes le parc devant la maison en nous dirigeant vers le chemin public. Mais avant que nous ayons regagné l'allée, la porte d'entrée de Ridgeway Hall s'ouvrit. Une femme sortit précipitamment et vint à notre rencontre. C'était Eliza Carstairs, la sœur du marchand d'art. Elle avait jeté sur ses épaules un châle qu'elle tenait serré contre sa poitrine. Ses traits, son regard fixe et la mèche de cheveux noirs qui lui retombait sur le front trahissaient son état de consternation.

— Mr. Holmes ! s'écria-t-elle.

— Miss Carstairs.

— Je me suis montré grossière avec vous au salon et je vous prie de m'en excuser. Mais je dois vous dire qu'en réalité rien n'est comme il le semble, et que, sauf si vous nous aidez, sauf si vous parvenez à dissiper la malédiction qui pèse sur cette maison, nous sommes perdus !

— Je vous en prie, Miss Carstairs, reprenez-vous !

— Elle est la cause de tout !

La sœur tendit un doigt accusateur en direction de la maison.

— Catherine Marryat – c'était son nom après son premier mariage. Elle a rencontré Edmond alors qu'il touchait le fond. Il a toujours été d'un naturel sensible, même quand il était petit garçon. Il était inévitable que ses nerfs ne puissent pas supporter l'épreuve qu'il a traversée à Boston. Il était épuisé, malade et, oui, il avait besoin de quelqu'un pour s'occuper de lui. Alors elle s'est jetée sur lui. Quel droit en avait-elle, une moins-que-rien américaine, à peu près sans aucun argent à elle ? En mer, durant toutes ces longues journées sur le bateau, elle a tissé sa toile autour de lui, si bien que, quand il est rentré, il était trop tard. Nous n'avons rien pu pour le dissuader.

— Vous auriez pris soin de lui vous-même.

— Je l'aime comme seule une sœur le peut. Ma mère aussi. Et ne croyez pas une seule minute qu'elle est morte par accident. Nous sommes une famille respectable, Mr. Holmes. Mon père était un marchand d'estampes qui est venu à Londres depuis Manchester. C'est lui qui a ouvert le commerce d'art d'Abermarle Street. Malheureusement il est mort alors que nous étions encore jeunes mais, depuis lors, les trois que nous étions avions vécu en parfaite harmonie. Quand Edmond a annoncé son intention de s'allier à Mrs. Marryat, quand il s'est opposé à nous en refusant d'entendre raison, cela a brisé le cœur de ma mère. Bien sûr, nous aurions aimé voir Edmond marié. Pour nous, son bonheur était tout ce qui comptait au monde. Mais comment pouvait-il l'épouser elle ? Une aventurière étrangère que nous n'avions jamais rencontrée avant et qui, depuis le début et de toute évidence, n'était intéressée que par son argent et sa position sociale, par le confort et la sécurité qu'il pouvait lui apporter ! Ma mère s'est tuée, Mr. Holmes. Elle ne pouvait plus vivre avec la honte et le malheur qu'avait apportés ce maudit mariage. Aussi, six mois après le jour des noces, elle a ouvert le robinet de gaz et s'est allongée sur son lit jusqu'à ce que les émanations aient fait leur œuvre et que le doux oubli nous l'ait arrachée.

— Votre mère vous avait-elle fait part de ses intentions ?

— Elle n'en a pas eu besoin. Je savais ce qu'elle avait à l'esprit et j'ai été à peine surprise quand ils l'ont trouvée. Elle avait fait son choix. L'ambiance à la maison n'a pas été plaisante depuis le jour où cette Américaine y est arrivée, Mr. Holmes. Et maintenant, son dernier coup, cet intrus qui a fait irruption chez nous et volé le collier de maman, notre souvenir le plus précieux de cette chère âme disparue. Tout cela fait partie des mêmes manigances diaboliques. Comment savoir si cet inconnu n'est pas venu pour son compte à elle plutôt que pour accomplir une vengeance contre mon frère ? Elle était avec moi dans le salon quand il est apparu pour la première fois. Je l'ai vu par la fenêtre. Peut-être est-ce une vieille connaissance qui l'a suivie jusqu'ici ? Peut-être est-il plus que ça. Mais c'est seulement le début, Mr. Holmes. Aussi longtemps que ce mariage durera, aucun d'entre nous ne sera plus en sécurité !

— Votre frère semble tout à fait content, répondit Holmes avec une certaine indifférence. Mais en dehors de cela, que voudriez-vous que je fasse ? Un homme peut choisir qui il épouse sans la bénédiction de sa mère. Ou, aussi, de sa sœur.

— Vous pourriez faire une enquête sur elle.

— Ce ne sont pas mes affaires, Miss Carstairs.

Eliza Carstairs le fixa avec mépris.

— J'ai lu certaines choses à propos de vos exploits, Mr. Holmes. Et j'ai toujours considéré qu'on les exagérait. Vous-même, malgré toute votre habileté, m'êtes toujours apparu de façon frappante comme quelqu'un qui ne comprenait pas le cœur humain. À présent, je sais que c'est vrai.

Sur quoi elle fit demi-tour et regagna la maison.

Holmes la regarda jusqu'à ce que la porte se soit refermée.

— Très singulier ! remarqua-t-il. Ce cas devient de plus en plus curieux et complexe.

— Je n'ai jamais vu une femme parler avec autant de furie, fis-je observer.

— C'est vrai, Watson. Mais il y a une chose que je voudrais savoir tout particulièrement, car je commence à flairer un grand danger.

Il regarda la fontaine, les statues de pierre et le cercle d'eau gelée.

— Je me demande si Mrs. Catherine Carstairs sait nager.

IV

Les forces de police non officielles

Holmes dormit tard le lendemain matin. Je restai assis à lire *Le Martyre de l'homme*, de Winwood Reade, un livre qu'il m'avait recommandé en plus d'une occasion mais que, je le confesse, je trouvais bien pesant. Je pouvais comprendre, néanmoins, pourquoi l'auteur avait séduit mon ami, avec sa haine « de la paresse et de la stupidité », sa révérence pour le « divin intellect », sa façon de suggérer qu'« il est dans la nature de l'homme de raisonner en partant de soi-même vers l'extérieur ». Holmes aurait pu écrire une bonne partie de tout cela. Même si je fus soulagé quand je tournai la dernière page et reposai le livre, je sentis qu'il m'avait du moins fourni quelque éclairage sur l'esprit du détective.

Le courrier du matin avait apporté une lettre de Mary. Tout allait bien à Camberwell. Richard Forrester n'était pas malade au point de ne pas avoir été enchanté de revoir son ancienne gouvernante. Elle, de son côté, prenait un plaisir évident à la compagnie de la mère qui la traitait fort bien, plutôt comme une égale que comme une ancienne employée.

J'avais pris mon stylographe pour lui répondre quand retentit un violent coup de sonnette à la porte d'entrée. Il fut suivi du grondement de pas nombreux dans l'escalier. C'était un bruit que je me rappelais bien, aussi ne fus-je pas pris au dépourvu quand une demi-douzaine de sauvageons entrèrent en trombe dans la pièce pour former ce qui pouvait ressembler à un rang sous les ordres du plus grand d'entre eux qui criait pour les faire bien s'aligner.

— Wiggins ! m'exclamai-je, car je n'avais pas oublié son nom. Je ne m'attendais pas à vous revoir !

— Mr. Holmes nous a envoyé un message pour nous convoquer à propos d'une affaire de la plus grande z'urgence, répliqua Wiggins. Et quand Mr. Holmes appelle, nous venons, et nous voici z'ici.

Une fois, Sherlock les avait appelés la division Baker Street de la police d'investigation. D'autres fois, il parlait d'eux comme des Irréguliers. On aurait difficilement pu imaginer bande plus déguenillée, plus dépenaillée, des garçons entre huit et quinze ans, assortis entre eux par la saleté et la crasse, avec des vêtements tellement rapiécés et ravaudés qu'il aurait été impossible de dire à combien d'autres enfants ils avaient appartenu avant eux. Wiggins lui-même portait une veste d'adulte qu'on avait coupée en deux : on avait ôté une bande au haut, une autre au bas, avant de recoudre les deux parties ensemble. Plusieurs des garçons étaient pieds nus. Un seul d'entre eux, je le notai, était un peu plus élégant et mieux nourri que les autres. Ses vêtements étaient légèrement moins élimés, et je me demandai à quels forfaits – vol à la tire, peut-être, ou cambriolage – il devait les moyens de ne pas seulement survivre mais, à sa façon, de prospérer.

Il ne pouvait pas avoir dépassé treize ans, pourtant, comme tous les autres, il était déjà considérablement adulte. L'enfance, après tout, est le premier bien précieux que la pauvreté vole à un enfant.

Un moment plus tard Holmes apparut et, avec lui, Mrs. Hudson. Je pus voir que notre logeuse était à cran et de mauvaise humeur. D'ailleurs, elle ne chercha pas à dissimuler sa façon de penser :

— Je ne le tolérerai pas, Mr. Holmes. Je vous l'ai déjà dit. C'est une maison respectable, pas un endroit où inviter un gang de va-nu-pieds. Qui sait quelles maladies ils ont apportées avec eux ? Sans parler de l'argenterie ou du linge qui s'en ira quand ils vont repartir !

— Je vous en prie, calmez-vous, ma bonne Mrs. Hudson, dit Holmes en riant. Wiggins, je te l'ai déjà dit, je ne veux pas qu'on envahisse la maison de la sorte. À l'avenir, toi seul viendras au rapport. Mais puisque tu es là et que tu as amené la bande au complet, écoutez tous mes instructions attentivement. Notre gibier est un Américain, un homme au milieu de la trentaine qui porte une casquette plate à l'occasion. Il a une cicatrice assez récente sur la joue droite et nous pouvons considérer qu'il est étranger à Londres. Hier, il se trouvait à la gare de London Bridge avec en sa possession un collier en or garni de trois groupes de saphirs. Inutile de le préciser, ce bijou est venu en sa possession de façon illégale. Maintenant, où pensez-vous qu'il pourrait aller pour s'en défaire ?

— Fullwood Rents ! cria un des garçons.

— Les Juifs de Petticoat Lane ! s'exclama un autre.

— Non, il en tirera un meilleur prix aux Puces, suggéra un troisième. Moi, j'irais à Flower Street ou à Field Lane.

— Les prêteurs sur gages, intervint le garçon mieux vêtu que les autres qui avait attiré mon attention.

— Les prêteurs sur gages ! approuva Holmes. Quel est ton nom, mon garçon ?

— C'est Ross, monsieur.

— Eh bien ! Ross, tu as l'étoffe d'un détective. L'homme que nous cherchons est nouveau en ville. Il ne connaîtra pas Flower Street, Fullwood Rents ou aucun autre des endroits ésotériques où vous vous attirez des ennuis, les garçons. Il ira au plus simple, et le symbole des trois boules d'or est connu dans le monde entier. Il est arrivé par London Bridge et on peut supposer qu'il a choisi un hôtel ou une pension dans les parages de la gare. Vous allez rendre visite à tous les prêteurs sur gages du secteur en décrivant l'homme et le bijou qu'il a pu essayer de vendre.

Holmes fouilla ses poches.

— Mes tarifs sont les mêmes que d'habitude. Un shilling pour chacun et une guinée pour qui trouve ce que je cherche.

Wiggins aboya un ordre et, dans un bruit et un désordre considérables, les forces de police non officielles se retirèrent, surveillées d'un œil d'aigle par Mrs. Hudson qui, désormais, allait passer le reste de la matinée à compter les couverts. Aussitôt qu'ils furent partis, Holmes battit des mains et se laissa tomber dans un fauteuil.

— Eh bien ! Watson, dit-il, que pensez-vous de tout ça ?

— Vous semblez être plutôt confiant que nous trouverons O'Donaghue, dis-je.

— Je suis à peu près sûr que nous retrouverons l'homme qui est entré par effraction à Ridgeway Hall, répondit-il.

— Ne pensez-vous que Lestrade va aussi enquêter chez les prêteurs sur gages ?

— J'en doute quelque peu. C'est tellement évident que cela ne lui sera sans doute pas venu à l'esprit. À présent, nous avons toute la journée devant nous et rien pour l'occuper. Aussi, puisque j'ai raté le petit déjeuner, je propose que nous allions déjeuner ensemble au Café de l'Europe, à côté du théâtre de Haymarket. En dépit de son nom, la cuisine y est anglaise et de premier ordre. Après quoi, j'ai dans l'idée de visiter la galerie de Carstairs et Finch dans Abermarle Street. Il peut s'avérer intéressant de faire la connaissance de Mr. Tobias Finch. Mrs. Hudson ! Si Wiggins reparaît, vous pourrez l'envoyer là-bas. Mais avant tout, Watson, vous devez me dire ce que vous pensez du *Martyre de l'homme*, puisque je vois que vous l'avez enfin terminé.

Je jetai un coup d'œil au livre posé innocemment dans son coin.

— Holmes… ?

— Vous avez utilisé une image publicitaire pour des cigarettes comme marque-page. J'ai suivi sa progression digne d'une tortue depuis la première jusqu'à la dernière page et je la vois désormais posée sur la table, finalement libérée de sa tâche. Je suis intéressé d'entendre vos conclusions. Un peu de thé, peut-être, Mrs. Hudson, si vous voulez bien avoir la bonté…

Nous sortîmes de la maison et marchâmes tranquillement jusqu'au Haymarket. Le brouillard s'était levé et, quoiqu'il fît froid, c'était une autre belle journée, avec des foules de gens qui entraient et sortaient des grands magasins et des vendeurs ambulants qui poussaient leur carriole en criant pour vanter leurs marchandises. Dans Wimpole Street, une belle affluence s'était massée autour d'un joueur d'orgue de Barbarie, un vieil Italien qui jouait des airs napolitains anciens et tristes. Cela avait attiré tout un assortiment de mendiants qui se déplaçaient parmi les spectateurs en racontant leurs histoires émouvantes à qui voulait les entendre. Il n'y avait quasiment pas un seul carrefour sans son artiste de rue et, pour une fois, personne n'avait envie de les faire circuler. Nous déjeunâmes au Café de l'Europe où on nous servit un délicieux pâté de gibier d'élevage. Holmes était d'humeur expansive. Il ne parla pas de l'affaire en cours, du moins pas directement, mais je me rappelle qu'il disserta sur la nature de l'art pictural et de son possible emploi dans la résolution des crimes.

— Vous vous en souvenez, dit-il, Carstairs nous a dit avoir perdu quatre Constable. C'étaient des paysages du Lake District peints au début du siècle, à une période où, apparemment, l'artiste était sombre et déprimé. Les huiles sur une toile, par conséquent, deviennent des indices de sa psychologie, et il s'ensuit que si quelqu'un décide d'accrocher une telle œuvre sur le mur de son salon, nous pouvons en déduire quantité d'informations sur son propre état d'esprit. Avez-vous remarqué, par exemple, les tableaux exposés à Ridgeway Hall ?

— Un bon nombre d'entre eux étaient français. Il y avait un paysage de Bretagne, un autre montrant un pont enjambant la Seine. Je les ai trouvés très beaux.

— Vous les avez admirés mais vous n'en avez rien appris.

— Vous voulez dire relativement à la personnalité d'Edmond Carstairs ? Il préfère la campagne à la ville.

Il est attiré par l'innocence de l'enfance. C'est un homme qui aime être entouré de couleurs. Je suppose que les peintures que nous avons vues sur les murs peuvent nous laisser deviner quelque chose de sa nature. Mais, d'un autre côté, nous ne pouvons pas être certains qu'il les a toutes choisies lui-même. Son épouse ou sa défunte mère peuvent être responsables pour certaines.

— C'est très vrai, admit Holmes.

— Et même un homme qui assassine sa femme peut avoir un aspect moins mauvais de sa personnalité qui s'exprimera dans ses choix artistiques. Vous vous rappelez cette affaire avec la famille Abernetty. Horace Abernetty avait décoré ses murs de superbes dessins de la flore locale, si je me rappelle bien. Et pourtant, c'était un individu de bien sinistre mémoire.

— Dans mon souvenir, les spécimens de flore représentés étaient surtout les plantes empoisonnées, puisque vous en parlez.

— Et à Baker Street, Holmes ? Êtes-vous en train de me dire qu'un visiteur qu'on introduirait dans votre salon trouverait des indices sur votre psychologie en observant les œuvres qui sont pendues autour de vous ?

— Non. Mais il pourrait en dire long sur mon prédécesseur car, je puis vous l'assurer, Watson, il n'y a pas une seule image dans mon logement qui n'était pas déjà là quand je suis arrivé. Est-ce que vous pensez sérieusement que je suis sorti pour aller acheter le portrait de Henry Ward Beecher qui se trouve au-dessus de l'endroit où étaient vos livres ? Voilà un homme admirable à tous points de vue et dont les opinions sur l'esclavage et la bigoterie sont recommandables, mais il a été abandonné là par un quidam qui a occupé les lieux avant moi. J'ai simplement décidé de le laisser en place.

— Vous n'avez pas acheté le portrait du général Gordon ?

— Non. Mais je l'ai fait réparer et réencadrer après que j'ai tiré dessus par accident. C'était sur l'insistance de Mrs. Hudson. Voyez-vous, il se peut tout aussi bien que j'écrive une monographie sur le sujet : l'usage de l'art en matière d'investigation.

— Holmes, vous vous obstinez à vous considérer comme une machine, dis-je en riant. Même un chef-d'œuvre impressionniste n'est rien d'autre à vos yeux qu'une pièce à conviction qu'il convient d'utiliser dans la poursuite du crime. Peut-être qu'il vous faudrait apprécier l'art pour vous humaniser. J'insiste pour que vous m'accompagniez visiter la Royal Gallery.

— Nous avons déjà la galerie de Carstairs et Finch sur notre agenda, Watson. Je pense que cela suffira. Garçon ! le plateau de fromage ! Et un verre de vin de Moselle, je pense, pour mon ami. Le porto est trop lourd pour l'après-midi.

Il n'y avait pas loin jusqu'à la galerie. De nouveau, nous y allâmes à pied. Je dois dire que je prenais un plaisir immense à ces moments de sociabilité paisible et que je me considérais comme un des hommes les plus heureux de Londres pour avoir pu participer à la conversation que je viens de relater et pour pouvoir marcher tranquillement au côté d'un aussi grand personnage que Sherlock Holmes.

Il était près de quatre heures et la lumière commençait à décliner quand nous arrivâmes à la galerie qui, en fait, ne se trouvait pas dans Abermarle Street même mais dans une ancienne cour donnant sur la rue. À part une enseigne discrète rédigée en lettres d'or, il n'y avait pas grand-chose pour indiquer qu'il s'agissait d'une entreprise commerciale. Une porte basse menait à une pièce assez sombre avec deux canapés, une table et une seule toile posée sur un chevalet – deux vaches dans un pré par le peintre hollandais Paulus Potter. En entrant, nous entendîmes deux hommes qui discutaient dans la pièce voisine. Je reconnus une des voix. C'était celle d'Edmond Carstairs.

— C'est un excellent prix, disait-elle. J'en suis absolument certain, Tobias. Ces œuvres sont comme le bon vin, leur prix ne peut qu'augmenter.

— Non, non et non ! répliqua l'autre voix d'un ton haut placé. Il les appelle des paysages marins. Eh bien, je peux voir la mer… mais à peine rien de plus ! Sa dernière exposition a été un fiasco et il a trouvé refuge à Paris où sa réputation, à ce que j'ai entendu dire, décline rapidement.

— Six œuvres de Whistler…

— Six œuvres dont nous ne parviendrons jamais à nous débarrasser !

Je me tenais près de la porte que je fermai un peu plus bruyamment que nécessaire afin de signaler notre présence aux deux hommes. Cela produisit l'effet désiré. La conversation s'interrompit et, un moment après, un mince personnage à cheveux blancs, impeccablement vêtu d'un costume noir, avec un col cassé et une cravate noire, sortit de derrière un rideau. Une chaîne en or pendait sur son gilet et un pince-nez, en or également, était perché tout au bout de son nez. Il devait avoir au moins soixante ans mais il y avait encore du ressort dans sa démarche, et une certaine énergie nerveuse se manifestait dans chacun de ses mouvements.

— Je présume que vous êtes Mr. Finch, commença Holmes.

— Oui, monsieur. C'est effectivement mon nom. Et vous êtes… ?

— Je suis Sherlock Holmes.

— Holmes ? Je ne pense pas vous connaître et pourtant le nom m'est familier…

— Mr. Holmes !

Carstairs était entré dans la pièce à son tour. Le contraste entre les deux hommes était frappant. L'un, vieux et ratatiné, appartenait presque à une autre époque, l'autre, plus jeune, plus dandy, portait encore sur le visage les traces de la colère et de la frustration qu'avait très probablement fait naître la conversation que nous venions de surprendre.

— Voici Mr. Holmes, le détective dont je vous ai parlé, expliqua-t-il à son associé.

— Oui, oui. Bien sûr, je sais. Il vient juste de se présenter !

— Je ne pensais pas vous voir ici, dit Carstairs.

— Je suis venu parce qu'il m'intéressait de voir votre lieu de travail, expliqua Holmes. Mais j'ai aussi un certain nombre de questions pour vous, à propos de ces hommes de l'agence Pinkerton que vous avez employés à Boston.

— Une affaire épouvantable ! s'écria Finch. De ma vie, je ne pourrai me remettre de la perte de ces toiles. Cela a été la plus grosse calamité de ma carrière. Si seulement nous lui avions vendu quelques-uns de vos Whistler, Edmond. Ils auraient pu partir en petits morceaux sans que personne ne s'en soucie le moins du monde !

Une fois que le vieil homme était lancé, il ne semblait pas y avoir moyen de l'arrêter.

— La vente de tableaux est un métier respectable, Mr. Holmes. Nous sommes en affaire avec de nombreux membres de l'aristocratie. Je ne tiens pas à ce que s'ébruite le fait que nous avons été mêlés à une histoire de bandits et de meurtre !

Brusquement, le visage du vieil homme se décomposa quand il vit qu'il était mêlé à bien pire encore. La porte s'ouvrit, en effet, pour laisser passer un garçon qui entra en trombe dans la galerie. Je reconnus aussitôt Wiggins que nous avions vu dans notre salon le matin même mais, pour Finch, ce fut comme s'il était en train de subir la pire des agressions.

— Va-t'en ! Hors d'ici ! cria-t-il. Nous n'avons rien pour toi !

— Vous n'avez pas à vous inquiéter, Mr. Finch, dit Holmes. Je connais le garçon. Qu'y a-t-il, Wiggins ?

— On l'a trouvé, Mr. Holmes, lança Wiggins, très excité. Le type que vous étiez à sa recherche ! On l'a vu de nos propres yeux, moi et Ross. On s'en allait du côté de la bijouterie de Bridge Lane – Ross, il connaît l'endroit pasqu'il y entre et sort assez souvent lui-même – quand la porte s'est ouverte, et là le voilà, aussi visible que la lumière en plein jour, avec son visage coupé de blanc par la cicatrice.

Le garçon figura une ligne sur sa propre joue.

— C'est moi que je l'ai vu. Pas Ross.

— Où est-il maintenant ? demanda Holmes.

— On l'a suivi-z-à sa pension, m'sieur. Est-ce que ce sera une guinée pour chacun si on vous y mène ?

— Ce sera la fin pour vous sinon, répliqua Holmes. Mais j'ai toujours joué franc jeu, Wiggins, tu le sais. Dis-moi, où est cette pension ?

— À Bermondsey, m'sieur. La pension de famille de Mrs. Oldmore. Ross est là-bas z'en ce moment. Je l'ai laissé faire le guet pendant que je faisais tout le chemin jusque z'ici pour vous trouver. Si votre homme sort de nouveau, il le suivra voir z'où il va. Ross est nouveau dans la partie mais il est z'aussi malin que les autres. Est-ce que vous allez venir là-bas avec moi, Mr. Holmes ? Vous prendrez un fiacre ? Je pourrai monter dedans avec vous ?

— Tu pourras t'asseoir à côté du cocher.

Holmes se tourna vers moi. Je notai aussitôt les sourcils froncés et l'intensité de son regard, des signes que toute son énergie était fixée vers ce qui nous attendait.

— Nous devons partir sur-le-champ, dit-il. Par un coup de chance, nous avons l'objet de notre enquête à portée de main. Nous ne devons pas le laisser filer entre nos doigts.

— Je vais venir avec vous, annonça Carstairs.

— Mr. Carstairs, pour votre propre sécurité…

— J'ai vu cet homme. C'est moi qui vous l'ai décrit, et si quelqu'un peut être sûr que ces garçons l'ont identifié correctement, c'est moi. En outre j'ai un désir tout personnel de voir tout ceci s'achever. Si cet homme est bien celui que je pense, je suis la cause de sa présence ici, et il est juste que je veille à ce que l'affaire se termine.

— Nous n'avons pas le temps d'argumenter, dit Holmes. Nous partirons donc tous les trois. Ne perdons pas une minute de plus.

Ce fut ainsi que nous quittâmes la galerie en toute hâte, Holmes, Wiggins, Carstairs et moi, laissant Mr. Finch pantois de nous voir faire. Nous trouvâmes un fiacre et nous y montâmes. Wiggins se hissa à côté du cocher qui le considéra d'abord avec dédain puis se radoucit et lui prêta même un pan de sa couverture. Un claquement de fouet, et nous étions partis, comme si quelque chose de notre hâte s'était communiqué aux chevaux. Il faisait presque sombre et, avec la venue de la nuit, le sentiment de bien-être qui avait été le mien jusqu'alors s'était dissipé. La ville était redevenue froide et hostile. Acheteurs et saltimbanques étaient rentrés chez eux. Leur place était prise par d'autres spécimens humains, des hommes en haillons et des femmes voyantes, qui avaient besoin de l'ombre pour faire leurs affaires et dont les affaires, en vérité, comportaient une bonne part d'ombre.

La voiture nous fit traverser le pont de Blackfriars où le vent, parfaitement glacial, nous transperça comme un coup de couteau. Holmes n'avait pas parlé depuis notre départ et je sentis qu'il avait eu comme un pressentiment de ce qui allait arriver. Ce n'est pas quelque chose qu'il ait jamais voulu admettre, et, si je l'avais suggéré, je crois que cela l'aurait ennuyé. Pas de divination avec lui ! Son opinion était que tout était intellect, bon sens systématisé, comme il me l'a exposé une fois. Pourtant, je ressentais quelque chose qui défiait l'explication et qu'on aurait même pu considérer comme surnaturel. Qu'il le veuille ou non, Holmes savait que les événements de cette soirée allaient constituer un point crucial, un tournant, après lequel sa vie – nos deux vies – ne serait plus jamais la même.

La pension de famille de Mrs. Oldmore promettait un salon-chambre à coucher pour trente shillings par semaine. C'était très exactement le type d'établissement auquel il fallait s'attendre pour ce prix, un méchant bâtiment délabré avec une maison qui penchait d'un côté et un four en briques de l'autre. Elle était proche du fleuve et paraissait humide et sale. Des lampes brûlaient derrière les fenêtres mais les vitres étaient à ce point incrustées de crasse que presque aucune lumière ne passait à travers. Ross, le compagnon de Wiggins, nous attendait, tremblant de froid malgré le fort rembourrage de journaux dont sa veste était garnie. Quand Holmes et Carstairs descendirent de voiture, il fit un pas en arrière, et je vis que quelque chose l'avait terriblement effrayé. Ses yeux étaient pleins d'inquiétude et son visage, dans la lueur du réverbère, montrait une pâleur terreuse. À ce moment-là, Wiggins sauta à terre et le secoua. Ce fut comme si le maléfice se brisait.

— Tout va bien mon gars, cria Wiggins. Nous toucherons tous les deux z'une guinée. Mr. Holmes l'a promis.

— Raconte-moi ce qu'il est arrivé pendant que tu es resté seul, dit Holmes. Est-ce que l'homme que vous avez reconnu a quitté l'hôtel ?

— Qui sont ces messieurs ?

Ross désigna Carstairs du doigt puis moi.

— C'est des policiers ? Des flics ? Pourquoi sont-ils ici ?

— Tout va bien, Ross, dis-je. Tu n'as pas besoin de t'inquiéter. Je suis le docteur Watson, un médecin. Tu m'as vu ce matin quand tu es venu à Baker Street. Et voici Mr. Carstairs qui tient une galerie d'art dans Abermarle Street. Nous ne te voulons aucun mal.

— Abermarle Street... À Mayfair ?

Le garçon avait tellement froid que ses dents claquaient. Bien sûr, les va-nu-pieds des rues de Londres étaient habitués au froid mais lui avait dû rester dehors, immobile, pendant au moins deux heures.

— Qu'as-tu vu ? demanda Mr. Holmes.

— J'ai rien vu ! répliqua Ross.

Sa voix était changée. Il y avait désormais quelque chose dans ses façons qui aurait presque fait penser qu'il voulait cacher quelque chose. Il me vint à l'esprit, et ce n'était pas la première fois que j'y songeais, que tous ces enfants atteignaient une sorte d'état d'adulte beaucoup plus tôt que leur âge, encore tendre, aurait dû le permettre.

— Chuis resté là, à vous attendre. Il est pas sorti. Personne est venu. Et le froid, il m'est entré jusque dans les os.

— Voici l'argent que je t'ai promis – et toi aussi, Wiggins.

Holmes paya les deux garçons.

— À présent, rentrez chez vous. Vous en avez fait assez pour ce soir.

Les gamins prirent leur pièce et partirent ensemble en courant, non sans que Ross jette un dernier regard dans notre direction.

— Je propose que nous entrions dans l'hôtel et que nous abordions cet homme, poursuivit Mr. Holmes. Dieu m'est témoin que je n'ai pas envie de traîner ici plus longtemps que nécessaire. Ce garçon, Watson. Est-ce que vous avez remarqué qu'il dissimulait quelque chose ?

— Il y a certainement quelque chose qu'il ne nous a pas dit, l'approuvai-je.

— Espérons qu'il n'a rien fait qui a pu nous trahir. Mr. Carstairs, s'il vous plaît, restez bien en retrait. Il est peu probable que notre homme recourra à la violence, mais nous sommes venus ici sans aucune préparation. Le fidèle revolver du Dr. Watson se trouve probablement au fond d'un tiroir, à Kensington, enveloppé dans un tissu, et je suis, moi aussi, sans arme. Nous devrons nous fier à notre habileté. Allons-y !

Nous pénétrâmes tous trois dans l'hôtel. Quelques pas nous menèrent jusqu'à la porte d'entrée qui s'ouvrait sur une réception sans tapis, mal éclairée, avec un bureau placé sur un côté. Un homme âgé y était assis, affalé sur une chaise en bois et à demi endormi. Il sursauta quand il nous vit.

— Dieu vous bénisse, messieurs ! chevrota-t-il. Nous pouvons vous proposer des lits individuels pour cinq shillings la nuit…

— Nous ne venons pas pour une chambre, répondit Holmes. Nous sommes à la poursuite d'un homme qui est arrivé d'Amérique récemment. Il a une cicatrice blanche sur la joue. C'est une affaire d'une très grande urgence et, si vous ne voulez pas avoir des ennuis avec la loi, vous nous direz où on peut le trouver.

Le cireur de chaussures ne désirait avoir d'ennuis avec personne.

— Il n'y a qu'un seul Américain ici, dit-il. Vous devez faire allusion à Mr. Harrison, de New York. Il a la chambre au fond du couloir, à cet étage-ci. Il est rentré voici un petit moment et il doit être endormi car je n'ai plus entendu le moindre bruit.

— Le numéro de sa chambre ? demanda Holmes.

— C'est le six.

Nous y allâmes aussitôt, en suivant un couloir nu, où les portes étaient si proches les unes des autres que les chambres derrière devaient à peine être plus grandes que des placards. Le débit des lampes à gaz était réglé tellement bas que nous avions l'impression de chercher notre chemin au milieu des ténèbres. Effectivement, le numéro six se trouvait tout au bout. Holmes leva le poing pour frapper à la porte puis il fit un pas en arrière tandis qu'un petit sifflement s'échappait de ses lèvres. Je regardai par terre et je vis un filet d'un liquide presque noir dans le demi-jour qui dessinait une courbe venant de derrière la porte et qui allait former une petite flaque contre la plinthe. J'entendis Carstairs pousser un cri. Je le vis reculer en mettant les mains devant les yeux. Le cireur nous surveillait depuis l'autre bout du couloir. C'était comme s'il attendait l'horreur qui était sur le point de se dévoiler.

Holmes essaya la porte. Elle ne s'ouvrit pas. Sans dire un mot, il lui donna un coup d'épaule, et la fragile serrure céda. Laissant Carstairs dans le couloir, nous entrâmes et je vis tout de suite que cette affaire criminelle, que j'avais tout d'abord considérée comme banale, avait pris un tournant vers le pire. La fenêtre était ouverte. La chambre avait été saccagée. Et l'homme que nous poursuivions était pelotonné sur lui-même, avec un couteau planté dans le cou.

V

Lestrade prend l'affaire en main

Assez récemment, j'ai revu George Lestrade pour ce qui devait être la dernière fois. Il ne s'était jamais tout à fait rétabli de la balle qu'il avait reçue tandis qu'il enquêtait sur ces assassinats bizarres que la presse populaire a fait connaître comme les « meurtres de Clerkenwell » – même si l'un d'eux avait eu lieu dans la cité voisine de Hoxton et si un autre s'est finalement avéré être un suicide. Bien sûr, il n'était plus en activité depuis longtemps quand il a eu la gentillesse de venir me visiter dans la maison de retraite où je venais d'emménager. Nous avons passé l'après-midi ensemble, à évoquer des souvenirs. Mes lecteurs ne seront guère surpris de l'apprendre, Sherlock Holmes a constitué le principal sujet de notre conversation, et je me suis senti obligé de présenter des excuses à Lestrade. À double titre. D'abord, je ne l'ai jamais décrit en termes bien valorisants. Les expressions « figure de rat » et « allures de fouine » me viennent aussitôt à l'esprit. Cependant, aussi peu aimables qu'elles aient pu être, du moins n'étaient-elles pas inappropriées. Lestrade lui-même a plaisanté une fois en disant qu'une mère nature capricieuse lui avait donné les traits d'un criminel plutôt que ceux d'un officier de police. Après quoi, il a ajouté que, l'un dans l'autre, il serait devenu plus riche s'il avait opté pour la première des deux professions. Holmes, aussi, faisait remarquer que ses talents, notamment en matière de serrures et de faux documents, auraient pu faire de lui un criminel aussi brillant que l'était le détective. Il est amusant de penser que, dans un monde différent, les deux hommes auraient pu travailler ensemble, mais du mauvais côté de la loi.

Ensuite, là où j'ai probablement commis une vraie injustice envers lui, c'est en suggérant qu'il n'avait ni intelligence ni talent pour mener une enquête. Il faut l'admettre, Sherlock Holmes disait du mal de lui à l'occasion. Seulement Holmes était à ce point unique, à ce point supérieur intellectuellement, que personne à Londres n'aurait pu rivaliser avec lui. Il a été pareillement critique envers tous les policiers qu'il a rencontrés, exception faite, peut-être, de Stanley Hopkins – et encore, sa confiance dans ce jeune détective a été souvent mise à rude épreuve.

Pour le dire simplement, comparé à Holmes, aucun autre détective n'aurait été de taille, et même moi, qui me tenais à ses côtés plus souvent que quiconque, j'avais parfois besoin de me rappeler à moi-même que je n'étais pas complètement idiot. En fait, Lestrade était compétent à bien des égards. En consultant les archives, on pourrait trouver nombre de cas qu'il a élucidés tout seul, et les journaux ont toujours écrit du bien de lui. Holmes lui-même admirait sa ténacité. Il a fini sa carrière comme Assistant Commissioner[1] en

---

1. À peu près l'équivalent de préfet de police. (*Toutes les notes sont du traducteur.*)

charge de la brigade criminelle à Scotland Yard, et ce
même si sa réputation reposait pour une bonne part sur
des affaires que Holmes avait résolues mais qu'on
avait portées à son crédit.

Durant notre long et plaisant entretien, Lestrade m'a
avoué qu'il était intimidé quand il se trouvait en présence de Sherlock Holmes, et que cela avait pu l'amener à agir avec moins d'efficacité. Il est parti, désormais. Il ne m'en voudra sûrement pas de raconter cette
confidence en portant à son crédit ce qui lui est dû.
Ce n'était pas un mauvais bougre. Et à la fin de cette
journée-là, je savais moi aussi exactement ce qu'il
ressentait.

En tout cas, ce fut Lestrade qui arriva à la pension
de famille de Mrs. Oldmore le lendemain matin.
Comme toujours, il était pâle, ses yeux brillaient au
fond de leurs orbites et il affichait la contenance d'un
rat qui se serait habillé pour déjeuner au Savoy.

Après que Holmes avait alerté le policier en service
dans la rue, la chambre avait été fermée et placée sous
surveillance policière jusqu'à ce qu'une froide lumière
vienne disperser les ombres et permettre d'effectuer
des recherches approfondies dans les chambres comme
dans les parages de l'hôtel.

— Eh bien ! Eh bien ! Mr. Holmes, remarqua-t-il
avec une pointe d'irritation, on m'a dit que vous étiez
attendu quand je suis allé à Wimbledon et vous voici
de nouveau.

— Nous avons tous deux suivi la trace de ce malheureux qui a fini ses jours ici, répliqua Holmes.

Lestrade jeta un coup d'œil au cadavre.

— Il me semble, en effet, qu'il s'agit bien de
l'homme que nous cherchions.

Holmes ne dit rien et Lestrade le fixa avec intensité.

— Comment avez-vous fait pour le trouver ?

— Cela a été ridiculement simple. Je savais, grâce à votre brillante enquête, qu'il avait repris le train jusqu'à London Bridge. Dès lors, mes agents ont épluché le secteur jusqu'à ce que deux d'entre eux soient assez heureux pour le croiser dans la rue.

— Je suppose que vous faites allusion à cette bande de gamins que vous utilisez à l'occasion. Je garderais mes distances, si j'étais vous, Mr. Holmes. On ne peut rien en tirer de bon. Ce sont tous des voleurs et des pickpockets quand ils ne se trouvent pas à votre service. Y a-t-il la moindre trace du collier ?

— Pas de trace évidente, non. Mais je n'ai pas encore eu le loisir de fouiller la chambre dans son intégralité.

— Alors nous devrions peut-être commencer par ça.

Joignant les actes à la parole, Lestrade se mit à fouiller la pièce avec soin. C'était un endroit passablement lugubre avec des rideaux déchirés, un tapis en loques, un lit qui semblait plus fatigué que quiconque aurait pu avoir l'intention de dormir dedans. Un miroir fendu pendait à un mur. Il y avait une table de toilette dans un coin, avec une cuvette sale et un seul morceau informe de savon tout sec. Il n'y avait pas de vue. La fenêtre donnait, par-dessus une allée étroite, sur un mur de briques qui se dressait juste de l'autre côté. Et, bien qu'elle coule à quelque distance et ne soit pas visible, la Tamise imprégnait tout l'endroit de son humidité et de son odeur.

L'attention se porta ensuite sur le mort qui était habillé comme Carstairs l'avait décrit, d'une redingote qui lui descendait aux genoux, d'un gilet épais et d'une chemise boutonnée jusqu'au cou. Tous étaient imbibés de sang. Le couteau qui l'avait tué était planté jusqu'au manche ; il avait perforé la carotide. Par expérience, je savais que la mort avait été instantanée. Lestrade fouilla les poches sans rien trouver.

À présent que je pouvais l'examiner plus attentivement, je constatai que l'homme qui avait suivi Carstairs jusqu'à Ridgeway Hall était dans le début de la quarantaine et bien bâti avec des épaules solides et des bras musclés. Sa chevelure drue commençait à virer au gris. Le plus frappant était sa cicatrice qui partait de la commissure des lèvres et s'allongeait sur la joue, manquant l'œil de peu. Il était passé très près de la mort une première fois. Il avait eu moins de chance la seconde.

— Pouvons-nous être sûrs que c'est bien l'homme qui a abordé Mr. Edmond Carstairs ? demanda Lestrade.

— Oui, c'est le cas. Carstairs a pu l'identifier.

— Il était ici ?

— Brièvement, oui. Malheureusement, il a été obligé de s'en aller.

Holmes sourit pour lui-même, et je me souvins comment nous avions été obligés de porter Carstairs comme un paquet jusqu'à un cab afin de lui faire reprendre le chemin de Wimbledon. Il avait à peine entraperçu le cadavre mais cela avait suffi pour le faire s'évanouir. Cela m'avait permis de me figurer son état sur le *Catalonia* après son expérience avec le gang des Casquettes plates, à Boston. Il se pouvait qu'il ait la même sensibilité que certains artistes dont il exposait les œuvres. Il était certain, en tout cas, que le sang et la crasse de Bermondsey n'étaient pas faits pour lui.

— Voici une preuve de plus, s'il vous la faut.

Holmes montra une casquette plate posée sur le lit.

Entre-temps, Lestrade avait tourné son attention vers un paquet de cigarettes posé sur une table voisine. Il examina l'étiquette.

— « Old Judge ».

— Fabriqué, comme vous le découvrirez, je pense, par Goodwin et Company, de New York. J'ai trouvé un mégot de ces cigarettes à Ridgeway Hall.

— Vous le saviez ? dit Lestrade avec une mimique de surprise. Eh bien ! je suppose que nous pouvons écarter l'hypothèse que notre ami américain a été victime d'une agression de rôdeur. Bien qu'il y en ait beaucoup dans les environs, et qu'il soit toujours possible qu'en rentrant dans sa chambre la victime ait surpris quelqu'un en train de fouiller. Une bagarre s'ensuit. On tire un couteau. Et voilà comment finit l'histoire…

— Je trouve cela peu probable, approuva Holmes. Ce serait une bien trop grande coïncidence qu'un homme arrivé tout récemment à Londres avec, à l'évidence, de mauvaises intentions, finisse subitement de la sorte. Ce qui est arrivé dans cette chambre d'hôtel est forcément en rapport avec ses activités à Wimbledon. Et puis il y a la position du corps et l'angle selon lequel le couteau a été planté dans le cou. Il me semble que l'agresseur attendait sa victime derrière la porte, dans l'obscurité de la chambre, car il n'y avait pas de bougie qui brûlait quand nous sommes arrivés. Il est entré et on l'a attaqué par-derrière. En le voyant, vous pouvez deviner que c'était un homme solide, capable de veiller sur lui-même. Mais cette fois, on l'a pris par surprise et tué du premier coup.

— Il pourrait y avoir un mobile, insista Lestrade. Il y a les cinquante livres et le collier dont il faut tenir compte. S'ils ne sont pas ici, où sont-ils ?

— J'ai toutes les raisons de croire que vous trouverez le collier chez un prêteur sur gages de Bridge Lane. Notre homme revenait tout droit de là. Il paraît certain que celui qui l'a tué a pris l'argent mais ce n'était pas le vrai motif du crime. Et peut-être devriez-vous vous demander ce qu'on a pris d'autre dans cette chambre. Nous avons un corps sans identité. On pourrait penser qu'un voyageur américain serait porteur d'un passeport ou d'une lettre de crédit, peut-être, qui le recommanderait auprès d'une banque. Son portefeuille, je le remarque, est absent. Vous savez le nom qu'il a donné pour s'enregistrer à l'hôtel ?

— Il a dit s'appeler Benjamin Harrison.

— Ce qui, bien sûr, est le nom de l'actuel président des États-Unis.

— Le président des États-Unis ? Bien sûr ! Je l'avais remarqué, dit Lestrade d'un ton renfrogné. Mais quel que soit le nom qu'il s'est choisi, nous savons exactement qui il est. C'est Keelan O'Donaghue, ancien Bostonien. Vous voyez la marque sur la joue ? C'est une ancienne blessure par balle. Ne me dites pas que vous allez me contredire !

Holmes se tourna vers moi. J'approuvai de la tête.

— C'est certainement une blessure par balle, dis-je. J'en ai vu beaucoup de similaires en Afghanistan. Je dirais qu'elle est vieille d'un peu plus de un an.

— Ce qui colle parfaitement avec la déposition de Carstairs, conclut triomphalement Lestrade. Il me semble que nous sommes parvenus à la fin de ce pénible épisode. O'Donaghue a été blessé lors de la fusillade à Boston. À ce moment-là, son frère jumeau a été tué. Lui est venu en Angleterre pour assouvir sa vengeance. Tout ceci est clair comme de l'eau de roche.

— À mes yeux, ce serait à peine moins clair si on avait employé de l'eau de roche comme arme du crime, en le noyant dedans, objecta Holmes. Mais, peut-être, Lestrade, pouvez-vous nous expliquer qui a tué Keelan O'Donaghue et pourquoi.

— Eh bien ! le suspect le plus plausible serait Mr. Edmond Carstairs lui-même.

— Sauf que Mr. Carstairs était avec nous à l'heure du crime. Et puis, pour avoir été témoin de sa réaction quand nous avons découvert le cadavre, je ne pense vraiment pas qu'il aurait eu le courage ou la volonté de porter lui-même le coup de couteau. De plus, il ignorait où logeait la victime. Pour autant que nous le sachions, personne à Ridgeway Hall ne détenait cette information. Nous-mêmes, nous ne l'avons obtenue qu'au tout dernier moment. Je pourrais aussi vous demander pourquoi, s'il s'agit de Keelan O'Donaghue, il possède un étui à cigarettes portant les initiales W. M. ?

— Quel étui à cigarettes ?

— Il est sur le lit, en partie caché par le drap. Ce qui peut expliquer pourquoi le tueur l'a manqué lui aussi.

Lestrade saisit l'objet en question et l'examina brièvement.

— O'Donaghue était un voleur, dit-il. Il n'y a aucune raison pour qu'il ne l'ait pas volé.

— Y a-t-il une raison pour qu'il l'ait volé ? Ce n'est pas un objet de valeur. Il est en étain et les initiales sont juste peintes dessus.

Lestrade avait ouvert l'étui. Il était vide. Il le referma en le faisant claquer.

— Tout cela n'est que fadaises ! dit-il. Le problème avec vous, Holmes, c'est cette façon que vous avez de compliquer les choses. Parfois je me demande si vous ne le faites pas exprès. C'est comme si vous aviez besoin que le crime relève le défi, comme s'il fallait qu'il soit assez original pour valoir la peine d'être élucidé. L'homme dans cette chambre est américain. Il a reçu une blessure lors d'une fusillade. On l'a vu une fois dans le Strand et deux à Wimbledon. S'il a rendu visite à votre prêteur sur gages, alors nous saurons que c'était le voleur qui a fracturé le coffre de Carstairs. À partir de là, il est assez facile de reconstituer ce qu'il s'est passé ici. Sans nul doute, O'Donaghue est entré en contact avec d'autres criminels ici à Londres. Il peut même en avoir recruté un pour l'assister dans sa vendetta. Ils se sont disputés. L'autre a tiré son couteau. Et voici le résultat.

— Vous êtes certain de cela ?

— Aussi certain que j'ai besoin de l'être !

— Eh bien, nous verrons ! Mais nous n'obtiendrons rien de plus à discuter ce sujet ici. Peut-être la propriétaire de l'hôtel pourra-t-elle nous éclairer.

Seulement, Mrs. Oldmore qui se trouvait pour l'heure dans le petit hall qu'occupait précédemment le cireur de chaussures n'avait pas grand-chose à ajouter. C'était une femme aux cheveux gris et à la physionomie aigre. Elle se tenait assise avec les bras collés au corps, comme si elle pensait que le bâtiment allait la contaminer à moins qu'elle ne parvienne à se garder aussi loin que possible des murs. Elle portait un petit bonnet et une étole de fourrure posée en travers sur sa poitrine, ce qui me fit frémir car je me demandai quel animal avait pu la fournir et comment il avait trouvé sa fin. Une mort d'inanition semblait une hypothèse vraisemblable.

— L'a pris la chambre pour une semaine, dit-elle. Et m'a payé une guinée. Un monsieur américain, tout juste débarqué du bateau à Liverpool. Il m'a dit tout ça mais pas guère plus. C'était sa première fois à Londres. Il me l'a pas dit mais j'ai pu le deviner pasqu'il avait pas la moindre idée de comment qu'on trouve son chemin dans les environs. Il a dit qu'il avait quèque chose à voir à Wimbledon et il m'a demandé comment qu'on y allait. « Wimbledon, j'ai dit, c'est un coin huppé avec plein d'Américains qu'ont des maisons de luxe, y a pas de doute ! » Non pas qu'y avait rien de luxueux chez lui. Il avait pas beaucoup de bagages, ses habits étaient miteux et pis il y avait cette vilaine blessure sur son visage. « J'irai là-bas demain, qu'il a dit. Car il y a là-bas quelqu'un qui me doit quelque chose et j'ai bien l'intention de le récupérer. » À sa façon de parler j'aurais pu dire qu'il avait pas que des bonnes intentions et je me suis faite cette réflexion : qui que soit cette personne, peut-être qu'il devrait faire attention à lui. Je m'attendais à des ennuis mais qu'est-ce qu'on peut y faire ? Si je renvoyais tous les clients à l'air louche qui viennent frapper à ma porte, j'aurais plus qu'à fermer boutique. Et à présent, cet Américain, Mr. Harrison, qu'est assassiné. Bon, il faut s'y attendre, je suppose. C'est le monde dans lequel qu'on vit, n'est-ce pas, où une femme respectable peut même plus tenir un hôtel sans avoir du sang sur les murs et des cadavres étalés sur les planchers.

J'aurais jamais dû rester à Londres ! C'est un endroit horrible ! Complètement horrible !

Nous la laissâmes assise au milieu de ses misères, et Lestrade s'en alla.

— Je suis sûr que nous allons tomber l'un sur l'autre à nouveau, Mr. Holmes, dit-il. Et si vous avez besoin de moi, vous savez où me trouver.

— Si jamais j'en arrive à avoir besoin de l'inspecteur Lestrade, murmura Holmes après son départ, alors c'est que les choses auront joliment mal tourné pour moi. Mais allons faire un tour dans l'allée, Watson. Mon enquête est terminée à l'exception d'un dernier petit point qui reste à vérifier.

Nous sortîmes dans la rue par la porte principale de l'hôtel avant de pénétrer dans l'allée étroite et constellée de détritus qui longeait la chambre dans laquelle l'Américain était mort. La fenêtre était clairement visible, à peu près à mi-chemin car il y avait une caisse en bois placée dessous. Il était évident que l'assassin l'avait utilisée comme un escabeau pour entrer. La fenêtre elle-même n'était pas fermée, il était facile de l'ouvrir depuis l'extérieur. Holmes regarda le sol de façon distraite. Il semblait bien qu'il n'y avait plus rien pour attirer son attention. Nous descendîmes l'allée ensemble jusqu'au point où elle se terminait par une haute barrière en bois avec une cour déserte de l'autre côté. Holmes était profondément plongé dans ses pensées et je perçus une expression de malaise peinte sur son long visage pâle.

— Vous vous rappelez le garçon – Ross – hier soir, dit-il.

— Vous avez pensé qu'il y avait quelque chose qu'il dissimulait.

— Et maintenant, j'en suis sûr. De l'endroit où il se tenait, il pouvait voir distinctement à la fois l'hôtel et l'allée dont l'extrémité, comme nous venons de le vérifier, est fermée. Par conséquent, le tueur est forcément entré par la rue. Ross peut très bien avoir vu qui c'était.

— Il paraissait vraiment mal à l'aise. Mais s'il a vu quelque chose, Holmes, pourquoi ne nous l'a-t-il pas dit ?

— Parce qu'il avait son plan à lui, Watson. D'une certaine façon, Lestrade a raison. Pour exister, ces garçons doivent sans cesse se fier à leur habileté. Ils doivent apprendre à agir ainsi s'ils veulent survivre. Si Ross a jugé qu'il y avait de l'argent à se faire, il s'attaquera au diable en personne. Et cependant, il reste quelque chose que je ne comprends pas du tout. Qu'est-ce que le garçon a bien pu voir ? Une silhouette surprise dans la lueur du réverbère qui enfile un passage et disparaît à sa vue. Peut-être a-t-il entendu des cris quand le coup a été porté ? Un moment plus tard, le tueur reparaît et s'enfuit précipitamment dans la nuit. Ross reste où il était et, un peu après, nous arrivons tous les trois.

— Il avait peur, a-t-il dit. Il a pris Carstairs pour un officier de police.

— C'était plus que de la peur. J'aurais plutôt jugé que ce garçon était aux prises avec quelque chose proche de la terreur, mais j'ai supposé…

Il se frappa le front de la main.

— Il nous faut le retrouver et parler avec lui. J'espère que je ne me suis pas rendu coupable d'une grave erreur d'appréciation.

Nous fîmes halte dans un bureau de poste sur le chemin de Baker Street. Holmes adressa un nouveau télégramme à Wiggins, le lieutenant en chef de sa petite armée d'Irréguliers. Mais vingt-quatre heures passèrent sans que Wiggins ne nous fasse son rapport. Ce fut ensuite que nous apprîmes la plus mauvaise des nouvelles.

Ross avait disparu.

VI

L'école de garçons de Chorley Grange

En 1890, l'année de mon récit, quelque cinq millions et demi d'habitants occupaient les mille cinq cents kilomètres carrés de la région connue comme le district de Metropolitan Police de Londres. À cette époque, comme toujours, ces deux perpétuels voisins, la richesse et la pauvreté, vivaient malaisément côte à côte. Après les changements considérables dont j'ai été le témoin au cours des années, je me dis parfois que j'aurais dû décrire plus longuement le chaos tentaculaire de cette ville où je vivais, peut-être à la façon de Gissing – ou de Dickens, cinquante ans avant lui. Je peux seulement dire pour ma défense que j'étais biographe, pas historien ni journaliste, et que mes aventures me menaient invariablement dans les milieux privilégiés : belles demeures, grands hôtels, clubs privés, écoles, bureaux gouvernementaux. Il est vrai que les clients de Holmes venaient de toutes les classes sociales, mais (peut-être qu'un jour quelqu'un prendra le temps d'étudier ce que cela signifie) les crimes les plus intéressants, ceux que j'ai choisi de raconter, étaient presque toujours commis par des gens riches.

Néanmoins, il est nécessaire à présent de se pencher sur le tréfonds de ce grand chaudron qu'était Londres, ce que Gissing appelait le monde d'en bas, pour comprendre l'impossibilité de la tâche qui nous attendait. Nous devions retrouver un enfant, un petit loqueteux sans défense, parmi tellement d'autres. Et, si Holmes avait raison, si un danger était en vue, il n'y avait pas un moment à perdre. Par où commencer ? Notre enquête n'allait pas être facilitée par l'agitation permanente de la cité, cette façon qu'avaient ses habitants de passer de maison en maison, de rue en rue, dans une espèce de mouvement perpétuel qui faisait que peu de gens connaissaient ne serait-ce que le nom de leurs voisins. La destruction des taudis et l'extension du réseau ferré en étaient largement responsables, mais beaucoup de Londoniens semblaient être arrivés en ville avec une instabilité d'esprit qui, simplement, ne leur permettait pas de s'installer quelque part pour longtemps. Ils bougeaient comme des gitans, en suivant le travail qu'ils pouvaient trouver : ramasseurs de fruits ou manœuvres en été, charbonniers ou chiffonniers une fois que le froid était là. Ils pouvaient rester un certain temps à la même place mais, une fois que l'argent était épuisé, ils déménageaient à la cloche de bois et les voilà repartis.

Et puis il y avait la plus grande malédiction de notre époque, cette négligence qui jetait des dizaines de milliers d'enfants dans la rue. Ils mendiaient, chapardaient, volaient à la tire ou, s'ils n'en étaient pas capables, mouraient sans bruit, ignorés et sans amour, dans l'indifférence de leurs parents quand, toutefois, ces parents étaient encore vivants. C'étaient des enfants qui partageaient un logement à trois sous, à condition de trouver leur participation au loyer pour la nuit, et qui s'y entassaient dans des conditions qui auraient à peine été décentes pour des animaux. D'autres dormaient sur les toits, dans les enclos du marché de Smithfield, dans les égouts et, même, ai-je entendu dire, au fond de trous creusés dans les tas de cendres, près des marais de Hackney. Il y avait bien – je vais en décrire une – des institutions charitables qui s'efforçaient de les aider, les vêtir et les instruire. Mais ces institutions étaient trop rares, les enfants trop nombreux et, encore au tournant du siècle, Londres avait toutes les raisons du monde d'avoir honte.

Allons ! Watson, c'en est assez ! Revenez à l'histoire ! Holmes ne l'aurait pas supporté s'il avait été encore en vie.

Depuis que nous avions quitté la pension de Mrs. Oldmore, Sherlock s'était constamment montré d'humeur inquiète. Tout le jour, il avait arpenté le salon comme un ours en cage. Et s'il avait fumé sans discontinuer, il avait à peine touché à son déjeuner ni à son dîner. De mon côté, je m'alarmai quand, une fois ou une autre, il regarda vers l'élégante boîte marocaine qu'il gardait sur la cheminée. Elle contenait, je le savais, une seringue hypodermique mais il aurait été inédit pour lui, au beau milieu d'une affaire, de s'accorder une dose de cette solution à sept pour cent de cocaïne qui était, sans nul doute, sa manie la plus déplorable. Je ne crois pas qu'il dormit du tout. Tard dans la nuit, avant que mes yeux ne se ferment, je l'entendis jouer un air sur le stradivarius, mais la musique était hachée et pleine de dissonances ; je puis affirmer qu'il n'avait pas le cœur à la musique. Je comprenais aussi l'agitation nerveuse de mon ami. Il avait parlé d'une grave erreur d'appréciation. La disparition de Ross suggérait qu'il avait eu raison. Et si c'était le cas, il ne se le pardonnerait jamais.

Je pensais que nous aurions pu retourner à Wimbledon. Dans ce qu'il avait dit à la pension, Holmes avait clairement laissé entendre que l'aventure de l'homme à la casquette plate était terminée, le cas résolu, et que tout ce qu'il lui restait à faire était de se lancer dans une de ces explications qui me feraient me demander comment j'avais pu être aussi obtus pour ne pas avoir vu la solution depuis le début. Avec le petit déjeuner, cependant, nous parvint une lettre de Catherine Carstairs. Elle nous informait qu'elle et son époux étaient partis passer quelques jours chez des amis dans le Suffolk. Du fait de son naturel fragile, Edmond Carstairs avait besoin d'un peu de temps pour retrouver son calme. Et comme Holmes ne révélerait jamais ce qu'il savait sans avoir un auditoire pour l'écouter, il me faudrait attendre.

En fait, deux autres jours se passèrent avant que Wiggins ne reparaisse au 221B Baker Street. Il était seul cette fois. Il avait reçu le télégramme de Holmes (comment, je ne le sais pas car je n'ai jamais su ni où ni comment le garçon vivait). Depuis ce moment-là, il cherchait Ross mais sans résultat.

— Il est venu z'à Londres à la fin de l'été, expliqua Wiggins.

— Venu à Londres d'où ?

— J'en ai pas idée. Quand je l'ai rencontré, il partageait une cuisine avec une famille, à King's Cross – sont neuf dans deux pièces. Je leur z'ai parlé mais ils l'ont pas revu depuis le soir de la pension. Y a personne qui l'a vu. Y doit faire profil bas.

— Wiggins, je veux que tu me dises ce qu'il est arrivé ce soir-là, dit Holmes d'un ton sévère. Tous les deux, vous avez suivi l'Américain de chez le prêteur sur gages jusqu'à la pension. Tu as laissé Ross surveiller l'endroit pendant que tu venais me chercher. Il a dû rester seul là-bas pendant deux heures.

— Ross était partant. Je l'ai pas forcé !

— Je n'ai rien suggéré de tel. Finalement, nous sommes revenus sur place, toi, Carstairs, Watson et moi. Ross était toujours là. Je vous ai donné l'argent à tous les deux, et je vous ai renvoyés. Vous êtes partis en même temps.

— On est pas resté z'ensemble longtemps, répliqua Wiggins. Il est allé son chemin et moi, le mien.

— Est-ce qu'il t'a dit quelque chose ? Est-ce que vous avez parlé tous les deux ?

— Ross était d'une humeur bizarre, y a pas de doute. Y avait quelque chose qu'il avait vu...

— À la pension ? T'a-t-il dit ce que c'était ?

— Y avait un homme. C'est tout. Ça lui a collé une trouille bleue. Ross a que treize ans mais, normalement, il sait de quoi il retourne. Ben là, il était secoué jusqu'au trognon !

— Il a vu l'assassin, m'écriai-je.

— Je sais pas ce qu'il a vu mais je peux vous dire ce qu'il a dit : « Je le connais et je peux en tirer quelque chose. Plus que la guinée de ce maudit Mr. Holmes. » Pardonnez-moi, monsieur, mais ce sont été ces mots, exactement. Je pense bien qu'il était disposé à mettre la pression sur quelqu'un.

— Pas autre chose ?

— Seulement qu'il était pressé de mettre les bouts. Il est parti en courant dans la nuit. L'est pas allé à

King's Cross. Chais pas où qu'il est allé. La seule chose c'est que personne l'a plus revu depuis.

Holmes écoutait. Jamais je ne lui avais vu la mine aussi grave. Il s'approcha du gamin et s'accroupit. Wiggins semblait tout petit à côté de lui. C'était un garçon mal nourri et maladif, avec des cheveux ternes, des yeux chassieux, la peau salie par toute la crasse de Londres, un garçon impossible à reconnaître au milieu d'une foule. C'est peut-être pour cette raison qu'il était aussi facile d'ignorer la détresse de ces enfants. Ils étaient trop nombreux. Ils se ressemblaient tous.

— Écoute-moi, Wiggins, dit Holmes. Il me semble que Ross pourrait bien courir un grand danger.

— Je l'ai cherché ! J'ai fouillé partout !

— J'en suis sûr. Mais tu dois me dire ce que tu sais de son passé. D'où était-il venu avant que tu le rencontres ? Qui étaient ses parents ?

— Il en a jamais eu, de parents. Ils étaient morts depuis longtemps. Il a jamais dit d'où il venait et je le lui ai jamais demandé. D'où que vous pensez que nous venons, tous ? Et qu'est-ce que ça peut faire ?

— Réfléchis, mon garçon, s'il s'est senti en danger, y aurait-il quelqu'un à qui il a pu s'adresser ? Un endroit où il aurait pu trouver refuge ?

Wiggins secoua la tête mais il semblait réfléchir encore.

— Est-ce qu'il y aura encore une guinée pour moi ? demanda-t-il.

Les yeux de Holmes se plissèrent et je vis qu'il faisait un effort pour garder son calme.

— La vie de ton collègue vaut aussi peu que ça ? dit-il.

— Je comprends pas « collègue ». Il était rien pour moi, Mr. Holmes. Pourquoi que je m'inquiéterais qu'il soit vivant z'ou mort ? Si Ross il devait pas reparaître, y en a plus de vingt pour prendre sa place.

Holmes continuait de le fixer avec sévérité et Wiggins se radoucit brusquement.

— Très bien. On s'est z'occupé de lui, du moins pendant un moment. Y a eu z'une institution qui l'a pris. Chorley Grange, en haut d'Hamworth Way. C'est une école de garçons. Il m'a dit une fois qu'il y était z'allé. Mais il avait détesté là, et il s'était enfui. C'est après qu'il s'est posé à King's Cross. Mais j'imagine, s'il avait peur, si quelqu'un était après lui, qu'il a pu y retourner. Mieux vaut le diable, vous savez…

Holmes se releva.

— Merci Wiggins, dit-il. Je veux que tu continues de le chercher. Que tu demandes à tous les gens que tu rencontreras.

Il prit une pièce et la lui donna.

— Si tu le retrouves, tu dois le ramener ici tout de suite. Mrs. Hudson vous donnera à manger et veillera sur vous jusqu'à mon retour. Tu me comprends bien ?

— Oui, Mr. Holmes.

— Bien ! Watson, je gage que vous allez m'accompagner. Nous pouvons prendre le train à Baker Street.

Une heure plus tard, un fiacre nous déposa devant trois jolis bâtiments plantés l'un à côté de l'autre en haut d'un chemin étroit qui grimpait en pente raide pendant au moins huit cents mètres depuis le village de Roxeth jusqu'à Hamworth Hill. Le plus grand des trois, celui du milieu, ressemblait à la résidence rurale d'un gentilhomme anglais d'il y a peut-être une centaine d'années, avec son toit de tuiles et sa véranda qui courait sur toute sa longueur au niveau du premier étage. La façade de la bâtisse était couverte de vignes. Sans doute luxuriantes en été, elles étaient grêles et nues pour le moment. L'ensemble des bâtiments était entouré de terres agricoles, avec un pré qui descendait vers un verger rempli de vieux pommiers. Difficile de croire que nous étions aussi près de Londres tant l'air était pur et la campagne environnante charmante – du moins elle l'aurait été si le temps avait été plus clément, car il faisait très froid de nouveau, et il commençait à bruiner. Les bâtiments attenants avaient dû être des granges ou des fenières mais avaient probablement été adaptés aux besoins de l'école. Il y avait une quatrième construction de l'autre côté du chemin. Celle-ci était entourée d'une grille en métal ouvragée avec un portail ouvert. Elle donnait l'impression d'être vide : il n'y avait ni lumière ni mouvement à l'intérieur.

Un écriteau en bois indiquait : *École de garçons de Chorley Grange*. En regardant vers les champs, je notai un petit groupe de garçons qui s'attaquaient à une planche de légumes avec des pelles et des binettes.

Nous sonnâmes à la porte principale. Un homme sombrement vêtu d'un costume gris foncé vint nous ouvrir. Il écouta en silence Holmes expliquer qui nous étions et dans quel but nous venions.

— Parfait, messieurs. Si vous voulez bien patienter ici.

Il nous fit entrer dans le bâtiment et nous laissa attendre debout dans un austère parloir tapissé de panneaux de bois. Il n'y avait rien sur les murs à part quelques portraits tellement fanés qu'ils en étaient devenus indistincts et une croix en argent. Un long couloir avec plusieurs portes s'étirait devant nous. J'imaginais que c'était des salles de classe mais pas un bruit n'en provenait. Je fus frappé de constater que l'endroit ressemblait plus à un monastère qu'à une école.

Puis le domestique, si c'était bien ce qu'il était, revint. Il ramenait avec lui un homme petit et rond de visage qui devait faire trois pas quand son compagnon en faisait un et qui soufflait bruyamment à cause des efforts qu'il lui fallait accomplir pour garder l'allure. Chez ce nouvel arrivant, tout était rond. Par sa forme, il me rappelait les bonshommes de neige que je pouvais voir souvent dans Regent's Park. Sa tête, en effet, était une boule, son corps, une autre, et il y avait une simplicité dans son visage qu'une carotte et quelques morceaux de charbon auraient suffi à suggérer. Il avait à peu près quarante ans, était chauve avec seulement quelques petits cheveux noirs autour des oreilles. Il portait un costume d'ecclésiastique complété par un col romain qui formait un cercle supplémentaire autour de son cou. Comme nous nous avancions vers lui, il sourit largement et écarta les bras pour nous accueillir.

— Mr. Holmes, vous nous faites un grand honneur ! Bien sûr, j'ai lu vos exploits. Le plus grand détective privé du pays, ici, à Chorley Grange. C'est vraiment tout à fait remarquable ! Et vous devez être le docteur Watson. Nous avons lu vos histoires en classe. Elles font les délices des enfants. Ils ne voudront pas croire que vous êtes ici. Se pourrait-il que vous ayez le temps de leur parler ? Mais je m'emporte ! Vous devez me pardonner, messieurs, mais je ne parviens pas à contenir mon enthousiasme ! Je suis le révérend Charles

Fitzsimmons. Vosper m'a dit que vous étiez sur une affaire sérieuse. Mr. Vosper participe à l'administration de l'établissement et enseigne aussi les mathématiques et la lecture. S'il vous plaît, suivez-moi dans mon bureau. Vous devez rencontrer ma femme et peut-être pourrons-nous vous offrir un peu de thé.

Nous suivîmes le petit homme le long d'un second couloir. Il ouvrit une porte sur une pièce, trop vaste et trop froide pour être confortable, même si quelques efforts avaient été faits avec des bibliothèques, un canapé et quelques chaises disposées près de la cheminée. Un grand bureau tout encombré de documents avait été disposé de façon à voir la prairie et, au-delà, le verger à travers une baie vitrée. S'il faisait froid dans le couloir, il faisait encore plus froid là-dedans, en dépit du feu qui brûlait dans l'âtre. La lueur rouge et l'odeur du charbon donnaient une illusion de tiédeur mais pas grand-chose de plus. La pluie, à présent, battait contre les fenêtres et coulait sur les vitres. Elle avait ôté toute couleur aux champs. Bien qu'on fût seulement au milieu de l'après-midi, il aurait tout aussi bien pu faire nuit.

— Ma chère, s'exclama notre hôte, voici Mr. Sherlock Holmes et le docteur Watson ! Ils sont venus nous demander notre aide. Messieurs, puis-je vous présenter mon épouse, Joanna ?

Je n'avais pas remarqué la femme, assise dans un fauteuil dans le coin le plus sombre de la pièce, en train de lire un volume de plusieurs centaines de pages qu'elle tenait en équilibre sur les genoux. S'il s'agissait de Mrs. Fitzsimmons, ils formaient à eux deux un étrange couple car elle était extrêmement grande, et plus âgée que lui de plusieurs années, aurais-je dit.

Elle était entièrement vêtue de noir, d'une robe de satin à l'ancienne mode très ajustée au cou et très serrée aux manches, avec de la passementerie ornée de perles sur les épaules. Ses cheveux étaient retenus en arrière par un nœud et ses doigts étaient longs et fins.

Si j'avais été un petit garçon, j'aurais pu trouver qu'elle ressemblait à une sorcière. Et à coup sûr, en les regardant tous les deux, il me vint cette pensée peut-être fausse que je parvenais à comprendre pourquoi Ross avait préféré s'enfuir. Si j'avais été à sa place, j'aurais très bien pu en faire autant.

— Prendrez-vous un peu de thé ? demanda la dame.

La voix était aussi ténue que le reste de sa personne, l'accent, délibérément raffiné.

— Nous ne voulons pas vous déranger, répondit Holmes. Comme vous le savez, nous sommes ici pour une affaire passablement urgente. Nous recherchons un garçon, un gosse des rues, que nous connaissons seulement sous le nom de Ross.

— Ross ? Ross ? (Le révérend se creusa l'esprit.) Ah oui ! Pauvre Ross ! Nous ne l'avons pas vu ici depuis un bon moment, Mr. Holmes. Il nous est arrivé en provenance d'un milieu très difficile, mais c'est le cas de beaucoup de ceux que nous avons en charge ici. Il n'est pas resté longtemps avec nous.

— C'était un enfant difficile et désagréable, intervint sa femme. Il ne voulait pas obéir aux règles. Il dérangeait les autres garçons. Il ne voulait pas se soumettre.

— Vous êtes trop sévère, ma chère, trop sévère ! Mais il est vrai, Mr. Holmes, que Ross ne s'est jamais montré reconnaissant pour l'aide que nous tentions de lui apporter et qu'il ne s'est pas habitué à nos façons

112

de vivre. Il n'était là que depuis quelques mois quand il s'est enfui. C'était l'été dernier… Juillet ou août, il me faudrait consulter mes notes pour en être sûr. Puis-je vous demander pourquoi vous le cherchez ? J'espère qu'il n'a fait de tort à personne.

— Pas du tout. Voici quelques jours, il a été le témoin de certains événements à Londres. Je désire seulement savoir ce qu'il a vu.

— Cela sonne tout à fait mystérieux, n'est-ce pas, ma chère ? Je ne vous demanderai pas de nous en révéler plus. Nous ne savions pas d'où il venait. Nous ne savons pas où il est allé.

— Alors, je n'abuserai pas de votre temps plus longtemps.

Holmes se tourna vers la porte puis sembla changer d'avis.

— Avant que nous partions, peut-être aimeriez-vous nous en dire un peu plus sur votre travail ici. Chorley Grange est votre propriété ?

— Pas du tout, monsieur. Ma femme et moi sommes employés par la Société Œcuménique pour l'Instruction des Garçons.

Il désigna le portrait d'un monsieur aux allures aristocratiques qui s'appuyait à une colonne.

— Voici le fondateur, sir Crispin Ogilvy. Il a acheté cette ferme il y a cinquante ans et c'est grâce aux legs qu'il a faits que nous parvenons à la maintenir. Nous avons trente-cinq garçons ici, tous venus des rues de Londres et libérés d'un avenir promis à la confection d'étoupe ou à des journées passées sur la roue à cheville. Nous leur donnons de la nourriture, un abri et, plus important encore, une bonne éducation chrétienne. En plus de leur enseigner la lecture, l'écriture et le calcul, on leur apprend les métiers de cordonnier, de charpentier et de tailleur. Vous aurez remarqué les champs. Nous possédons plusieurs hectares et produisons presque tout ce que nous mangeons. En plus, on apprend aux garçons comment élever les cochons et les poules. Quand ils sortiront d'ici, beaucoup d'entre eux iront en Amérique, en Australie ou au Canada commencer une vie nouvelle. Nous sommes en contact avec de nombreux fermiers qui seront heureux de les accueillir pour leur faire prendre un nouveau départ dans la vie.

— Combien de professeurs avez-vous ?

— Il n'y a que nous quatre, en plus de ma femme. Nous nous répartissons les responsabilités entre nous. Vous avez rencontré Mr. Vosper à la porte. Il est concierge en plus d'enseigner les mathématiques et la lecture comme je crois vous l'avoir dit. Vous êtes arrivés pendant les cours de l'après-midi et mes deux autres professeurs font classe.

— Comment Ross est-il venu ici ?

— Sans doute l'aura-t-on ramassé dans un dortoir provisoire ou dans un abri de nuit. La Société a des volontaires qui œuvrent en ville et nous amènent les garçons. Je peux me renseigner si vous le souhaitez, seulement il y a si longtemps que nous n'avons plus entendu parler de lui que je doute que cela puisse aider.

— Nous ne pouvons pas forcer les garçons à rester, dit Mrs. Fitzsimmons, mais c'est ce que décide la grande majorité d'entre eux. En grandissant, ils feront honneur à eux-mêmes et à l'école. Mais, à l'occasion, il y a des fauteurs de troubles, des garçons qui n'éprouvent pas la moindre gratitude.

— Nous devons croire dans chacun des enfants, Joanna.

— Vous avez si bon cœur, Charles. Ils en profitent !

— On ne peut pas blâmer Ross pour ce qu'il était. Son père était tueur aux abattoirs. Il est entré en contact avec une brebis malade et en est mort peu de temps après. Sa mère s'est mise à l'alcool. Elle est morte également. Pendant un certain temps, une sœur plus âgée s'est occupée de lui mais nous ne savons pas ce qu'elle est devenue, elle non plus. Ah, si ! Je me rappelle à présent. Vous m'avez demandé comment il est arrivé ici. Ross avait été arrêté pour un vol à l'étalage. Le magistrat a eu pitié de lui et nous l'a envoyé.

— Sa dernière chance ! dit Mrs. Fitzsimmons en secouant la tête. Je frémis en pensant à ce qu'il adviendra de lui désormais !

— Ainsi vous n'avez pas idée d'où nous pourrions le trouver ?

— Je suis désolé que vous ayez perdu votre temps, Mr. Holmes. Nous n'avons pas les moyens de rechercher les garçons qui choisissent de nous quitter. D'ailleurs, à quoi cela servirait-il ? « Vous m'avez abandonné, c'est pourquoi je vous ai aussi abandonnés. » Pouvez-vous nous dire ce dont il a été témoin et pourquoi vous tenez tellement à le trouver ?

— Nous pensons qu'il est en danger.

— Tous ces garçons sans domicile sont en danger !

Fitzsimmons claqua ses mains comme s'il venait d'être frappé par une pensée soudaine.

— Cela pourrait-il vous aider de parler à quelques-uns de ses anciens camarades de classe ? Il est toujours possible qu'il ait révélé à l'un d'entre eux quelque chose qu'il a préféré nous cacher. Si vous

115

voulez bien m'accompagner, cela me donnera de sur-
croît l'occasion de vous montrer l'école et de vous en
dire plus long sur notre travail.

— Ce serait très aimable à vous, Mr. Fitzsimmons.

— Le plaisir sera pour moi.

Nous quittâmes le bureau. Mr. Fitzsimmons ne nous
accompagna pas. Elle resta sur son siège, dans son
coin, la tête plongée dans le lourd volume qu'elle
lisait.

— Il vous faut excuser ma femme, murmura le
révérend Fitzsimmons. Vous pouvez la trouver un peu
sévère mais je vous assure qu'elle vit pour ces enfants.
Elle fait leur éducation religieuse, aide pour la lessive,
les soigne quand ils sont malades.

— Vous n'avez pas d'enfant à vous ? demandai-je.

— Peut-être ne me suis-je pas fait clairement comprendre, docteur Watson. Nous avons trente-cinq
enfants à nous, car nous les traitons exactement
comme s'ils étaient notre sang et notre chair.

Il nous mena au bout du couloir que j'avais remarqué de prime abord, dans une salle qui sentait fort le
cuir et le chanvre frais. Il y avait là huit ou neuf garçons propres et bien peignés, revêtus de blouses, qui
se concentraient en silence sur les chaussures placées
devant eux. L'homme que nous avions trouvé à la
porte d'entrée, Mr. Vosper, les surveillait. Ils se levèrent tous à notre entrée et restèrent debout dans un
silence respectueux mais Fitzsimmons leur fit joyeusement signe de s'asseoir.

— Asseyez-vous, les garçons ! Asseyez-vous !
Voici Mr. Sherlock Holmes, de Londres, qui est venu
nous rendre visite. Montrons-lui comme nous sommes
travailleurs !

Les garçons se remirent à l'ouvrage.

— Tout va bien, Mr. Vosper ?

— Tout à fait, monsieur.

— Bien ! Bien !

Fitzsimmons était rayonnant d'approbation.

— Ils ont encore deux heures de travail puis une heure de récréation avant le thé. Notre journée se termine à huit heures avec les prières et puis le lit !

Il repartit. Ses petites jambes travaillaient dur pour le propulser en avant. Cette fois, il nous mena à l'étage pour nous montrer un dortoir un rien spartiate mais décidément propre et aéré, avec des lits alignés comme des soldats, chacun à bonne distance du voisin. Nous visitâmes ensuite les cuisines, le réfectoire, un atelier et, finalement, arrivâmes dans une salle de classe où avait lieu une leçon. C'était une pièce carrée avec un seul petit poêle dans un coin, un tableau noir sur un mur et le texte en broderie de la première ligne d'un psaume sur un autre. Il y avait quelques livres soigneusement rangés sur des étagères, un boulier et des objets disparates – pommes de pin, pierres et os d'animaux – qui avaient dû être collectés lors de promenades dans les champs. Un jeune homme était assis en train de noter un cahier d'écriture tandis qu'un garçon d'une vingtaine d'années, qui officiait comme surveillant, faisait la lecture à ses camarades dans une bible très usée. Il s'interrompit quand nous entrâmes. Quinze élèves, assis sur trois rangs, écoutaient avec attention. De nouveau, ils se levèrent respectueusement, et tournèrent vers nous des visages pâles et sérieux.

— Asseyez-vous, s'il vous plaît ! s'exclama le révérend. Pardonnez l'interruption, Mr. Weeks. Était-ce

bien le Livre de Job que je viens d'entendre, Harry ?
« Nu je suis sorti du sein de ma mère, et nu je retournerai dans celui de la terre... »

— Oui monsieur.

— Très bien. Un excellent choix de texte.

Il désigna d'un geste le professeur qui, seul, était demeuré assis. Il approchait de la trentaine, avec un étrange visage tordu et une touffe de cheveux bruns qui s'étalaient tout de travers sur un seul côté de sa tête.

— Voici Robert Weeks, diplômé de Balliol College, à Oxford. Mr. Weeks a commencé une brillante carrière dans la City mais il a choisi de nous rejoindre pour un an afin d'aider ceux qui ont moins de chance que lui. Est-ce que vous vous rappelez ce garçon nommé Ross, Mr. Weeks ?

— Ross ? C'est celui qui s'est enfui ?

— Ce gentleman n'est autre que Mr. Sherlock Holmes, le célèbre détective.

Parmi les garçons, plusieurs manifestèrent qu'ils savaient à qui ils avaient affaire.

— Il craint que Ross ne se soit mis dans l'embarras.

— Rien de surprenant, murmura Mr. Weeks. Ce n'était pas un enfant facile.

— Étais-tu proche de lui, Harry ?

— Non, monsieur, répondit le surveillant.

— Voyons ! reprit Fitzsimmons. Il y a sûrement quelqu'un dans cette classe qui s'est lié d'amitié avec lui, à qui il a parlé et qui peut maintenant nous aider à le retrouver. Vous vous en souvenez, les garçons, nous avons beaucoup discuté après le départ de Ross. Je vous ai demandé à tous où il avait bien pu aller et vous n'avez rien pu me répondre. Maintenant, je vous supplie de bien y réfléchir une dernière fois.

— Mon seul désir est d'aider votre ami, intervint Holmes.

Il y eut un bref moment de silence. Puis un garçon du dernier rang leva la main. Il était blond et d'allure très fragile. Je jugeais qu'il pouvait avoir onze ans.

— Êtes-vous l'homme dans les histoires ? demanda-t-il.

— C'est exact. Et voici l'homme qui les écrit.

Il n'était pas courant d'entendre Holmes me présenter de cette façon, et je dois avouer que j'en fus extrêmement content.

— Tu en lis ?

— Non monsieur. Il y a trop de mots longs dedans. Mais parfois Mr. Weeks nous en lit.

— Nous devons vous laisser retourner à vos études, dit Fitzsimmons tout en commençant à nous reconduire à la porte.

Mais le garçon du dernier rang n'avait pas fini.

— Ross a une sœur, monsieur.

Holmes se retourna.

— À Londres ?

— Je crois, oui. Il en a parlé une fois. Elle s'appelle Sally. Il a dit qu'elle travaillait dans un pub. Le Bag of Nails[1].

Pour la première fois, le révérend Fitzsimmons sembla en colère. Une tache rouge foncé se répandit sur le cercle de ses joues.

---

1. Littéralement : le « Sac de clous ».

— C'est très mal de ta part, Daniel, dit-il. Pourquoi ne l'as-tu pas dit plus tôt ?

— Je l'avais oublié, monsieur.

— Si tu t'en étais souvenu, nous aurions pu le retrouver et le protéger de tous les ennuis qu'il a rencontrés ensuite.

— Je suis désolé, monsieur.

— Nous n'en parlerons plus. Venez, Mr. Holmes.

Nous regagnâmes tous trois la porte principale de l'école. Holmes avait payé le cocher du fiacre pour qu'il nous attende et je fus bien aise de le voir là car il pleuvait toujours très fort.

— L'école vous fait honneur, dit Holmes. Le calme et la discipline de ces garçons me paraissent des plus remarquables.

— Je vous suis très reconnaissant, répliqua Fitzsimmons, qui se détendit pour redevenir semblable à lui-même. Mes méthodes sont très simples, Mr. Holmes. La carotte et le bâton – littéralement. Quand les garçons se comportent mal, je les fouette. Mais s'ils travaillent dur et se plient aux règles, alors ils se rendent compte qu'ils sont bien nourris. Depuis six ans que ma femme et moi sommes ici, il est mort deux garçons, un d'une maladie cardiaque congénitale, l'autre de tuberculose. Mais Ross est le seul à s'être enfui. Quand vous le trouverez, car je suis sûr que vous le trouverez, j'espère que vous le persuaderez de revenir. La vie ici n'est pas aussi austère qu'elle le paraît par ce mauvais temps. Quand le soleil brille et que les garçons gambadent en plein air, Chorley Grange peut aussi être un endroit joyeux.

120

— J'en suis persuadé. Une dernière question, Mr. Fitzsimmons. Le bâtiment, de l'autre côté du chemin. Fait-il partie de l'école ?

— En effet, Mr. Holmes. Quand nous sommes arrivés ici, c'était un atelier de charron mais nous l'avons adapté à nos besoins et, désormais, nous l'utilisons pour donner des représentations publiques. Ai-je mentionné le fait que tous les garçons de l'école font partie d'un orchestre ?

— Vous avez donné un concert récemment ?

— Pas plus tard qu'il y a deux soirs. Vous avez forcément remarqué les très nombreuses traces de roues. Je serais fort honoré si vous veniez à notre prochain récital, Mr. Holmes – et vous aussi, docteur Watson. De fait, peut-être pourriez-vous envisager la possibilité de devenir bienfaiteurs de l'école. Nous faisons du mieux que nous pouvons mais nous avons aussi besoin de toute l'aide possible.

— Je considérerai la question, c'est certain.

Nous lui serrâmes la main et nous partîmes.

— Nous devons aller tout droit au Bag of Nails, Watson, dit Holmes en montant dans le fiacre. Il n'y a pas un instant à perdre.

— Vous pensez vraiment… ?

— Ce garçon, Daniel, nous a dit ce qu'il avait refusé de révéler à ses maîtres seulement parce qu'il savait qui nous sommes et qu'il pensait que nous pouvions sauver son ami. Pour une fois, Watson, je me laisse guider par mon instinct, pas par mon intellect. Qu'est-ce donc, je me le demande, qui me fait me sentir aussi inquiet ? Fouettez les chevaux, cocher, et menez-nous à la gare. Et prions pour que nous n'arrivions pas trop tard !

VII

Le ruban blanc

Les choses auraient pu tourner de façon tellement différente s'il n'y avait pas eu deux pubs à Londres portant le nom de Bag of Nails. Nous en connaissions un dans Edge Lane, au cœur de Shoreditch, et, jugeant que c'était le type d'endroit susceptible d'employer la sœur orpheline d'un gamin des rues sans le sou, nous y allâmes directement. C'était un endroit tout petit et sordide, à un coin de rue, où l'odeur puante de la bière et du tabac froid imprégnait jusqu'aux boiseries. Le patron, cependant, était assez aimable. Il s'essuya les mains à un tablier sale tout en nous examinant depuis l'autre côté du bar.

— Il y a pas de Sally qui travaille ici, dit-il après que nous nous fûmes présentés. Il n'y en a jamais eu. Qu'est-ce qui vous fait penser, messieurs, que vous pouviez la trouver ici ?

— Nous cherchons son frère, un garçon nommé Ross.

Il secoua la tête.

— Connais pas de Ross non plus. Vous êtes sûr qu'on vous a envoyés au bon endroit ? Il y a un Bag of Nails à Lambeth, je crois. Peut-être que vous devriez tenter votre chance là-bas.

Nous ressortîmes aussitôt avant de traverser Londres dans un cabriolet, mais il était déjà tard et, au moment où nous atteignîmes le quartier en question, il faisait presque nuit. Le second Bag of Nails était plus accueillant que le premier mais, en échange, son tenancier l'était moins, un personnage barbu et revêche avec un nez cassé qui s'était mal recollé et un air renfrogné pour aller avec.

— Sally, demanda-t-il. Quelle Sally cela pourrait être ?

— Nous connaissons seulement son prénom, répondit Holmes. Le fait est qu'elle a un jeune frère, Ross.

— Sally Dixon ? C'est elle la fille que vous voulez ? Elle a un frère. Vous la trouverez à l'arrière mais vous me direz ce que vous lui voulez d'abord.

— Nous voulons seulement lui parler, répliqua Holmes.

De nouveau, je pus sentir la tension qui le brûlait, le courant incessant d'énergie et de dynamisme qui le poussait chaque fois qu'il était sur un cas. Jamais personne n'a été plus vivement contrarié que lui quand les circonstances se liguaient pour le retarder. Il posa quelques pièces sur le bar.

— Pour vous dédommager du temps qu'elle va perdre.

— Il n'y a pas besoin de ça, répondit le tenancier qui empocha tout de même l'argent. Très bien, elle est dans la cour. Mais je doute que vous en tiriez grand-chose. C'est pas la plus causante de filles. J'aurais une meilleure compagnie en engageant une muette.

Il y avait une cour derrière le bâtiment dont les pavés étaient encore mouillés et brillants de pluie. Elle était pleine de rebuts de tous les genres, empilés aussi haut que les murs qui entouraient l'endroit, et je ne pus m'empêcher de me demander comment tout ça était arrivé là. Je vis un piano cassé, un cheval à bascule, une cage à oiseau, plusieurs bicyclettes, des demi-chaises, des demi-tables... toutes sortes de meubles mais pas un seul entier. Une pile de berceaux cassés se trouvait d'un côté, un tas de sacs à charbon remplis de Dieu seul savait quoi, d'un autre. Il y avait du verre brisé, de grands amoncellements de papier, de morceaux de métal tordus et, au milieu de tout ce fatras, pieds nus et vêtue d'une robe trop mince pour ce temps froid, une fille d'environ seize ans, en train de balayer ce qu'il restait d'espace libre, comme si cela pouvait faire une quelconque différence. Je perçus chez elle une ressemblance avec son jeune frère. Ses cheveux étaient blonds, ses yeux, bleus, et, n'eût été la situation, j'aurais dit qu'elle était jolie. Seulement l'empreinte cruelle de la pauvreté et des privations se révélait à la ligne saillante de ses pommettes, à ses bras minces comme des cannes et à la saleté incrustée sur ses mains et ses joues. Quand elle leva la tête, son visage ne montra que de la méfiance et du mépris. Seize ans ! Quelle vie avait pu être la sienne pour la mener là ?

Nous nous arrêtâmes face à elle, qui poursuivait son travail en nous ignorant.

— Miss Dixon ? demanda Holmes.

Les brosses du balai continuèrent d'aller en avant et en arrière, sans s'interrompre.

— Sally ?

Elle s'arrêta et, lentement, leva la tête pour nous examiner.

— Oui ?

Je vis que ses mains s'étaient refermées autour du manche du balai et qu'elles le serraient comme s'il s'était agi d'une arme.

— Ne vous inquiétez pas, dit Holmes. Nous ne vous voulons aucun mal.

— Vous voulez quoi ?

Ses yeux avaient une expression féroce. Aucun de nous deux ne s'approcha davantage. Nous n'aurions pas osé.

— Nous voulons parler à votre frère, à Ross.

Les mains serrèrent plus fort.

— Qui êtes-vous ?

— Nous sommes des amis à lui.

— Êtes-vous de la Maison de Soie ? Ross n'est pas ici. Il n'a jamais été ici – et vous le trouverez pas !

— Nous voulons l'aider.

— Bien sûr que vous alliez dire ça ! Mais je vous le redis, il n'est pas ici. Vous pouvez vous en aller tous les deux. Vous me rendez malade. Repartez d'où vous êtes venus !

Holmes me regarda et, croyant rendre service, je fis un pas en direction de la fille. Je pensais que je la rassurerais mais ce fut une grave erreur. Aujourd'hui encore, je ne suis pas très sûr de ce qui est arrivé. Je vis le balai tomber et entendis Holmes crier. Puis la fille parut frapper l'air devant moi et je sentis quelque chose qui semblait chauffé à blanc glisser contre ma poitrine. Je reculai en posant la main sur le devant de mon manteau. Quand je baissai les yeux, je vis du sang couler entre mes doigts. Je fus tellement choqué qu'il me fallut un petit moment pour comprendre que je venais d'être frappé soit avec un couteau soit avec un éclat de verre. Pendant un certain temps, la fille resta face à moi. Ce n'était plus du tout une enfant. Elle grondait comme un animal, ses yeux étincelaient, ses lèvres écartées formaient une grimace féroce.

Holmes se précipita à mon côté.

— Mon cher Watson !

Puis il y eut un mouvement derrière moi.

— Qu'est-ce qu'il se passe ici ?

Le tenancier venait de paraître. La fille laissa échapper un hurlement guttural puis fit demi-tour et s'enfuit par un porche étroit qui donnait sur la rue. L'épaisseur de mon manteau et la veste que je portais en dessous m'avaient épargné le pire de ce que la lame aurait pu causer. Plus tard dans la soirée, je désinfectai et pansai ce qui s'avéra être une blessure relativement bénigne.

En y repensant aujourd'hui, je me rappelle qu'il y a eu une autre occasion, dix ans plus tard, dans laquelle j'ai été blessé en présence de Sherlock Holmes. Aussi étrange que cela puisse paraître, j'éprouve une sorte de gratitude envers mes deux agresseurs car ils ont permis de prouver que mon intégrité physique signifiait quelque chose pour le grand homme et qu'il n'était pas aussi indifférent à mon égard qu'il a parfois affecté de l'être.

— Watson ?

— Ce n'est rien, Holmes ! Une égratignure.

— Qu'est-il arrivé ? demanda le tenancier.

Il fixait mes mains tachées de sang.

— Que lui avez-vous fait ?

— Vous devriez plutôt demander ce qu'elle m'a fait, grognai-je.

Pourtant, malgré l'état de choc qui était le mien, je me sentais incapable d'éprouver de la rancœur envers cette pauvre enfant mal nourrie qui m'avait frappé à cause de sa peur et de son incompréhension.

— La fille était effrayée, dit Holmes. Êtes-vous sûr de ne pas être blessé, Watson ? Venez à l'intérieur. Vous avez besoin de vous asseoir.

— Non, Holmes, je vous assure. Ce n'est pas aussi sérieux qu'il le paraît.

— Grâce soit rendue au Ciel pour ça ! Il nous faut tout de suite appeler un cabriolet. Tenancier, c'était le frère de la fille que nous étions venus chercher. Un garçon de treize ans, blond lui aussi, plus petit et mieux nourri.

— Vous voulez dire Ross ?

— Vous le connaissez ?

— Je vous l'ai dit. Il a travaillé ici avec elle. Vous auriez dû le demander lui tout de suite.

— Il est ici pour le moment ?

— Non. Il est venu voilà quelques jours. Il avait besoin d'un toit au-dessus de sa tête. Je lui ai dit qu'il pourrait rester avec sa sœur en échange d'un coup de main à la cuisine. Sally a une chambre sous l'escalier et il y est allé avec elle. Mais le garçon causait plus de soucis qu'il n'en valait la peine. Il était jamais là quand on avait besoin de lui. Je ne sais pas ce qu'il faisait mais il avait quelque chose derrière la tête, ça je peux vous le dire. Il est sorti en vitesse juste avant que vous arriviez.

— Avez-vous la moindre idée d'où il a pu aller ?

— Non. La fille aurait peut-être pu vous le dire. Mais maintenant, elle a filé aussi.

— Je dois m'occuper de mon ami. Mais si l'un des deux revient, il faut de toute urgence envoyer un message chez moi, au 221B Baker Street. Voici un peu plus d'argent pour votre peine. Venez Watson ! Appuyez-vous sur moi ! J'entends un fiacre qui approche...

Ainsi, pour ce jour-là, l'aventure se finit-elle au coin du feu pour tous les deux, moi à siroter un cognac à l'eau de Seltz des plus réconfortants, Holmes à fumer furieusement. Je pris un moment pour réfléchir aux faits qui nous avaient amenés où nous en étions, car il me semblait que nous avions dérivé loin de notre but originel, à savoir l'homme à la casquette plate ou, du moins, l'identité de la personne qui l'avait tué. Était-ce cette personne que Ross avait vue devant la pension de Mrs. Oldmore ? Et si c'était le cas, comment se faisait-il qu'il l'ait reconnue ? D'une façon ou d'une autre, cette rencontre l'avait amené à croire qu'il pourrait se faire un peu d'argent, et depuis lors, il avait disparu de la circulation. Il avait dû dévoiler quelque chose de ses projets à sa sœur car elle avait eu peur pour lui. C'était presque comme si elle nous avait attendus. Pour quelle autre raison aurait-elle porté une arme ? Et quels étaient ces mots qu'elle avait prononcés : « Êtes-vous de la Maison de Soie ? »

À son retour, Holmes avait parcouru les lexiques et les encyclopédies qu'il conservait sur ses étagères, mais nous n'étions pas plus avancés quant à ce qu'elle avait pu vouloir dire. Nous ne parlâmes de rien de tout cela entre nous. J'étais épuisé et je sentais que mon ami était préoccupé par ses propres pensées. Il ne nous restait plus qu'à attendre et voir ce qu'apporterait le lendemain.

Ce fut un agent de police. Il frappa à notre porte juste après le petit déjeuner.

— L'inspecteur Lestrade vous envoie ses compliments, monsieur. Il est au pont de Southwark et vous serait tout à fait reconnaissant de le rejoindre là-bas.

— Quel genre d'affaire, monsieur l'agent ?

— Un crime. Et tout particulièrement odieux !

Le temps d'enfiler nos manteaux et nous étions partis. Un fiacre nous emmena au pont de Southwark. Nous passâmes sur les trois grandes arches en fonte qui enjambent le fleuve depuis Cheapside. Lestrade nous attendait sur la rive sud. Il se tenait avec un groupe de policiers auprès de ce qui, de loin, ressemblait à une petite pile de vêtements déchirés. Le soleil brillait mais, de nouveau, il faisait un froid mordant, et jamais l'eau de la Tamise n'avait paru plus cruelle, ses vagues grises battant le rivage avec monotonie.

Nous descendîmes un escalier à vis en métal gris qui partait de la rue puis marchâmes dans la boue et les galets. C'était à marée basse. Le fleuve semblait s'être retiré comme par dégoût de ce qu'il s'était passé là. Il y avait un embarcadère pour les bateaux à vapeur qui se dressait à peu de distance, et quelques passagers attendaient en claquant des mains tandis que leur haleine se répandait en vapeur dans l'air matinal. Mais ils semblaient complètement à part de la scène qui s'offrait à nous. Ils appartenaient à la vie. Devant nous, il n'y avait que la mort.

— Est-ce celui que vous cherchiez ? demanda Lestrade. Le garçon de la pension ?

Holmes hocha la tête. Peut-être préférait-il se taire.

Le garçon avait été battu brutalement. Ses côtes avaient été brisées, ainsi que ses bras, ses jambes et chacun de ses doigts. En observant ces horribles blessures, je sus tout de suite qu'elles avaient été infligées méthodiquement, l'une après l'autre, et que la mort, pour Ross, avait été un long tunnel de douleur. Pour en finir, la gorge avait été tranchée si sauvagement que la tête se trouvait presque séparée du cou. J'avais vu des morts auparavant, à la fois avec Holmes et durant mon temps comme chirurgien militaire, mais je n'avais jamais rien vu d'aussi épouvantable. Qu'un être humain ait pu faire ça à un garçon de treize ans, voilà qui, pour moi, dépassait l'entendement.

— C'est une sale affaire, dit Lestrade. Que pouvez-vous me dire à son sujet, Holmes ? Travaillait-il pour vous ?

— Il s'appelait Ross Dixon, répondit Holmes. Je ne sais presque rien à son sujet, inspecteur. Vous pourriez demander à l'école de garçons de Chorley Grange mais il n'y a pas grand-chose qu'ils seront capables de vous dire non plus. Il était orphelin mais il avait une sœur qui travaillait jusqu'à récemment au Bag of Nails, le pub de Lambeth. Peut-être que vous la trouverez encore là. Avez-vous examiné le corps ?

— Oui. Ses poches sont vides. Mais il y a quelque chose d'étrange que vous devriez voir, même si le Ciel seul sait ce que cela peut signifier. Cela m'a soulevé le cœur – je peux bien vous le dire.

Lestrade fit un signe de tête. Un des policiers s'agenouilla et saisit l'un des petits bras brisés. La manche de la chemise retomba pour révéler un ruban blanc noué autour du poignet du garçon.

— Le tissu est neuf, dit Lestrade. D'après son aspect, c'est de la soie de bonne qualité. Et notez-le, il n'est pas taché de sang ni par la boue de la Tamise. Je dirais qu'il a été placé sur le garçon après qu'on l'a tué, comme une espèce de signe.

— La Maison de Soie ! m'exclamai-je.

— Qu'est-ce que c'est ?

— Vous connaissez ça, Lestrade ? demanda Holmes. Est-ce que cela a un sens pour vous ?

— La Maison de Soie ? Serait-ce une usine ? Je n'en ai jamais entendu parler.

— Moi, si.

Holmes regarda au loin, les yeux remplis d'horreur et des reproches qu'ils se faisaient.

— Le ruban blanc, Watson, je l'ai déjà vu !

Il se tourna de nouveau vers Lestrade.

— Merci de m'avoir appelé et de m'avoir informé.

— J'espérais que vous pourriez m'apporter vos lumières dans cette affaire. Après tout, il se pourrait bien que tout ça soit un peu de votre faute.

— Ma faute ?

Holmes se retourna brusquement, comme si on venait de le piquer.

— Je vous ai mis en garde au sujet de ces garçons. Vous employiez celui-ci. Vous l'avez lancé sur la trace d'un criminel notoire. Je vous assure qu'il a pu avoir ses petites idées à lui, et qu'elles peuvent l'avoir mené à la catastrophe… Et voilà le résultat !

Je ne saurais dire si Lestrade se montra provocant à dessein mais ses propos eurent sur Holmes un effet dont je pus juger durant le retour vers Baker Street. Il s'était écroulé dans un coin du cabriolet. L'essentiel du trajet, il demeura silencieux et refusa de croiser mon regard. Sa peau semblait s'être tendue sur ses pommettes et il paraissait plus décharné que jamais, comme s'il avait brutalement contracté une grave maladie. Je n'essayai pas de lui parler. Je savais qu'il n'avait pas besoin de réconfort de ma part. Je me contentais de regarder et d'attendre pendant qu'il faisait fonctionner son intelligence hors du commun pour s'adapter à la tournure terrible que cette aventure venait de prendre.

— Il se peut que Lestrade ait eu raison, finit-il par dire. Il est certain que j'ai employé mes Irréguliers de Baker Street sans trop de réflexion ni de considération. Cela m'amusait de les voir en rang face à moi, de leur donner un shilling ou deux. Seulement, je ne les ai jamais mis en danger à la légère. Vous le savez. Pourtant me voici accusé de dilettantisme et forcé de plaider coupable. Wiggins, Ross et tous les autres n'étaient rien pour moi, exactement comme ils ne sont rien pour cette société qui les abandonne à la rue. Jamais il ne m'est venu à l'esprit que ma façon d'agir pourrait avoir une pareille horreur comme résultat. Ne m'interrompez pas ! Pourtant, est-ce que j'aurais laissé un petit garçon faire le guet tout seul dans le noir devant une pension s'il s'était agi de votre fils ou du mien ? La logique de ce qu'il s'est passé semble implacable. Le gamin a vu l'assassin entrer dans l'hôtel. Nous savons tous les deux combien cela l'a impressionné. Malgré quoi, il a pensé pouvoir retourner la situation à son avantage. Il a essayé de le faire et il en est mort. De cela, je dois me considérer comme responsable. Et pourtant ! Pourtant ! Comment la Maison de Soie cadre-t-elle avec cette énigme ? Qu'allons-nous faire de ce ruban de soie noué au poignet du garçon ? C'est le point crucial de l'affaire et, là, encore une fois, je suis à blâmer. J'étais prévenu ! C'est la vérité ! Honnêtement, Watson, par moments je me demande si je ne devrais pas abandonner cette profession pour tenter de gagner ma vie autrement. Il y a encore quelques monographies que j'ai envie d'écrire. J'ai toujours eu du goût pour l'apiculture. Au vu de mes réussites dans ce cas jusqu'ici, je n'ai pas vraiment le droit de me considérer comme un détective. Un enfant est mort. Vous avez vu ce qu'ils lui ont fait. Comment pourrai-je vivre avec ça ?

— Mon cher ami…

— Ne dites rien. Il y a quelque chose que je veux vous montrer. J'étais prévenu. J'aurais pu l'éviter…

Nous étions arrivés. Holmes se précipita dans la maison et monta les marches deux par deux. Je le suivis plus lentement car, même si je n'en avais rien dit, la blessure que j'avais reçue la veille me faisait beaucoup plus souffrir que sur le moment où elle m'avait été infligée. Quand j'entrai dans notre salon, je le vis se pencher et prendre une enveloppe. C'était l'une des nombreuses singularités de mon ami : il trouvait tout de suite ce qu'il cherchait alors qu'il vivait dans un environnement très désordonné voire chaotique, avec des lettres et des documents empilés un peu partout.

— Voici, annonça-t-il. L'enveloppe ne nous dit rien. Mon nom est écrit dessus mais pas mon adresse. Elle a été délivrée par un porteur. L'expéditeur n'a pas cherché à déguiser son écriture et je la reconnaîtrai à coup sûr si je la revois. Vous noterez le « e » grec dans Holmes. Cette enjolivure en haut ne me sortira pas facilement de l'esprit.

— Et qu'y a-t-il dedans ?

— Vous pouvez le voir par vous-même, répondit Holmes en me passant l'enveloppe.

Je l'ouvris et, avec un frisson que je ne parvins pas à réprimer, j'en tirai une petite longueur de ruban en soie.

— Qu'est-ce que cela signifie, Holmes ?

— Je me suis demandé la même chose quand je l'ai reçu. Rétrospectivement, je pense qu'il s'agissait d'un avertissement.

— Quand vous a-t-il été envoyé ?

— Il y a sept semaines. À ce moment-là, j'étais occupé par un cas bizarre qui impliquait un prêteur sur gages, Mr. Jabez Wilson, qu'on avait invité à rejoindre…

— … La Ligue des rouquins ! l'interrompis-je, car je me rappelai d'autant mieux cette affaire que j'avais été assez heureux pour assister à sa conclusion.

— Exact. C'était un problème de trois pipes s'il y en a jamais eu un. Seulement, quand cette enveloppe est arrivée, j'avais l'esprit ailleurs. J'en ai examiné le contenu et tenté de comprendre sa signification mais, comme j'étais occupé, je l'ai mise de côté puis je l'ai oubliée. Maintenant, ainsi que vous pouvez le voir, elle est revenue afin de me hanter.

— Mais qui a bien pu vous l'adresser ? Et dans quel but ?

— Je n'en ai pas idée mais, par égard pour cet enfant assassiné, j'ai bien l'intention de le découvrir.

Holmes tendit le bras pour me prendre le morceau de soie des mains. Il l'enroula autour de ses doigts maigres et, le tenant à quelque distance devant lui, l'examina comme il l'aurait fait d'un serpent venimeux.

— S'il m'a été envoyé comme un défi, eh bien ! je le relève !

Il boxa l'air devant lui en refermant le poing sur le ruban.

— Et je vous le dis, Watson, je leur ferai regretter le jour où ils l'ont envoyé !

VIII

Un corbeau et deux clefs

Sally ne reparut pas sur son lieu de travail ce soir-là ni le lendemain matin. Cela n'avait rien de surprenant vu qu'elle m'avait agressé et qu'elle en redoutait sûrement les conséquences. En plus, la mort de son frère avait été révélée par les journaux et, bien que son nom n'ait pas été mentionné, il était possible qu'elle ait su que c'était lui qu'on avait trouvé sous le pont de Southwark. Cela se passait ainsi à l'époque, en particulier dans la couche la plus pauvre de la société : les mauvaises nouvelles se répandaient comme la fumée s'échappe d'un feu. Feutrées et implacables, elles se frayaient un chemin à travers chaque chambre surpeuplée, chaque cave sordide, souillant tout ce qu'elles touchaient.

Le tenancier du Bag of Nails savait que Ross était mort – Lestrade lui avait rendu visite – et il fut encore moins content de nous voir que la veille.

— Vous n'avez pas causé assez d'ennuis ? demanda-t-il. La fille ne valait peut-être pas grand-chose, mais c'était quand même une paire de bras, et je regrette de l'avoir perdue. En plus, c'est pas bon pour le commerce d'avoir les représentants de la loi dans les parages. Je préférerais ne vous avoir jamais vus, vous deux.

— Ce n'est pas nous qui avons causé les ennuis, Mr. Hardcastle, répliqua Holmes, qui avait lu le nom du tenancier – Éphraïm Hardcastle – au-dessus de la porte. Ils étaient déjà ici et nous les avons juste suivis. Vous êtes vraisemblablement la dernière personne à avoir vu le garçon vivant. Il ne vous a rien dit avant de partir ?

— Pourquoi on aurait parlé, lui et moi ?

— Vous avez dit qu'il avait quelque chose en tête.

— Je n'en savais rien de précis.

— On l'a torturé à mort, Mr. Hardcastle. On lui a brisé les os un à un. J'ai juré de retrouver son assassin et de l'amener devant la justice. Je ne pourrai pas le faire si vous refusez de m'aider.

Le tenancier hocha lentement la tête et, quand il reprit la parole, ce fut sur un ton plus mesuré.

— Très bien. Le garçon s'était présenté trois soirs plus tôt avec une histoire selon laquelle il s'était disputé avec ses voisins. Il avait besoin d'une crèche jusqu'à ce qu'il ait réglé cette affaire. Sally m'a demandé la permission et j'ai donné mon accord. Pourquoi pas ? Vous avez vu la cour ? Elle est pleine de tout un tas de saletés qu'il faudrait nettoyer. J'ai pensé que le garçon pourrait aider. De fait, il a un peu travaillé le premier jour mais il est sorti dans l'après-midi, et, quand il est revenu, j'ai vu qu'il était tout content de lui.

— Est-ce que sa sœur savait ce qu'il faisait ?

— Possible, mais elle ne m'a rien dit.

— Continuez, je vous en prie.

— J'ai très peu à ajouter, Mr. Holmes. Je l'ai revu seulement une fois et c'était quelques minutes avant votre arrivée. Il est entré dans le bar alors que je remontais les fûts de la cave et il m'a demandé l'heure, ce qui montre bien qu'il n'avait reçu aucune instruction car on la voit comme le nez au milieu de la figure à l'horloge de l'église, de l'autre côté de la rue.

— Alors, c'est qu'il allait à un rendez-vous.

— Je suppose que c'est possible.

— C'est certain. Quel besoin un garçon comme Ross aurait-il eu de savoir l'heure si on ne lui avait pas demandé de se présenter à un certain endroit à une certaine heure ? Vous avez dit qu'il a passé trois nuits ici avec sa sœur.

— Il a partagé sa chambre.

— J'aimerais la voir.

— Les policiers y sont déjà allés. Ils l'ont fouillée et n'ont rien trouvé.

— Je ne suis pas la police.

Holmes posa quelques shillings sur le bar.

— Voici pour vous dédommager du temps que je vous fais perdre.

— Très bien. Mais je ne prendrai pas votre argent cette fois-ci. Vous êtes sur la trace d'un monstre. Cela me suffira si vous faites ce que vous avez dit et si vous l'empêchez de nuire à quelqu'un d'autre.

Il nous mena à l'arrière de la maison par un étroit couloir entre le bar et la cuisine. Un escalier conduisait à la cave et, après avoir allumé une chandelle, le tenancier nous montra une petite chambre lugubre qui se terrait sous la volée de marches, minuscule et sans fenêtre, avec juste un sol en bois nu. C'est là que, épuisée après une longue journée de travail, Sally se retrouvait seule pour dormir sur un matelas posé à même le sol, à l'abri d'une unique couverture.

Deux objets étaient visibles, posés sur ce lit de fortune. L'un était un couteau et l'autre une poupée qu'elle avait dû sauver dans un tas d'ordures. En voyant ces membres brisés et ce visage d'un blanc cru, je ne pus m'empêcher de penser à son frère dont on s'était débarrassé avec une égale désinvolture. Une chaise et une petite table avec dessus une bougie se trouvaient dans un coin. Il n'avait sans doute pas fallu longtemps à la police pour fouiller l'endroit car, en dehors du couteau et de la poupée, Sally ne possédait rien. Il n'y avait rien qu'elle pouvait considérer comme étant à elle, sauf son nom.

Holmes balaya la pièce du regard.

— Pourquoi le couteau ? murmura-t-il.

— Pour se protéger, suggérai-je.

— L'arme qu'elle utilisait pour se protéger, elle la portait sur elle, vous le savez mieux que personne. Elle l'aurait prise avec elle. Ce second couteau est pratiquement émoussé.

— Et volé dans la cuisine, marmonna Hardcastle.

— La chandelle, je pense, est intéressante.

C'était à la chandelle éteinte sur la table que Holmes faisait allusion. Il la prit puis il s'accroupit et se mit à se déplacer ainsi sur le plancher. Il me fallut un moment pour comprendre qu'il suivait une piste formée de petites gouttes de cire fondue, presque invisibles à l'œil nu. Lui, bien sûr, les avait aperçues tout de suite. Elles le menèrent jusqu'au coin le plus éloigné du lit.

— Elle l'a portée jusque dans ce coin-là. Encore une fois dans quel but ? À moins que... Le couteau, s'il vous plaît, Watson !

Je le lui passai aussitôt. Il en glissa la lame dans une fente entre deux planches du sol. L'une d'elles n'était pas fixe. Il se servit du couteau pour la soulever, vérifia ce qu'il y avait dessous et en tira un mouchoir roulé en boule.

— Si vous étiez assez bon, Mr. Hardcastle...

Le tenancier approcha sa chandelle. Holmes déplia le mouchoir et, dans la lueur tremblotante de la flamme, nous vîmes qu'il renfermait plusieurs pièces de monnaie – trois farthings[1], deux florins, une couronne[2], un souverain en or[3] et cinq pièces de un shilling. Pour des enfants indigents, c'était un véritable trésor. Mais auquel des deux l'argent appartenait-il ?

— C'est à Ross, dit Holmes comme s'il lisait dans mes pensées. Le souverain, c'est moi qui le lui ai donné.

— Mon cher Holmes, comment pouvez-vous être sûr qu'il s'agit de la même pièce ?

Holmes la souleva dans la lumière.

— La date est identique. Et regardez aussi le dessin. Saint Georges monte son cheval mais il a une entaille sur la jambe. Je l'ai remarquée quand je la lui ai donnée. C'est une partie de la guinée que Ross a gagnée pour son travail avec les Irréguliers. Mais qu'en est-il pour le reste ?

— Il l'a reçu de son oncle, marmotta Hardcastle.

---

1. Pièce de cuivre valant un quart de penny.
2. Pièce valant cinq shillings.
3. Un souverain valait une livre.

Holmes se tourna vers lui.

— Quand il est venu me demander de rester pour la nuit, il m'a dit qu'il pouvait payer sa chambre, poursuivit le tenancier. Je me suis moqué de lui et il m'a répondu qu'il avait reçu de l'argent de son oncle. Je ne l'ai pas cru et je lui ai dit qu'il pourrait travailler dans la cour, plutôt. Si j'avais su qu'il avait autant d'argent, je lui aurais offert un logement décent, à l'étage.

— Les choses prennent forme, dit Holmes. Elles deviennent cohérentes. Le garçon décide d'utiliser l'information qu'il a glanée devant la pension de Mrs. Oldmore. Il sort une première fois, se présente et fait sa demande. Il est invité à un rendez-vous… à un certain endroit, à une certaine heure. C'est à ce rendez-vous qu'il est tué. Mais du moins a-t-il pris quelques précautions en laissant toute sa richesse chez sa sœur. Elle l'a cachée sous le plancher. Comme elle doit se sentir misérable à présent de ne pas avoir pu la reprendre quand nous l'avons chassée, vous et moi, Watson. Une dernière question, Mr. Hardcastle, puis nous nous en irons. Sally a-t-elle mentionné la Maison de Soie devant vous ?

— La Maison de Soie ? Non, Mr. Holmes. Je n'ai jamais entendu ce nom. Qu'est-ce que je vais faire de ces pièces ?

— Gardez-les. Cette fille a perdu son frère. Elle a tout perdu. Peut-être qu'un jour elle reviendra chez vous en ayant besoin d'aide. Alors, vous serez au moins en mesure de les lui rendre.

Depuis le Bag of Nails nous suivîmes le cours de la Tamise en nous dirigeant de nouveau vers Bermondsey. Je me demandai à haute voix si Holmes avait l'intention de faire une visite à la pension.

— Pas à la pension, Watson. Mais dans les environs. Nous devons trouver la source des richesses de ce garçon. Cela peut être crucial pour comprendre pourquoi on l'a tué.

— Il a reçu l'argent de son oncle, dis-je. Mais si ses père et mère sont morts, comment allons-nous faire pour trouver un autre de ses parents ?

Holmes rit.

— Vous me surprenez, Watson. Êtes-vous si peu familier avec le langage d'au moins une moitié de la population de Londres ? Chaque semaine, des milliers d'ouvriers et de travailleurs itinérants rendent visite à leur oncle, le terme par lequel ils désignent un prêteur sur gages. C'est là que Ross a perçu ses gains mal acquis. La seule question est celle-ci : qu'a-t-il vendu en échange de ses florins et de ses shillings ?

— Et où l'a-t-il vendu ? ajoutai-je. Dans ce seul secteur de Londres, il doit y avoir des centaines de boutiques de ce genre.

— C'est très vrai. D'un autre côté, vous vous en souvenez, Wiggins a suivi notre mystérieux Américain jusqu'à la pension à partir d'une officine de Bridge Lane. Et il a mentionné que Ross y faisait souvent un tour lui-même. Peut-être est-ce là que nous allons trouver son fameux « oncle ».

Quel havre de promesses brisées et d'espoirs perdus que la boutique du prêteur sur gages ! Chaque classe sociale, chaque profession, chaque âge de la vie figurait dans sa vitrine malpropre où les rebuts d'innombrables existences étaient épinglés tels des papillons

142

derrière la vitre. Au-dessus, une enseigne de bois avec trois boules rouges sur fond bleu pendait au bout d'une chaîne rouillée. Elle refusait de se balancer dans la brise comme pour bien affirmer qu'une fois arrivé là rien ne bougerait jamais plus, qu'une fois que les gens se seraient dépossédés de leurs biens, ils ne les reverraient pas.

« On prête de l'argent sur l'argenterie, les bijoux, les vêtements et toutes sortes d'objets », disait la notice placée au-dessous. Tel était bien le cas car même Aladin, dans sa caverne, n'aurait pu tomber sur pareil trésor. Des broches de grenats et des montres en argent, des tasses et des vases en porcelaine, des porte-plume, des cuillères à thé et des livres se disputaient l'espace sur les étagères avec des objets aussi disparates qu'une pendule-soldat ou un geai empaillé. Des carrés de linge, depuis des mouchoirs minuscules jusqu'à des nappes ou des couvre-lits brodés de couleurs vives pendaient sur les côtés. Toute une armée de pièces d'échecs montait la garde sur un champ de bataille de bagues et de bracelets posés sur de la feutrine verte. Quel menuisier avait sacrifié son ciseau et sa scie pour de la bière et des saucisses à la fin de la semaine ? Quelle petite fille avait dû faire sans sa robe du dimanche parce que ses parents se débattaient pour trouver quelque chose à poser sur la table ? La vitrine n'était pas seulement un étalage de la déchéance humaine, elle en était la célébration.

Et c'était ici, peut-être, que Ross était venu.

J'avais vu des prêteurs sur gages dans le West End, et je savais qu'il était habituel de trouver chez eux une porte par laquelle on pouvait entrer sans être vu. Ce n'était pas le cas chez celui-là. Les gens qui vivaient à proximité de Bridge Lane n'avaient pas ce genre de scrupules. Il y avait une porte principale, et elle était ouverte. Je suivis Holmes à l'intérieur où il faisait sombre. Un homme était perché sur un tabouret. Il lisait un livre qu'il tenait d'une main. Les doigts de l'autre, posée sur le comptoir, bougeaient lentement, comme s'ils faisaient tourner un objet invisible contre la paume. C'était un individu mince et d'aspect délicat, âgé d'environ cinquante ans, fin de visage. Il portait une chemise boutonnée jusqu'au cou, un gilet et un foulard. Il y avait quelque chose de net et de méticuleux dans ses manières qui me firent penser à un horloger.

— Comment puis-je vous aider, messieurs ? demanda-t-il tandis que ses yeux quittaient à peine la page de son livre.

Il devait néanmoins nous avoir examinés quand nous étions entrés car il continua ainsi :

— Il me semble que vous êtes ici pour affaire officielle. Appartenez-vous à la police ? Si tel est le cas, je ne peux vous aider. Je ne sais rien de mes clients. Je ne pose jamais de questions, c'est ma façon de procéder. S'il y a quelque chose que vous désirez me laisser, je vous proposerai un prix honnête. Autrement, je dois vous souhaiter une bonne journée.

— Mon nom est Sherlock Holmes.

— Le détective ? Je suis honoré. Et qu'est-ce qui vous amène ici, Mr. Holmes ? Peut-être cela a-t-il un rapport avec un collier d'or serti de saphirs ? Une jolie petite pièce ! Je l'ai payé cinq livres et la police l'a repris, ce qui fait que je n'ai rien gagné du tout. Cinq livres alors qu'il aurait pu me rapporter deux fois autant s'il n'avait pas fallu le restituer. Mais c'est ainsi. Nous sommes tous sur le chemin de la ruine, mais certains sont en avance sur les autres.

— Le collier ne nous intéresse pas, dit Holmes. Non plus que celui qui l'a apporté ici.

— Ce qui est aussi bien, car l'homme qui l'a apporté, un Américain, est mort. Du moins c'est ce que m'a dit la police.

— Nous nous intéressons à un autre de vos clients. Un enfant du nom de Ross.

— J'ai entendu dire que Ross a quitté cette vallée de larmes lui aussi. Étrange coup du sort, ne trouvez-vous pas, que de perdre deux pigeons en si peu de temps ?

— Vous avez donné de l'argent à Ross récemment ?

— Qui vous l'a dit ?

— Le niez-vous ?

— Je ne le nie ni ne l'affirme. Je dis seulement que je suis occupé et que je vous serais reconnaissant si vous vous en alliez.

— Quel est votre nom ?

— Russell Johnson.

— Très bien, Mr. Johnson. Je vais vous faire une proposition. Peu importe ce que Ross vous a apporté, je vous l'achète. Je le paierai même un bon prix mais à la condition que vous jouiez franc jeu avec moi. J'en sais long sur votre compte, Mr. Johnson, et si vous essayez de me mentir, je le saurai. Je reviendrai alors avec la police pour prendre ce que je veux, et vous constaterez que vous n'y aurez rien gagné du tout.

Johnson sourit mais il me sembla que son visage était empreint de mélancolie.

— Vous ne savez rien du tout de moi, Mr. Holmes.

— Ah non ? Je dirais que vous avez été élevé dans une famille riche et que vous avez reçu une bonne instruction. Vous auriez pu devenir un pianiste à succès ou, du moins, telle était votre ambition. Votre chute a été due à une addiction, probablement le jeu, peut-être les dés. Vous vous êtes retrouvé en prison au début de l'année pour recel de marchandises volées et les gardiens vous ont considéré comme une forte tête. Vous avez purgé une peine de plus de trois mois mais vous avez été relâché en octobre. Depuis, vous avez fait de bonnes affaires.

Cette fois, Johnson accorda son entière attention à Holmes.

— Qui vous a dit tout ça ?

— Je n'ai pas eu besoin qu'on me le dise, Mr. Johnson. Tout cela est péniblement apparent. Et maintenant, s'il vous plaît, je dois vous le demander de nouveau, qu'est-ce que Ross vous a apporté ?

Johnson réfléchit avant de hocher lentement la tête.

— J'ai rencontré ce garçon, Ross, voilà deux mois. Il venait d'arriver à Londres et vivait du côté de King's Cross. Ce sont deux autres garçons des rues qui l'ont traîné ici. Je me rappelle très peu de chose de lui sauf qu'il semblait bien nourri et mieux vêtu que les autres, et qu'il avait avec lui une montre de gousset, volée, je n'en ai jamais douté. Il est revenu quelques autres fois par la suite mais sans rien rapporter d'aussi bien.

Il alla jusqu'à un petit placard, farfouilla dedans et exhiba une montre avec un boîtier en or pendue au bout d'une chaîne.

— Voici la montre. J'ai donné seulement cinq shillings au garçon bien que l'ensemble vaille au moins dix livres. Vous pouvez l'avoir pour le prix que je l'ai payée.

— Et en échange ?

— Vous devez me dire comment vous pouvez en savoir aussi long sur mon compte. Vous êtes détective, je le sais, mais je ne peux croire que vous avez déduit autant de choses de cette unique et brève rencontre.

— C'est d'une telle simplicité que, si je vous l'explique, vous verrez que vous avez fait une mauvaise affaire.

— Mais si vous ne le faites pas, je ne dormirai plus de ma vie.

— Très bien, Mr. Johnson. Tout ce qui concerne votre instruction est évident d'après la manière dont vous parlez. Je note aussi un exemplaire des lettres de Flaubert à George Sand, non traduites, que vous lisiez quand nous sommes entrés. C'est une famille riche qui donne à un enfant des bases solides en français. Vous avez aussi pratiqué le piano pendant de longues heures. Les doigts d'un pianiste se reconnaissent aisément. Que vous vous retrouviez à travailler dans un endroit pareil suggère une catastrophe dans votre vie et la perte brutale de votre fortune et de votre position sociale. Il n'y a pas tellement de façons dont cela aurait pu arriver : l'alcool, la drogue, une spéculation hasardeuse, peut-être. Mais quand vous parlez de coup du sort et de pigeon, un nom qu'on donne souvent aux parieurs novices, c'est le monde du jeu qui saute à l'esprit. Vous avez un tic nerveux, ai-je remarqué. La façon dont vous faites bouger votre main suggère la table de dés.

— Et la peine de prison ?

— On vous a infligé cette coupe de cheveux très rase qu'on réserve aux prisonniers mais, depuis, votre chevelure a repoussé pendant environ huit semaines, ce qui suggère qu'on vous a relâché en septembre. Le teint de votre peau le confirme. Le mois dernier a été exceptionnellement chaud et ensoleillé, il est clair que vous étiez en liberté à ce moment-là. Il y a des marques sur vos deux poignets qui indiquent que vous avez porté les fers pendant que vous étiez en prison et que vous vous êtes débattu. Le recel de marchandises volées est le crime le plus évident dans votre profession. Pour ce qui est de votre officine, les livres de la vitrine qui se sont fanés au soleil et la couche de poussière sur les étagères révèlent de façon sûre que vous avez été longtemps absent. En même temps, beaucoup d'objets, dont cette montre, ne sont pas poussiéreux et, par conséquent, sont arrivés ici récemment, ce qui dénote des affaires florissantes.

Johnson lui tendit la récompense promise.

— Merci, Mr. Holmes. Vous avez raison sur tous les points. Je viens d'une bonne famille du Sussex et j'ai un temps caressé l'espoir de devenir pianiste. Quand ce projet a échoué, je me suis tourné vers le droit où j'aurais très bien pu réussir si je n'avais pas trouvé cela infernalement ennuyeux. Et puis, un soir, un ami m'a amené au Club franco-allemand, dans Charlotte Street. Je ne suppose pas que vous le connaissiez. Il n'a rien ni de français ni d'allemand. En réalité, l'endroit est dirigé par un Juif. Mais dès que je l'ai vu, la porte sans marque distinctive qui grince un peu, les fenêtres occultées par de la peinture, l'escalier obscur qui conduit aux salles brillamment éclairées de l'étage – ce fut ma perte. Là se trouvait l'émotion qui faisait tellement défaut à ma vie. J'ai payé mes deux shillings six pence d'inscription et j'ai fait la connaissance du baccarat, de la roulette, des jeux de hasard et, oui, des dés. J'ai alors passé mes jours à attendre péniblement qu'arrivent les délices de la nuit. Soudain, j'étais entouré de nouveaux amis brillants qui tous, étaient enchantés de me voir et qui, tous, bien sûr, étaient des barons, c'est-à-dire qu'ils étaient payés par le propriétaire pour m'inciter à jouer. Parfois je gagnais. Plus souvent, je perdais. Cinq livres un soir. Dix le lendemain. Ai-je besoin de vous en dire plus ? J'ai négligé mon travail. J'ai perdu mon emploi. Avec ce que j'avais pu sauver de mes économies, je me suis installé ici en pensant qu'un nouveau métier, aussi minable et méprisable soit-il, m'occuperait l'esprit. Pas du tout ! J'y retourne soir après soir. Je ne peux pas m'en empêcher. Qui sait ce que l'avenir me réserve ? Je frémis en songeant à ce que mes parents diraient s'ils me voyaient. Heureusement, ils sont morts tous les deux. Je n'ai ni femme ni enfants. Si j'ai une consolation, c'est que personne ne se soucie de moi dans ce monde. Je n'ai donc aucune raison d'avoir honte.

Holmes lui donna l'argent et nous rentrâmes tous deux à Baker Street. Toutefois, si je me croyais au bout de mes peines, je me trompais de beaucoup. Holmes avait examiné la montre dans le fiacre. C'était un beau spécimen, une petite montre à répétition avec un cadran en émail blanc et un boîtier en or qui avait été fabriquée par Touchon et Compagnie, de Genève. Il n'y avait pas d'autre nom ni d'autre inscription mais, sur l'envers, se trouvait gravée une image : un oiseau perché sur deux clefs croisées.

— Des armoiries ? suggérai-je.

— Watson, vous êtes scintillant, répondit-il. C'est exactement ce que je crois que c'est. Et, fort heureusement, mon encyclopédie va nous éclairer un peu plus !

De fait, l'encyclopédie nous révéla qu'un corbeau perché sur deux clefs constituait les armoiries des Ravenshaw, une des plus anciennes familles du royaume, dont le manoir se trouvait à la sortie du village de Coln Saint Aldwyn, dans le Gloucestershire. Lord Ravenshaw avait été un éminent ministre des Affaires étrangères dans le dernier gouvernement avant de mourir tout récemment, à l'âge de quatre-vingt-deux ans. Son fils, l'honorable Alec Ravenshaw, étant son unique successeur, il avait hérité le titre et le domaine.

Holmes insista pour quitter Londres sur-le-champ, ce qui ne m'enchanta pas, mais je le connaissais trop bien, notamment ce besoin d'agir qui faisait tellement partie de son caractère. Je n'essayai pas de discuter. Je n'aurais pas pu envisager, non plus, de ne pas l'accompagner. Quand j'y repense aujourd'hui, je me montrais aussi assidu dans mes obligations de biographe qu'il l'était à mener ses enquêtes. C'est peut-être pour cela que notre association marchait aussi bien.

J'eus tout juste le temps d'empaqueter les quelques affaires nécessaires à un séjour d'une nuit et, avant que le soleil ne soit couché, nous nous trouvâmes dans une agréable auberge, à dîner d'un gigot de mouton à la sauce à la menthe arrosé d'une bouteille d'un vin clairet très décent. J'oublie un peu ce dont nous avons parlé durant ce repas. Holmes s'inquiéta de ma clientèle, je crois, et je lui fis part des travaux très intéressants d'Élie Metchnikov sur les cellules. Holmes s'est toujours intéressé aux sujets liés à la science et à la médecine même si, comme je l'ai signalé par ailleurs, il s'est constamment soucié de ne pas s'encombrer l'esprit avec des informations qui, à ses yeux, étaient sans valeur pratique. Le Ciel vienne en aide à qui aurait tenté de parler de politique ou de philosophie avec lui. Un enfant de dix ans en sait plus long sur ces sujets. Ce que je peux affirmer, c'est que nous n'avons pas parlé de l'affaire en cours. Nous nous sommes contentés de passer la soirée dans cette agréable convivialité qui a si souvent été la nôtre, mais je pourrais dire que, de sa part, c'était délibéré. Intérieurement, il était toujours mal à l'aise. La mort de Ross lui était un fardeau et ne le laissait pas en repos.

Avant même d'avoir pris son petit déjeuner, Holmes avait envoyé sa carte de visite à Ravenshaw Hall pour demander à y être reçu. La réponse revint assez rapidement. Le nouveau lord Ravenshaw était assez occupé mais il serait heureux de nous voir à dix heures. Nous étions là quand cette heure sonna à l'église locale, en train de remonter une allée qui menait à un joli manoir élisabéthain bâti en pierre de Costwold. Il était entouré de pelouses que la gelée du matin rendait étincelantes. Notre ami le corbeau, avec les deux clefs, apparaissait sculpté dans la pierre près de l'entrée principale et de nouveau dans le linteau au-dessus de la porte. Nous étions venus à pied, une brève et plaisante promenade depuis l'auberge, mais en approchant nous remarquâmes une voiture qui attendait devant la porte. Un homme sortit précipitamment de la bâtisse, monta dedans et claqua la portière derrière lui. Le cocher fouetta les chevaux et, l'instant d'après, la voiture nous croisait à grand bruit dans l'allée. J'avais cependant eu le temps de reconnaître...

— Holmes, dis-je, je connais cet homme.

— En effet, Watson. C'était Mr. Tobias Finch, n'est-ce pas ? De la galerie Carstairs et Finch dans Abermarle Street. Une coïncidence plutôt singulière, ne trouvez-vous pas ?

— Cela semble très étrange, en effet.

— Il nous faudra probablement aborder le sujet avec une certaine délicatesse. Si lord Ravenshaw éprouve la nécessité de vendre quelques éléments de son héritage...

— Il pourrait acheter.

— C'est aussi une possibilité.

Nous sonnâmes à la porte et fûmes introduits par un valet qui nous mena dans un salon de dimensions véritablement baronniales. Les murs étaient partiellement habillés de bois avec des portraits de famille suspendus au-dessus et le plafond, si haut qu'aucun visiteur n'aurait osé élever la voix par peur de l'écho. Quelques chaises et des canapés étaient disposés autour d'une cheminée massive en pierre – le corbeau gravé, une nouvelle fois, sur le manteau – où des bûches craquaient dans les flammes. Lord Ravenshaw se tenait debout là, à se chauffer les mains. Ma première impression ne fut pas entièrement favorable. Il avait des cheveux argentés, peignés en arrière, et un visage rougeâtre et peu attirant. Ses yeux saillaient de façon très nette, et il me vint à l'esprit que cela pouvait résulter d'une anomalie de la glande thyroïde. Il portait un manteau de cavalier et des bottes en cuir et tenait une cravache sous le bras. Avant même que nous nous soyons présentés, il parut impatient et pressé de s'en aller.

— Mr. Sherlock Holmes, dit-il. Oui, oui. Je pense que j'ai entendu parler de vous. Un détective. Je ne puis imaginer la moindre circonstance qui pourrait voir vos affaires mêlées aux miennes.

— J'ai ici quelque chose qui, je pense, pourrait bien vous appartenir, lord Ravenshaw.

Nous n'avions pas été invités à nous asseoir. Holmes sortit la montre et la tendit au maître du domaine.

Ravenshaw la prit. Pendant un moment, il la soupesa comme s'il n'était pas certain qu'elle était bien à lui. Puis, lentement, il se fit jour en lui qu'il la reconnaissait. Il se demanda comment Holmes l'avait trouvée. Quoi qu'il en soit, il était content de la récupérer. Il ne prononça pas un mot mais ces émotions se peignirent l'une après l'autre sur son visage et, même moi, je pus les y lire.

— Eh bien ! je vous suis très obligé, finit-il par dire. J'aime beaucoup cette montre. Elle m'a été offerte par ma sœur. Je n'ai jamais cru que je la reverrais.

— Il m'intéresserait de savoir comment vous l'avez perdue, lord Ravenshaw.

— Je ne peux pas vous le dire avec exactitude, Mr. Holmes. Cela s'est passé à Londres, cet été. J'y étais allé à l'opéra.

— Vous souvenez-vous du mois ?

— C'était en juin. Juste comme je descendais de ma voiture, un jeune va-nu-pieds m'a heurté. Il n'avait pas plus de douze ou treize ans. Je n'en ai rien pensé sur le moment mais, pendant l'entracte, j'ai voulu voir l'heure et je me suis aperçu qu'on m'avait fait les poches.

153

— La montre est belle et, visiblement, vous lui accordez de la valeur. Avez-vous signalé l'incident à la police ?

— Je ne vois pas à quoi visent ces questions, Mr. Holmes. En vérité, je suis assez surpris qu'un homme de votre réputation ait pris la peine de faire le voyage depuis Londres pour me la restituer. Je gage que vous escomptez une récompense.

— Pas du tout. La montre fait partie d'une enquête plus vaste et j'avais espéré que vous pourriez nous aider.

— Je crains de devoir vous décevoir. Je ne sais rien de plus. Et je n'ai pas rapporté ce vol en sachant bien qu'il y a des voleurs et des vauriens à chaque coin de rue et en me doutant bien que la police n'y pourrait rien de plus. Dès lors, à quoi bon lui faire perdre son temps ? Je vous suis très reconnaissant de m'avoir rapporté la montre, Mr. Holmes, et je serai parfaitement heureux de vous payer vos frais de voyage et votre temps. À part cela, je crois que je dois vous souhaiter une bonne journée.

— J'ai juste une dernière question, lord Ravenshaw, dit Holmes avec sérénité. Il y avait un homme qui partait juste comme nous arrivions. Malheureusement, nous l'avons raté. Je me demande si je ne me suis pas trompé en reconnaissant un vieil ami à moi, Mr. Tobias Finch.

— Un ami ?

Comme Holmes l'avait suspecté, lord Ravenshaw ne fut pas content qu'on l'ait surpris en compagnie du marchand d'art.

— Une connaissance.

— Eh bien ! puisque vous le demandez, c'était lui. Je n'aime guère parler de mes affaires de famille, Mr. Holmes, mais vous pouvez tout aussi bien apprendre que mon père avait un goût exécrable en matière d'art. Il est dans mon intention de me défaire d'au moins une partie de sa collection. Je me suis adressé à plusieurs galeries de Londres. Carstairs et Finch sont les plus discrets.

— Et est-ce que Mr. Finch a déjà mentionné la Maison de Soie en votre présence ?

Holmes posa la question et le silence qui la suivit se trouva coïncider avec la chute d'un tison dans le feu de sorte que le bruit qu'il fit résonna comme une sorte de signe de ponctuation.

— Vous avez dit que vous aviez une question, Mr. Holmes. C'en est une seconde, et j'ai assez, je crois, de votre impertinence. Dois-je appeler mon domestique ou allez-vous partir maintenant ?

— Je suis ravi de vous avoir rencontré, lord Ravenshaw.

— Je vous suis reconnaissant de m'avoir rapporté ma montre, Mr. Holmes.

Je fus heureux de me retrouver hors de cette pièce où je me sentais comme pris au piège au milieu de tant d'argent et de privilèges. Tandis que nous regagnions l'allée pour nous diriger de nouveau vers le portail, Holmes gloussa.

— Voilà un autre mystère pour vous, Watson.

— Il a paru anormalement hostile, Holmes.

— Je fais allusion au vol de la montre. Si elle a été dérobée en juin, Ross ne peut pas être le coupable puisque, comme nous le savons, il se trouvait à Chorley Grange à ce moment-là. Selon Johnson, elle a été mise en gage il y a quelques semaines seulement, en octobre. Alors qu'est-elle devenue entre-temps, pendant quatre mois ? Si c'est Ross qui l'a volée, pourquoi l'a-t-il conservée aussi longtemps ?

Nous étions presque arrivés au portail quand un oiseau noir vola au-dessus de nos têtes, non pas un grand corbeau mais une corneille. Tandis que je le suivais des yeux, quelque chose me poussa à me retourner pour jeter un regard vers le manoir. Lord Ravenshaw se tenait près de la fenêtre, à nous regarder partir. Ses mains étaient posées sur ses hanches et ses yeux globuleux étaient fixés sur nous. Au risque de me tromper car nous étions déjà à une certaine distance, il me sembla que l'expression de son visage n'était que haine.

IX

L'avertissement

— Pas moyen d'y couper, dit Holmes avec un soupir d'irritation. Nous allons devoir faire appel à Mycroft.

J'avais rencontré Mycroft Holmes quand il nous avait demandé de l'aide pour un voisin, un interprète grec, qui avait affaire à deux criminels particulièrement retors. Jusqu'à ce moment-là, je ne m'étais pas le moins du monde imaginé que Holmes avait un frère de sept ans son aîné. En réalité, je ne m'étais même jamais figuré qu'il pouvait avoir une famille. Il peut sembler étrange qu'un homme que je peux raisonnablement appeler mon ami le plus proche et en compagnie duquel j'ai passé des centaines d'heures ne m'ait jamais dit un mot sur son enfance, ses parents, l'endroit où il était né ni sur rien d'autre de sa vie avant Baker Street. Mais, bien sûr, c'était dans sa nature. Il ne fêtait pas son anniversaire, et j'en ai découvert la date seulement quand je l'ai lue dans sa notice nécrologique. Il m'a dit une fois que ses ancêtres appartenaient à la petite noblesse campagnarde et qu'un de ses parents était un artiste connu.

157

En général, toutefois, il préférait faire comme si sa famille n'avait jamais existé, comme si le prodige qu'il était avait surgi par lui-même sur la scène du monde.

Quand j'ai appris que Holmes avait un frère, cela l'a rendu plus humain à mes yeux – du moins jusqu'à ce que je fasse la connaissance dudit frère. Mycroft était, de bien des façons, aussi particulier que Sherlock : célibataire, sans relations, existant dans un petit monde de sa création. Cette singularité était amplement illustrée par le Club Diogène, dans Pall Mall, où on pouvait le trouver tous les jours de cinq heures moins le quart à huit heures. Je suppose qu'il avait un appartement dans les parages. Le Club Diogène, le fait est notoire, accueillait les hommes les moins sociables et les moins clubistes de Londres. Personne n'y parlait à personne. En fait, parler n'y était pas autorisé sauf dans le salon réservé aux visites, et même là, les conversations n'étaient jamais bien longues. Je me rappelle avoir lu dans un journal qu'il était arrivé, une fois, qu'un portier dise bonsoir à un membre. Il avait été renvoyé aussitôt. La salle à manger avait la chaleur et la convivialité d'un monastère trappiste même si la nourriture y était meilleure vu que le club employait un chef français assez renommé. Le fait que Mycroft appréciait la bonne chère se devinait à sa silhouette, excessivement corpulente. Je le revois encore, calé dans un fauteuil, un verre de brandy à la main et un cigare dans l'autre.

Me trouver en sa présence était toujours déconcertant car, par moments, je discernais chez lui des éléments de la physionomie de mon ami : les yeux gris clair, la même acuité dans l'expression, mais ils semblaient peu à leur vraie place, transférés qu'ils étaient dans cette montagne de chair vivante. Puis Mycroft tournait la tête et il me devenait à nouveau totalement étranger, soucieux qu'il était de garder les autres à distance. Parfois, je me demandais à quoi les deux hommes avaient pu ressembler quand ils étaient enfants. S'étaient-ils bagarrés ? Avaient-ils partagé des lectures ? Joué au ballon ? C'était impossible à imaginer. En grandissant, ils étaient devenus cette sorte d'adultes qui voudraient faire croire qu'ils n'ont jamais été petits.

Quand Holmes m'a décrit Mycroft pour la première fois, il m'a dit qu'il était conseiller et qu'il travaillait pour plusieurs cabinets ministériels. En réalité, ce n'était qu'une partie de la vérité et, par la suite, j'ai appris que son frère était beaucoup plus important et influent que cela. Je fais référence, bien sûr, à l'affaire des plans du *Bruce-Partington*, quand les dessins d'un nouveau sous-marin ont été volés à l'Amirauté. Ce fut Mycroft qu'on chargea de les retrouver et, pour l'occasion, Holmes admit qu'il était un personnage clef dans les cercles gouvernementaux, le dépositaire humain de tous les faits obscurs, l'homme que tous les ministères consultaient quand le besoin se faisait sentir de savoir quelque chose. Holmes était d'avis que, si son frère avait choisi d'être détective, il aurait pu être son égal ou, même, j'admets que je fus bien étonné de l'entendre, le surpasser. Mais Mycroft Holmes souffrait d'un singulier défaut de caractère. Il avait une tendance à l'indolence si bien enracinée qu'il aurait été incapable d'élucider le moindre crime pour cette simple raison qu'elle l'aurait rendu incapable de s'y intéresser. Il est toujours vivant, au fait. La dernière

fois que j'ai entendu parler de lui, il venait d'être ano-
bli et présidait une université bien connue. Mais,
depuis, il a pris la retraite.

— Est-il à Londres ? demandai-je.

— Il est rarement ailleurs. Je vais l'informer que
j'ai l'intention de lui rendre visite à son club.

Le Diogène était un des plus petits clubs de Pall
Mall. Il était conçu dans le genre d'un palazzo vénitien
de style gothique, avec des fenêtres en arcades abon-
damment ornées et de petites balustrades. Cela rendait l'intérieur de la bâtisse assez sombre. La porte
d'entrée principale ouvrait sur un atrium qui courait
sur toute la longueur du bâtiment. Il était surmonté
d'un dôme vitré, seulement l'architecte avait encombré l'endroit de trop de galeries, de colonnes et d'escaliers. Cela avait pour résultat que très peu de lumière
parvenait à s'y frayer un chemin. Les visiteurs
n'étaient admis qu'au rez-de-chaussée. Selon le règlement, il y avait deux jours par semaine où ils pouvaient accompagner un membre dans la salle à
manger, à l'étage, mais, depuis soixante-dix ans que le
club existait, cela ne s'était jamais produit. Mycroft
nous reçut, comme à chaque fois, dans le salon des
visiteurs, avec ses étagères en chêne qui ployaient
sous le poids des livres très nombreux, ses divers
bustes en marbre et son bow-window qui donnait vue
sur Pall Mall. Il y avait un portrait de la reine au-
dessus de la cheminée peint, à ce qu'on racontait, par
un des membres du club. Il lui avait fait injure en
incluant dans sa composition un chien errant et une
pomme de terre – cela dit, pour ma part, je n'ai jamais
été capable de saisir le sens de l'un ou de l'autre.

160

— Mon cher Sherlock, s'exclama Mycroft quand il entra en se dandinant. Comment vas-tu ? Tu as perdu un peu de poids, récemment, je remarque. Mais je suis content de te voir redevenu le même qu'avant.

— T'es-tu remis de ta grippe ?

— Elle n'était pas forte du tout. J'ai apprécié ta monographie sur les tatouages. Écrite la nuit, évidemment. As-tu souffert d'insomnie ?

— L'été a été désagréablement chaud. Tu ne m'avais pas dit que tu avais acheté un perroquet.

— Pas acheté, Sherlock, emprunté. Docteur Watson, c'est un plaisir. Même si cela fait presque une semaine que vous n'avez pas vu votre épouse, je gage qu'elle va bien… Tu reviens tout juste du Gloucestershire.

— Et toi, de France.

— Mrs. Hudson s'est absentée ?

— Elle est rentrée la semaine dernière. Tu as une nouvelle cuisinière.

— La précédente a démissionné.

— À cause du perroquet.

— Elle a toujours eu un pied levé pour partir.

Cet échange se produisit à une telle vitesse que j'eus l'impression d'assister à une partie de tennis, à tourner sans cesse la tête tantôt vers l'un, tantôt vers l'autre. Mycroft nous invita à prendre le canapé et installa sa propre masse sur une chaise longue.

— J'ai été désolé d'apprendre la mort de ce garçon, Ross, dit-il d'une voix brusquement plus sérieuse. Tu sais, je t'ai mis en garde contre le fait d'employer ces gosses des rues, Sherlock. J'espère que tu ne l'avais pas mis en danger.

— Il est trop tôt pour le dire de façon certaine. Tu lis les comptes rendus des journaux.

— Bien sûr. Lestrade mène l'enquête. Ce n'est pas un si mauvais bougre. Cette histoire de ruban blanc, toutefois, je la trouve très dérangeante. Je dirais que, conjointement à la façon extrêmement lente et douloureuse dont la mort a été infligée, on l'a placé là comme un avertissement. La principale question que tu devrais te poser est celle-ci : s'agit-il d'un avertissement d'ordre général où t'est-il seulement destiné ?

— J'ai reçu un morceau de ruban blanc voici sept semaines.

Holmes avait apporté l'enveloppe. Il la produisit et la remit à son frère, qui l'examina.

— L'enveloppe ne nous apprend pas grand-chose. On l'a fait passer dans ta boîte aux lettres précipitamment car on voit que l'angle est froissé. Ton nom a été écrit par un droitier qui a reçu une bonne instruction.

Il en tira le ruban.

— La soie est indienne. Sans nul doute, tu auras vu tout ça toi-même. Elle a été exposée au soleil car le tissu est fatigué. Elle mesure exactement neuf pouces de long, ce qui est intéressant. Elle a été acquise chez un mercier et, ensuite, partagée en deux morceaux d'égale longueur car, tandis qu'un côté est coupé de façon professionnelle avec des ciseaux aiguisés, l'autre a été tranché sommairement, avec un couteau. Je ne peux ajouter plus, Sherlock.

— Je ne m'attendais pas à ce que tu le fasses, Frère Mycroft. En revanche, je me demandais si tu pourrais me dire ce que cela signifie. As-tu entendu parler d'un endroit ou d'une organisation appelée la Maison de Soie ?

Mycroft secoua la tête.

— Le nom ne me dit rien. Il ressemble à celui d'une boutique. De fait, maintenant que j'y pense, je crois me rappeler qu'il y a un fournisseur en confection pour hommes qui porte ce nom à Édimbourg. Se pourrait-il que le ruban ait été acheté là ?

— Cela semble peu vraisemblable vu les circonstances. Nous l'avons entendu mentionné pour la première fois par une jeune fille qui a très probablement passé toute sa vie à Londres. Cela lui causait une telle terreur qu'elle a donné un coup de couteau au docteur Watson, ici présent, en lui infligeant une blessure à la poitrine.

— Bonté divine !

— J'en ai parlé aussi à lord Ravenshaw.

— Le fils de l'ancien ministre ?

— Lui-même. Sa réaction, m'a-t-il semblé, a été celle d'un homme inquiet même s'il a fait de son mieux pour ne pas le montrer.

— Bien. Je peux poser quelques questions pour ton compte, Sherlock. Cela te dérangerait-il de repasser me voir demain à la même heure ? Entre-temps, je vais m'occuper de ça.

Il serra le ruban blanc dans sa main grassouillette.

En fait, nous n'eûmes pas à attendre le résultat de l'enquête de Mycroft vingt-quatre heures. Le matin suivant, vers les dix heures, un grincement de roues se fit entendre, et Holmes, qui se trouvait par hasard à la fenêtre, jeta un coup d'œil à l'extérieur.

— C'est Mycroft, dit-il.

Je le rejoignis à temps pour voir son frère se faire aider à descendre d'un landau. J'eus conscience d'assister à un événement remarquable car Mycroft ne nous avait encore jamais visités à Baker Street – et, de fait, n'y est venu qu'une fois. Holmes était silencieux. Il avait sur le visage une expression de gravité qui me fit comprendre qu'un élément négatif avait dû intervenir dans l'affaire pour entraîner une démarche aussi exceptionnelle. Il nous fallut attendre encore un petit moment avant que Mycroft ne nous rejoigne. L'escalier était étroit et raide, en tout cas mal adapté à un homme de sa corpulence. Finalement il apparut sur le pas de la porte, regarda autour de lui et s'assit sur la chaise la plus proche.

— C'est ici que tu vis ? demanda-t-il.

Holmes hocha la tête.

— C'est très exactement comme je l'avais imaginé. Même l'emplacement du feu – tu t'assieds à sa droite et ton ami à gauche, bien sûr. Étrange, n'est-ce pas, comme nous succombons à ces schémas, comme l'espace qui nous entoure nous impose sa loi.

— Puis-je t'offrir du thé ?

— Non, Sherlock, je n'ai pas l'intention de rester longtemps.

Mycroft lui tendit l'enveloppe.

— Elle est à toi. Je te la rends, assortie d'un conseil que, je l'espère bien, tu suivras.

— Je t'en prie, continue.

— Je n'ai pas la réponse à ta question. Je n'ai pas idée de ce qu'est la Maison de Soie ni de l'endroit où elle se trouve. Crois-moi quand je dis que j'aimerais qu'il en soit autrement car, alors, tu aurais encore plus de raisons d'accepter ce que je vais te dire. Tu dois abandonner cette enquête immédiatement. Tu ne dois pas faire d'autres investigations. Oublie la Maison de Soie, Sherlock. Ne prononce plus jamais ces mots.

164

— Tu sais bien que je ne peux pas.

— Je connais ton caractère. C'est la raison pour laquelle j'ai traversé Londres, afin de venir te parler en personne. J'ai pensé qu'en essayant de te mettre en garde je risquais de t'amener à transformer tout ça en une croisade personnelle. Alors j'espère que le fait de m'être déplacé jusqu'ici soulignera la gravité de ce que je dis. J'aurais pu attendre cet après-midi, t'informer que mes questions ne m'avaient mené nulle part et, ensuite, te laisser continuer. Mais je ne pouvais pas agir ainsi parce que je crains que tu ne te mettes très gravement en danger, et le docteur Watson aussi. Laisse-moi t'expliquer ce qu'il est arrivé depuis notre rencontre au Club Diogène. J'ai approché deux ou trois personnes que je connais dans des ministères. J'ai laissé entendre que cette Maison de Soie devait faire référence à une sorte de conspiration criminelle et que je souhaitais seulement apprendre si quelqu'un dans la police ou les services secrets s'intéressait à elle. Les gens à qui j'ai parlé ont été incapables de m'aider. Du moins, c'est ce qu'ils ont dit.

» Ce qui s'est produit ensuite a constitué pour moi une déplaisante surprise. Alors que je quittais mon logis ce matin, une voiture est venue à ma rencontre pour me conduire dans un bureau à Whitehall. J'ai rencontré là un homme dont je ne peux révéler l'identité mais dont tu connais le nom et qui travaille en collaboration étroite avec le Premier ministre. Je dois ajouter que c'est quelqu'un que je connais bien et dont je ne douterai jamais de la sagesse ni du jugement. Il n'était pas du tout content de me voir. Il est allé droit au but en me demandant pourquoi j'avais posé des questions sur la Maison de Soie et où je voulais en venir. Ses façons, je dois le dire, Sherlock, étaient singulièrement hostiles, et il m'a fallu bien réfléchir avant de lui répondre. J'ai tout de suite décidé de ne pas citer ton nom – sinon ça n'aurait peut-être pas été moi qui aurais frappé à ta porte ce matin. Cela dit, ça risque bien ne pas faire de différence car mes relations avec toi sont connues et il se peut que tu sois déjà suspect. En tout cas, je lui ai seulement dit qu'un de mes informateurs avait mentionné ce nom en relation avec un meurtre à Bermondsey et que cela avait piqué ma curiosité. Il m'a demandé le nom de mon informateur et j'ai inventé quelque chose en tâchant de donner l'impression que c'était une affaire banale et que mes questions n'avaient été que de pure routine.

» Il a semblé se détendre un peu tout en continuant, néanmoins, de peser ses mots avec le plus grand soin. Il m'a dit que la Maison de Soie était effectivement l'objet d'une enquête de la police et que c'était la raison pour laquelle mes questions lui avaient été signalées sur-le-champ. Les choses en sont à un stade très délicat, et toute intervention extérieure pourrait causer un dommage inouï. Je n'ai pas cru qu'un seul de ces propos était vrai, mais j'ai fait semblant d'acquiescer en exprimant des regrets que mes questions hasardeuses aient provoqué une pareille alarme. Nous avons causé encore un moment puis, après un échange de politesses et des excuses de ma part pour lui avoir fait perdre son temps, je suis parti. Mais le fait est, Sherlock, que les politiciens à ce niveau le plus élevé ont une façon de dire beaucoup en prononçant peu de paroles. Ce gentleman, en particulier, est parvenu à me convaincre de ce que je suis en train d'essayer de te dire. Il te faut laisser tomber. La mort d'un gamin des rues, aussi tragique qu'elle puisse être, demeure complètement insignifiante si on l'envisage d'un point de vue général. Quoi que cela puisse être, la Maison de Soie relève de l'intérêt national. Le gouvernement est au courant et s'en occupe. Tu ne peux avoir idée des dommages et du scandale que tu peux causer si tu continues à t'en mêler. Tu me comprends ?

— Tu n'aurais pas pu être plus clair.

— Et tu tiendras compte de ce que j'ai dit ?

Holmes prit une cigarette et la considéra un moment comme s'il se demandait s'il allait l'allumer.

— Je ne peux pas le promettre, dit-il. Du moment que je me sens responsable de sa mort, je dois à cet enfant de faire tout ce que je peux pour traduire son assassin – ou ses assassins – en justice. Sa tâche était simplement de surveiller un homme dans une pension. Mais si ce fait l'a amené au cœur d'une conspiration de plus grande envergure, alors je crains de ne pas avoir d'autre choix que de poursuivre l'affaire.

— J'ai pensé que tu dirais ça, Sherlock, et je suppose que tes propos t'honorent. Mais laisse-moi ajouter ceci.

Mycroft se leva. Il était impatient de s'en aller.

— Si tu ignores mon avis en poursuivant l'enquête et si cela te met en danger, ce qui, à mon avis, ne manquera pas d'arriver, il ne faudra pas t'adresser à moi de nouveau, car il n'y aura rien que je pourrai pour toi. En posant des questions, je me suis exposé. Cela signifie que j'ai les mains liées, désormais. En même temps, je t'exhorte encore une fois à réfléchir. Ce n'est pas un de tes petits puzzles pour le tribunal de police ! Si tu t'avises de déranger les mauvaises personnes, ce pourrait bien être la fin de ta carrière… voire pire.

Il n'y avait rien de plus à dire. Les deux frères le savaient. Mycroft s'inclina légèrement et s'en fut. Holmes se pencha vers le réchaud à gaz pour allumer sa cigarette.

— Eh bien ! Watson, votre opinion sur tout cela ?

— J'espère vivement que vous tiendrez compte de ce que Mycroft a dit, risquai-je.

— Je l'ai déjà pris en compte.

— Je le craignais un peu !

Holmes rit.

— Vous me connaissez trop bien, mon ami. Et maintenant, je dois vous quitter. J'ai des courses à faire et je dois me hâter si je veux être à temps pour les éditions du soir.

Il sortit précipitamment, me laissant seul avec mes inquiétudes. Il rentra à l'heure du déjeuner, mais ne mangea pas, signe qu'une phase stimulante de l'enquête était en cours. Je l'avais vu dans cet état si souvent ! Il me faisait penser à un chien de chasse lancé sur une trace car, comme un animal est capable de se consacrer tout entier à une unique activité, il pouvait laisser les événements l'absorber au point d'en oublier tous les besoins basiques tels que boire, manger ou dormir.

L'arrivée des journaux du soir m'apprit ce qu'il avait fait. Il avait publié une annonce dans les colonnes personnelles.

RÉCOMPENSE 20 £
Information en lien avec la Maison de Soie.
À traiter de façon strictement confidentielle.
S'adresser au 221B Baker Street.

— Holmes ! m'exclamai-je. Vous avez fait exactement le contraire de ce qu'a suggéré votre frère ! Si vous devez poursuivre vos investigations, et je comprends que vous le désiriez, vous pourriez au moins procéder avec discrétion !

— La discrétion ne nous aidera pas, Watson. Il est temps de prendre l'initiative. Mycroft vit dans un monde d'hommes qui murmurent et de bureaux obscurs. Voyons un peu comment ils vont réagir à une petite provocation.

— Vous pensez que vous aurez une réponse ?

— Le temps nous le dira. Mais, du moins, nous avons joué notre carte d'appel dans cette affaire et, même s'il n'en résulte rien, cela n'aura fait aucun mal.

Tels furent exactement ses mots. Seulement Holmes n'avait pas idée du genre de gens à qui il avait affaire ni de jusqu'où ils iraient pour se protéger. Il s'était aventuré dans l'antre véritable de la méchanceté. Du mal n'allait pas tarder à en résulter, et de la pire des façons.

X

Bluegate Fields

— Ah ! Watson ! Il semble bien que notre appât, même s'il a été lancé dans des eaux inconnues, pourrait avoir fait une prise !

Ainsi parla Holmes quelques matins plus tard alors qu'il se tenait dans notre bow-window, en robe de chambre, les mains profondément enfoncées dans ses poches. Je le rejoignis aussitôt et me mis à examiner la foule qui passait des deux côtés de Baker Street.

— Qui voulez-vous dire ? demandai-je.

— Ne le voyez-vous pas ?

— Je vois quantité de gens.

— Oui. Mais par ce froid, bien rares sont ceux qui s'attardent. C'est pourtant précisément ce que fait un homme. Voilà ! Il regarde vers ici.

L'homme en question était enveloppé dans un manteau et une écharpe et portait un chapeau de feutre à bord large de telle sorte que je ne voyais pas grand-chose que j'aurais pu décrire avec plus de précision.

— Vous pensez qu'il est venu en réponse à votre annonce ? demandai-je.

— C'est la seconde fois qu'il passe devant notre porte, répondit Holmes. Je l'ai remarqué pour la première fois il y a quinze minutes ; il remontait la rue depuis le métropolitain. Il est revenu et, depuis, il a à peine bougé. Il s'assure qu'on ne l'observe pas. Enfin, il s'est décidé !

Alors que nous le surveillions en nous tenant un peu en retrait afin qu'il ne puisse pas nous apercevoir, l'homme traversa la rue.

— Il sera chez nous dans un instant, dit Holmes en retournant à son fauteuil.

Effectivement la porte s'ouvrit et Mrs. Hudson fit entrer notre visiteur. Il ôta son chapeau, son écharpe et son manteau, pour révéler un jeune homme à l'apparence étrange dont le visage et l'allure révélaient tant d'éléments contradictoires que, j'en étais certain, même Holmes ne parviendrait pas à le cerner. Il était jeune, je l'ai dit – il ne pouvait pas avoir dépassé trente ans –, et bâti comme un boxeur professionnel. Mais il avait le cheveu rare, la peau grise et les lèvres craquelées, ce qui le faisait paraître beaucoup plus vieux. Ses vêtements étaient luxueux et au goût du jour en même temps que sales. Il semblait nerveux de se trouver là tout en nous considérant avec une confiance en soi excessive qui confinait presque à l'agressivité. Je demeurai debout en attendant qu'il parle car il m'était encore impossible de décider si nous avions affaire à un aristocrate ou à un ruffian de la pire espèce.

— Je vous en prie, prenez un siège, dit Holmes de son ton le plus agréable. Vous êtes resté dehors un long moment, et je détesterais penser que vous avez pris froid. Désirez-vous un peu de thé pour vous réchauffer ?

— Je préférerais un doigt de rhum, répondit-il.

— Nous n'en avons pas. Un peu de cognac à la place ?

Holmes me fit signe de la tête. J'en versai une bonne mesure dans un verre que je tendis au visiteur.

L'homme le vida d'un coup. Un peu de couleur reparut sur son visage et il s'assit.

— Merci, dit-il.

La voix était rauque mais dénotait l'instruction.

— Je suis venu pour la récompense. Je n'aurais pas dû. Les gens à qui j'ai affaire me trancheraient la gorge s'ils savaient que je suis venu ici mais j'ai besoin de l'argent, un point c'est tout. Vingt livres tiendront les démons à l'écart pendant un bon moment, ce qui vaut bien de risquer ma tête. Vous les avez ici ?

— Vous recevrez le paiement quand nous aurons les informations, dit Holmes. Je suis Sherlock Holmes. Et vous ?

— Vous pouvez m'appeler Henderson. Ce n'est pas mon vrai nom mais il fera l'affaire aussi bien qu'un autre. Voyez-vous, Mr. Holmes, je me dois d'être prudent. Vous avez fait publier une annonce pour demander des renseignements sur la Maison de Soie et, depuis, votre domicile a été placé sous surveillance. Quiconque y entre ou en sort est repéré. Il se peut très bien qu'on vous demande un jour de fournir le nom de tous vos visiteurs. J'ai pris soin de dissimuler mon visage avant de franchir votre seuil. Vous comprendrez que je fasse de même pour mon identité.

— Il vous faudra pourtant nous dire quelque chose de votre identité avant que je me sépare de mon argent. Vous êtes professeur, n'est-ce pas ?

— Qu'est-ce qui vous fait dire ça ?

— Il y a de la poussière de craie sur votre poignet et je remarque une tache d'encre rouge sur l'intérieur de votre majeur.

Henderson, puisqu'il me fallait l'appeler ainsi, sourit brièvement en découvrant des dents inégales et jaunies.

— Désolé d'avoir à vous corriger mais, en fait, je suis douanier, même si j'utilise bien de la craie, pour marquer les paquets avant qu'on ne les décharge, et de l'encre rouge, pour noter leurs numéros dans le registre. Je travaillais au bureau des douanes de Chatham mais je suis venu à Londres voici deux ans. Je pensais que changer de lieu de travail serait bon pour ma carrière mais, finalement, cela a causé ma ruine. Que puis-je vous dire d'autre sur mon compte ? Je suis originaire du Hampshire et mes parents vivent toujours là-bas. Je suis marié mais je n'ai pas vu ma femme depuis un bon moment. Je suis une épave de la pire espèce et, même si j'aimerais pouvoir blâmer les autres pour mon malheur, je sais, à la fin de la journée, que tout est de ma faute. Le pire, c'est qu'il n'y a pas moyen de faire demi-tour. Je vendrais ma mère pour vos vingt livres, Mr. Holmes. Il n'y a rien que je ne ferais pas.

— Et qu'est-ce qui est la cause de votre perte, Mr. Henderson ?

— Me donnerez-vous un autre cognac ?

Je lui en versai un autre verre et, cette fois, il l'examina un court moment.

— L'opium, dit-il avant de l'avaler. Voilà mon secret. Je suis dépendant à l'opium. J'en prenais parce que j'aimais ça. Et à présent, je ne peux plus vivre sans. Voici mon histoire. J'ai laissé ma femme à Chatham le temps de m'installer ici. J'ai pris une chambre dans Shadwell pour être près de mon nouveau lieu de travail. Connaissez-vous cet endroit ? Il est habité par des marins, bien sûr, mais aussi par des dockers, des Chinois, des Indiens et des Noirs. Oh ! le voisinage est coloré, et les tentations ne manquent pas – bars et salles de bal – pour faire dépenser son argent à n'importe quel écervelé. Je pourrais vous raconter que je me sentais seul et que ma famille me manquait. Je pourrais simplement dire que j'étais trop bête pour me méfier. Quelle différence cela fait-il ? Voilà douze mois que j'ai payé mes premiers quatre pence en échange de la petite boulette de cire tirée du bocal à pharmacie. Comme le prix me semblait bas alors ! Comme je savais peu de chose ! Le plaisir qu'elle me procura fut au-delà de tout ce que j'avais éprouvé. Ce fut comme si je n'avais jamais vraiment vécu. Bien sûr, je suis revenu. Un mois plus tard, au début, puis une semaine, puis, soudain, tous les jours, et bientôt ce fut comme si je devais être là toutes les heures. Je ne parvenais plus à penser à mon travail. J'ai commis des erreurs et je me suis mis dans des colères terribles quand on m'a critiqué. Mes vrais amis sont partis. Mes faux amis m'ont encouragé à fumer toujours plus. Il n'a pas fallu longtemps à mes employeurs pour se rendre compte de l'état dans lequel je m'étais mis. Ils ont menacé de me renvoyer, mais je ne m'en soucie plus. L'envie d'opium remplit tous mes moments de conscience. C'est le cas même à présent. Voilà trois jours que je n'ai rien fumé. Donnez-moi ma récompense, que je puisse à nouveau me perdre dans les brumes du néant.

Je considérai l'homme avec un mélange d'horreur et de pitié. Pourtant il y avait quelque chose en lui qui dédaignait ma sympathie, qui semblait presque fier de ce qu'il avait fait. Henderson était malade. Il se détruisait, lentement, de l'intérieur.

Holmes avait l'air grave lui aussi.

— L'endroit où vous allez consommer cette drogue… c'est la Maison de Soie ? demanda-t-il.

Henderson rit.

— Pensez-vous que je serais tellement effrayé et que j'aurais pris autant de précautions si la Maison de Soie était tout bonnement une fumerie d'opium ? s'écria-t-il. Savez-vous combien il y en a dans Shadwell et dans Limehouse ? Moins qu'il y a dix ans à ce qu'on dit. On peut néanmoins s'y tenir à n'importe quel carrefour et en rencontrer une dans toutes les directions qu'on a la possibilité de prendre. Il y a Mott's et Mother Abdullah's et Creer's Place et Yahee's. On m'a dit qu'on pouvait également en acheter dans des asiles de nuit, dans Haymarket ou à Leicester Square.

— Alors, qu'est-ce que c'est ?

— L'argent !

Holmes hésita puis il lui tendit quatre billets de cinq livres. Henderson les saisit promptement et les caressa. Un éclat triste apparut dans ses yeux en même temps que son addiction, la bête tapie au fond de lui, se réveillait.

— D'où pensez-vous que vient l'opium qui alimente Londres, Liverpool, Portsmouth et tous les autres points de vente en Angleterre – et en Irlande et en Écosse ? Où Creer ou Yahee vont-ils quand leur réserve commence à baisser ? Où est le centre de la toile d'araignée qui s'étire à travers le pays tout entier ? Voici la réponse à votre question, Mr. Holmes. Ils vont tous à la Maison de Soie.

» La Maison de Soie est une entreprise criminelle qui opère à une échelle monumentale et j'ai entendu dire – des rumeurs, seulement des rumeurs – qu'elle compte des amis très haut placés, que ses tentacules se sont étendus jusqu'à prendre au piège des ministres et de hauts fonctionnaires de la police. Nous parlons d'un commerce d'import-export, si vous voulez, mais qui rapporte des milliers de livres par an. L'opium arrive en provenance de l'Est. On le transporte jusqu'à ce dépôt central à partir duquel on le redistribue, mais le prix, entre-temps, a considérablement gonflé.

— Où peut-on la trouver ?

— À Londres. Je ne sais pas exactement où.

— Qui la dirige ?

— Je ne peux le dire. Je n'en ai pas idée.

— Alors, vous ne nous avez guère aidés, Mr. Henderson. Comment pouvons-nous seulement être sûrs que ce que vous dites est vrai ?

— Parce que je peux le prouver.

Il toussa de façon désagréable et je me rappelai que des lèvres craquelées et une bouche sèche étaient deux symptômes d'une consommation prolongée de drogue.

— Je suis client de Creer's Place depuis longtemps. C'est décoré pour faire chinois, avec quelques tapisseries et des éventails, et je vois quelquefois des Orientaux là-dedans, allongés tous ensemble à même le sol. Mais l'homme qui dirige l'endroit est aussi anglais que vous ou moi, et vous n'imaginez pas pouvoir rencontrer plus retors et méchant que lui. Il a les yeux noirs et un crâne pareil à une tête de mort. Oh ! il vous sourira et vous appellera son ami si vous avez vos quatre pence. Mais demandez-lui une faveur ou essayez de le contrarier, et il vous fera tabasser puis jeter dans un fossé sans y réfléchir à deux fois. Malgré tout, lui et moi, on s'entend assez bien. Ne me demandez pas pourquoi. Il a un petit bureau à côté de la salle principale et parfois il m'y invite pour fumer – du tabac, pas de l'opium. Il aime entendre parler de la vie sur les quais. J'étais assis là avec lui quand j'ai entendu mentionner la Maison de Soie pour la première fois. Il utilise des garçons pour lui rapporter ses fournitures et pour chercher de nouveaux consommateurs dans les scieries et les dépôts de charbon…

— Des garçons ? l'interrompis-je. Avez-vous jamais rencontré l'un d'entre eux ? Y en avait-il un qui s'appelait Ross ?

— Ils n'ont pas de noms et je ne parle jamais à aucun. Mais écoutez plutôt ce que j'ai à dire ! J'étais là-bas, il y a de cela quelques semaines, et un de ces petits gars est entré. Visiblement, il était en retard. Creer avait bu et il était de méchante humeur. Il a empoigné le gars, l'a frappé et l'a jeté par terre. « Où étais-tu ? » lui a-t-il demandé. « La Maison de Soie », a répondu le garçon. « Et qu'est-ce que tu as pour moi ? » Le gosse lui a remis un paquet avant de filer sans demander son reste. « C'est quoi la Maison de Soie ? » j'ai demandé.

» C'est alors que Creer m'a révélé ce que je viens de vous répéter. Sans le whisky, il aurait eu la langue moins déliée. Seulement, dès qu'il a fini son histoire, il s'est rendu compte de ce qu'il avait fait et il est devenu méchant. Il a ouvert un petit secrétaire à côté de son bureau. Le temps que je m'en rende compte et il pointait un pistolet sur moi. « Pourquoi tu veux savoir ? criait-il. Pourquoi tu as posé ces questions ? » « Aucune raison particulière, lui ai-je assuré, à la fois surpris et effrayé. Je parlais pour faire la conversation. C'est tout. » « La conversation ? C'est pas un sujet de conversation, mon ami. Si jamais tu répètes un seul mot de ce que je viens de dire, on repêchera tes restes dans la Tamise. Tu me comprends bien ? Si je ne te tue pas, ils le feront. » À ce moment-là, il a semblé réfléchir. Il a baissé son pistolet et, quand il a parlé de nouveau, ç'a été sur un ton radouci. « Tu peux avoir ta pipe gratis ce soir, a-t-il dit. Tu es un bon client. On se connaît bien, toi et moi. On doit bien s'occuper de toi. Oublie que j'ai parlé et ne reviens plus jamais sur le sujet. Tu m'entends ? »

Ce fut tout. J'avais presque oublié cet incident mais j'ai vu votre annonce et, bien sûr, tout cela m'est revenu à l'esprit. S'il savait que je suis venu vous trouver, je suis sûr qu'il tiendrait parole. Mais si vous cherchez la Maison de Soie, il vous faut commencer par Creer car lui peut vous y mener.

— Où le trouve-t-on ?

— Dans Bluegate Fields. La maison elle-même fait le coin de Milward Street. Une baraque basse et sale avec une lumière rouge qui brûle devant la porte.

— Vous y serez ce soir ?

— J'y suis tous les soirs. Et, grâce à votre générosité, j'y serai également de très nombreux soirs à venir.

— Cet homme, ce Creer, quitte-t-il son bureau parfois ?

— Souvent. La fumerie est toujours pleine de fumée. Il sort pour prendre l'air.

— À ce compte, vous allez peut-être me voir ce soir. Si tout se passe bien, et si je trouve ce que je cherche, je doublerai votre récompense.

— Ne dites pas que vous me connaissez. Ne réagissez pas à ma présence. Et n'attendez aucune aide si les choses viennent à mal tourner.

— Je comprends.

— Alors, bonne chance à vous, Mr. Holmes. Je vous souhaite de réussir – dans mon propre intérêt ! Le vôtre…

Nous attendîmes que Henderson soit parti puis Holmes se tourna vers moi, une lueur dans le regard.

— Une fumerie d'opium. Qui fait du commerce avec la Maison de Soie. Qu'en pensez-vous, Watson ?

— Je n'aime pas ça du tout, Holmes. Je pense que vous devriez vous tenir bien à l'écart.

— Pouah ! Je crois que je suis capable de veiller sur moi-même !

Holmes alla à grands pas jusqu'à son bureau, ouvrit un tiroir, en tira un pistolet.

— J'irai armé.

— Alors, j'irai avec vous.

— Mon cher Watson, je ne peux le permettre. Même si je vous suis reconnaissant de votre sollicitude, force est de dire que, à nous deux, nous ressemblerions à tout sauf à des consommateurs à la recherche d'une fumerie d'opium dans l'est de Londres un jeudi soir.

— Peu importe, Holmes. J'insiste. Je resterai dehors si vous préférez. Nous parviendrons sûrement à trouver un endroit à proximité. Si vous avez besoin d'aide, un seul coup de feu m'amènera sur place. Ce Creer

179

peut avoir des séides qui travaillent pour lui. Et comment être sûr que Henderson ne vous trahira pas ?

— Vous marquez un point. Où est votre revolver ?

— Je ne l'ai pas apporté avec moi.

— N'importe. J'en ai un autre.

Holmes sourit et je lus du soulagement sur son visage.

— Ce soir, nous ferons une visite à Creer's Place et nous verrons ce que nous verrons.

Il y eut de nouveau du brouillard cette nuit-là, le pire depuis le début du mois. J'aurais pressé Holmes de retarder sa visite à Bluegate Fields si j'avais cru que cela pouvait être utile. Cependant, la pâleur et la tension de son visage me firent comprendre que rien ne le détournerait de l'action maintenant qu'il était lancé. Il n'en avait rien dit mais je savais que c'était la mort de cet enfant, Ross, qui l'y poussait. Aussi longtemps qu'il se considérerait comme responsable, même partiellement, de ce qu'il s'était passé, il n'aurait pas de repos et mettrait délibérément sa propre sécurité de côté.

Pourtant, comme je me sentis oppressé quand le fiacre nous déposa au bout d'une allée à côté de Limehouse Basin ! Le brouillard, épais et jaune, se déployait dans les rues en étouffant tous les bruits. Il me semblait ignoble, pareil à un animal cruel reniflant dans les ténèbres la trace de sa proie, et, à mesure que nous avancions, c'était comme si nous allions nous placer nous-mêmes entre ses mâchoires. Nous suivîmes une allée coincée entre des murs de briques rouges qui dégoulinaient de moisissures et qui étaient si hauts que, sans le faible reflet argenté de la lune, ils auraient complètement masqué le ciel. D'abord, le son de nos propres pas fut le seul bruit que nous entendîmes puis le passage s'élargit et le hennissement d'un cheval, le faible ronflement d'un moteur à vapeur, le clapotis de l'eau et le cri aigu d'un bébé qui ne trouvait pas le sommeil nous parvinrent de différentes directions, chacun délimitant à sa façon l'obscurité qui nous entourait. Nous étions près d'un canal. Un rat ou quelque autre créature surgit devant nous, glissa par-dessus le bord du quai et tomba à l'eau avec un bruit d'éclaboussement. Un chien aboya. Nous dépassâmes une péniche amarrée au bord. Des rais de lumière filtraient au-dessous des rideaux, de la fumée sortait par la cheminée. Au-delà, il y avait une cale sèche. Dans un grand fouillis, des bateaux mal distincts pendaient comme des squelettes préhistoriques, cordes et voiles traînant à terre, en attendant d'être réparés. Nous tournâmes un coin de rue et tout cela fut immédiatement avalé par le brouillard qui tomba comme un rideau derrière nous au point que, quand je tournai la tête, j'eus l'impression que nous émergions de nulle part. Devant, non plus, il n'y avait rien, et nous aurions pu être prêts à enjamber le rebord du monde que nous ne nous en serions même pas doutés. Ce fut alors que nous entendîmes le tintement d'un piano, un air qu'on jouait d'un seul doigt. Une femme surgit brusquement devant nous. J'entraperçus un visage fripé, hideusement peint, un chapeau tape-à-l'œil et une écharpe en plumes. Je sentis son parfum qui m'évoqua celui de fleurs mourant dans un vase. Elle rit, brièvement, et elle était partie. Finalement, face à nous, je vis des lumières : la fenêtre d'un pub. C'était de là que venait la musique.

Il s'appelait le Rose and Crown. Nous parvînmes à lire ce nom seulement quand nous nous fûmes juste au-dessous de l'enseigne. C'était un curieux petit endroit, une bâtisse de briques que maintenait ensemble tout un ramassis de planches et qui, néanmoins, vacillait comme si elle était sur le point de s'écrouler. Aucune des fenêtres n'était tout à fait droite. La porte était si basse qu'il fallait se courber pour entrer.

— Nous y sommes, Watson, murmura Holmes.

Je vis son haleine se condenser devant ses lèvres. Il tendit l'index.

— Voilà Milward Street. Et j'imagine que ceci est Creer's Place. Regardez, il y a la lanterne rouge à l'entrée.

— Holmes, je vous demande une dernière fois de me laisser vous accompagner.

— Non, non ! Il vaut mieux qu'un de nous deux reste dehors. Si les choses ne tournent pas comme je l'espère, vous serez en meilleure position pour me venir en aide.

— Vous pensez que Henderson vous a menti ?

— Son histoire m'a paru en tout point improbable.

— Alors, pour l'amour du Ciel, Holmes… !

— Je ne peux en être entièrement certain, Watson. Pas sans entrer. Il est possible aussi qu'il ait simplement dit la vérité. Mais si c'est un piège, nous le déjouerons et nous verrons où cela nous mène.

J'ouvris la bouche pour protester mais il poursuivit :

— Nous avons touché à quelque chose de très profond, mon vieil ami ! C'est une affaire de la plus grande singularité et nous n'en découvrirons pas le fond si nous refusons de prendre des risques. Attendez-moi une heure. Je vous suggère de profiter de ce que ce pub peut offrir en matière de confort. Si je ne suis pas revenu dans ce laps de temps, alors il faudra venir me chercher mais en prenant les plus grandes précautions. Et si vous entendez un coup de feu, accourez aussitôt.

— C'est entendu, Holmes.

Ce fut toutefois avec les craintes les plus vives que je l'observai quand il traversa la rue. Il disparut momentanément de ma vue, quand le brouillard et la nuit l'enveloppèrent, pour reparaître de l'autre côté à la lueur de la lanterne rouge, debout dans l'embrasure de la porte. J'entendis une horloge sonner l'heure au loin ; la cloche tinta onze fois. Avant que le premier coup ne soit complètement éteint, Holmes n'était plus en vue.

Malgré mon manteau gris, il faisait trop froid pour rester à l'extérieur toute une heure. De plus, je ne me sentais pas à l'aise, dehors dans la rue en pleine nuit, surtout dans un quartier dont les habitants étaient connus pour appartenir à la classe sociale la plus basse, pour être malfaisants et à demi criminels. Je poussai donc la porte du Rose and Crown. Je me retrouvai dans une salle unique que partageait en deux un bar étroit ponctué de robinets à bière en porcelaine peinte et de deux étagères portant un assortiment de bouteilles. À ma grande surprise, quinze à vingt personnes avaient bravé le mauvais temps pour venir s'entasser dans cet espace réduit. Ils se serraient autour des tables, à jouer aux cartes, boire et fumer.

L'air était épaissi par la fumée des pipes et des cigarettes et saturé de l'odeur forte d'un feu de tourbe qui brûlait dans un poêle branlant en fer forgé qu'on avait placé dans un coin. À part quelques bougies, c'était la seule source d'éclairage dans la salle mais il semblait produire un effet inverse car, quand on regardait la lueur rouge derrière l'épaisse vitre, il semblait que le feu aspirait la lumière, qu'il la consumait, et qu'ensuite il expulsait de la fumée noire et des cendres dans la nuit par la cheminée. Un piano éreinté se trouvait près de la porte. Il y avait une femme assise devant qui tapotait les touches paresseusement.

J'allai jusqu'au bar où un vieil homme grisonnant dont les yeux souffraient de la cataracte me servit un verre de bière blonde pour deux pence. Ensuite, je demeurai là, debout, sans boire, en essayant d'ignorer les horreurs que me soufflait mon imagination et de ne pas penser à Holmes. En majorité, les hommes autour de moi étaient des marins ou des dockers, et beaucoup d'entre eux étaient étrangers – des Espagnols ou des Maltais. Aucun ne fit attention à moi, ce dont je fus heureux. En fait, c'était à peine s'ils se parlaient. Le seul vrai bruit dans ce bar était celui des joueurs de cartes.

Une pendule sur le mur montrait le temps qui passait et j'eus l'impression que l'aiguille des minutes se traînait délibérément en ignorant les lois du temps. Il m'est souvent arrivé, en compagnie de Holmes ou sans lui, d'attendre que se montre un coquin, et ce aussi bien sur la lande près de Baskerville Hall que sur les berges de la Tamise ou, très souvent, dans le jardin d'une demeure de banlieue. Jamais pourtant je n'oublierai ces cinquante minutes de veille dans cette petite salle avec le *slap*, *slap*, *slap* des cartes contre la table, les notes fausses arrachées au piano et tous ces visages sombres scrutant leur verre comme si toutes les réponses au mystère de la vie pouvaient s'y trouver.

Cinquante minutes exactement, car ce fut à minuit moins dix que le silence de la nuit fut déchiré par deux coups de feu et, presque tout de suite après, par le bruit aigu d'un sifflet de police et le bruit de voix appelant à l'aide. Je fus instantanément dans la rue, fâché contre moi-même et furieux d'avoir laissé Holmes me convaincre de nous lancer dans cette aventure périlleuse. Qu'il ait tiré lui-même les coups de feu, je n'en doutais pas. Mais l'avait-il fait comme un signal, pour moi, ou était-il en danger et forcé de se défendre ? Le brouillard s'était un peu levé et je me ruai de l'autre côté jusqu'à l'entrée de Creer's Place. Je tournai la poignée. La porte n'était pas fermée. Tirant ma propre arme de ma poche, je m'élançai à l'intérieur.

L'odeur sèche et brûlante de l'opium accueillit mes narines en m'irritant aussitôt les yeux et en me causant un violent mal de tête. Je ne voulais pas respirer, par peur de tomber sous la coupe de la drogue moi-même. Je me retrouvai dans une pièce froide, humide et triste qu'on avait décorée avec des tapis à motifs, des lampions rouges et des tentures en soie pendues aux murs, juste comme Henderson l'avait décrit. De lui, il n'y avait pas trace. Quatre hommes étaient allongés sur des matelas, leur plateau japonais et leur lampe posés sur une table basse placée à proximité. Trois étaient inconscients et auraient aussi bien pu être des cadavres. Le dernier avait le menton dans la main et fixait sur moi des yeux vagues. Un matelas était vide.

Un homme vint à ma rencontre à la hâte. Je compris que ce devait être Creer. Il était totalement chauve, sa peau était blanche comme du papier et tellement tendue sur ses os que, avec ses yeux noirs profondément enfoncés dans les orbites, sa tête ressemblait plus, effectivement, à une tête de mort qu'à celle d'un vivant. Je vis qu'il était sur le point de parler, pour m'interpeller, mais il remarqua mon revolver et se tut.

— Où est-il ? demandai-je.

— Qui ?

— Vous savez qui je veux dire.

Mes yeux le dépassèrent pour aviser une porte ouverte derrière lui, à l'autre bout de la pièce, et un couloir, éclairé par une lampe à gaz, qui se trouvait après. Ignorant Creer et pressé de me trouver hors de cet endroit d'épouvante avant que les vapeurs d'opium ne me submergent, je me précipitai vers cette porte. Une des épaves qui gisaient sur les matelas m'appela et tendit vers moi une main suppliante mais je l'ignorai. Il y avait une autre porte au bout du couloir et, comme Holmes ne pouvait pas être parti par-devant, il était sûrement passé par là. Je l'ouvris et reçus une grande bouffée d'air froid. J'étais derrière la maison. J'entendis d'autres cris, le cliquetis d'une voiture et d'un cheval, le bruit d'un sifflet de police. Je savais déjà qu'on nous avait joués, que tout était allé de travers. Mais je n'avais encore aucune idée de ce qui pouvait m'attendre. Où était Holmes ? Avait-il été blessé ?

Je descendis en courant une rue étroite, passai sous un porche, tournai à l'angle d'une maison et débouchai dans une cour. Une petite foule s'était rassemblée là. D'où avaient-ils tous pu venir à cette heure de la nuit ? Je vis un homme en habit de soirée, un agent de police, deux autres. Ils fixaient un tableau qui s'offrait à eux mais dont aucun n'osait s'approcher pour prendre les choses en main. Je les poussai pour passer. Je n'oublierai jamais ce que je vis alors.

Il y avait deux personnages. L'un était une jeune fille que je reconnus tout de suite – et pour cause vu qu'elle avait tenté de me tuer quelques jours plus tôt. C'était Sally Dixon, la sœur de Ross, qui travaillait au Bag of Nails. Elle avait reçu deux balles, une dans la poitrine, l'autre dans la tête. Elle était allongée au milieu d'une flaque de ce qui, dans l'obscurité, semblait être un liquide noir mais dont je savais que c'était du sang. Je connaissais aussi l'homme qui gisait inconscient devant elle et dont la main tendue tenait encore le pistolet qui avait tiré sur elle.

C'était Sherlock Holmes.

XI

Arrêté

Je n'ai jamais oublié cette nuit ni ses conséquences.

Assis ici, tout seul, vingt-cinq ans après, j'en ai encore le moindre détail gravé dans la mémoire. Alors que je dois parfois lutter avec le filtre déformant du souvenir pour me rappeler les traits d'amis ou, pareillement, d'ennemis, j'ai seulement à fermer les yeux et ils sont tous là : Harriman, Creer, Ackland et l'agent de police, comment s'appelait-il déjà ?… Perkins.

Le fait est que j'ai partagé beaucoup d'aventures avec Sherlock Holmes et que je l'ai souvent vu dans des situations désespérées. Il y a eu des moments où je l'ai cru mort. Ne serait-ce qu'une semaine plus tôt, je l'avais trouvé sans force et délirant, prétendument atteint d'une anémie pernicieuse qui frappe les coolies de Sumatra. Et puis il y avait eu cette fois, à Poldhu Bay, en Cornouailles, où, si je ne l'avais pas traîné hors de la pièce, il aurait à coup sûr succombé à la folie et à l'autodestruction. Je me rappelle notre veille dans le Surrey quand une vipère des marais mortelle est apparue en rampant dans les ténèbres. Et comment pourrais-je clore cette brève liste sans évoquer le moment de désespoir ultime, l'impression de vide que j'ai éprouvée quand je suis revenu seul des chutes de Reichenbach ? Et cependant, tous ces épisodes pâlissent quand on les compare à cette nuit de Bluegate Fields.

Pauvre Holmes ! Je le vois encore reprendre conscience pour se retrouver cerné, en état d'arrestation et incapable d'expliquer à quiconque ce qu'il venait de se passer. C'était lui qui, délibérément, avait donné dans le piège. Et voilà quel en était le malheureux résultat.

Un policier était arrivé, je ne savais d'où. Il était jeune et nerveux mais, l'un dans l'autre, il fit ce qu'il avait à faire avec une efficacité très louable. Il s'assura d'abord de ce que la fille était bien morte puis il reporta son attention sur mon ami. Holmes était dans un état épouvantable. Sa peau était blanche comme du papier, et bien que ses yeux fussent grands ouverts, il semblait incapable de voir... Il ne me reconnaissait assurément pas. La foule n'arrangeait en rien les choses et, une fois encore, je me demandai qui pouvaient être tous ces gens et comment ils avaient pu choisir une nuit pareille pour se masser là. Il y avait deux femmes qui ressemblaient à la vieille que nous avions croisée près du canal et, avec elles, deux marins appuyés l'un sur l'autre qui empestaient la bière. Un Noir regardait, les yeux écarquillés. Deux de mes voisins de bar maltais du Rose and Crown se tenaient à côté de lui. Et, même, quelques enfants avaient fait leur apparition, en haillons et les pieds nus. Ils regardaient ce spectacle comme si on le donnait à leur intention. Pendant que j'observais tout ça, un homme bien habillé, grand et rouge de visage, parlait fort et gesticulait avec sa canne.

— Arrêtez-le, monsieur l'agent ! Je l'ai vu tirer sur la fille. Je l'ai vu de mes propres yeux.

Il avait un accent écossais très fort qui sonnait de façon un peu incongrue, comme si tout cela était une pièce de théâtre et lui, un spectateur qui serait monté sur la scène sans y être invité.

— Dieu la protège, la pauvre créature ! Il l'a tuée de sang-froid.

— Qui êtes-vous ? demanda le policier.

— Je m'appelle Thomas Ackland. Je rentrais chez moi. J'ai vu exactement ce qui est arrivé.

Je ne pouvais pas rester plus longtemps sur la touche. Je m'avançai pour me pencher sur mon ami hébété.

— Holmes ! criai-je. Holmes ! m'entendez-vous ? Pour l'amour de Dieu, dites-moi ce qu'il s'est passé.

Holmes était toujours incapable de répondre et je me rendis compte que c'était moi que le policier examinait à présent.

— Vous connaissez cet homme ? demanda-t-il.

— Tout à fait ! C'est Sherlock Holmes.

— Et vous ?

— Je m'appelle John Watson, et je suis médecin. Vous devez me permettre de prendre soin de mon ami, monsieur l'agent. Même si les faits peuvent paraître écrits noir sur blanc, je peux vous assurer qu'il est innocent de tout crime.

— Ce n'est pas vrai ! Je l'ai vu tirer sur la fille ! Je l'ai vu faire feu de sa propre main !

Ackland fit un pas en avant.

— Moi, aussi, je suis médecin, continua-t-il. Et je puis vous dire d'emblée que cet homme se trouve sous l'influence de l'opium. Cela se remarque de façon évidente à ses yeux et à son haleine. Vous n'avez pas besoin de chercher plus loin le motif de ce crime odieux et dénué de sens.

Disait-il vrai ? Holmes gisait là, incapable de parler. Il était certainement sous l'emprise d'un narcotique et, étant donné qu'il avait passé l'heure précédente chez Creer, il aurait été absurde d'en envisager un autre que la drogue désignée par le docteur. Pourtant, quelque chose dans ce diagnostic me laissait perplexe. J'observai les yeux de Holmes avec attention et, même si je dus admettre que les pupilles étaient dilatées, il y manquait ces horribles petites lueurs que je me serais attendu à y voir. Je pris son pouls et le trouvai presque trop lent, comme si mon ami émergeait d'un profond sommeil au lieu de s'être livré à l'activité fatigante ayant consisté à poursuivre sa victime et à l'abattre. Et depuis quand l'opium provoquait-il des actes de ce genre ? Ses effets pouvaient inclure l'euphorie, une relaxation totale, un soulagement de la douleur physique. Mais je n'avais jamais entendu dire qu'un consommateur ait commis des actes de violence. Et puis, à supposer que Holmes ait été en proie à la paranoïa la plus aiguë, quelle diable de raison sa conscience embrumée aurait-elle pu inventer pour lui faire tuer précisément la jeune fille qu'il était le plus désireux de retrouver et de protéger ? Et elle, comment se faisait-il qu'elle se soit trouvée là ? Enfin, je doutais fort que Holmes ait été capable de tirer avec précision s'il avait été sous l'emprise de l'opium. Il aurait eu du mal à tenir fermement le pistolet, plutôt. J'expose toutes ces objections comme si j'avais réfléchi longuement au témoignage qu'on avançait face à moi. En réalité, cette réflexion me prit à peine une seconde du fait de mes longues années de pratique de la médecine et de ma connaissance intime de l'homme qu'on accusait.

— Avez-vous accompagné cette personne ici ce soir ? me demanda le policier.

— Oui. Mais nous nous sommes séparés pendant un moment. J'étais au Rose and Crown.

— Et lui ?

— Il…

Je m'interrompis. Une chose que je ne pouvais pas faire, c'était révéler où Holmes était allé.

— Mon ami est un détective très réputé et il menait une enquête. Vous découvrirez qu'il est bien connu de Scotland Yard. Appelez l'inspecteur Lestrade qui se portera garant de lui. Aussi mal engagé que le cas puisse paraître, il doit y avoir une autre explication.

— Il n'y a pas d'autre explication, intervint le docteur Ackland. Il a tourné ce coin-là en titubant. La fille était dans la rue en train de mendier. Il a sorti un pistolet et lui a tiré dessus.

— Il y a du sang sur ses vêtements, admit le policier qui sembla pourtant parler avec une certaine réticence.

— Il était près d'elle quand elle a été tuée, c'est évident. Et quand je suis arrivé dans cette cour, il n'y avait personne d'autre en vue.

— Avez-vous vu tirer les coups de feu ? demandai-je.

— Non ! Mais je suis arrivé quelques instants plus tard. Et personne ne s'est enfui de la scène du crime.

— C'est lui qui l'a fait ! cria quelqu'un dans la foule.

Un murmure d'approbation s'ensuivit, repris par les enfants qui étaient ravis de se trouver au tout premier rang du spectacle.

— Holmes ! répétai-je en m'agenouillant près de lui et en m'efforçant de lui soulever la tête. Pouvez-vous me dire ce qu'il s'est passé ici ?

Holmes ne fit aucune réponse. Un moment plus tard je remarquai un autre homme qui s'était approché en silence et qui, désormais, se tenait debout près de moi, à côté du docteur écossais.

— S'il vous plaît, veuillez vous relever, dit-il d'une voix aussi froide que la nuit elle-même.

— Cet homme est mon ami, commençai-je.

— Et ceci une scène de crime dans laquelle vous n'avez pas à intervenir. Levez-vous et reculez. Merci. À présent, si quelqu'un ici a vu quelque chose, qu'il donne son nom et son adresse à l'agent de police. Sinon, rentrez chez vous. Vous, les enfants, disparaissez d'ici avant que je vous fasse tous arrêter. Agent, quel est votre nom ?

— Perkins !

— Êtes-vous en service ici ?

— Oui, monsieur.

— C'est votre secteur ?

— Oui, monsieur.

— Parfait ! Vous me semblez avoir fait de l'assez bon travail jusqu'à présent. Pouvez-vous me dire ce que vous avez vu et ce que vous savez ? Tâchez de faire court. La nuit est bigrement froide, et plus tôt tout ça sera réglé, plus tôt nous serons au lit.

Il demeura silencieux le temps que l'agent donnait sa version des événements qui se résuma à pas grand-chose de plus que ce que je savais déjà. Il hocha la tête.

— Très bien, agent Perkins ! Notez tous les détails dans votre carnet. Je prends tout en charge dorénavant.

Je n'ai pas encore décrit le nouvel arrivant et, encore aujourd'hui, j'ai de la difficulté à le faire car il s'agissait de l'homme le plus reptilien que j'aie jamais rencontré, avec des yeux trop petits, des lèvres minces et la peau lisse au point de faire presque gommer les traits de son visage. La caractéristique la plus nette du personnage était une crinière de cheveux d'un blanc très peu naturel ou plutôt, à vrai dire, sans aucune couleur, et qui pouvaient tout aussi bien n'en avoir jamais eu. Ce n'était pas comme s'il avait été vieux – il n'avait assurément pas plus de trente ou trente-cinq ans. Cette chevelure formait un contraste complet avec sa tenue vestimentaire qui consistait en un manteau, des gants et une écharpe, tous noirs.

Ce n'était pas un homme imposant physiquement. Toutefois il avait une certaine présence et, même, une arrogance que j'avais déjà remarquée à la façon dont il avait pris la situation en main. Il parlait doucement, mais sa voix avait un ton qui ne laissait aucun doute sur le fait qu'il avait l'habitude d'être obéi. C'était pourtant son côté fuyant qui m'exaspérait le plus. C'est ce qui m'a fait penser à un serpent. À partir du moment où je lui ai parlé, je l'ai senti qui glissait tout autour de moi. Il était ce genre de gens qui regardent à travers vous ou derrière vous mais ne vous regardent jamais *vous*. Je n'avais jamais rencontré personne à ce point maître de soi, un habitant d'un monde où tous les autres ne pouvaient être que des étrangers à qui il était interdit d'approcher.

194

— Ainsi, vous êtes le docteur Watson ? dit-il.

— Oui.

— Et voici donc Sherlock Holmes ! Eh bien ! Je doute un peu que nous lisions le récit de tout ceci dans une de vos fameuses chroniques, n'est-ce pas, à moins qu'elle ne sorte sous le titre de *L'Aventure du fumeur d'opium fou*. Votre associé était à Creer's Place ce soir ?

— Il menait une enquête.

— Une enquête avec une pipe et une aiguille, à ce qu'il semble. Une méthode d'investigation assez peu orthodoxe, je dirais. Bien, vous pouvez partir, docteur Watson. Il n'y a rien d'autre que vous puissiez faire ce soir. Belle affaire que nous avons là ! La fille ne peut pas avoir plus de seize ou dix-sept ans.

— Elle s'appelle Sally Dixon. Elle travaillait dans un pub, le Bag of Nails, à Shoreditch.

— Ainsi elle était connue de son agresseur.

— Mr. Holmes n'est pas son agresseur.

— C'est ce que vous voudriez que nous pensions. Malheureusement, il y a des témoins qui ont un point de vue différent.

Il regarda l'Écossais.

— Vous êtes médecin ?

— Oui monsieur.

— Et vous avez vu ce qu'il s'est passé ce soir ?

— Je l'ai déjà raconté à l'agent, monsieur. La fille mendiait dans la rue. Cet homme est arrivé depuis ce bâtiment, là. J'ai pensé qu'il était saoul ou en plein délire. Il a suivi la fille dans cette cour et l'a tuée avec un pistolet. C'est aussi simple que ça.

— À votre avis, Mr. Holmes est-il en état de venir avec moi jusqu'au poste de police de Holborn ?

— Il ne peut pas marcher. Mais il n'y a aucune raison pour qu'il ne puisse pas se déplacer dans un fiacre.

— Il y en a un qui vient.

L'homme aux cheveux blancs, qui n'avait pas encore dit son nom, marcha lentement jusqu'à Holmes, toujours étendu au sol. Il allait un peu mieux et luttait pour retrouver ses esprits.

— M'entendez-vous, Mr. Holmes ?

— Oui.

Ce fut la première parole qu'il prononça.

— Je suis l'inspecteur Harriman. Je vous arrête pour le meurtre de cette jeune fille, Sally Dixon. Vous n'êtes pas obligé de parler sauf si vous le désirez mais tout ce que vous direz, je le prendrai en note et cela pourra être retenu contre vous. Me comprenez-vous ?

— C'est monstrueux, m'exclamai-je. Je vous dis que Sherlock Holmes n'a strictement rien à voir avec ce crime. Votre témoin ment. Il s'agit d'un complot…

— Si vous ne voulez pas vous faire arrêter pour entrave à la justice et, ensuite, probablement, poursuivre pour diffamation, je vous conseille d'avoir la sagesse de garder le silence. Vous aurez l'occasion de parler quand ce cas viendra au tribunal. En attendant, je vous demanderai une nouvelle fois de vous écarter et de me laisser continuer à faire mon travail.

— N'avez-vous aucune idée de qui il s'agit ? Ignorez-vous ce que lui doit la police de cette ville et même, en fait, de ce pays ?

— Je sais très bien qui il est et je ne peux pas dire que cela change en quoi que ce soit la situation dans laquelle je l'ai trouvé. Nous avons une fille morte. L'arme du crime est dans sa main. Nous avons un témoin. Je pense que cela suffit pour poursuivre. Il est près de minuit et j'ai autre chose à faire que de continuer de discutailler avec vous toute la nuit. Si vous avez une raison de vous plaindre de ma conduite, vous pourrez le faire demain matin. Emmenons cet homme dans une cellule et cette pauvre petite chose à la morgue.

Il n'y avait rien d'autre que je puisse faire, sauf attendre et voir l'agent Perkins revenir, remettre Holmes sur ses pieds avec l'aide du docteur et l'emmener. Le pistolet qu'il portait fut enveloppé dans un tissu et emporté lui aussi. À la dernière minute, au moment où on le hissait dans la voiture, Holmes tourna la tête et nos regards se croisèrent. J'eus au moins le soulagement de voir qu'un peu de vie était revenue dans ses yeux et que l'effet de la drogue, quelle qu'elle soit, qu'il avait prise ou qu'on l'avait forcé à prendre commençait à se dissiper. D'autres policiers étaient arrivés. Je vis qu'on recouvrait Sally d'une couverture puis qu'on l'emportait sur une civière. Le docteur Ackland serra la main de Harriman, lui tendit sa carte professionnelle et s'en alla. Avant que je m'en rende compte, je me trouvai seul – dans un secteur de Londres hostile et mal famé. Je me rappelai soudain que j'avais encore le pistolet que Holmes m'avait donné dans la poche de mon manteau. Ma main se referma sur lui et il me vint la pensée folle que j'aurais peut-être dû l'utiliser pour sauver Holmes, me saisir de lui et l'emmener en tenant Harriman et la foule à distance. Seulement, une telle initiative ne nous aurait rendu service ni à l'un ni à l'autre. Il y avait d'autres moyens de se battre. Avec cette idée à l'esprit et le contact de l'acier froid dans la main, je m'en allai et me hâtai en direction de la maison.

J'eus un visiteur tôt le lendemain matin. C'était l'homme que je désirais voir le plus au monde : l'inspecteur Lestrade. Quand il entra à grands pas chez nous au beau milieu de mon petit déjeuner, ma première pensée fut qu'il m'apportait la nouvelle que Holmes avait été libéré et qu'il ne tarderait pas à arriver lui aussi. Un coup d'œil à son visage suffit pour balayer mes espoirs. Il avait un air sinistre et, selon les apparences, s'était levé très tôt ou, peut-être, n'avait pas dormi du tout. Il s'assit à table, si lourdement que j'aurais pu me demander s'il trouverait la force de se relever.

— Voulez-vous prendre le petit déjeuner, inspecteur ? risquai-je.

— C'est très gentil à vous, docteur Watson. À coup sûr, j'ai besoin de quelque chose pour me requinquer. Cette affaire, vraiment, dépasse tout ce qu'on peut croire ! Sherlock Holmes, bonté divine ! Est-ce que ces gens ont oublié combien de coups de main il nous a donnés, à Scotland Yard ? Aller croire qu'il est coupable ! Et pourtant, ce n'est pas bon, docteur Watson. Ce n'est pas bon !

Je lui servis du thé dans la tasse que Mrs. Hudson avait apportée pour Holmes – bien sûr, elle ignorait ce qui était arrivé le soir précédent. Lestrade le but en faisant du bruit.

— Où est Holmes ?

— Ils l'ont gardé pour la nuit à Bow Street.

— L'avez-vous vu ?

— Ils ne m'ont pas laissé. Aussitôt que j'ai entendu ce qu'il s'était passé la nuit dernière, j'y suis allé faire un tour. Mais cet homme, ce Harriman est un drôle de type, y a pas d'erreur. La plupart d'entre nous à Scotland Yard, ceux qui sommes du même rang, nous collaborons du mieux que nous pouvons. Mais pas lui. Harriman a toujours veillé sur son pré carré. À ma connaissance, il n'a pas d'amis ni de famille. Il fait du bon travail, je le lui accorde, mais, quand nous nous sommes croisés dans les couloirs, je ne lui ai jamais dit plus de quelques mots et lui, il ne m'a jamais répondu. Il se trouve que je l'ai vu brièvement ce matin et que je lui ai demandé de pouvoir rendre visite à Holmes en me disant que c'était le moins que je pouvais faire, mais il s'est contenté de passer sans rien dire. Un peu de courtoisie n'aurait pas fait de mal. Il est avec Holmes en ce moment, en train de l'interroger. Je donnerais n'importe quoi pour être avec eux dans la salle d'interrogatoire, car ce sera une discussion serrée s'il y en a jamais eu une. D'après ce que je sais, la conviction de Harriman est déjà faite mais, évidemment, tout ça est absurde. C'est bien pourquoi je suis ici, j'espère que vous pourrez me fournir quelques éclaircissements sur l'affaire. Vous étiez là-bas hier soir ?

— J'étais effectivement à Bluegate Fields.

— Et est-il vrai que Mr. Holmes a rendu visite à une fumerie d'opium ?

— Il s'y est rendu en effet, mais pas pour s'adonner à cette pratique détestable.

— Non ?

Le regard de Lestrade se dirigea vers la cheminée et se posa sur la boîte marocaine contenant la seringue hypodermique. Je me demandai comment il avait su pour les travers occasionnels de Holmes.

— Vous connaissez Holmes trop bien pour penser le contraire, le grondai-je. Il continue d'enquêter sur

199

les meurtres de l'homme à la casquette plate et de ce garçon, Ross. C'est ce qui l'a conduit dans l'East End.

Lestrade sortit son carnet de sa poche et l'ouvrit.

— Je pense que vous feriez mieux de me dire quels progrès vous et Mr. Holmes avez faits. Je vais me battre pour son compte et il se pourrait bien que ça tourne à la mêlée générale aussi plus j'en saurai et mieux ce sera. Je vous prie de ne rien omettre.

C'était étrange, réellement, car Holmes s'était toujours considéré comme étant en compétition avec la police. Dans des circonstances normales, il ne leur aurait pas livré le moindre détail sur son enquête. Pour l'occasion, toutefois, je n'avais pas d'autre choix que de révéler à Lestrade ce qu'il nous était arrivé avant et après que le garçon avait été tué. Je commençai par notre visite à l'école de Chorley Grange, qui nous avait amenés à Sally Dixon et au Bag of Nails. Je lui racontai comment elle m'avait attaqué, la découverte de la montre volée, notre entretien sans résultat avec lord Ravenshaw et la décision de Holmes de faire paraître une annonce dans les journaux du soir. Pour finir, je lui décrivis la visite de l'homme qui s'était fait appeler Henderson et la façon dont il nous avait attirés chez Creer.

— Il était douanier ?

— C'est ce qu'il a affirmé, Lestrade, mais j'ai l'impression qu'il a menti, comme pour tout le reste de son histoire.

— Il peut être innocent. On ne sait pas ce qu'il est arrivé chez Creer.

— Il est vrai que je n'y étais pas. Mais Henderson n'y était pas non plus. Cette absence me préoccupe.

En considérant tout ce qu'il s'est passé, je crois qu'il s'agissait d'un piège tendu pour mettre en cause Holmes et couper court à son enquête.

— Mais qu'est-ce donc que cette Maison de Soie ? Pourquoi irait-on jusqu'à de telles extrémités pour garder le secret ?

— Je ne peux pas le dire.

Lestrade secoua la tête.

— J'ai l'esprit pratique, docteur Watson, et je dois vous dire que tout ça me semble très loin de notre point de départ : un homme mort dans la chambre d'une pension de famille. Cet homme, pour autant que nous le sachions, était Keelan O'Donaghue, un voleur de banque doublé d'un dangereux bandit originaire de Boston. Il était venu en Angleterre dans l'intention de se venger de Mr. Carstairs, de Wimbledon. De là, comment en arrivez-vous à la mort de deux enfants, à cette affaire de ruban blanc, à ce mystérieux Henderson et à tout le reste ?

— C'était très exactement ce que Holmes s'efforçait de découvrir. Puis-je le voir ?

— Harriman est en charge du dossier jusqu'à ce que Mr. Holmes ait été inculpé officiellement. Personne ne sera autorisé à lui parler. Ils le traduisent devant le tribunal de police cet après-midi.

— Il nous faut être là !

— Bien sûr ! Vous comprenez bien qu'aucun témoin de la défense ne sera entendu à ce stade de l'instruction, docteur Watson, mais j'essaierai néanmoins de parler en sa faveur pour témoigner de sa bonne réputation.

— Est-ce qu'ils le garderont à Bow Street ?

— Pour le moment, oui. Mais si le juge considère qu'il y a matière à poursuivre, et je ne vois pas comment il pourrait en être autrement, on le mettra en prison.

— Quelle prison ?

— Je ne peux pas le dire, docteur Watson, mais je ferai tout ce qui est en mon pouvoir pour lui. Entre-temps, s'il y a quelqu'un à qui vous pouvez faire appel… J'imagine que deux messieurs comme vous doivent avoir des amis influents, surtout après avoir été parties prenantes dans autant d'enquêtes qu'on peut qualifier de sensibles. Peut-être y a-t-il parmi les clients de Mr. Holmes quelqu'un vers qui vous pourriez vous tourner ?

Ma première pensée fut pour Mycroft. Je n'avais pas mentionné son nom, bien sûr, mais j'avais songé à lui avant même que Lestrade n'ait commencé à parler. Accepterait-il de me recevoir ? Il avait lancé un avertissement dans ce même salon et s'était montré très clair sur le fait qu'il ne pourrait rien si on l'ignorait. Je décidai pourtant de me rendre au Club Diogène aussitôt que l'occasion s'en présenterait. Mais cela devrait attendre après la séance au tribunal.

Lestrade se remit sur ses pieds.

— Je passerai vous prendre à deux heures, dit-il.

— Merci, Lestrade.

— Ne me remerciez pas encore, docteur Watson. Il se peut que je ne puisse rien faire. Si jamais une affaire a semblé claire et nette, c'est bien celle-ci.

Je me souvins que l'inspecteur Harriman avait dit la même chose la veille au soir.

— Ils veulent faire juger Mr. Holmes, et je pense que vous devriez vous préparer au pire.

XII

La preuve dans l'affaire

Je n'avais encore jamais assisté à une séance du tribunal de police. Pourtant, quand, en compagnie de Lestrade, j'approchai de la bâtisse massive et austère de Bow Street, je ressentis une étrange impression de familiarité. C'était comme s'il était juste que je sois convoqué, comme si, d'une façon ou d'une autre, ma venue était inévitable. Lestrade dut noter cette expression sur mon visage car il sourit mélancoliquement.

— Je suppose que vous ne vous attendiez pas à vous retrouver un jour dans un endroit comme ça, hein ! docteur Watson.

Je lui dis qu'il avait dû lire mes pensées dans ma tête.

— Eh bien ! Il faut vous demander combien de gens ont suivi ce chemin grâce à vous – par vous, je veux dire, évidemment, vous et Mr. Holmes.

Il avait tout à fait raison. C'était la fin du processus que nous avions lancé si fréquemment, le premier pas sur le chemin de la cour d'assises d'Old Bailey et après, peut-être, de la potence.

À la toute fin de ma carrière d'écrivain, je me rends compte d'un fait curieux : tous mes récits sans exception s'achèvent par la découverte ou l'arrestation d'un mécréant. Après quoi, sauf dans de très rares occasions, j'ai présumé que leur sort n'intéressait plus mes lecteurs et je les ai abandonnés, comme si leurs méfaits avaient constitué toute leur existence, comme si, une fois leurs crimes élucidés, ils n'étaient plus des êtres humains avec un cœur qui palpitait et un moral brisé. Pas une fois je n'ai pris en considération la peur et l'angoisse qu'ils ont dû endurer en passant ces portes battantes et en suivant ces couloirs sinistres. Est-ce que certains versaient des larmes de repentir ou priaient pour leur salut ? Est-ce que certains ont bataillé jusqu'à la fin ? Je ne m'en suis pas soucié. Cela ne faisait pas partie de mon récit.

Je repense à ce jour glacial de décembre où Holmes dut affronter lui-même les forces qu'il avait si souvent déchaînées. Je crois que j'ai été injuste envers eux, même à l'égard de scélérats aussi cruels que Culverton Smith ou aussi dénués de scrupules que Jonas Oldacre. J'ai écrit ce qu'on appelle aujourd'hui des romans policiers. Heureusement, en fait de policier, j'ai eu le plus grand détective de tous. Mais, en un sens, il a été défini par les hommes et, assurément, les femmes qu'il a affrontés. Je les ai tous mis de côté trop facilement.

Quand je suis entré dans la salle d'audience, ils me sont revenus en force à l'esprit. J'ai presque cru les entendre m'appeler et me dire : « Bienvenue ! Vous êtes des nôtres à présent ! »

Le prétoire était carré et sans fenêtres, avec des bancs en bois, des barrières et les armoiries royales blasonnées sur le mur du fond. C'est là qu'était assis le magistrat, un homme raide et âgé, avec quelque chose qui tenait du bout de bois dans l'allure. En face de lui, il y avait une estrade entourée d'une balustrade. Les prisonniers y étaient amenés l'un après l'autre car la procédure était rapide et répétitive au point, pour les spectateurs en tout cas, de devenir presque monotone.

Lestrade et moi étions arrivés de bonne heure. Nous avions pris place dans la galerie du public avec d'autres personnes. De là, nous observâmes un faussaire, un cambrioleur et un filou se faire tous trois renvoyer en prison en attente d'un jugement. Et pourtant, le juge pouvait se montrer compatissant. Un apprenti accusé d'ivresse et de violences – il avait fêté son dix-huitième anniversaire – fut relaxé après que les détails de son délit furent inscrits dans le registre des poursuites abandonnées. Et deux enfants, qui n'étaient pas âgés de plus de huit ou neuf ans et qu'on avait traînés devant la cour pour mendicité, furent remis à la Mission du tribunal de police avec la recommandation qu'une de ces trois institutions les prendrait en charge : la Waif and Strays Society, l'orphelinat du docteur Barnado ou la Société Œcuménique pour l'Instruction des Garçons. Cela me fit une drôle d'impression d'entendre nommer cette dernière, car c'était l'organisation responsable de Chorley Grange que Holmes et moi avions visitée.

Tout alla rondement jusqu'au moment où Lestrade me poussa du coude. Je pris alors conscience d'un sentiment de gravité nouvelle qui s'installa dans le prétoire. Des policiers en uniforme et des greffiers entrèrent pour prendre leur place. L'huissier, un homme dodu qui ressemblait à une chouette, s'approcha du juge et commença à lui parler à voix basse.

Deux hommes que je reconnus vinrent s'asseoir sur un des bancs, à quelques pas du magistrat. L'un était le docteur Ackland, l'autre un homme au visage rouge qui avait pu se trouver dans la foule à côté de Creer's Place mais qui ne m'avait pas marqué sur le moment. Derrière eux vint s'installer Creer en personne (Lestrade me le montra du doigt). Il se frottait sans cesse les mains comme s'il essayait de les sécher. Tous étaient là, je le sus aussitôt, en qualité de témoins.

Et puis on fit entrer Holmes. Il portait les mêmes vêtements que quand on l'avait arrêté et il était si différent de lui-même que, si je n'avais pas été au courant de la situation, j'aurais pensé qu'il s'était déguisé intentionnellement et qu'il allait me surprendre ensuite comme il l'avait fait si souvent par le passé. Il était clair qu'il n'avait pas dormi. On l'avait interrogé sans répit et j'essayai de ne pas penser aux diverses indignités familières aux criminels ordinaires qu'on avait dû lui faire subir l'une après l'autre. S'il était maigre quand il allait bien, là, il était véritablement émacié. Pourtant, quand on le conduisit dans le box des accusés, il tourna la tête et me regarda. Je perçus alors un éclat dans ses yeux qui me rappela que le combat n'était pas fini et que Holmes ne s'était jamais révélé aussi formidable que quand tout semblait se liguer contre lui. À côté de moi, Lestrade s'était redressé et marmonnait quelque chose dans sa barbe. Il était en colère et s'indignait qu'on traite Holmes de la sorte, révélant pour l'occasion un côté de son personnage que je n'avais jamais vu auparavant.

Un avocat se présenta lui-même, un personnage tout petit et tout rond avec des lèvres épaisses et des paupières lourdes. Il devint vite clair qu'il avait endossé le rôle d'accusateur – même si le terme de M. Loyal décrirait mieux la façon dont il dirigea les débats, en considérant la cour comme une sorte de cirque juridique.

— L'accusé est un détective bien connu, commença-t-il. Mr. Holmes a acquis une renommée auprès du public grâce à une série d'histoires qui, quoique vulgaires et sensationnelles, sont basées en partie sur la vérité.

Je me hérissai en entendant cela, et j'aurais probablement protesté si Lestrade ne m'avait gentiment tapoté le bras.

— Cela dit, je ne nierai pas qu'il y a à Scotland Yard deux ou trois officiers de compétence médiocre qui ont une dette envers lui parce qu'une fois ou l'autre il les a aidés dans leurs enquêtes avec des intuitions ou des suggestions qui ont pu porter leurs fruits.

Cette fois, ce fut au tour de Lestrade de se renfrogner.

— Mais même les meilleurs des hommes ont leurs démons et, dans le cas de Mr. Holmes, c'est l'opium qui a transformé cet ami de la loi en malfaiteur des plus ordinaires. Il est indéniable qu'il est entré dans une fumerie du nom de Creer's Place à Limehouse juste après onze heures hier soir. Mon premier témoin est le propriétaire de cet établissement, Isaiah Creer.

Creer vint à la barre. À ce niveau de la procédure, il n'y avait pas de prestation de serment. Je pouvais seulement voir l'arrière de sa tête, blanc et chauve et qui rejoignait le cou d'une façon bizarre qui rendait difficile de dire où finissait l'un et où commençait l'autre.

Voici l'histoire, entièrement soufflée par le procureur, qu'il raconta.

Oui l'accusé avait pénétré chez lui – un établissement privé et légal, Votre Honneur, où les hommes du monde peuvent s'adonner à leur petit travers confortablement et en toute sécurité – juste après onze heures du soir. Il avait demandé une dose du toxique, l'avait payé et fumé immédiatement. Une demi-heure plus tard, il en avait réclamé une deuxième. Mr. Creer s'était inquiété de voir que Mr. Holmes – il n'avait toutefois appris son nom que plus tard, il l'assurait à la cour, et au moment de leur rencontre, il était encore pour lui un parfait inconnu – était excité et agité. Mr. Creer avait suggéré qu'une deuxième dose serait sans doute déraisonnable mais ce monsieur avait protesté dans des termes si vifs que, pour conserver la tranquillité qui faisait la bonne réputation de son établissement, il avait fourni le produit en échange d'un nouveau paiement.

Mr. Holmes avait fumé la seconde pipe et son délire s'était accru au point que Creer avait envoyé un garçon chercher un policier de crainte qu'il ne se produise des violences. Il avait essayé de raisonner Mr. Holmes, de le calmer. Sans succès. Les yeux hagards, hors de contrôle, Mr. Holmes s'était obstiné à répéter qu'il y avait des ennemis dans la salle, qu'on le poursuivait et que sa vie était en danger. Il avait sorti un revolver et, à ce moment-là, Mr. Creer avait insisté pour qu'il s'en aille.

— J'avais peur pour ma vie, dit-il à la cour. Ma seule idée était de le faire sortir de l'établissement. Je me rends compte à présent que j'avais tort et que j'aurais dû attendre l'arrivée de l'aide sous la forme de l'agent Perkins. En effet, quand je l'ai laissé s'en aller dans la rue, il avait perdu la tête. Il ne savait plus ce qu'il faisait. J'ai vu la chose se produire auparavant, Votre Honneur. C'est rare, exceptionnel. Mais c'est un effet secondaire de la drogue. Je ne doute pas que quand Mr. Holmes a abattu cette malheureuse jeune fille, il se croyait affronter quelque monstre grotesque. Si j'avais su qu'il était armé, j'aurais refusé de lui fournir la substance dès le début, que Dieu me vienne en aide !

Son histoire fut corroborée en tout point par un second témoin, l'homme au visage rouge que j'avais déjà remarqué. Il était languide et exagérément raffiné, un homme d'un type excessivement aristocratique, dont le nez pincé reniflait l'air trop commun de ces lieux avec dégoût. Il ne pouvait pas avoir plus de trente ans, et était vêtu à la toute dernière mode. Il ne fournit aucune révélation nouvelle, répétant presque mot pour mot la déposition de Creer. Il était, dit-il, allongé sur un matelas de l'autre côté de la salle et, bien qu'il se fût trouvé dans un état de profonde détente, il était prêt à jurer qu'il avait été parfaitement conscient de ce qu'il s'était passé.

— L'opium, pour moi, est un plaisir occasionnel, conclut-il. Il me procure quelques heures durant lesquelles je peux m'abstraire des anxiétés et des responsabilités de la vie. Je n'y vois aucune honte. Je connais bien des gens qui prennent du laudanum chez eux, pour précisément les mêmes raisons. À mes yeux, ce n'est pas différent de fumer du tabac ou de boire de l'alcool. Seulement, moi, ajouta-t-il en insistant, je suis capable de le supporter.

Ce fut quand le juge lui demanda son nom pour les registres que le jeune homme créa une sensation dans le prétoire.

— Lord Horace Blackwater !

Le magistrat le dévisagea.

— Dois-je penser, monsieur, que vous êtes un membre de la famille Blackwater du Hallamshire ?

— Oui, répondit le jeune homme. Le duc de Blackwater est mon père.

Je fus surpris comme tout le monde. Il semblait inouï, choquant, même, que le rejeton d'une des plus fameuses familles d'Angleterre se soit frayé un chemin jusqu'à une fumerie sordide de Bluegate Fields. En même temps, je songeai au poids que son témoignage ajouterait à l'accusation portée contre mon ami. Ce n'était pas un matelot ou un charlatan quelconque qui donnait sa version de l'événement. C'était un homme qui pouvait se ruiner ne serait-ce qu'en admettant qu'il était allé à Creer's Place.

Il était heureux pour lui, comme il s'agissait d'un simple tribunal de police, qu'il n'y ait pas de journalistes présents. Il en était de même, j'ai à peine besoin de le dire, pour Holmes. Tandis que sir Horace se retirait, j'entendis les autres membres du public parler bas entre eux. Ils étaient là seulement pour le spectacle, et ce genre de détails scabreux était du pain bénit pour eux. Le juge échangea quelques mots avec son huissier en robe noire tandis que Stanley Perkins prenait place à la barre, l'agent de police que nous avions rencontré la veille. Perkins se tenait raide. Il portait son casque à côté de lui comme un fantôme de la Tour de Londres aurait porté sa tête. C'était lui qui en avait le moins à dire mais, à ce moment déjà, l'essentiel de l'histoire avait été raconté à sa place.

Le garçon que Creer avait envoyé l'avait abordé pour lui demander de venir à la maison qui faisait le coin de Milward Street. Il s'y rendait quand il avait entendu deux coups de feu. Il s'était alors précipité à Coppergate Square, l'endroit où il avait découvert un homme avec une arme qui gisait inconscient et une fille couchée dans une mare de sang. Il avait pris en charge la scène de crime alors que la foule se rassemblait. Il avait vu tout de suite qu'il ne pouvait rien faire pour la fille. Il expliqua que j'étais arrivé et que j'avais identifié l'homme comme étant Sherlock Holmes.

— Quand j'ai entendu ça, je ne pouvais pas le croire, dit-il. J'avais lu quelques-uns des exploits de Mr. Sherlock Holmes et de penser qu'il pouvait être mêlé à quelque chose de ce genre… Eh bien, c'était réellement incroyable.

Perkins fut suivi par Harriman, immédiatement reconnaissable à sa masse de cheveux blancs. À la façon dont il s'exprima, en pesant soigneusement ses mots et en veillant à ce que chacun produise son effet, on aurait pu s'imaginer qu'il avait répété son discours pendant des heures, ce qui, du reste, pouvait fort bien être le cas. En parlant, il n'essaya même pas de cacher son mépris. L'emprisonnement et l'exécution de mon ami auraient tout aussi bien pu constituer l'unique mission de sa vie !

— Voici, à l'intention de la cour, mes mouvements d'hier soir.

Ce fut ainsi qu'il commença.

— J'avais été appelé pour le cambriolage d'une banque dans White Horse Road qui n'est pas très loin du lieu du crime. Comme j'en repartais, j'ai entendu le bruit de deux détonations et le sifflet d'un agent, je me suis donc dirigé vers le sud pour voir si je pourrais aider. Quand je suis arrivé, l'agent Perkins gérait la situation en effectuant un travail admirable. Je le recommanderai pour une promotion. C'est lui qui m'a informé de l'identité de l'homme qui se tient devant vous. Comme vous l'avez déjà entendu dire, Mr. Holmes jouit d'une certaine réputation. Je suis sûr que beaucoup de ses admirateurs seront déçus de constater que la nature véritable de cet homme, son addiction aux drogues et les conséquences meurtrières de celle-ci l'ont conduit très loin de la fiction que nous avons tous appréciée.

» Que Mr. Holmes ait tué Sally Dixon, cela est hors de discussion. En fait, même les aptitudes à l'imagination de son biographe seraient incapables de jeter le moindre doute dans l'esprit de ses lecteurs. Sur la scène du crime, j'ai observé que l'arme dans sa main était encore chaude, qu'il y avait des résidus de poudre brûlée sur ses manches et plusieurs petites taches de sang sur son manteau, lesquelles ont pu arriver là seulement s'il se tenait tout près de la fille au moment où elle a été abattue. Mr. Holmes était à demi conscient, en train d'émerger d'une transe due à l'opium et se rendait à peine compte de l'horreur de ce qu'il avait fait. Je dis qu'il s'en rendait à peine compte, ce qui ne signifie pas qu'il l'ignorait complètement. Il se savait coupable, Votre Honneur. Quand je l'ai interpellé et mis en arrestation, il n'a aucunement tenté de me convaincre que les faits étaient autres que ce que je viens de décrire.

» Ce fut seulement ce matin, après une nuit de sommeil et une douche froide, qu'il m'a servi une histoire à dormir debout en proclamant son innocence. Il m'a dit qu'il s'était rendu chez Creer non pas parce qu'il devait apaiser un besoin non assouvi mais parce qu'il enquêtait sur une affaire dont il a refusé de me révéler les détails. Il a dit qu'un homme qu'il connaissait seulement sous le nom de Henderson l'avait envoyé à Limehouse en quête d'une preuve mais que cette information s'était avérée être un piège et qu'à peine était-il entré dans la fumerie, on s'était emparé de lui et on l'avait forcé à absorber un narcotique. Personnellement, je trouve plutôt étrange qu'un homme se rende dans une fumerie d'opium et se plaigne ensuite d'avoir été drogué.

» Et comme Mr. Creer passe sa vie à vendre des drogues à des gens qui sont désireux d'en acheter, il est invraisemblable que, pour l'occasion, il ait décidé de lui en fournir gratuitement. Mais nous savons que c'est un tissu de mensonges. Nous avons déjà entendu un témoin distingué affirmer que Mr. Holmes a fumé une pipe avant d'en demander une seconde. Mr. Holmes prétend aussi qu'il connaissait la fille assassinée et qu'elle aussi était impliquée dans sa mystérieuse enquête. Je veux bien accepter cette partie de son témoignage. Il se peut qu'il l'ait déjà rencontrée auparavant et que, dans son délire, il en soit venu à la confondre avec quelque maître du crime. Il n'avait pas d'autre mobile pour la tuer.

» Il me reste seulement à ajouter que Mr. Holmes prétend qu'il est victime d'une conspiration à laquelle participent, outre moi-même, l'agent Perkins, Isaiah Creer, lord Horace Blackwater, et, très probablement,

Votre Honneur en personne. Je décrirais cela comme un délire mais, en réalité, c'est pire. C'est une tentative délibérée de s'affranchir des conséquences du délire dont il souffrait hier soir. Comme il est malheureux pour Mr. Holmes que nous ayons un autre témoin qui a assisté au crime lui-même ! Son témoignage mettra fin, j'en suis sûr, à cette procédure. Mais pour ma part, en quinze ans passés dans les forces de police métropolitaine, je n'ai jamais rencontré de cas où les preuves étaient plus concluantes et la partie coupable plus évidente.

Je m'attendais presque à ce qu'il fasse une courbette. À la place, il salua le magistrat d'un signe de tête et se rassit.

Le témoin final fut le docteur Ackland. Je ne l'avais pas bien observé dans l'obscurité et la confusion de la nuit précédente. Quand il se tint devant moi, je fus frappé de voir un homme laid, avec des boucles de cheveux d'un roux vif qui pendaient en désordre d'une tête en fuseau et des taches de rousseur sombres qui donnaient presque l'impression d'une maladie de peau. Il avait un début de moustache, le cou exceptionnellement allongé et des yeux bleu délavé. Il est possible, je m'imagine, que je caricature son allure car, tandis qu'il parlait, je me mis à ressentir un mépris profond quoique irrationnel envers cet homme qui semblait sceller de façon définitive la culpabilité de mon ami. Comme je me suis reporté à la transcription officielle de la séance, je peux livrer ici ce qui lui fut demandé et ce qu'il répondit. De la sorte, personne ne pourra penser que mes préventions contre lui déforment mon compte rendu.

Le procureur : Pouvez-vous dire votre nom à la cour.

Le témoin : Thomas Ackland.

Le procureur : Vous venez d'Écosse.

Le témoin : Oui. Mais je vis à Londres désormais.

Le procureur : Voulez-vous nous en dire plus sur votre carrière, docteur Ackland.

Le témoin : Je suis né à Glasgow et j'ai étudié la médecine à la faculté de cette ville. J'ai réussi mon diplôme en 1867. Je suis devenu enseignant à l'école de médecine Royal Infirmary d'Édimbourg puis, plus tard, professeur de chirurgie clinique à l'Hôpital royal des enfants malades d'Édimbourg. J'ai déménagé à Londres voici cinq ans, après la mort de ma femme, et on m'a proposé d'entrer au conseil d'administration de l'hôpital de Westminster. C'est là que je suis actuellement.

Le procureur : L'hôpital de Westminster a été créé pour les pauvres et il est financé par des dons publics. Est-ce exact.

Le témoin : Oui.

Le procureur : Vous-même avez contribué généreusement à l'entretien et à l'agrandissement de l'hôpital, je crois.

Le juge : Je pense que nous devrions en arriver aux faits, si vous n'y voyez pas d'inconvénient, Mr. Edwards.

Le procureur : Très bien, Votre Honneur. Docteur Ackland, voudriez-vous dire à la cour comment vous vous êtes trouvé dans le voisinage de Milward Street et de Coppergate Square la nuit dernière.

Le témoin : J'étais allé visiter un de mes patients. C'est un brave homme qui travaille dur mais qui appartient à une famille pauvre. Après qu'il a quitté l'hôpital, je suis resté préoccupé par sa santé. Je suis allé le voir tard car, auparavant, j'avais participé à un dîner du Collège royal de médecine. Je suis sorti de chez lui à onze heures avec l'intention de faire à pied une partie du chemin jusque chez moi – je loge à Holborn. Cependant, je me suis perdu dans le brouillard et c'est par hasard que je me suis retrouvé sur place, un peu avant minuit.

Le procureur : Et qu'avez-vous vu.

Le témoin : J'ai vu tout. Il y avait une fille, pauvrement vêtue malgré l'inclémence du temps, pas plus de quatorze ou quinze ans. Je frémis en songeant à ce qu'elle pouvait faire dans la rue à une heure pareille car c'est un quartier qui a très mauvaise réputation. Quand je l'ai remarquée, elle tenait les mains levées et était évidemment terrifiée. Elle a juste murmuré un mot : « S'il vous plaît ! » Ensuite il y a eu deux coups de feu et elle est tombée au sol. J'ai tout de suite su qu'elle était morte. La seconde balle lui a percé le crâne. La mort a été instantanée.

Le procureur : Avez-vous vu qui a tiré.

Le témoin : Pas tout de suite, non. Il faisait très sombre et j'étais complètement choqué. J'avais également peur pour ma vie. J'ai pensé qu'il devait s'agir de quelque fou en liberté, pour avoir voulu faire du mal à cette jeune fille sans défense. Après quoi j'ai distingué une silhouette d'homme qui se tenait debout à peu de distance avec, à la main, une arme qui fumait encore. Comme je le regardais, il a grogné et il est tombé à genoux. Puis il s'est allongé à terre où il est demeuré inconscient.

Le procureur : Voyez-vous cet homme aujourd'hui.

Le témoin : Oui, il est ici en face de moi, dans le box.

Il y eut un nouveau frémissement dans l'assistance. Pour tous les spectateurs, il était clair que c'était le témoignage le plus probant de tous. À côté de moi, Lestrade demeura tout à fait immobile. Ses lèvres pendaient un peu et il me parut que sa confiance en Holmes qui lui avait tellement fait honneur devait se trouver ébranlée jusqu'à la racine. Et qu'en était-il de moi-même ? Je dois confesser que j'étais en pleine confusion. Il était inconcevable que mon ami ait pu tuer la fille. Il voulait plus que tout l'interroger. Il existait en effet une chance pour que son frère ait révélé à Sally Dixon quelque chose qui nous aurait menés à la Maison de Soie. Mais, surtout, se posait la question de ce qu'elle pouvait bien faire à Coppergate Square à ce moment-là ? Était-ce qu'on l'avait enlevée et retenue prisonnière avant même que Henderson ne nous rende visite pour nous tendre le piège dont j'avais le résultat sous les yeux ? Cela semblait être la seule explication logique.

En même temps, je me rappelai quelque chose que Holmes m'avait souvent répété : quand on a éliminé tout ce qui est impossible, ce qu'il reste, aussi improbable que ce soit, est forcément la vérité. J'aurais pu écarter le témoignage de Creer car un homme de son espèce était sûrement facile à corrompre et susceptible de dire tout ce qu'on lui demanderait de raconter. Mais il était impossible – ou, du moins, absurde – de suggérer qu'un éminent médecin de Glasgow, un haut gradé de Scotland Yard et le fils du duc de Blackwater, membre distingué de l'aristocratie, en étaient venus, sans raison particulière, à s'entendre pour inventer toute une histoire et faire accuser un homme qu'ils n'avaient jamais rencontré auparavant. Tel était le choix qui s'offrait à moi : ou bien tous les quatre mentaient ou bien Holmes, sous l'influence de l'opium, avait bel et bien commis un crime horrible.

Le magistrat n'eut pas besoin de se poser autant de questions. Après avoir entendu les témoignages, il demanda le registre des mises en accusation et y inscrivit le nom et l'adresse de Holmes, son âge et les charges qu'il avait retenues contre lui. À cela furent ajoutés les noms et adresses du procureur et des témoins ainsi que l'inventaire de tous les objets trouvés en possession du prisonnier. (Il incluait un pince-nez, un bout de ficelle, une chevalière portant les armes du duc de Cassel-Festein, deux mégots de cigarette enveloppés dans une page arrachée au *London Corn Circular*, une pipette de chimiste, plusieurs pièces de monnaie grecques et un petit béryl. Aujourd'hui encore, je me demande ce que la police a bien pu penser de tout ça.)

Holmes qui n'avait pas prononcé un seul mot pendant tout le temps qu'avait duré la procédure fut alors informé qu'il demeurerait en prison jusqu'au moment où il serait envoyé devant le coroner, ce qui aurait lieu après le week-end. Ensuite se tiendrait le procès proprement dit. Ainsi s'acheva la comparution. Le juge était pressé d'en finir. Il y avait d'autres cas à traiter et la lumière commençait à baisser. Je regardais emmener Holmes.

— Venez avec moi, Watson, me dit Lestrade. Dépêchez-vous ! Nous n'avons pas beaucoup de temps !

Je sortis à sa suite de la salle d'audience principale, descendis une volée d'escalier et me trouvai dans une zone en sous-sol qui était totalement dépourvue de confort. Même les peintures y étaient laides et miteuses, au point qu'on les aurait crues spécialement imaginées pour les prisonniers, ces hommes et ces femmes privés du contact avec le monde ordinaire d'en dessus. Bien entendu, Lestrade était déjà venu là auparavant. Par un long couloir, il me mena rapidement à une salle haute de plafond et toute carrelée de blanc. Il y avait une unique fenêtre. Un banc courait sur tout le pourtour de la pièce. Il était partagé par des séparations en bois, de telle sorte que quiconque y était assis se trouvait isolé et dans l'impossibilité de communiquer avec ses voisins de l'un ou de l'autre côté. Je compris tout de suite que c'était la salle d'attente des prisonniers. Peut-être que Holmes avait été retenu là juste avant sa comparution.

— Holmes ! Je ne sais que dire ! L'injustice de votre arrestation, la façon dont vous avez été traité… c'est au-delà de l'imaginable !

— C'est certainement très intéressant, répliqua-t-il. Comment allez-vous, Lestrade ? Un étrange retour des choses, ne trouvez-vous pas ? Que pensez-vous de cette affaire ?

— Je ne sais vraiment pas qu'en penser, Mr. Holmes, murmura Lestrade.

— Eh bien, ce n'est rien de bien nouveau ! Il semble que notre ami Henderson nous a chanté une jolie chansonnette, hein, Watson ? N'oublions pas que je m'en étais à moitié douté et qu'il nous a tout de même été très utile. Jusqu'à présent, je soupçonnais que nous étions tombés sur une conspiration qui allait

bien au-delà d'un meurtre dans la chambre d'une pension. Désormais, j'en ai la certitude.

— Mais à quoi bon le savoir si vous êtes en prison
et si votre réputation est ruinée ? répondis-je.

— Je pense que ma réputation prendra soin d'elle-
même, dit Holmes. Si on me pend, Watson, je vous
laisserai le soin de convaincre tous vos lecteurs que
tout ceci n'a été qu'un grand malentendu.

— Vous avez beau prendre les choses à la légère,
Mr. Holmes, grommela Lestrade, je vous préviens,
vous avez très peu de temps. Et les preuves contre
vous paraissent, je dirais, inattaquables !

— Que pensez-vous de ces témoignages, Watson ?

— Je ne sais que dire, Holmes. Il semble que les
hommes ne se connaissent pas entre eux. Ils viennent
de différentes régions du pays. Et cependant, ils se
sont tous accordés sur ce qu'il s'est passé.

— Et pourtant, j'en suis sûr, vous me croiriez moi
plutôt que votre ami Isaiah Creer ?

— Bien sûr !

— Alors laissez-moi tout de suite vous dire que ce
que j'ai raconté à l'inspecteur Harriman est la version
véridique des événements. Après que je suis entré
dans la fumerie, Creer s'est approché de moi. Il m'a
accueilli comme un nouveau client – c'est-à-dire avec
un mélange de chaleur et de méfiance. Il y avait trois
hommes allongés sur les matelas, dans un état de
semi-conscience, réel ou simulé. L'un d'eux était lord
Horace Blackwater, même si, bien sûr, je ne le
connaissais pas encore à ce moment-là. J'ai prétendu
que je venais pour dépenser mes quatre pence et Creer
a insisté pour que je le suive dans son bureau afin d'y
effectuer le paiement. Soucieux de ne pas éveiller sa

suspicion, j'ai fait comme il me le demandait et à peine avais-je passé la porte que deux hommes m'ont sauté dessus. Ils m'ont saisi par le cou et m'ont immobilisé les bras. L'un des deux, Watson, nous le connaissons.

» C'était Henderson en personne. L'autre avait le crâne rasé et les épaules et les bras d'un lutteur professionnel, avec la force qui allait avec. J'étais incapable de bouger. « Vous avez été mal avisé, Mr. Holmes, de vous mêler de ce qui ne vous regardait pas, et mal avisé aussi de croire que vous pouviez vous en prendre à des gens plus puissants que vous. » C'est ce qu'a dit Henderson, ou du moins quelque chose dans ce genre. En même temps, Creer s'est approché avec un verre plein d'un liquide qui avait une mauvaise odeur. C'était un opiacé quelconque et je n'ai rien pu faire pour l'empêcher de me le faire boire de force. Ils étaient trois et j'étais seul. Je ne pouvais pas me saisir de mon arme. L'effet du liquide a été presque immédiat. La pièce s'est mise à tanguer et toute force a disparu de mes jambes. Ils m'ont lâché. Je suis tombé au sol.

— Les démons ! m'exclamai-je.

— Et ensuite ? demanda Lestrade.

— Je ne me souviens de plus rien jusqu'au moment où je me suis réveillé avec Watson à mes côtés. La drogue devait être extrêmement puissante.

— Tout cela est bel et bon, Mr. Holmes, mais comment pouvez-vous expliquer les témoignages que nous avons entendus de la part du docteur Ackland, de lord Horace et de mon collègue, Harriman ?

— Ils sont membres d'un complot !

— Mais pourquoi ? Ce ne sont pas des hommes ordinaires.

— Certainement pas ! S'ils étaient ordinaires, je serais plus enclin à les croire. Mais n'êtes-vous pas frappé par le fait étrange que trois personnages aussi remarquables aient émergé des ténèbres précisément en même temps ?

— Ce qu'ils ont dit tient la route. Pas une seule affirmation contestable n'a été émise lors de leur comparution.

— Ah non ? Je me permets de ne pas être de votre avis Lestrade. J'en ai entendu plusieurs. Nous pouvons commencer par ce bon docteur Ackland. Il a dit qu'il faisait trop sombre pour pouvoir voir qui avait tiré le coup de feu et, sans reprendre haleine, il a certifié qu'il avait vu de la fumée sortir du pistolet. Il doit jouir d'une vision bien particulière, ce docteur Ackland. Et puis il y a Harriman lui-même. Vous pourriez trouver intéressant de vérifier s'il y a réellement eu un cambriolage de banque dans White Horse Road. À mes yeux, cela ressemble à un coup de pouce de la Providence.

— Pourquoi ?

— Parce que si je devais cambrioler une banque, j'attendrais après minuit, que les rues soient un peu moins peuplées. Et aussi, je viserais Mayfair, Kensington ou Belgravia, n'importe quel quartier, en fait, où les habitants auraient déposé assez d'argent pour que cela vaille la peine de le voler.

— Et pour Perkins ?

— L'agent Perkins est le seul témoin honnête. Watson, je me demande si je pourrais vous déranger et…

Avant que Holmes puisse finir, Harriman apparut sur le pas de la porte, l'air furieux.

— Que se passe-t-il ici ? Pourquoi le prisonnier n'est-il pas en route pour sa cellule ? Qui êtes-vous, monsieur ?

— Je suis l'inspecteur Lestrade.

— Lestrade ! Je vois ! Seulement, il s'agit de mon enquête ! Pourquoi vous en mêlez-vous ?

— Je connais très bien Mr. Sherlock Holmes…

— Beaucoup de gens connaissent Mr. Sherlock Holmes. Allons-nous tous les faire venir pour qu'ils lui tiennent compagnie ?

Harriman se tourna vers le policier qui avait escorté Holmes depuis le prétoire et qui se tenait près de la porte, de plus en plus mal à l'aise.

— Je vais prendre votre nom et votre matricule ! Vous entendrez reparler de tout ça le moment venu ! À présent, vous pouvez escorter Mr. Holmes jusque dans la cour où un véhicule l'attend pour le conduire à son prochain domicile.

— Et où est-ce ? demanda Lestrade.

— Il sera détenu à la prison de Holloway.

Je pâlis en l'entendant car tout le monde, à Londres, savait quelles étaient les conditions de détention en vigueur dans cette triste et imposante forteresse.

— Holmes, dis-je, je viendrai vous rendre visite.

— Cela me désole de vous contredire, mais Mr. Holmes ne recevra pas de visiteurs tant que mon enquête ne sera pas terminée.

Il n'y avait rien d'autre que Lestrade et moi pouvions faire. Holmes n'essaya pas de résister. Il laissa l'agent de police le relever et le conduire hors de la salle. Harriman suivit. Lestrade et moi restâmes seuls.

XIII

Poison

Tous les journaux avaient rapporté la mort de Sally Dixon et la séance au tribunal qui l'avait suivie. J'ai encore un de ces articles sous les yeux, le papier en est devenu aussi fragile que du papier de soie, usé qu'il est par l'âge :

> *Un crime particulièrement odieux a été commis voilà deux nuits à Coppergate Square, non loin du fleuve et du bassin de Limehouse. L'agent de police Perkins de la division H, qui patrouillait dans le secteur, a entendu un coup de feu et s'est précipité vers la source de ce bruit. Il est arrivé trop tard pour sauver la victime, une jeune fille de seize ans employée dans un pub londonien qui habitait dans les parages. On a supposé que, alors qu'elle était en chemin pour rentrer chez elle, elle était malheureusement tombée sur son agresseur qui, lui, sortait d'une des fumeries d'opium pour lesquelles ce quartier est bien connu. L'homme a été identifié comme étant Mr. Sherlock Holmes, un détective*

privé. Il a immédiatement été arrêté et incar-
céré. Bien qu'il affirme ne rien savoir de ce
crime, une série de témoins hautement respec-
tables semblent avoir témoigné contre lui.
Parmi ceux-ci figurent le docteur Thomas
Ackland de l'hôpital de Westminster et lord
Horace Blackwater, qui possède des centaines
d'hectares dans le Hallamshire. Mr. Holmes a
été conduit à la prison de Holloway. Globa-
lement, cet incident éminemment regrettable
attire une nouvelle fois l'attention sur ce fléau
que constituent les drogues pour notre société et
pose la question du maintien dans la légalité de
ces antres du vice où elles peuvent être consom-
mées librement.

Inutile de le préciser, ceci constitua une lecture très déplaisante au petit déjeuner, le lundi matin après l'arrestation de Holmes. Il y avait en outre dans ce compte rendu des éléments hautement sujets à caution. Le Bag of Nails se trouvant à Lambeth, pourquoi le journaliste supposait-il que Sally rentrait chez elle ? Il était curieux, aussi, qu'il ne soit pas fait mention des visites que lord Horace s'autorisait dans les « antres du vice ».

Le week-end avait passé, deux jours pendant lesquels je n'avais pas pu faire grand-chose à part m'inquiéter et attendre des nouvelles. J'avais expédié des vêtements propres et de la nourriture à Holloway mais sans pouvoir être sûr que Holmes les avait bien reçus. De Mycroft, je n'avais aucun écho. Pourtant, il ne pouvait pas avoir manqué les articles des journaux. En plus, je lui avais envoyé plusieurs messages au

Club Diogène. Je ne savais plus si je devais m'indigner ou m'alarmer. D'un côté, son absence de réponse m'apparaissait grossière voire désinvolte car, même s'il était vrai qu'il nous avait mis en garde justement contre la façon dont nous avions agi ensuite, il n'aurait sûrement pas hésité à user de son influence étant donné la gravité de la situation dans laquelle se trouvait son frère. D'un autre côté, je me rappelai ce qu'il avait dit : « Il n'y aura rien que je pourrai pour toi », et je m'étonnais du pouvoir de la Maison de Soie, peu importait ce que c'était, qui se montrait capable de réduire à l'impuissance un homme pourtant introduit dans les plus hautes sphères du pouvoir.

J'avais résolu de marcher jusqu'au club pour m'y présenter en personne quand on sonna à la porte. Au bout d'un instant, Mrs. Hudson fit entrer une très belle femme, joliment gantée et vêtue avec beaucoup de charme et d'élégance. J'étais tellement absorbé dans mes pensées qu'il me fallut un petit moment pour reconnaître Mrs. Catherine Carstairs, l'épouse du marchand d'art de Wimbledon dont la visite chez nous avait marqué le début de tous ces événements malheureux. De fait, en la voyant, j'eus du mal à refaire le lien – je veux dire que je perdais un peu de vue comment un gang de bandits irlandais opérant dans une ville américaine, la destruction de quatre paysages de John Constable et une fusillade avec un groupe d'agents de Pinkerton avaient pu nous mener dans la passe où nous étions à présent. Il y avait là un paradoxe, véritablement. D'un côté, la découverte de cet homme mort dans la pension de Mrs. Oldmore avait été la cause de tout ce qui était arrivé ensuite, d'un autre, il semblait qu'il n'y avait aucun rapport. Peut-être était-ce l'auteur en moi qui reprenait le dessus mais j'avais l'impression que deux de mes récits se retrouvaient mélangés au point que les personnages de l'un apparaissaient de façon inopinée dans le second. Voilà l'état de confusion qui était le mien quand je revis Mrs. Carstairs. Seulement, elle se tenait là, debout devant moi, et, soudain, elle se mit à sangloter tandis que je restais à la regarder tel un imbécile.

— Ma chère Mrs. Carstairs ! m'exclamai-je en bondissant sur mes pieds. Je vous en prie, ne vous affligez pas. Asseyez-vous. Puis-je aller vous chercher un verre d'eau ?

Elle était incapable de parler. Je la conduisis à un siège, et elle tira un mouchoir dont elle se servit pour s'éponger les yeux. Je lui versai un verre d'eau et le lui apportai mais elle le refusa d'un geste de la main.

— Docteur Watson, murmura-t-elle enfin, pardonnez-moi d'être venue ici.

— Pas du tout. Je suis ravi de vous voir. Quand vous êtes arrivée, j'étais préoccupé mais je peux vous assurer que vous avez toute mon attention à présent. Avez-vous d'autres nouvelles à me donner de Ridgeway Hall ?

— Oui. Des nouvelles horribles. Mais Mr. Holmes est absent ?

— Vous n'êtes pas au courant ? Vous n'avez pas vu les journaux ?

Elle secoua la tête.

— Je ne m'intéresse pas à l'actualité. Mon mari ne l'encourage pas.

J'envisageai de lui montrer l'article que je venais de lire puis décidai de ne pas le faire.

— J'ai peur que Mr. Holmes ne soit malade, dis-je. Et cela risque de durer quelque temps.

— Alors, c'est sans espoir. Je n'ai personne d'autre vers qui me tourner.

Elle pencha la tête.

— Edmond ne sait pas que je suis venue ici aujourd'hui. En fait, il me l'a fortement déconseillé. Mais, je vous l'assure, docteur Watson, je deviendrai folle. N'y aura-t-il jamais de fin à ce cauchemar qui est apparu soudain pour détruire nos vies ?

Elle se remit à pleurer de plus belle, et je demeurai sans pouvoir rien faire jusqu'à ce qu'enfin ses larmes se tarissent.

— Peut-être cela aiderait-il si vous me disiez ce qui vous a amenée ici, suggérai-je.

— Je vais vous le dire. Mais pouvez-vous m'aider ?

Elle s'illumina tout d'un coup.

— Bien sûr ! Vous êtes médecin ! Nous avons vu des médecins déjà. Nous avons eu des allées et venues de docteurs à la maison. Mais peut-être serez-vous différent ? Vous, vous comprendrez !

— Votre mari est-il malade ?

— Pas mon mari, ma belle sœur, Eliza. Vous vous la rappelez ? Quand vous l'avez rencontrée, elle se plaignait déjà de maux de tête et de diverses douleurs mais, depuis, sa santé s'est brusquement altérée. Edmond pense qu'elle est peut-être en train de mourir et il n'y a rien que personne puisse faire.

— Qu'est-ce qui vous a fait penser que vous pourriez trouver de l'aide ici ?

Mrs. Carstairs se redressa sur sa chaise. Elle s'essuya les yeux et, d'un coup, je retrouvai cette force morale que j'avais déjà remarquée quand nous l'avions rencontrée, la première fois.

— Il n'y a pas d'affection entre ma belle-sœur et moi, dit-elle. Je ne prétendrai pas le contraire. Dès le début, elle m'a considérée comme une aventurière qui avait sorti toutes ses griffes pour mettre le grappin sur son frère alors qu'il était au plus bas, une profiteuse qui avait pour seul projet de bénéficier de sa fortune. Oublié le fait que je suis arrivée dans ce pays avec beaucoup d'argent à moi. Oublié le fait que c'est moi qui ai soigné Edmond et qui l'ai ramené à la santé sur le *Catalonia*. Elle et sa mère m'auraient détestée de toute façon, peu importait qui je pouvais être. Elles ne m'ont jamais laissé une chance. Edmond leur avait toujours appartenu, voyez-vous – le jeune frère, le fils dévoué –, et elles n'ont jamais pu supporter l'idée qu'il ait pu trouver le bonheur avec quelqu'un d'autre qu'elles. Eliza m'a même blâmée pour la mort de sa mère. Le croiriez-vous ? Ce qui était un tragique accident domestique – la flamme de son radiateur à gaz s'est éteinte – est devenu à ses yeux un suicide délibéré, comme si la vieille dame avait préféré mourir plutôt que de me voir devenir la maîtresse de maison. En un sens, elles étaient folles toutes les deux. Je n'ai jamais osé le dire à Edmond mais c'est vrai. Pourquoi n'ont-elles jamais pu accepter le fait qu'il m'aime et se réjouir pour nous deux ?

— Et cette nouvelle maladie ?

— Eliza pense qu'on l'empoisonne. Pire, même, elle affirme que j'en suis responsable. Ne me demandez pas comment elle en est arrivée à cette conclusion. C'est de la folie, vous dis-je.

— Votre mari le sait-il ?

— Bien sûr qu'il le sait. Elle m'a accusée alors que je me trouvais avec eux, dans la même pièce. Pauvre Edmond ! Je ne l'ai jamais vu aussi embarrassé. Il ne savait que répondre – car s'il avait pris mon parti contre elle, qui sait comment cela aurait pu influer sur l'état mental de cette malheureuse ? Il était mortifié mais, dès que nous avons été seuls, il s'est empressé de venir auprès de moi et de me demander pardon. Eliza est malade, il n'y a pas à en douter. Edmond considère que ses délires font partie de sa maladie et il se pourrait bien qu'il ait raison. Seulement, même si c'est le cas, la situation est devenue à peu près intenable pour moi. Désormais, ses repas sont préparés à part dans la cuisine et montés directement dans sa chambre par Kirby, qui prend soin de ne jamais les perdre de vue. Edmond les partage même avec elle. Il prétend que c'est pour lui tenir compagnie mais, en réalité, il imite les goûteurs du temps de l'ancienne Rome. Peut-être devrais-je lui en savoir gré. Voilà une semaine, en effet, qu'il mange de tout ce qu'elle mange et il reste en parfaite santé alors qu'elle est de plus en plus malade. De la sorte, si j'ajoute un poison mortel à sa nourriture, c'est par un mystère inexplicable qu'elle est la seule à en souffrir.

— À quoi les docteurs attribuent-ils sa maladie ?

— Ils demeurent tous confondus. Ils ont d'abord pensé à du diabète puis à un empoisonnement du sang. À présent, ils craignent le pire et la soignent pour le choléra.

Elle baissa la tête. Quand elle la releva, ses yeux étaient remplis de larmes.

— Je vais vous dire une chose terrible, docteur Watson. Une part de moi souhaite qu'elle meure. Je n'ai jamais eu une pensée pareille envers un autre être humain, pas même à l'égard de mon premier mari lors de ses pires accès d'ivresse et de violence. Mais par moments, je me surprends à penser que si Eliza était partie, au moins Edmond et moi serions enfin en paix. Il me semble qu'elle tente de nous séparer.

— Voudriez-vous que je vous accompagne à Wimbledon ? demandai-je.

— Vous le feriez ?

Ses yeux brillèrent.

— Edmond ne voulait pas que je voie Sherlock Holmes. Il avait deux raisons. En ce qui le concernait, ses affaires avec votre collègue étaient terminées : l'homme de Boston qui le poursuivait est mort, et il ne semble pas qu'il y ait plus à faire. Ensuite il craignait, en ramenant un détective à la maison, de renforcer Eliza dans ses idées fixes en lui donnant à penser qu'elle a raison.

— Vous avez néanmoins pensé…

— J'espérais que Mr. Holmes démontrerait mon innocence.

— Si cela peut vous rendre un peu de tranquillité d'esprit, dis-je, je serai heureux de vous accompagner. Je dois vous prévenir que je suis médecin généraliste et que j'ai peu pratiqué mais, du fait de ma longue collaboration avec Sherlock Holmes, j'ai l'œil pour repérer tout ce qui est inhabituel. Il se peut que je remarque quelque chose qui aura échappé aux autres.

— En êtes-vous sûr, docteur Watson ? Je vous en serais tellement reconnaissante. Je me sens parfois une étrangère dans ce pays au point que c'est une bénédiction d'avoir quelqu'un à mon côté.

Nous partîmes ensemble. Je n'avais aucune envie de quitter Baker Street mais je n'aurais rien gagné à y demeurer assis tout seul. Même si Lestrade s'était activé pour moi, j'attendais toujours qu'on me donne l'autorisation de visiter Holmes à Holloway. Mycroft ne serait pas au Club Diogène avant le milieu de l'après-midi. Et, en dépit de ce que venait de dire Mrs. Carstairs, le mystère de l'homme à la casquette plate était loin d'être élucidé. Il serait intéressant de voir à nouveau Edmond Carstairs et sa sœur et, même si, cela je le savais parfaitement, j'étais un piètre remplaçant de Holmes, il restait la possibilité que je voie ou entende quelque chose qui pourrait éclairer un peu les événements en cours et hâter la libération de mon ami.

Au début, Carstairs ne fut pas content de me voir. Il était sur le point de sortir déjeuner et s'était vêtu avec un soin méticuleux d'une redingote, d'une cravate en satin gris et de chaussures bien vernies. Son chapeau haut de forme et sa canne étaient sur une table près de la porte.

— Le docteur Watson ! s'exclama-t-il.

Il se tourna vers son épouse.

— Je pensais que nous nous étions mis d'accord sur le fait que nous n'aurions plus recours aux services de Sherlock Holmes.

— Je ne suis pas Holmes, dis-je.

— Certes non. J'étais justement en train de lire dans le journal que Mr. Holmes s'était mis dans une situation des moins honorables.

— Cela lui est arrivé alors qu'il continuait d'enquêter sur l'affaire que vous lui avez confiée en venant chez lui.

— Une affaire qui désormais est close.

232

— Il ne le pense pas.

— Et moi, je ne suis pas de son avis.

— Voyons, Edmond, intervint Mrs. Carstairs. Le docteur Watson a très gentiment fait le trajet depuis Londres avec moi. Il a accepté de voir Eliza et de nous faire bénéficier de son avis.

— Eliza a déjà été vue par plusieurs médecins.

— Un avis de plus ne peut pas faire de mal, dit-elle en lui prenant le bras. Vous n'avez pas idée de ce que ces derniers jours ont pu être pour moi. S'il vous plaît, mon cher. Laissez-le la voir. Cela peut l'aider, même si c'est seulement en ayant quelqu'un d'autre auprès de qui elle pourra se plaindre.

Carstairs était réticent. Il lui tapota la main.

— Très bien. Mais ce ne sera pas possible avant un moment. Ma sœur s'est levée tard ce matin et je l'ai entendue faire couler un bain. Elsie est auprès d'elle en ce moment. Elle ne sera pas présentable avant au moins trente minutes.

— J'attendrai volontiers, dis-je. Mais j'emploierai ce temps, si je le puis, à examiner la cuisine. Si votre sœur persiste à croire que sa nourriture est frelatée, alors il peut se révéler utile de voir l'endroit où on la prépare.

— Bien sûr, docteur Watson. Et il vous faut excuser ma brusquerie d'il y a un instant. Je souhaite que tout aille bien pour Mr. Holmes et je suis content de vous voir. C'est juste que ce cauchemar semble ne jamais devoir finir. D'abord Boston, puis ma pauvre mère, cette histoire dans la pension et, maintenant, Eliza. Pas plus tard qu'hier j'ai acquis une gouache de l'école de Rubens, une belle étude de Moïse au passage de la mer

233

Rouge. Mais je me demande si je ne suis pas affligé de maux plus terribles que ceux qu'endura Pharaon.

Nous descendîmes dans une vaste cuisine bien aérée et à ce point remplie de casseroles et de poêles, de marmites et de planches à découper qu'elle donnait l'impression qu'on s'y affairait alors qu'il y avait très peu d'activité en réalité. Trois personnes s'y trouvaient. Le domestique, Kirby, qui nous avait ouvert lors de notre première visite à Ridgeway, était assis à table, en train de beurrer du pain pour son déjeuner. Une petite femme en forme de pudding et aux cheveux roux se tenait debout devant le fourneau. Elle remuait une soupe dont l'arôme – bœuf et légumes – remplissait l'air. La troisième personne était un jeune homme à l'air sournois qui, assis dans un coin, astiquait paresseusement des couverts. Alors que Kirby s'était mis debout dès que nous étions entrés, je remarquai que le jeune homme restait où il était, à nous regarder par-dessus son épaule comme si nous étions des intrus qui n'avaient pas le droit de le déranger. Il avait de longs cheveux blonds, un visage un peu féminin et pouvait avoir dix-huit ou dix-neuf ans. Je me rappelai que Carstairs nous avait dit, à Holmes et à moi, que la femme de Kirby avait un neveu, Patrick, qui travaillait à l'office. Je supposai que ce devait être lui.

Carstairs me présenta :

— Voici le docteur Watson qui essaie de découvrir quelle est la cause de la maladie de ma sœur. Il se peut qu'il ait des questions à vous poser, et il serait heureux que vous y répondiez aussi franchement que vous le pourrez.

J'avais beau avoir insisté pour m'introduire dans la cuisine, je n'étais pas trop sûr de ce que j'allais dire.

Je commençai par la cuisinière, qui semblait être la plus abordable des trois.

— Vous êtes madame Kirby ? demandai-je.

— Oui, monsieur.

— Et vous préparez toute la nourriture.

— Tout est préparé dans cette cuisine, monsieur, par moi et mon mari. Patrick épluche les pommes de terre et aide pour la vaisselle quand il est bien luné, mais toute la nourriture passe entre mes mains et si quelque chose est empoisonné dans cette maison, docteur Watson, vous n'allez pas le trouver ici. Ma cuisine est un lieu sans tache, monsieur. Nous la récurons avec du carbolate de chaux une fois par mois. Vous pouvez aller voir dans la réserve si vous voulez. Tout est à sa place et il y a quantité d'air frais. Nous achetons les provisions localement et rien qui ne serait pas frais ne passe la porte.

— Ce n'est pas la nourriture qui est la cause de la maladie de Miss Carstairs, si vous me permettez, monsieur, murmura Kirby en lançant un regard au maître de maison. Vous et Mrs. Carstairs n'avez rien mangé de différent d'elle et pourtant vous allez bien tous les deux.

— Si vous me le demandez, il y a quelque chose d'étrange qu'a venu dans cette maison, dit Mrs. Kirby.

— Que voulez-vous dire par là, Margaret ? demanda Mrs. Carstairs.

— Je ne sais pas, m'dame. Je ne veux rien dire par là. Mais nous sommes tous terriblement désolés pour cette pauvre Miss Carstairs et c'est juste comme si, d'une certaine façon, il y avait quelque chose de mauvais ici mais, quoi que ce soit, ma conscience est nette et je ferais mes bagages demain et je partirais si quelqu'un suggérait le contraire.

— Personne ne vous blâme, Mrs. Kirby.

— Mais elle a quand même raison. Il y a quelque chose de mauvais dans cette maison.

C'était le garçon de cuisine qui parlait pour la première fois. Son accent me rappela que Carstairs nous avait dit qu'il arrivait d'Irlande.

— Vous vous appelez Patrick, n'est-ce pas ?

— C'est exact, m'sieur.

— Et d'où êtes-vous ?

— De Belfast, m'sieur.

C'était sûrement une coïncidence et rien de plus mais Rourke et Keelan O'Donaghue venaient, eux aussi, de Belfast.

— Depuis combien de temps êtes-vous ici, Patrick ?

— Deux ans. Je suis arrivé ici juste avant Mrs. Carstairs.

Et le garçon sourit en coin comme s'il s'agissait d'une plaisanterie.

Ce n'était pas mes affaires mais tout dans son comportement – la façon dont il était avachi sur son tabouret et le ton de son propos – me frappa comme étant intentionnellement irrespectueux. Je fus surpris que Carstairs ne relève pas. Son épouse était moins tolérante.

— Comment osez-vous nous parler de la sorte, Patrick ? dit-elle. Si vous êtes en train d'insinuer quelque chose, vous devriez le dire ! Et si vous n'êtes pas content ici, vous devriez partir !

— J'aime assez bien ici, Mrs. Carstairs, et je ne pourrais pas dire qu'il y a autre part où je voudrais aller.

236

— Pareille insolence ! Edmond, n'allez-vous pas lui parler ?

Carstairs hésita et, pendant cette pause, il y eut un tintement. Kirby tourna la tête pour regarder la rangée de sonnettes qui se trouvait sur le mur opposé.

— C'est Miss Carstairs, monsieur, dit-il.

— Elle doit en avoir fini avec son bain, dit Carstairs. Nous pouvons monter chez elle. À moins que vous n'ayez d'autres questions, docteur Watson.

— Pas du tout, répondis-je.

Les quelques questions que j'avais posées avaient été inutiles et, soudain, j'étais démoralisé car je me rendais compte que, si Holmes avait été présent, nous aurions déjà complètement résolu le mystère. Qu'aurait-il donc pensé de ce jeune serviteur irlandais et de ses relations avec tous les autres ? Et qu'aurait-il vu en balayant la cuisine du regard ? « Vous voyez, Watson, mais vous n'observez pas ! » Il l'avait répété assez souvent et jamais je n'avais trouvé que c'était aussi vrai. Le couteau de cuisine sur la table, la soupe qui bouillonnait sur le fourneau, la paire de faisans qui pendait à un crochet dans la réserve. Kirby qui baissait les yeux, sa femme qui se tenait debout les mains posées sur son tablier de devant, Patrick qui continuait de sourire... Lui auraient-ils dit quelque chose de plus qu'à moi ? Sans aucun doute. Vous auriez montré une goutte d'eau à Holmes et il en aurait déduit l'existence de l'Atlantique. Vous me l'auriez montrée à moi et j'aurais cherché un robinet. C'était la différence entre nous deux.

Nous remontâmes au rez-de-chaussée puis fîmes notre chemin jusqu'à l'étage supérieur. Alors que nous grimpions l'escalier, nous croisâmes une jeune fille qui se hâtait dans l'autre sens, avec une cuvette et deux serviettes. C'était Elsie, la fille de cuisine. Elle garda la tête basse et je ne vis rien de son visage. En un clin d'œil, elle disparut.

Carstairs frappa doucement à la porte puis entra dans la chambre de sa sœur pour savoir si elle accepterait de me recevoir. J'attendis dehors avec Mrs. Carstairs.

— Je vous laisserai ici, docteur Watson, dit-elle. Cela ne ferait que bouleverser ma belle-sœur si j'entrais. Mais, s'il vous plaît, dites-moi si vous remarquez quelque chose qui ait un rapport avec sa maladie.

— Bien sûr.

— Et, à nouveau, merci d'être venu. Je me sens tellement soulagée de vous compter parmi mes amis.

Elle s'éclipsa juste au moment où la porte s'ouvrit. Carstairs m'invita à le rejoindre. Je pénétrai dans une chambre intime, somptueusement meublée, qu'on avait aménagée sous l'avant-toit avec de petites fenêtres, des rideaux partiellement tirés et un feu qui brûlait dans l'âtre. Je remarquai qu'une seconde porte ouvrait sur une salle de bains adjacente et qu'une forte odeur de sels de bain à la lavande flottait dans l'air. Eliza Carstairs était assise dans son lit, soutenue par des oreillers et portant un châle. Je vis d'emblée que sa santé s'était détériorée avec rapidité depuis ma dernière visite. Elle avait cette mine que j'avais trop souvent observée chez mes patients les plus atteints et ses yeux regardaient fixement par-dessus les lignes aiguës qu'étaient devenues ses pommettes. Elle avait peigné ses cheveux mais ils étaient encore en désordre et tombaient autour de ses épaules. Ses mains, qu'elle avait

238

posées sur le drap devant elle, auraient pu être celles d'une morte.

— Docteur Watson ! m'accueillit-elle d'une voix qui grinça dans sa gorge. Pourquoi êtes-vous venu me rendre visite ?

— Votre belle-sœur m'a demandé de venir, Miss Carstairs, répondis-je.

— Ma belle-sœur veut ma mort.

— Ce n'est pas l'impression qu'elle m'a faite. Puis-je vous prendre le pouls ?

— Vous pouvez prendre ce que vous voulez. Je n'ai rien de plus à donner. Et quand je serai partie, croyez-moi sur parole, Edmond sera le prochain.

— Chut, Eliza ! Ne dites pas des choses pareilles, la gronda son frère.

Je pris son pouls, beaucoup trop rapide, car son corps tentait de combattre la maladie. Sa peau avait une sorte de teinte bleuâtre qui, jointe aux autres symptômes dont on m'avait parlé, me faisait me demander si mes confrères n'avaient pas raison en suggérant qu'elle pouvait souffrir du choléra.

— Avez-vous des douleurs abdominales ?

— Oui.

— Et des douleurs dans les articulations ?

— Je sens que mes os sont en train de pourrir.

— Vous avez des docteurs qui s'occupent de vous. Quels médicaments vous ont-ils prescrits ?

— Ma sœur prend du laudanum, dit Carstairs.

— Mangez-vous ?

— C'est la nourriture qui me tue.

— Vous devriez essayer de manger, Miss Carstairs. Vous priver de nourriture ne fera que vous affaiblir.

Je relâchai son bras.

— Il y a une autre petite chose que je conseillerais. Vous pourriez ouvrir la fenêtre pour permettre à l'air d'entrer. Et la propreté, bien sûr, est de première importance.

— Je prends un bain chaque jour.

— Il serait utile de changer de vêtements et de literie tous les jours également. Mais, avant tout, vous devez manger. J'ai visité la cuisine et j'ai vu que vos repas sont correctement préparés. Vous n'avez rien à redouter.

— On m'empoisonne !

— Si on vous empoisonne, alors moi aussi, s'exclama Carstairs. S'il vous plaît, Eliza, n'entendrez-vous pas raison ?

— Je suis fatiguée.

La malade se rejeta en arrière et ferma les yeux.

— Je vous remercie de votre visite, docteur Watson. « Ouvrez la fenêtre et changez de literie » ! Je devine que vous devez être une véritable sommité dans votre profession !

Carstairs me poussa vers la sortie et, en vérité, je fus heureux de m'en aller. Eliza Carstairs avait été malpolie et méprisante la première fois que nous nous étions vus, et sa maladie avait tout bonnement accentué ces traits de son caractère. Je pris congé de Carstairs à la porte principale.

— Merci de votre visite, docteur Watson, dit-il. Je comprends les raisons qui ont conduit ma chère Catherine chez vous et j'espère très vivement que Mr. Holmes sera capable de se tirer des difficultés dans lesquelles il se trouve.

Nous nous serrâmes la main. J'étais sur le point de m'en aller quand je me souvins.

— Il y a juste une dernière chose, Mr. Carstairs. Est-ce que votre épouse sait nager ?

— Pardon ? Quelle question extraordinaire ! Pourquoi voulez-vous le savoir ?

— J'ai mes méthodes...

— Eh bien ! De fait, Catherine ne sait pas du tout nager. En réalité, elle a très peur de la mer et m'a avoué qu'elle ne se mettrait pas à l'eau quelles que soient les circonstances.

— Merci, Mr. Carstairs.

— Bonne journée, docteur Watson.

La porte se referma. J'avais eu la réponse à la question que Holmes avait posée. À présent, tout ce qu'il me restait à savoir c'était pourquoi il l'avait posée.

XIV

Dans le noir

Un message de Mycroft m'attendait à Baker Street. Il serait au Club Diogène de bonne heure et il aurait plaisir à me voir si je pouvais passer à ce moment-là. J'étais à peu près épuisé par mon aller et retour à Wimbledon, qui s'ajoutait à l'activité des derniers jours… En outre, il ne m'était jamais possible de faire des efforts importants sans que la blessure que j'avais subie en Afghanistan se rappelle à mon bon souvenir. Malgré tout, je décidai de ressortir après un petit moment de repos car j'étais pleinement conscient de l'épreuve que devait endurer Sherlock Holmes pendant que j'étais en liberté. Cela effaçait toute considération pour mon propre bien-être. Mycroft pouvait ne pas m'accorder une seconde chance d'aller le voir : il était aussi capricieux que corpulent, glissant telle une ombre démesurée dans les corridors du pouvoir. Malgré l'heure tardive, Mrs. Hudson avait servi un déjeuner que je pris avant de m'endormir dans mon fauteuil. Le ciel commençait à devenir sombre quand je sortis puis montai dans un fiacre pour me rendre à Pall Mall.

Une fois encore, il vint me rejoindre dans le salon des visiteurs mais, cette fois, ses manières furent plus abruptes et plus formelles qu'elles ne l'avaient été quand j'étais venu avec Holmes. Il commença en négligeant les civilités.

— C'est une vilaine affaire. Très vilaine. Pourquoi mon frère m'a-t-il demandé mon avis s'il n'était pas décidé à en tenir compte ?

— Je pense qu'il attendait de vous des informations, pas un avis, le contrai-je.

— C'est très juste. Mais comme je pouvais lui donner l'un et pas les autres, il aurait mieux fait d'écouter ce que j'avais à dire. Je lui ai assuré qu'il ne pourrait en résulter rien de bon – mais c'était son tempérament, déjà quand il était très jeune. Il était toujours impétueux. Notre mère disait la même chose et craignait qu'il ne se mette en difficulté. J'aurais aimé qu'elle vive assez longtemps pour le voir établi détective privé. Elle en aurait souri.

— Pouvez-vous l'aider ?

— Vous avez déjà la réponse à cette question, docteur Watson, car je vous l'ai donnée la dernière fois que nous nous sommes vus. Je ne peux rien faire.

— Vous accepteriez de le voir pendre pour meurtre ?

— On n'en arrivera pas là. Cela ne se peut. Je travaille en coulisse, et même si je rencontre un nombre impressionnant d'interventions et d'obstructions, il est trop bien connu de trop de personnalités importantes pour que cela se produise.

— Il est détenu à Holloway.

— C'est ce que j'ai cru comprendre – et il y est bien traité, du moins aussi bien qu'on peut l'être dans un endroit aussi sinistre.

— Que pouvez-vous me dire de l'inspecteur Harriman ?

— Un bon officier de police, un homme intègre, sans une tache sur ses états de service.

— Et à propos des autres témoins ?

Mycroft ferma les yeux et leva la tête comme s'il dégustait un bon vin, s'accordant ainsi un moment pour penser.

— Je sais où vous voulez en venir, docteur Watson, dit-il enfin. Vous devez me croire quand j'affirme que, malgré son comportement imprudent, l'intérêt de Sherlock me tient encore fortement à cœur et que je travaille pour trouver le sens de ce qu'il s'est passé. J'ai déjà, au prix de risques personnels considérables, exploré les antécédents et la situation actuelle du docteur Thomas Ackland et de lord Horace Blackwater. J'ai le regret de vous dire que, autant que je puisse en juger, ils sont également irréprochables. Tous deux sont issus d'une bonne famille, célibataires, riches. Ils n'appartiennent pas au même club. Durant l'essentiel de leur existence, ils ont vécu à des centaines de kilomètres de distance l'un de l'autre. À part cette coïncidence qu'ils étaient à Limehouse à la même heure cette nuit-là, il n'y a rien qui les relie.

— Sauf si c'est la Maison de Soie !

— Exactement.

— Et vous ne me direz pas de quoi il s'agit.

— Je ne le dirai pas parce que je ne le sais pas. C'est justement la raison pour laquelle j'ai prévenu Sherlock de garder ses distances. S'il y a quelque chose au cœur du pouvoir, une communauté ou une société, qu'on me cache et qui est tellement secret que le simple fait de mentionner son nom me vaut une convocation dans un certain bureau de Whitehall, alors mon instinct me dicte de me détourner et de regarder ailleurs, pas de publier une annonce dans la presse nationale ! J'en ai dit à mon frère autant que je pouvais… plus, en fait, que je n'aurais dû.

— Alors, que va-t-il arriver ? Le laisserez-vous affronter un procès ?

— Ce que je laisse ou ne laisse pas n'a rien à voir avec la question. Je crains que vous ne surestimiez mon influence.

Mycroft tira une carapace de tortue de sa poche de poitrine et y prit une pincée de tabac à priser.

— Je peux être son avocat, ni plus ni moins. Je peux parler en sa faveur. Si cela s'avère nécessaire, je peux comparaître comme témoin de moralité.

Je dus sembler déçu car Mycroft jeta le tabac, se mit sur ses pieds et s'approcha de moi.

— Ne vous démoralisez pas, docteur Watson, conseilla-t-il. Mon frère est un homme plein de ressources et même en ces moments, qui sont bien sombres pour lui, il risque encore de vous surprendre.

— Lui rendrez-vous visite ? demandai-je.

— Je pense que non. Pareille démarche l'embarrasserait et me dérangerait sans avoir d'avantages visibles. Mais il vous faudra lui dire que vous m'avez consulté et que je fais tout ce que je peux.

— Ils ne me laisseront pas le voir.

— Ré-essayez demain. On finira par vous laisser entrer. Il n'y a aucune raison de vous en empêcher.

Il m'accompagna à la porte.

— Mon frère a de la chance d'avoir un allié solide en même temps qu'un aussi bon chroniqueur, remarqua-t-il.

— J'espère que je n'ai pas écrit sa dernière aventure.

— Au revoir, docteur Watson. Cela me désolerait de devoir me montrer discourtois envers vous, aussi vous serai-je obligé de ne plus communiquer avec moi sauf, bien entendu, en situation de très grande urgence. Je vous souhaite une bonne soirée.

Ce fut le cœur bien lourd que je repartis pour Baker Street, car Mycroft s'était montré encore moins utile que je l'avais envisagé. À quel genre de situation avait-il pu penser si, à ses yeux, celle-ci n'était pas déjà urgente ? Au moins allait-il sans doute pouvoir obtenir que j'entre à Holloway, de telle sorte que je ne m'étais pas déplacé pour rien. Mais j'avais mal à la tête, mon bras et mon épaule étaient enflés et, je le sentais, je n'étais pas loin d'avoir épuisé toutes mes forces. Et pourtant, ma journée n'était pas terminée. Au moment où, descendant du fiacre, je me dirigeais vers cette porte que je connaissais si bien, je trouvai le passage barré par un homme petit mais solide avec des cheveux bruns et un manteau noir qui se dressa devant moi sur le trottoir.

— Docteur Watson ?

— Oui ?

J'étais impatient de continuer mon chemin mais le petit homme s'était campé juste devant moi.

— Je me demande si je pourrais vous demander, docteur, de venir avec moi.

— Pour quelle raison ?

— Pour une raison en rapport avec votre ami, Mr. Sherlock Holmes. De quoi pourrait-il s'agir d'autre ?

Je l'examinai plus attentivement, et ce que je vis ne m'encouragea pas. D'après son apparence, on l'aurait pris pour un commerçant, peut-être un tailleur ou même un croque-mort, car il y avait dans sa physionomie quelque chose de triste qui semblait calculé. Il avait d'épais sourcils et une moustache qui tombait sur sa lèvre supérieure. Il portait également des gants et un chapeau melon noirs. Vu la façon dont il se tenait, perché sur la pointe des pieds, je m'attendais à ce qu'il exhibe un mètre ruban d'un moment à l'autre. Mais pour prendre mes mesures et me confectionner quoi ? Un costume neuf ou un cercueil ?

— Que savez-vous de Holmes ? Quelle information avez-vous que vous ne puissiez pas me donner ici ?

— Je n'ai aucune information, docteur Watson. Je suis simplement l'agent, l'humble serviteur de quelqu'un qui en possède. C'est cette personne qui m'a envoyé vous demander de bien vouloir le rencontrer.

— Le rencontrer où ? Qui est-ce ?

— Je regrette mais je n'ai pas la liberté de le dire.

— À ce compte, j'ai peur que vous ne perdiez votre temps. Je ne suis pas disposé à ressortir ce soir.

— Vous ne comprenez pas, monsieur. Le gentleman pour qui je travaille ne sollicite pas votre présence. Il l'exige. Et quoique cela me soit pénible, je dois vous dire qu'il n'a pas l'habitude qu'on le contrarie. En réalité, ce serait commettre une grave erreur. Pourrais-je vous demander de baisser les yeux, monsieur. Voilà. Ne sursautez pas. Vous ne risquez rien, je vous l'assure. À présent, si vous voulez bien être assez aimable pour venir par ici…

De surprise, j'avais reculé d'un pas car, en faisant ce qu'il avait exigé, j'avais vu qu'il tenait un revolver pointé sur mon estomac. L'avait-il sorti pendant qu'il parlait ou l'avait-il eu à la main depuis le début, je n'aurais pu le dire. Ce fut comme s'il s'était livré à un tour de passe-passe grâce auquel, de façon déplaisante pour moi, l'arme s'était matérialisée. Et, de toute évidence, il savait s'en servir. Une personne qui n'a jamais tiré avec un revolver le tient d'une façon bien particulière, ce que fait également quelqu'un qui s'en est servi plusieurs fois. J'aurais pu aisément dire à quelle des deux catégories appartenait mon agresseur.

— Vous ne me tirerez pas dessus en pleine rue, dis-je.

— Au contraire, docteur Watson. C'est ce qu'on m'a donné comme consigne au cas où vous décideriez de faire des difficultés. Mais soyons francs l'un avec l'autre, je n'ai pas plus envie de vous tuer que vous, j'en suis sûr, de mourir. Peut-être cela vous aidera-t-il de savoir – je vous en donne ma parole solennelle – que nous ne vous voulons aucun mal, même si cela peut ne pas vous paraître évident pour l'instant. Un peu plus tard, on vous expliquera tout et vous comprendrez pourquoi ces précautions sont nécessaires.

Il avait une façon peu ordinaire de parler, à la fois obséquieuse et extrêmement menaçante. Il fit un geste avec l'arme, ce qui attira mon attention sur une voiture noire arrêtée à proximité avec deux chevaux et un cocher sur le siège. C'était un attelage à quatre roues avec des vitres en verre dépoli, et je me demandai si l'homme qui voulait me rencontrer était assis dedans. J'y allai et ouvris la portière. L'intérieur était vide mais aménagé avec luxe et élégance.

— Le voyage va-t-il être long ? dis-je. Ma logeuse m'attend pour le dîner.

— Vous dînerez beaucoup mieux où vous allez. Et plus tôt vous monterez en voiture, plus tôt nous nous mettrons en chemin.

Serait-il allé jusqu'à m'abattre juste devant mon propre domicile ? Je crus vraiment qu'il le ferait. Il y avait chez lui quelque chose d'implacable. En même temps, allais-je monter dans cette voiture ? Je pouvais être emmené n'importe où et ne plus jamais reparaître. Et si elle avait été envoyée par ces mêmes gens qui avaient assassiné Ross et sa sœur et qui s'étaient montrés si terriblement habiles avec Holmes ? L'intérieur de la voiture, je le remarquai, était doublé de soie – pas blanche mais gris perle. En même temps, je songeai que l'homme avait affirmé représenter quelqu'un qui détenait des informations. N'importe comment qu'on envisageât la situation, il me sembla que je n'avais pas le choix. Je grimpai dans la voiture. L'homme me suivit et referma la portière, ce qui me permit de constater que je m'étais trompé au moins sur un point. J'avais pensé que le verre opaque était destiné à m'empêcher de voir l'intérieur. En réalité, c'était pour que je ne puisse pas regarder dehors.

Dès que l'homme se fut assis sur la banquette opposée à la mienne, on fouetta les chevaux et nous partîmes. Tout ce que je parvins à distinguer, ce furent les lueurs des lampadaires à gaz quand nous les dépassions. Ensuite, même celles-ci disparurent, lorsque nous quittâmes la ville en nous dirigeant, j'aurais dit, vers le nord. On avait placé une couverture à mon intention sur le siège. Je la tirai sur mes jambes car, comme durant toutes les autres nuits de décembre, il s'était mis à faire très froid. Mon compagnon ne disait rien ; il semblait s'être endormi. Sa tête s'inclinait vers l'avant et son arme reposait mollement sur ses genoux. Toutefois, quand, au bout d'une heure environ, je tentai d'ouvrir la fenêtre pour voir si je pourrais distinguer quelque chose du paysage qui me révélerait où j'étais, il se redressa et secoua la tête comme s'il réprimandait un écolier fautif.

— Réellement, docteur Watson, je me serais attendu à mieux de votre part. Mon maître s'est donné beaucoup de mal pour que son adresse reste inconnue de vous. C'est un homme d'un naturel très discret. Je vous demanderai de garder vos mains près de vous et la fenêtre, fermée.

— Pendant combien de temps allons-nous voyager ainsi ?

— Aussi longtemps qu'il le faudra.

— Avez-vous un nom ?

— Certainement, monsieur. Mais je crains de ne pas avoir le droit de vous le révéler.

— Alors, que pouvez-vous me dire de cet homme qui vous emploie ?

— Je pourrais parler de lui tout le long du chemin jusqu'au pôle Nord, monsieur. C'est une personne remarquable. Seulement, il n'apprécierait pas. L'un dans l'autre, moins on parle et mieux c'est.

Ce voyage fut à la limite du supportable. Ma montre me révéla qu'il dura deux heures mais il n'y eut rien pour m'indiquer dans quelle direction nous allions ni à quelle distance. En effet, il me vint à l'idée que nous étions peut-être en train de tourner en rond et que notre destination pouvait très bien ne pas être aussi lointaine. Une fois ou deux, la voiture changea de direction car je me sentis pencher d'un côté. La plupart du temps, les roues semblaient rouler sur de l'asphalte lisse mais, à l'occasion, il y eut des craquements et j'eus l'impression que nous avions traversé un secteur pavé. À un endroit, j'entendis un train à vapeur passer au-dessus de nous : nous devions nous trouver sous un pont. Sinon, je me sentis comme avalé par l'obscurité qui m'entourait et, finalement, je me mis à somnoler, car tout de suite après je ressentis des secousses. Je constatai que nous étions à l'arrêt et je vis mon compagnon de voyage se pencher pour ouvrir la portière.

— Nous irons droit dans la maison, docteur Watson, dit-il. Telles sont mes instructions. Je vous prie de ne pas traîner à l'extérieur. La nuit est froide et déplaisante. Si vous n'entrez pas directement, j'ai peur que vous ne risquiez d'y laisser la vie.

J'aperçus juste une maison massive et rébarbative, une façade couverte de lierre, un jardin envahi de mauvaises herbes. Nous aurions pu être à Hampstead comme dans le Hampshire, car le terrain était entouré de hauts murs avec un lourd portail en fer forgé dont les battants avaient déjà été refermés derrière nous. Le bâtiment lui-même me fit penser à une abbaye avec des fenêtres irrégulières, des gargouilles, et dont une tour se dressait au-dessus du toit. Toutes les fenêtres du haut étaient plongées dans l'obscurité, mais des lampes brûlaient dans certaines des pièces en dessous. Une porte était ouverte sous le porche d'entrée mais il n'y avait personne pour m'accueillir – si toutefois un endroit comme celui-là pouvait, même par le plus lumineux des soirs d'été, passer pour accueillant. Pressé par mon compagnon de voyage, j'entrai rapidement. Il claqua la porte derrière moi, et le *boum* qu'elle fit résonna le long des couloirs lugubres.

— Par ici, monsieur !

Il avait pris une lampe. Je le suivis dans un corridor, et dépassai des vitraux, des panneaux en chêne, des tableaux si sombres et si effacés que, sans la présence des cadres, j'aurais eu de la peine à les remarquer.

Nous arrivâmes à une porte.

— Entrez. Je vais le prévenir de votre arrivée. Il ne sera pas long. Ne touchez à rien. N'allez nulle part. Faites preuve de retenue.

Après avoir exprimé cette étrange directive, il repartit par où nous étions venus.

J'étais dans une bibliothèque avec un feu de bûches qui brûlait dans une cheminée en pierre. Des chandelles avaient été placées sur le manteau. Une table en bois sombre avec plusieurs chaises occupait le milieu de la pièce ; d'autres chandelles allumées étaient posées dessus. Il y avait deux fenêtres, chacune garnie de lourds rideaux, et un tapis épais sur le sol qui, autrement, était nu et en bois. La bibliothèque devait contenir plusieurs centaines de livres. Les rayons s'élevaient du sol jusqu'au plafond – la distance étant considérable, ce qui justifiait la présence d'une échelle sur roues qu'on pouvait faire aller d'une rangée d'étagères à l'autre. Je pris une bougie pour examiner quelques-unes des couvertures. Le propriétaire de la maison, qui qu'il soit, devait être versé en français, en allemand et en italien car ces trois langues étaient amplement représentées en même temps que l'anglais. Ses intérêts embrassaient la physique, la botanique, la géologie, l'histoire et les mathématiques. Ce choix de livres me fit penser à Sherlock Holmes : il semblait refléter ses centres d'intérêt assez fidèlement. De l'architecture de la pièce, la forme de la cheminée et le plafond orné, je pus déduire que la maison devait être de style jacobéen. Obéissant aux instructions qui m'avaient été données, je m'assis sur une chaise et tendis les mains vers le feu. Je fus tout heureux de me réchauffer : même avec la couverture, le voyage avait été implacable.

Il y avait une seconde porte dans la pièce, du côté opposé de celle par où j'étais entré. Elle s'ouvrit brusquement sur un homme si grand et si maigre qu'il me parut démesuré par rapport à l'embrasure qui l'encadrait et qu'il dut baisser la tête. Il portait un pantalon noir, des babouches et une veste d'intérieur en velours. Quand il s'approcha, je vis qu'il était presque chauve, avec un front haut et des yeux profondément enfoncés dans leurs orbites. Il se déplaçait lentement, les bras, qui ressemblaient à des bâtons, repliés contre la poitrine et cramponnés l'un à l'autre. Je remarquai que la bibliothèque était adjacente à un laboratoire de chimie et que c'était là qu'il était occupé pendant que j'attendais. Derrière lui, je vis une longue table encombrée d'éprouvettes, de cornues, de bouteilles, de bonbonnes et de becs Bunsen qui sifflaient. L'homme lui-même sentait très fort les produits chimiques et, même si je m'interrogeai sur la nature de ses expériences, je jugeai préférable de ne pas poser de questions.

— Docteur Watson, dit-il, je dois m'excuser de vous avoir fait attendre. Une expérience délicate demandait toute mon attention mais je l'ai désormais menée à son heureuse conclusion. Vous a-t-on offert du vin ? Non ? Même s'il est indéniablement assidu dans ses fonctions, Underwood ne peut pas être décrit comme le plus attentionné des hommes. Malheureusement, dans ma profession, il n'est guère possible de choisir qui on voudrait. Je suppose qu'il s'est occupé de vous durant ce long trajet jusqu'ici.

— Il ne m'a même pas dit son nom.

— Cela n'est guère surprenant. Je n'ai pas l'intention de vous dire le mien non plus. Mais il se fait tard et nous avons une affaire à régler. J'espère que vous dînerez avec moi.

— Il n'est pas dans mes habitudes de partager mon dîner avec des gens qui refusent de se présenter.

—Peut-être pas. Mais je vous demande de prendre ceci en considération : n'importe quoi pourrait vous arriver dans cette maison. Dire que vous êtes entièrement en mon pouvoir pourrait sonner niais et mélodramatique, mais il se trouve que c'est vrai. Vous ne savez pas où vous vous trouvez. Personne ne vous a vu venir ici. Si vous deviez ne plus jamais repartir, le monde n'en serait pas plus avancé. Aussi, à mon avis, parmi les options qui s'offrent à vous, celle d'un plaisant dîner en ma compagnie est sans doute une des plus souhaitables. La nourriture est frugale mais le vin est bon. Le couvert est mis à côté. S'il vous plaît, venez par ici.

Il me fit reprendre le couloir et me mena dans une salle à manger qui devait occuper toute une aile de la maison. Elle était flanquée d'une tribune pour un orchestre d'un côté et d'une cheminée monumentale de l'autre. Une table de réfectoire courait sur toute la distance entre les deux, offrant assez de place pour au moins trente personnes. Il était facile de l'imaginer au temps jadis, avec une famille et des amis rassemblés autour, de la musique, un grand feu et une procession infinie de plats qu'on apporte et qu'on emporte. Mais ce soir-là, elle était vide. Une lampe avec un seul abat-jour jetait une flaque de lumière sur quelques tranches de viande froide, du pain et une bouteille de vin. Il apparut que le maître de maison et moi allions manger seuls, cernés par l'ombre. Je pris place avec un sentiment d'oppression et peu d'appétit. Il s'assit au bout de la table, les épaules rondes et toutes voûtées, dans une chaise qui ne semblait pas du tout conçue pour une carcasse aussi mal dégauchie que la sienne.

— J'ai souvent voulu vous rencontrer, docteur Watson, commença mon hôte tout en se servant. Il vous surprendra peut-être d'apprendre que je suis un de vos grands admirateurs et que je possède chacune de vos chroniques.

Il avait apporté un exemplaire du *Cornhill Magazine* et l'ouvrit sur la table.

— Je viens tout juste de terminer celle-ci, *Les Hêtres rouges*, et je la trouve très joliment tournée.

Malgré la bizarrerie de la situation, je ne pus m'empêcher d'éprouver une certaine satisfaction car j'avais été particulièrement satisfait de la façon dont cette histoire s'était terminée.

— Le sort de Miss Violet ne m'intéressait nullement, continua-t-il, et Jephro Rucastle n'était clairement qu'une brute de la pire espèce. Je trouve très étonnant que la fille ait pu être aussi crédule. Mais, comme d'habitude, j'ai été très pris par votre description de Sherlock Holmes et de ses méthodes. Dommage que vous n'ayez pas exposé les sept différentes explications de ce crime qu'il a mentionnées. Cela aurait été très intéressant. Mais, même ainsi, vous avez rendu public le travail d'un grand esprit, et nous devons tous vous en être reconnaissants. Un peu de vin ?

— Merci.

Il en versa deux verres et poursuivit.

— C'est une honte que Holmes ne se consacre pas exclusivement à cette sorte de méfaits, je veux dire les crimes domestiques où les mobiles sont négligeables et les victimes sans intérêt. Rucastle n'a même pas été arrêté pour son rôle dans cette affaire, même s'il s'est trouvé vilainement défiguré.

— Horriblement !

— Peut-être est-ce suffisant comme punition. C'est quand votre ami tourne son attention vers les affaires plus importantes, les entreprises professionnelles menées par des gens tels que moi, qu'il franchit la limite et devient une vraie plaie. J'ai bien peur qu'il n'ait fait ça récemment et que s'il continue, nous devions finir par nous rencontrer tous les deux, ce qui, je peux vous l'assurer, ne tournera pas du tout à son avantage.

Il y avait une tension dans sa voix qui me fit frissonner.

— Vous ne m'avez pas révélé qui vous êtes, dis-je. M'expliquerez-vous ce que vous faites ?

— Je suis mathématicien, docteur Watson. Je ne me vanterai pas en affirmant qu'on étudie mes travaux sur le théorème binomial dans toutes les universités d'Europe. Je suis aussi ce que, sans nul doute, vous nommeriez un criminel, même si j'incline à penser que j'ai transformé le crime en une science. J'essaie de ne pas me salir les mains. Je laisse ça à ceux dans le genre d'Underwood. On pourrait dire que je suis un pur penseur. Après tout, le crime, dans sa forme la plus pure, est abstrait, comme la musique. Je compose et j'orchestre. D'autres jouent la partition.

— Et que voulez-vous de moi ? Pourquoi m'avoir amené ici ?

— En plus du plaisir de faire votre connaissance ? Je désire vous aider. Ou plutôt, et je m'étonne moi-même de me l'entendre dire, je souhaite aider Mr. Sherlock Holmes. Il est vraiment dommage qu'il n'ait pas fait plus attention, voilà deux mois, quand je lui ai adressé un certain petit souvenir. Je comptais l'inviter à s'intéresser à une affaire qui lui cause actuellement tellement de soucis. Peut-être aurais-je dû me montrer plus direct.

— Que lui avez-vous envoyé ? demandai-je quand bien même je le savais déjà.

— Une longueur de ruban blanc.

— Vous appartenez à la Maison de Soie !

— Je n'ai rien à voir avec elle !

Pour la première fois, il me parut en colère.

— Ne me décevez pas, je vous en prie, avec vos déductions ridicules, s'emporta-t-il. Gardez-les pour vos livres !

— Mais vous savez ce que c'est !

— Je sais tout. Tout acte de vilenie qui se produit dans ce pays, qu'il soit grand ou petit, est porté à ma connaissance. J'ai des agents dans chaque cité, dans chaque rue. Ils sont mes yeux. Ils ne se ferment même pas le temps d'un clignement.

J'attendis qu'il poursuive mais, quand il le fit, ce fut en changeant de sujet.

— Vous devez me faire une promesse, docteur Watson. Vous devez jurer sur ce que vous avez de plus sacré que vous ne raconterez jamais notre rencontre à Holmes ni à quiconque d'autre. Vous ne devrez jamais la mettre par écrit. Vous ne devrez jamais y faire allusion. Et si jamais vous entendez mon nom un jour, il vous faudra prétendre que c'est pour la première fois et qu'il ne signifie rien pour vous.

— Comment savez-vous que je tiendrai cette promesse ?

— Je sais que vous êtes un homme de parole.

— Et si je refuse ?

Il soupira.

— Laissez-moi vous dire qu'en ce moment la vie de Holmes est en grand danger. Pire que ça, il sera mort dans quarante-huit heures, sauf si vous faites ce que je dis. Moi seul peux vous aider mais je le ferai seulement à mes conditions.

— Alors j'accepte.

— Vous jurez ?

— Oui.

— Sur quoi ?

— Sur mon mariage.

— Pas suffisant.

— Sur mon amitié avec Holmes.

Il hocha la tête.

— À présent, nous nous comprenons.

— Alors, qu'est-ce que la Maison de Soie ? Où la trouverai-je ?

— Je ne peux pas vous le dire. J'aimerais mais je crains que Holmes ne doive la trouver par lui-même. Pourquoi ? D'abord parce que je sais qu'il en est capable et qu'il m'intéressera d'observer comment il s'y prend, de le voir à l'œuvre. Mieux je le connais, et moins il devient formidable. Mais il y a aussi une question de principe plus importante qui est en jeu. J'ai admis devant vous que j'étais un criminel, mais qu'est-ce que cela signifie exactement ? Simplement qu'il y a certaines règles qui régissent la société mais que je trouve gênantes et que, par conséquent, je choisis d'ignorer. J'ai rencontré des banquiers et des avocats parfaitement respectables qui auraient pu affirmer la même chose. C'est une question de degré. Mais je ne suis pas un animal, docteur Watson, je n'assassine pas des enfants. Je me considère comme un homme civilisé et il existe d'autres règles qui, à mes yeux, sont inviolables.

» Aussi, que fait un homme comme moi quand il tombe sur un groupe de gens dont le comportement – le comportement criminel – est, à son avis, au-delà de l'admissible ? Je pourrais vous dire qui ils sont et où les trouver. J'aurais pu déjà prévenir la police. Hélas ! une telle action pourrait causer un dommage considérable à ma réputation parmi les petites gens que j'emploie et qui ont des principes moins élevés que les miens. Il existe un code criminel que beaucoup de criminels de ma connaissance prennent très au sérieux. En fait, j'ai tendance à être d'accord avec eux. Quel droit ai-je de juger mes compagnons de crime ? Je ne m'attendrais certainement pas à ce qu'ils me jugent.

— Vous avez envoyé un indice à Holmes.

— J'ai agi sur une impulsion, ce qui est très inhabituel chez moi et qui montre à quel point j'étais ennuyé. Même ainsi, il s'agissait d'un compromis, le moins que je pouvais faire vu les circonstances. Si cela l'amenait à agir, je pourrais me consoler en pensant que je n'avais pas fait grand-chose et que je n'étais pas réellement à blâmer. Si, d'un autre côté, il choisissait de ne rien faire, mon acte n'aurait causé aucun dommage et j'aurais la conscience tranquille. Cela dit, vous ne savez pas à quel point j'ai été désolé quand il a opté pour le second type d'action – d'inaction, devrais-je dire. J'ai la très sincère conviction que le monde serait meilleur sans la Maison de Soie. Et j'espère toujours qu'elle viendra à disparaître. C'est pourquoi je vous ai invité ce soir.

— Si vous ne pouvez pas me fournir d'informations, que pouvez-vous me donner ?

— Je peux vous donner ceci.

Il fit glisser quelque chose sur la table dans ma direction. Je regardai et vis une petite clef en métal.

— Qu'est-ce que c'est ? demandai-je.

— La clef de sa cellule.

— Quoi ?

Je me mis à rire presque à haute voix.

— Vous vous attendez à ce que Holmes s'échappe ? C'est ça, votre plan magistral ? Vous voulez que je l'aide à s'enfuir de Holloway ?

— Je ne vois pas pourquoi vous trouvez cette idée tellement amusante, docteur Watson. Laissez-moi vous le garantir, il n'y a pas d'alternative.

— Il reste la comparution devant le coroner. La vérité se fera jour.

Son visage s'assombrit.

— Vous n'avez toujours pas idée de qui sont les gens que vous affrontez, et je commence à me demander si je ne suis pas en train de perdre mon temps. Laissez-moi vous exposer les choses clairement : Sherlock Holmes ne sortira pas de la prison vivant. Le passage devant le coroner est prévu pour jeudi prochain, mais Holmes ne s'y présentera pas. Ses ennemis ne le permettront pas. Ils ont prévu de le tuer tant qu'il se trouve dans sa cellule.

Je fus horrifié.

— Comment ?

— Je ne peux vous le dire. Le poison ou la strangulation seraient les deux méthodes les plus commodes mais il y a des centaines d'accidents qu'on peut arranger. Sans aucun doute, ils imagineront un moyen pour que sa mort paraisse naturelle. Croyez-moi, l'ordre a déjà été donné. Le compte à rebours est lancé.

Je pris la clef.

— Comment l'avez-vous obtenue ?

— C'est sans importance.

— Alors dites-moi comment arriver jusqu'à lui. Ils ne me laisseront pas le voir.

— C'est à vous de vous arranger. Il n'y a rien d'autre que je puisse faire sans révéler le rôle que je joue dans cette histoire. L'inspecteur Lestrade est de votre côté. Parlez-lui.

Il se leva tout à coup, en repoussant sa chaise loin de la table.

— Il n'y a rien d'autre à dire, je pense. Plus tôt vous rentrerez à Baker Street et plus tôt vous pourrez commencer à réfléchir à ce qu'il convient de faire.

Il se détendit un petit peu.

— J'ajouterai seulement ceci : vous n'avez pas idée du plaisir que j'ai eu à faire votre connaissance. Vraiment, j'envie Holmes d'avoir un biographe aussi dévoué que vous auprès de lui. J'ai moi aussi certaines histoires d'un intérêt considérable à partager avec le public et je me demande si, un jour, je ne pourrais pas faire appel à vos services. Non ? C'était juste manière de parler. Mais, cette rencontre mise à part, je pense qu'il est toujours possible que je devienne un des personnages de vos récits un prochain jour. J'espère que vous me rendrez justice.

Ce furent les derniers mots qu'il me dit. Peut-être avait-il donné un signal grâce à un mécanisme car, à ce moment-là, la porte s'ouvrit et Underwood apparut. Je finis mon verre car j'avais besoin du vin pour me requinquer en vue du trajet. Puis, en prenant la clef, je me levai.

— Merci, dis-je.

Il ne répondit pas. Sur le seuil, je jetai un coup d'œil en arrière. Mon hôte s'était rassis tout seul au bout de cette immense table, et piochait dans son assiette à la lueur des chandelles. Puis la porte se referma. Sauf très furtivement, un an plus tard, à la gare Victoria, je ne l'ai jamais revu.

XV

La prison de Holloway

Mon retour à Londres fut, sous bien des aspects, une épreuve encore plus pénible que l'aller. J'avais été prisonnier, aux mains de gens dont l'intention était peut-être de me faire du mal, et transporté vers une destination que j'ignorais au terme d'un voyage qui aurait pu durer la moitié de la nuit. À présent, je savais que je rentrais à Londres et que j'avais seulement quelques heures à souffrir, mais il me fut impossible de trouver la moindre tranquillité d'esprit. Holmes allait être assassiné. Ces forces mystérieuses qui avaient comploté pour le faire arrêter n'étaient pas encore satisfaites et seule sa mort leur suffirait. Je serrais si fort la clef qui m'avait été donnée qu'on aurait pu en faire un double à partir de l'empreinte qu'elle creusait dans ma chair.

Mon unique pensée était d'aller à Holloway, de prévenir Holmes de ce qui était en train de se tramer et de l'aider à sortir sur-le-champ de ces lieux. Seulement, comment le rejoindre ? L'inspecteur Harriman avait clairement annoncé qu'il ferait tout en son pouvoir pour me tenir à l'écart. D'un autre côté, Mycroft m'avait autorisé à m'adresser à lui de nouveau si la situation devenait très urgente, ce qui était assurément le cas désormais. Mais jusqu'où son influence portait-elle ? Et, le temps qu'il me fasse accéder à la prison, ne serait-il pas trop tard ?

Entre ces pensées qui faisaient rage dans mon cerveau, Underwood qui me regardait par en dessous depuis la banquette d'en face sans rien dire et l'obscurité de l'autre côté de la vitre gelée, le voyage me parut durer une éternité. Il était particulièrement vexant de penser que, si Holmes s'était trouvé à ma place, il aurait sûrement noté les divers détails de notre trajet – le tintement d'une cloche, le bruit d'un sifflet à vapeur, l'odeur d'une eau stagnante, les changements de surface sous les roues et, même, la direction du vent frappant contre les vitres – qui lui auraient permis d'en tracer un plan détaillé dès qu'il aurait été achevé. Simplement, je n'étais pas de taille à rivaliser, et je pus seulement attendre que les lueurs des lampadaires à gaz m'assurent que nous étions de retour en ville. Une demi-heure plus tard, peut-être, le ralentissement de l'allure des chevaux, puis l'arrêt progressif et saccadé de la voiture m'indiquèrent que nous touchions au terme du voyage. Underwood ouvrit la porte et, assurément, de l'autre côté de la rue, se trouvait mon logis familier.

— Vous voici de retour sain et sauf, docteur Watson, dit-il. Je m'excuse à nouveau pour le dérangement.

— Je ne vous oublierai pas facilement, Mr. Underwood, répondis-je.

Il fronça les sourcils.

— Mon maître vous a dit mon nom. C'est très curieux.

— Peut-être avez-vous envie de me dire le sien ?

— Oh, non ! monsieur. Je l'admets, je ne suis qu'un élément négligeable. Ma vie a peu de sens comparée à sa grandeur. Toutefois j'y suis attaché et j'aimerais qu'elle se poursuive encore pendant quelque temps. Je vous souhaite une bonne nuit.

Je descendis. Il fit signe au cocher. Je regardai la voiture s'éloigner en grinçant puis je me précipitai pour rentrer.

Mais il ne devait pas y avoir de repos pour moi cette nuit-là. J'avais commencé à élaborer un plan grâce auquel la clef pourrait être remise de façon sûre à Holmes en même temps qu'un message l'avertissant du danger qu'il courait, et ce même si, comme je le craignais, on ne me permettait pas de lui rendre visite. J'avais déjà décidé qu'une lettre directe ne ferait pas l'affaire. Nos ennemis nous entouraient de partout et il y avait tous les risques qu'ils l'interceptent. S'ils découvraient que j'étais informé de leurs intentions, cela pouvait les inciter à frapper encore plus tôt. Je pouvais toujours lui envoyer un message – mais il y avait besoin d'un code. La question était : comment lui faire savoir qu'il fallait le déchiffrer ? Et il y avait aussi la clef. Comment m'y prendre pour qu'elle parvienne entre ses mains ?

En laissant mon regard vagabonder au hasard du salon autour de moi, je tombai sur la réponse : le livre dont Holmes et moi avions discuté quelques jours plus tôt, *Le Martyre de l'homme*, par Winwood Reade. Quoi de plus naturel que d'envoyer à mon ami quelque chose à lire le temps qu'il était enfermé ? Quoi de plus innocent en apparence ?

Le volume était relié en cuir et assez épais. En l'examinant, je découvris qu'il serait possible de glisser la clef entre le dos et le bord des pages, du côté de la reliure. Je le fis puis, à l'aide d'une chandelle, je versai avec soin de la cire fondue dans les deux bouts, de façon à les coller. Le livre continuait de s'ouvrir normalement et rien ne pouvait faire penser qu'on l'avait trafiqué. Prenant ma plume, j'inscrivis ensuite un nom, Sherlock Holmes, sur la page de garde, et, en dessous, une adresse, 122B Baker Street. Pour un observateur ordinaire, il n'apparaîtrait rien de suspect. Seulement Holmes reconnaîtrait tout de suite mon écriture et verrait que le numéro de notre maison était inversé. J'allai ensuite à la page 122 et, avec un crayon à papier, je fis un petit point presque invisible à l'œil nu sous certaines lettres du texte de façon à ce qu'on puisse en tirer ce message :

VOUS ÊTES EN GRAND DANGER.
ILS VEULENT VOUS TUER.
UTILISEZ LA CLEF DE LA CELLULE.
J'ATTENDS. J. W.

Satisfait de mon travail, j'allai finalement au lit et je sombrai dans un sommeil troué d'images de cette fille, Sally, allongée dans la rue avec du sang tout autour, d'une longueur de ruban blanc noué autour du poignet du garçon mort et de cet homme au large front bombé en train de me menacer par-dessus la table de réfectoire.

Je m'éveillai tôt le lendemain matin et envoyai aussitôt un message à Lestrade pour le presser à nouveau de m'aider à obtenir une visite à Holloway, peu importait ce que l'inspecteur Harriman pourrait dire. À ma surprise, je reçus une réponse m'informant que je serais admis dans la prison à trois heures ce même après-midi, que Harriman avait terminé son enquête préliminaire et que le passage devant le coroner était bien fixé à jeudi, dans deux jours. À première lecture, cela sembla une bonne nouvelle, mais j'y vis ensuite une explication plus sinistre. Si Harriman faisait partie du complot, comme Holmes le croyait et comme tout dans ses façons de faire et même dans son allure le suggérait, il pouvait s'être retiré du jeu pour une raison bien différente. Mon hôte de la veille avait insisté sur le fait qu'on ne permettrait jamais à Holmes de passer en jugement. Supposons que les assassins étaient prêts à frapper. Se pouvait-il que Harriman sache qu'il était déjà trop tard pour Holmes ?

J'eus toutes les peines du monde à me contenir tandis que la matinée passait et je me mis en route bien avant l'heure, ce qui me fit arriver dans Camden Road alors que la demie n'avait pas encore sonné. Le cocher me déposa devant le portail extérieur et, en dépit de mes protestations, s'en alla en toute hâte, m'abandonnant dans le froid et la brume. L'un dans l'autre, je ne pouvais lui en vouloir. Ce n'était pas le genre d'endroit qu'un bon chrétien aurait choisi pour traîner.

La prison était d'allure gothique. De prime abord, elle ressemblait à un château immense et menaçant, peut-être quelque chose tiré d'un conte de fées qu'on aurait écrit pour un enfant méchant. Construite en pierre calcaire du Kent, elle consistait en une série de tourelles et de cheminées, de mâts de drapeaux et de murs crénelés, avec une tour unique qui surplombait l'ensemble et paraissait presque se perdre dans les nuages. Une allée au sol irrégulier et boueux menait à l'entrée principale, conçue, à dessein, pour être aussi peu accueillante que possible, avec une porte en bois massive et des herses en fer. Quelques arbres nus et blanchis de givre la longeaient de chaque côté. Un mur de briques de près de cinq mètres de haut entourait le complexe tout entier mais, par-dessus, je pus distinguer une des ailes avec deux rangées de petites fenêtres munies de barreaux dont l'uniformité rigide illustrait à sa façon le vide et la misère de la vie à l'intérieur. La prison avait été construite au pied d'une colline et, en regardant au-delà, on pouvait apercevoir les charmantes prairies et les pentes qui montent jusqu'à Highgate. Mais c'était là un autre monde, comme si on avait fait descendre le mauvais décor sur la scène. La prison de Holloway se dressait au milieu d'un ancien cimetière, et des relents de mort et de pourrissement continuaient de coller à l'endroit, faisant des damnés de ceux qui étaient à l'intérieur, prévenant ceux du dehors de rester au loin.

J'eus toutes les peines du monde à supporter les trente minutes que je passai à attendre dans cet endroit lugubre avec mon haleine qui se changeait en vapeur et le froid qui m'envahissait par les pieds. À la fin, je m'approchai, serrant le livre avec la clef cachée dans son dos, et, juste comme j'entrais dans la prison, il me vint à l'esprit que, si j'étais découvert, cet horrible endroit deviendrait ma demeure. Je pense que je puis dire à juste titre que j'ai enfreint la loi à trois reprises en compagnie de Sherlock Holmes, toujours pour les meilleures des raisons, mais cette fois-là fut le sommet de ma carrière criminelle. Étrangement, je n'étais pas le moins du monde nerveux. Il ne me semblait pas que quelque chose pourrait mal tourner. Toutes mes pensées étaient concentrées sur la situation désespérée de mon ami.

Je frappai à une porte qui se tenait discrètement près du portail extérieur. Elle fut ouverte presque aussitôt par un policier étonnamment civil voire jovial. Il était vêtu d'une tunique et d'un pantalon bleus et portait un gros trousseau de clefs qui pendait à sa large ceinture en cuir.

— Entrez, monsieur, entrez ! Il fait meilleur dedans que dehors, et ce n'est pas souvent qu'on peut prétendre ça à juste titre.

Je l'observai refermer la porte derrière nous puis je le suivis jusqu'à un second portail plus petit mais pas moins sûr que le premier. J'avais déjà remarqué qu'un étrange silence régnait dans la prison. Un corbeau noir et pelé était perché sur une branche. Il n'y avait aucun autre signe de vie. Le jour baissait rapidement mais aucune lampe n'était encore allumée. J'eus l'impression d'ombres au sein d'autres ombres, d'un monde presque totalement sans couleurs.

Nous avions pénétré dans un couloir avec une porte ouverte sur un côté et ce fut par là que je fus emmené jusqu'à une petite pièce avec un bureau, deux chaises et une seule petite fenêtre donnant directement sur un mur de briques. Contre une des cloisons se trouvait un placard avec peut-être cinquante clefs pendues à des crochets. Une grosse pendule me faisait face et je remarquai que la grande aiguille se déplaçait avec lourdeur, en marquant une pause entre chaque mouvement, comme pour accentuer la lenteur du temps pour tous ceux qui étaient passés par là. Un homme était assis juste en dessous. Il était vêtu comme le policier qui m'avait accueilli mais son uniforme portait quelques galons en or, sur la casquette et les épaules, ce qui indiquait son rang élevé. Il était âgé et il avait des cheveux gris coupés court et des yeux couleur d'acier. En me voyant, il se leva et vint à ma rencontre.

— Docteur Watson ?

— Oui.

— Je m'appelle Hawkins. Je suis gardien chef. Vous êtes venu voir Mr. Sherlock Holmes.

— Oui.

Je murmurai ce mot avec un soudain sentiment d'inquiétude.

— Je suis désolé de devoir vous apprendre qu'il est tombé malade ce matin. Je vous assure que nous avons fait tout ce qui nous était possible pour le loger d'une façon digne d'un homme de sa réputation et ce, en dépit du crime grave dont il est accusé. Il a été tenu à l'écart des autres prisonniers. Je lui ai personnellement rendu visite plusieurs fois et j'ai eu le plaisir de converser avec lui. Sa maladie est survenue brutalement et on lui a immédiatement administré un traitement.

— Qu'est-ce qui ne va pas ?

— Nous n'en avons pas idée. Il a pris son déjeuner vers onze heures et a sonné pour appeler à l'aide juste après. Mes agents l'ont trouvé plié en deux sur le sol de sa cellule en train de souffrir de façon évidente.

Je sentis un frisson glacial jusqu'au plus profond de mon cœur. C'était exactement ce que je redoutais.

— Où est-il à présent ?

— Il se trouve à l'infirmerie. Notre agent de santé, le docteur Trevelyan, dispose d'un certain nombre de chambres privées qu'il réserve aux cas désespérés. Après avoir examiné Holmes, il a insisté pour le faire transporter là.

— Je dois le voir sur-le-champ, dis-je. Je suis médecin moi-même…

— Bien sûr, docteur Watson. J'ai attendu afin de vous y conduire tout de suite.

Mais avant que nous ayons pu partir, il y eut un mouvement derrière nous. Un homme que je ne connaissais que trop bien apparut, barrant le passage. Si l'inspecteur Harriman avait été informé de la nouvelle, elle ne semblait pas le surprendre. En fait, son attitude était tout à fait languissante, appuyé qu'il était au montant de la porte, son attention à demi fixée sur l'anneau d'or qu'il portait au médius. Il était vêtu de noir, comme toujours, et tenait une canne noire.

— Alors, qu'est-ce que tout ça, Hawkins ? demanda-t-il. Sherlock Holmes, malade ?

— Gravement malade, déclara Hawkins.

— Je suis bouleversé de l'apprendre, dit Harriman en se redressant. Vous êtes sûr qu'il ne vous roule pas ? Quand je l'ai vu ce matin, il était en parfaite santé.

— Mon agent de santé et moi-même l'avons examiné tous les deux et je peux vous assurer, monsieur, qu'il est sérieusement atteint. Nous allions justement le voir.

— Alors je vais vous accompagner…

— Je proteste…

— … Mr. Holmes est mon prisonnier et l'objet de mon enquête. Vous pouvez protester autant que vous voulez, je ferai à mon idée.

Il sourit avec malveillance. Hawkins me regarda et je vis que, bien qu'il fût un homme respectable, il n'osait pas discuter. Nous nous dirigeâmes tous trois vers les profondeurs de la prison. Mon état d'esprit était tel que je me rappelle peu de détails. J'eus une impression globale de lourdes dalles, de grilles qui craquaient puis claquaient quand on les ouvrait et qu'on les refermait derrière nous, de fenêtres barraudées trop petites et trop hautes pour fournir une vue, et de portes… Des portes si nombreuses, l'une après l'autre, toutes identiques, toutes fermées pour sceller hermétiquement une petite facette de la misère humaine. Il faisait étonnamment bon dans la prison, et l'odeur était étrange, un mélange de gruau d'avoine, de vieux vêtements et de savon. Nous vîmes quelques gardiens en faction aux intersections des couloirs mais pas de prisonniers, exception faite de deux hommes très vieux que nous croisâmes en train de se battre avec un panier de linge sale.

— Certains sont dans la cour de promenade, dit Hawkins en réponse à une question que je n'avais pas posée. D'autres travaillent à la roue à cheville ou sont dans un atelier d'étoupe. Les journées, ici, commencent et finissent tôt.

— Si Holmes a été empoisonné, il doit être immédiatement envoyé dans un hôpital.

— Poison, dit Harriman qui avait surpris mes propos. Qui a parlé de poison ?

— Le docteur Trevelyan soupçonne en effet un grave empoisonnement alimentaire, répondit Hawkins. Mais c'est un excellent homme. Il aura fait tout ce qui est en son pouvoir.

Nous avions atteint l'extrémité du bloc central à partir duquel les quatre ailes principales s'étendaient comme les ailes d'un moulin. Nous nous trouvions dans ce qui devait être une zone de repos, pavée en pierres du Yorkshire, avec un plafond très haut et un escalier métallique à vis menant à une galerie qui faisait tout le tour de la pièce, en hauteur. Un filet était tendu au-dessus de nos têtes de façon à ce qu'on ne puisse rien jeter sur nous. Quelques hommes en vêtements gris de l'armée triaient une pile d'habits d'enfants qui s'entassaient sur une table face à eux.

— Pour les enfants de l'hôpital St Emmanuel, dit Hawkins. Nous les faisons ici.

Nous passâmes sous un porche et montâmes un escalier tapissé. Je n'avais plus notion d'où nous étions et je n'aurais jamais pu retrouver mon chemin pour sortir. Je pensais à la clef que j'apportais cachée dans le livre. Même si j'avais pu la lui remettre, quel bénéfice Holmes en aurait-il tiré ? Il aurait eu besoin d'une douzaine de clefs et d'un plan détaillé pour sortir de cet endroit.

Il y avait une paire de portes vitrées devant nous. Une fois encore, il fallut les déverrouiller mais elles s'ouvrirent sur une pièce très nue et très propre, sans fenêtres mais avec de hauts lustres et des chandelles déjà allumées sur les deux tables centrales car il faisait presque sombre. Il y avait huit lits qui se faisaient face en deux rangées de quatre, les couvertures étaient à carreaux bleus et blancs, les taies d'oreiller en calicot rayé. La salle me rappela aussitôt mon vieil hôpital militaire où j'avais souvent veillé des hommes qui étaient en train de mourir avec la même discipline et la même absence de plaintes que ce qu'on avait attendu d'eux sur le champ de bataille. Deux des lits seulement étaient occupés. L'un abritait un homme ratatiné et chauve dont les yeux, je pus le voir, étaient déjà fixés sur l'autre monde. Une forme se recroquevillait et tremblait dans l'autre. Mais elle était trop petite pour qu'il s'agisse de Holmes.

Un homme vêtu d'une redingote usée et rapiécée se leva en abandonnant son travail et vint vers nous pour nous accueillir. Au premier regard, je crus le reconnaître de la même façon que – je m'en souviens à présent – son nom me semblait familier. Il était pâle et émacié, avec des moustaches couleur de sable qui mouraient sur ses joues, et de grosses lunettes. J'aurais dit qu'il était dans la petite quarantaine mais les aléas de l'existence pesaient déjà sur lui et lui donnaient un air sévère et nerveux qui le faisait paraître plus âgé. Ses mains fines et blanches étaient croisées sur ses poignets. Il venait d'écrire et le stylographe avait fui. Il y avait des taches d'encre sur l'index et le pouce.

— Mr. Hawkins, dit-il à l'adresse du gardien chef, je n'ai rien de plus à rapporter sinon que je crains le pire.

— Voici le docteur John Watson, dit Hawkins.

— Docteur Trevelyan.

Nous nous serrâmes la main.

— C'est un plaisir de faire votre connaissance, dit-il, bien que j'eusse préféré une occasion plus heureuse.

J'étais certain de connaître cet homme. Mais sa façon de parler et la fermeté de sa poignée de main indiquèrent très clairement que, même si ce n'était pas la première fois que nous nous rencontrions, c'était l'impression qu'il tenait à donner.

— Est-ce un empoisonnement alimentaire ? demanda Harriman.

274

Il ne s'était pas soucié de se présenter.

— J'affirme de façon positive qu'un poison d'une sorte ou d'une autre est responsable, répondit le docteur Trevelyan. Quant à la manière dont il a été administré, ce n'est pas à moi de le dire.

— Administré ?

— Tous les prisonniers de cette aile reçoivent la même nourriture. Il n'y a que lui qui est tombé malade.

— Suggérez-vous un acte malveillant ?

— J'ai dit ce que j'ai dit, monsieur.

— Eh bien, je n'en crois pas un mot. Je peux vous assurer, docteur, que je m'attendais à quelque chose dans ce genre. Où est Mr. Holmes ?

Trevelyan hésita. Le gardien s'avança.

— C'est l'inspecteur Harriman, docteur Trevelyan. Il est responsable de votre patient.

— C'est moi qui suis responsable de mes patients tant qu'ils sont à l'infirmerie, répliqua le docteur. Mais il n'y aucune raison de vous empêcher de le voir. Simplement, je vous demande de ne pas le déranger. Je lui ai donné un sédatif et il se peut qu'il se soit endormi. Il est dans une pièce voisine. J'ai jugé préférable de le garder à part des autres prisonniers.

— Alors, ne perdons pas plus de temps !

— Rivers ! appela Trevelyan en s'adressant à un grand gars aux épaules tombantes que je n'avais pas vu, occupé qu'il était à balayer le sol dans un coin.

Il portait un uniforme d'infirmier et non celui des prisonniers.

— Les clefs !…

— Oui, docteur Trevelyan.

275

Rivers se traîna d'un pas lourd jusqu'au bureau, y prit un trousseau de clefs et se dirigea vers une porte voûtée qui se trouvait de l'autre côté de la pièce. Visiblement il était boiteux et traînait la jambe derrière lui. Il avait l'air renfrogné et revêche et des cheveux roux désordonnés lui tombaient sur les épaules. Il s'arrêta devant la porte et, en prenant tout son temps, introduisit une clef dans la serrure.

— Rivers est mon aide-soignant, expliqua Trevelyan à voix basse. C'est un garçon bien brave mais simple d'esprit. Il se charge de l'infirmerie la nuit.

— A-t-il communiqué avec Holmes ? demanda Harriman.

— Rivers communique rarement avec quiconque, Mr. Harriman. Holmes lui-même n'a pas prononcé un mot depuis qu'on l'a amené ici.

Enfin Rivers tourna la clef. J'entendis tomber la gorge quand la serrure fonctionna. Il y avait aussi deux verrous à l'extérieur qui durent être tirés avant que la porte puisse s'ouvrir en révélant une petite pièce presque monastique avec des murs nus, une petite fenêtre carrée, un lit et un cabinet d'aisances.

Le lit était vide.

Harriman plongea à l'intérieur. Il arracha les couvertures. Il s'agenouilla et regarda sous le lit. Il n'y avait aucun endroit où se cacher. Les barreaux de la fenêtre étaient toujours à leur place.

— Est-ce que c'est une blague ? rugit-il. Où est-il ? Qu'en avez-vous fait ?

J'entrai à mon tour et regardai. Il n'y avait pas moyen d'en douter, la cellule était vide.

Sherlock Holmes avait disparu.

XVI

La disparition

Harriman se remit sur ses pieds et faillit se jeter sur le docteur Trevelyan. Pour une fois, son sang-froid soigneusement affecté l'avait déserté.

— À quoi joue-t-on ici ? Que pensez-vous que vous faites ?

— Je n'ai pas idée…, commença le malheureux docteur.

— Je vous demande de montrer un peu de retenue, inspecteur Harriman.

Le gardien chef s'interposa entre les deux hommes en prenant les choses en main.

— Mr. Holmes était dans cette pièce ?

— Oui, monsieur, répondit Trevelyan.

— Et elle était fermée et verrouillée de l'extérieur, comme je viens juste de l'observer ?

— Effectivement, monsieur. C'est le règlement de la prison.

— Qui a été le dernier à le voir ?

— Cela aura été Rivers. Il lui a porté un pot d'eau, à ma demande.

— Je la lui ai portée mais il l'a pas bue, grommela

l'aide-soignant. Il a rien dit, non plus. Il était juste allongé là.

— Endormi ?

Harriman s'approcha du docteur Trevelyan jusqu'à ne plus être qu'à quelques centimètres.

— Allez-vous me dire qu'il était malade, docteur, ou était-ce peut-être, comme je l'ai cru depuis le début, qu'il faisait semblant, d'abord pour qu'on le conduise ici, ensuite pour pouvoir choisir le moment de s'en aller ?

— Concernant le premier point, il était malade à coup sûr, répondit Trevelyan. Il avait une forte fièvre, ses pupilles étaient dilatées et la sueur ruisselait sur son front. Je peux en attester car je l'ai examiné moi-même. Quant au second, il n'a pas pu s'en aller comme vous le suggérez. Regardez la porte, bonté divine ! Elle était fermée de l'extérieur. Il n'y a qu'une clef, et elle n'a jamais quitté mon bureau. Il y a les verrous qui étaient mis jusqu'à ce que Rivers les ôte, juste à l'instant. Et même si, par quelque moyen étrange et inexplicable, il avait été capable de quitter sa cellule, où pensez-vous qu'il aurait pu aller ? Pour commencer, il lui aurait fallu traverser cette salle et je suis resté à mon bureau tout l'après-midi. La porte par laquelle vous êtes entrés, messieurs, était fermée à clef. Et il doit bien y avoir douze serrures et verrous supplémentaires entre ici et le portail d'entrée. Allez-vous me dire qu'il est aussi passé à travers, comme un pur esprit ?

— Il est très vrai que sortir ainsi de Holloway n'est pas loin d'être impossible, approuva Hawkins.

— Personne ne peut partir d'ici… sauf s'il s'appelle Wood, marmonna Rivers.

Il sembla sourire en coin comme s'il s'agissait d'une bonne plaisanterie et continua.

— Il est parti pas plus tard que cet après-midi. Mais pas sur ses deux pieds, et je ne pense pas qu'il serait venu à l'esprit de personne de lui demander où il allait ni quand il allait revenir.

— Wood ? Qui est-ce, ce Wood ? demanda Harriman.

— Jonathan Wood était ici, à l'infirmerie, répondit Trevelyan. Et vous avez tort de plaisanter avec ça, Rivers. Il est mort la nuit dernière. On l'a emmené dans un cercueil il n'y a pas une heure.

— Un cercueil ? Êtes-vous en train de me dire qu'on a emporté un cercueil fermé de cette pièce ?

Je pus voir l'enquêteur reconstituer les faits, et je me rendis compte, tandis qu'il le faisait, que c'était la méthode d'évasion la plus évidente – la seule, plutôt – pour Holmes.

Il demanda à l'aide-soignant :

— Le cercueil était-il ici quand vous lui avez apporté l'eau ?

— Ça se peut bien.

— Est-ce que vous avez laissé Holmes seul, ne serait-ce qu'une seconde ?

— Non, monsieur, pas une seconde. Je ne l'ai pas lâché des yeux.

L'aide-soignant traîna un peu les pieds.

— Ben, j'ai peut-être aidé Collins quand il a eu sa crise.

— Que dites-vous, Rivers ? s'écria Trevelyan.

— J'ai ouvert la porte. Je suis entré. Il était profondément endormi sur le lit. Puis Collins a commencé à tousser. J'ai posé la jarre et je suis sorti en courant pour aller à côté de lui.

— Et ensuite ? Avez-vous revu Holmes ?

— Non, monsieur. J'ai calmé Collins. Puis je suis retourné et j'ai fermé la porte à clef.

Il y eut un long silence. Nous étions tous là, debout, à nous regarder comme si nous attendions de voir qui oserait parler le premier. Ce fut Harriman.

— Où est le cercueil ? s'exclama-t-il.

— On l'aura apporté dehors, répondit Trevelyan. Il y a un chariot qui l'aura attendu pour le transférer chez le croque-mort, dans Muswell Hill. Il n'est peut-être pas trop tard ! S'il est encore là, nous pouvons l'intercepter avant qu'on l'emporte !

Je n'oublierai jamais notre progression à travers la prison. Hawkins allait devant avec un Harriman hors de lui à ses côtés. Trevelyan et Rivers venaient ensuite. J'étais le dernier, mon livre et ma clef toujours à la main. Comme ils me semblaient ridicules alors, car même si j'avais pu les remettre à mon ami, il n'aurait jamais pu sortir de cet endroit tout seul. Ce fut seulement parce que Hawkins faisait signe aux divers gardiens que nous avons pu, nous-mêmes, atteindre la sortie. Les portes étaient déverrouillées et s'ouvraient en grand l'une après l'autre. Personne ne nous barra le passage. Nous prîmes un chemin différent de celui que j'avais emprunté pour arriver car, cette fois, nous traversâmes une buanderie avec des hommes qui suaient devant des cuves géantes, une autre pièce remplie de chaudières et de tubes métalliques convolutés qui fournissaient le chauffage à la prison, puis, finalement, une cour herbeuse plus petite, pour arriver à ce qui, assurément, était une entrée secondaire. Ce fut seulement là qu'un garde essaya de nous arrêter en nous demandant nos laissez-passer.

— Ne faites donc pas l'idiot, aboya Harriman. Ne reconnaissez-vous pas votre gardien chef ?

— Ouvrez le portail, ajouta Hawkins. Il n'y a pas un moment à perdre.

Le garde fit comme on le lui ordonnait et nous passâmes tous les cinq.

Toutefois, alors même que nous marchions, je me surpris à songer au grand nombre de circonstances étranges qui s'étaient trouvées réunies pour permettre l'évasion de mon ami. Il avait feint d'être malade et abusé un docteur expérimenté. Bon, c'était assez facile, et il m'avait fait à peu près la même chose. Mais il était parvenu à se faire conduire dans une pièce de l'infirmerie au moment même où on avait livré un cercueil. Et, par-dessus le marché, il avait pu compter sur une porte ouverte, une crise de toux et la maladresse d'un aide-soignant arriéré mentalement. Cela semblait trop beau pour être vrai. Non pas, bien sûr, que je me soucie de la manière. Si Holmes avait vraiment trouvé un moyen miraculeux pour quitter les lieux, j'en serais simplement transporté de joie. Mais, même ainsi, j'étais sûr que quelque chose clochait, que nous avions sauté à la mauvaise conclusion – et peut-être était-ce exactement ce qu'il avait voulu.

Nous nous trouvâmes dans une large avenue pleine d'ornières qui s'étendait le long de la prison avec un haut mur d'un côté et une rangée d'arbres de l'autre. Harriman poussa un cri en montrant quelque chose. Un chariot était à l'arrêt le temps que deux hommes y chargent une caisse par l'arrière. D'après sa forme et sa taille, il s'agissait à l'évidence d'un cercueil improvisé. Je dois confesser que je ressentis du soulagement en le voyant. À ce moment-là, j'aurais donné à peu près n'importe quoi pour voir Sherlock Holmes et m'assurer que sa maladie avait bien été feinte et ne résultait pas d'un empoisonnement délibéré. Mais tandis que nous nous précipitions, ma brève euphorie fut remplacée par une authentique consternation. Si Holmes était découvert et appréhendé, on le ramènerait en prison. Harriman s'assurerait qu'on ne lui offrirait pas une seconde occasion de filer et qu'il demeurerait hors de ma portée.

— Attendez ! cria-t-il.

Il rejoignit à grands pas les deux hommes qui avaient soulevé la boîte par la diagonale et la tenaient ainsi, prêts à l'installer dans le chariot.

— Reposez ce cercueil par terre. Je veux l'examiner.

Les hommes étaient des travailleurs frustes et crasseux, le père et le fils, à ce qu'il semblait. Ils se ressemblaient suffisamment pour être père et fils. Ils se regardèrent avec perplexité avant d'obéir. Le cercueil se retrouva à plat sur le sol.

— Ouvrez-le !

Cette fois, les hommes hésitèrent. Porter un cadavre était une chose, le regarder, tout à fait une autre.

— Tout va bien ! leur assura Trevelyan.

Très curieusement, ce fut à ce moment précis que je me rappelai comment je le connaissais et où je l'avais rencontré auparavant.

Son nom complet était Percy Trevelyan et il s'était présenté à notre logement de Baker Street six ou sept ans plus tôt, avec un besoin urgent des services de mon ami. Je me rappelai qu'il y avait un patient, Blessington, qui s'était comporté de façon mystérieuse et qu'on avait finalement retrouvé pendu dans sa chambre... La police avait considéré qu'il s'agissait d'un suicide, hypothèse avec laquelle Holmes n'avait pas été d'accord. Il était étrange que je ne l'aie pas reconnu tout de suite car j'avais admiré Trevelyan et étudié ses travaux sur les maladies nerveuses – il avait d'ailleurs obtenu le prix Bruce-Pinkerton, rien de moins. Mais la vie n'avait pas été douce avec lui à ce moment-là, et les choses avaient dû empirer depuis, car il avait considérablement vieilli, avec un air mêlant insatisfaction et fatigue qui avait beaucoup modifié sa physionomie. Dans mon souvenir, il ne portait pas de lunettes. Sa santé s'était visiblement altérée. Mais c'était lui, réduit au rôle de médecin de prison, un poste très au-dessous de ses capacités.

Il me vint alors à l'idée, avec un plaisir que je pris grand soin de ne pas montrer, qu'il avait dû collaborer à cette tentative d'évasion. Il avait à coup sûr une dette envers Holmes et pour quelle autre raison aurait-il fait semblant de ne pas me reconnaître ? À présent, je comprenais comment Holmes avait pu entrer dans le cercueil. Trevelyan l'avait délibérément confié à son aide-soignant. Pourquoi, sinon, aurait-il fait confiance à un homme qui n'était pas fait pour assumer pareille responsabilité ? Le cercueil avait dû être posé à proximité. Tout avait été planifié à l'avance. Dommage, seulement, que les deux ouvriers aient été aussi lents dans leur tâche. Ils auraient déjà dû être à mi-chemin de Muswell Hill. L'assistance de Trevelyan n'avait pas servi à grand-chose.

Un des ouvriers avait sorti une pince-monseigneur. Je l'observai tandis qu'il la plaçait sous le couvercle. Il appuya dessus. Le bois éclata et le couvercle s'arracha. Tous deux s'avancèrent pour l'ôter. Harriman, Hawkins, Trevelyan et moi, nous avançâmes comme un seul homme.

— C'est lui, grogna Rivers. C'est Jonathan Wood.

C'était vrai. Le corps qui était allongé là et nous fixait était celui d'un personnage gris et usé qui, assurément, n'était pas Sherlock Holmes et qui, assurément, était mort.

Trevelyan fut le premier à se ressaisir.

— Bien sûr que c'est Wood, s'écria-t-il. Je vous l'ai dit. Il est mort pendant la nuit, une infection coronarienne.

Il fit signe aux croque-morts.

— Vous pouvez refermer le cercueil et l'emporter.

— Mais où est Sherlock Holmes ? s'exclama Hawkins.

— Il n'a pas pu quitter la prison, répondit Harriman. Certes, il nous a joués, mais il doit toujours se trouver à l'intérieur, à attendre qu'une occasion de s'enfuir se présente. Nous devons donner l'alarme et fouiller les lieux des caves aux greniers.

— Mais cela prendra toute la nuit !

Le visage de Harriman était sans couleur, comme si l'air lui manquait. Il trépignait et, pour un peu, il aurait lancé des coups de pied sous l'effet de la vexation.

— Peu m'importe si cela prend une semaine ! Cet homme doit être retrouvé !

On ne le retrouva pas. Deux jours plus tard, j'étais seul dans le salon de Sherlock Holmes, en train de lire un article rendant compte des événements dont j'avais été le témoin :

> *La police demeure incapable d'expliquer la disparition du détective privé bien connu, Sherlock Holmes, qui était détenu à Holloway en relation avec le meurtre d'une jeune fille à Coppergate Square. L'inspecteur J. Harriman, en charge de l'enquête, a reproché à la direction de la prison d'avoir manqué à ses devoirs, une accusation qui a été vigoureusement démentie. Le fait est que Mr. Holmes est parvenu à s'évaporer d'une cellule fermée à clef et à franchir une douzaine de serrures d'une façon qui peut sembler un vrai défi aux lois de la nature. La police offre une récompense de cinquante livres à quiconque pourra lui apporter des informations susceptibles de mener à sa découverte et à son arrestation.*

Mrs. Hudson avait répondu à cet étrange état des choses par un remarquable degré d'indifférence. Elle avait lu, bien sûr, les comptes rendus des journaux et n'avait prononcé qu'une brève phrase quand elle m'avait servi le petit déjeuner :

— C'est un amas d'absurdités, docteur Watson !

Elle semblait offensée personnellement et, d'une certaine façon, cela me réconforte, toutes ces années après, de songer qu'elle accordait une confiance absolue à son célèbre locataire. Peut-être, aussi, le connaissait-elle mieux que quiconque et s'était-elle habituée à toutes ses diverses singularités durant la longue période où il a habité chez elle, y compris les visiteurs désespérés ou indésirables, le violon qu'il jouait tard dans la nuit, les crises occasionnelles causées par la cocaïne liquide, les longues périodes de mélancolie, les balles tirées dans le papier peint et, même, la fumée de pipe. C'est vrai, Holmes la payait royalement, mais elle s'est rarement plainte et elle est demeurée fidèle jusqu'au bout.

Même si elle traverse souvent mes pages, je n'ai jamais su grand-chose à son sujet, pas même comment elle était devenue propriétaire du 221B Baker Street. (Je crois qu'elle l'avait hérité de son mari mais je ne peux dire ce que ce dernier était devenu.) Après le départ de Holmes, elle a vécu seule. J'aimerais avoir causé un peu plus avec elle et l'avoir un peu moins considérée comme allant de soi.

En tout état de cause, je fus interrompu par l'arrivée de cette dame et, avec elle, d'un autre visiteur. J'avais bien entendu sonner à la porte ainsi qu'un bruit de pas dans l'escalier mais, préoccupé comme je l'étais, je n'avais pas fait attention à ces bruits, si bien que je n'étais pas préparé à l'arrivée du révérend Charles Fitzsimmons, le principal de l'école de garçons de Chorley Grange. Je crains bien de l'avoir accueilli en manifestant un très vif étonnement, un peu comme si nous ne nous étions jamais rencontrés auparavant. Le fait qu'il était enveloppé dans un épais manteau noir avec un chapeau et une écharpe qui lui couvrait le menton aida dans un premier temps à le faire passer pour un inconnu à mes yeux. Ses vêtements le faisaient paraître encore plus arrondi que précédemment.

— Vous me pardonnerez de vous déranger, docteur Watson, dit-il en se dépouillant de ses habits de plein air et en révélant le col romain qui aurait tout de suite fait fonctionner ma mémoire. Je n'étais pas sûr de devoir venir mais j'ai senti qu'il le fallait… Il le fallait ! Mais tout d'abord, il faut que je vous demande. Cette affaire extraordinaire à propos de Mr. Sherlock Holmes, est-ce vrai ?

— Il est vrai que Mr. Holmes est suspecté d'un crime dont il est complètement innocent, répondis-je.

— Mais j'ai lu qu'il s'est échappé, qu'il a réussi à s'évader de la réclusion que lui imposait la police.

— Oui, Mr. Fitzsimmons, il est effectivement parvenu à se soustraire à ses accusateurs d'une manière qui demeure un mystère, même pour moi.

— Savez-vous où il se trouve ?

— Je n'en ai pas idée.

— Et cet enfant, Ross ? Avez-vous de ses nouvelles ?

— Que voulez-vous dire ?

— L'avez-vous retrouvé ?

À l'évidence, Fitzsimmons avait manqué les articles rapportant la mort terrible du garçon – il était vrai, néanmoins, que, tout sensationnels qu'ils aient pu être, aucun n'avait publié le nom de Ross. Ce fut donc moi qui lui révélai la vérité.

— Trop tard, j'en ai bien peur. Nous avons retrouvé Ross mais il était mort.

— Mort ? Comment cela est-il arrivé ?

— Quelqu'un l'a battu très vilainement. Il a été abandonné mort près du fleuve, non loin du pont de Southwark.

Les yeux du directeur battirent, et il se laissa tomber lourdement dans un fauteuil.

— Seigneur Dieu ! s'exclama-t-il, qui ferait une chose pareille à un enfant ? Quelle méchanceté peut-il y avoir dans le monde ! À ce compte, ma visite ici devient inutile, docteur Watson. Je pensais pouvoir vous aider à le retrouver. J'avais trouvé un indice – c'est ma chère femme, Joanna, qui l'avait découvert. Je vous l'avais découvert dans l'espoir que vous sauriez où contacter Mr. Holmes, que vous pourriez le lui faire passer et que, malgré les événements qui l'ont affecté récemment, il pourrait…

Sa voix dérailla.

— Mais il est trop tard ! Cet enfant n'aurait jamais dû quitter Chorley Grange. Je savais qu'il n'en sortirait rien de bon.

— Quel est cet indice ? demandai-je.

— Je l'ai avec moi. C'est, comme je l'ai dit, ma femme qui l'a trouvé dans le dortoir. Elle tournait les matelas – nous le faisons une fois par mois pour les aérer et les fumigéner. Quelques-uns des garçons ont des poux… et nous sommes constamment en guerre contre ces derniers. Peu importe, le lit occupé par Ross a été pris par un autre garçon mais il y avait un cahier d'écriture caché là.

Fitzsimmons exhiba un mince cahier à la couverture grossière, fanée et froissée. Il y avait un nom écrit au crayon à papier d'une main enfantine sur la couverture.

ROSS DIXON

— Ross ne savait ni lire ni écrire quand il est venu chez nous, mais nous avions eu à cœur de lui enseigner les rudiments. Chaque enfant de l'école reçoit un crayon et un cahier. Vous verrez dans le sien qu'il avait renoncé à ses exercices. Il est plein de désordre. Ross semble avoir passé l'essentiel de son temps à gribouiller. Mais en l'examinant, nous avons découvert ceci qui nous a semblé avoir une signification.

Il avait ouvert le cahier en son milieu pour me faire voir une feuille de papier pliée proprement en deux et glissée là avec, apparemment, la nette intention de la cacher. Il la saisit, la déplia puis la posa à plat sur la table pour que je la voie. C'était une publicité, un prospectus bon marché pour une attraction dont je savais qu'il en était apparu beaucoup du même genre dans les secteurs d'Islington et de Cheapside à un certain moment mais qui, depuis, étaient devenues plus rares. Le texte était illustré avec les images d'un serpent, d'un singe et d'un tatou. Je lus :

LA MAISON DES MERVEILLES DU DOCTEUR SOUAT

Nains, jongleurs, la femme éléphant
Et le squelette vivant

Un cabinet de curiosités des quatre coins du Monde

Un penny l'entrée

Jackdaw Lane, Whitechapel

— Bien évidemment, je n'encouragerais jamais mes garçons à se rendre dans ce genre de lieux, dit le révérend Fitzsimmons. Parade de monstres, music-halls, baraques à un penny… Je suis toujours étonné qu'une grande ville comme Londres tolère de tels amusements où tout ce qui est vulgaire et antinaturel est célébré. La punition de Sodome et Gomorrhe vient aussitôt à l'esprit. Cependant, je dois vous le dire, docteur Watson, il se peut que Ross ait dissimulé cette publicité pour la simple raison qu'il savait qu'elle allait contre l'esprit de Chorley Grange. Cela peut avoir simplement constitué un acte de défi. Comme mon épouse vous l'a dit, c'était un garçon très volontaire…

— Cela peut aussi avoir un rapport avec lui, l'interrompis-je. Après qu'il vous a quitté, il a trouvé refuge chez une famille à King's Cross puis auprès de sa sœur. Mais nous n'avons pas idée d'où il vivait avant. Il se peut qu'il ait connu ces gens-là.

— Exactement ! Je suis sûr que cela mérite une enquête, et c'est bien pourquoi je vous l'ai apporté.

Fitzsimmons ramassa ses effets et se remit sur ses pieds.

— Y a-t-il une possibilité pour que vous entriez en contact avec Mr. Holmes ?

— J'ai toujours l'espoir qu'il me contactera.

— Alors peut-être pourrez-vous voir avec lui ce qu'il en pense. Merci pour votre temps, docteur Watson. Je suis très, très choqué pour ce pauvre Ross. Nous prierons pour lui dans la chapelle de l'école dimanche prochain. Non. Inutile de me raccompagner. Je retrouverai mon chemin.

Il prit son manteau, son chapeau et son écharpe, et sortit de la pièce. Je fixai la page, en laissant mon regard courir sur la typographie vulgaire et les illustrations primitives. Je crois que je lus l'annonce deux ou trois fois avant de voir ce qui aurait dû être évident depuis le début. Mais il n'y avait pas d'erreur possible. La Maison des Merveilles du Docteur Souat. Jackdaw Lane. Whitechapel.

Je venais de trouver la Maison de Soie.

XVII

Un message

Mon épouse rentra à Londres le jour suivant. Elle m'avait envoyé un télégramme depuis Camberwell pour m'annoncer son arrivée. J'allai à Holborn Viaduct attendre son train. Je puis affirmer que je n'aurais quitté Baker Street pour aucune autre raison. J'étais toujours certain que Holmes chercherait à me joindre et je redoutais qu'il ne se rende jusque chez lui, avec tous les dangers que cela impliquait, pour ne pas me trouver là. Mais je ne pouvais pas non plus laisser Mary traverser la ville sans personne pour prendre soin d'elle. Je me devais de lui expliquer ce qu'il s'était produit durant son absence et l'informer que, à mon regret, il pourrait se passer un peu de temps avant que nous ne soyons réunis de façon durable. En plus, elle m'avait manqué. J'étais impatient de la revoir.

Nous étions dans la deuxième semaine de décembre et, après le mauvais temps du début du mois, le soleil se montrait. Même s'il faisait très froid, tout était lumineux et donnait une impression de prospérité et de bonne humeur. Les trottoirs disparaissaient tant ils étaient envahis de familles qui arrivaient de la campagne ; elles amenaient des cohortes d'enfants aux yeux écarquillés qui, à eux seuls, auraient pu peupler une petite ville. Les balayeurs œuvraient à dégeler les passages et à ôter la glace. Les boutiques de traiteurs et les épiceries étaient glorieusement décorées de guir-lande. Chaque vitrine portait une publicité pour une loterie mettant une oie, un rôti de bœuf ou un pudding en jeu, et l'air était chargé de parfums de sucre brûlé et de farce à pâté. Tout en descendant du coupé et en me frayant un chemin jusqu'à la gare à travers cette foule, je réfléchissais aux circonstances qui m'avaient éloigné de cette activité, de tous ces menus plaisirs quotidiens de Londres pendant la saison des fêtes. C'était peut-être là l'inconvénient de mon association avec Sherlock Holmes. Elle me conduisait dans des lieux obscurs où, véritablement, personne ne serait allé de son plein gré.

La gare était elle aussi surpeuplée, les trains étaient à l'heure, et les quais, envahis de jeunes gens excités portant des colis, des paquets et des paniers, et trottant comme le lapin blanc d'Alice au Pays des merveilles. Le train de Mary venait d'arriver et, pendant un bref moment, je fus incapable de la repérer tandis que s'ouvraient les portières pour déverser dans la métro-pole un flot nouveau de gens. Puis je l'aperçus qui descendait de voiture. Il se produisit alors un événe-ment qui m'inquiéta. Un homme apparut et traversa le quai à grands pas, comme s'il avait l'intention de l'accoster. Je pouvais le voir seulement de dos et, à part une veste mal ajustée et des cheveux roux, j'aurais été incapable de le reconnaître si je l'avais vu une nouvelle fois. Il me sembla qu'il lui parlait puis il monta dans le train et fut aussitôt hors de vue. Mais peut-être m'étais-je trompé. Je m'approchai, elle m'aperçut et me sourit. Un instant plus tard, après que je l'eus prise dans mes bras, nous marchions côte à côte vers l'entrée où j'avais demandé au cocher de m'attendre.

Il y avait beaucoup de choses que Mary voulait me raconter sur sa visite. Mrs. Forrester avait été enchantée de la voir, toutes deux étaient devenues intimes et leur relation de gouvernante à employeur était loin derrière elles. Le garçon, Richard, était poli et sage ; une fois qu'il avait commencé de se remettre, il s'était montré charmant. C'était, de plus, un lecteur passionné de mes histoires. La maison était juste comme elle se la rappelait, confortable et accueillante. La visite dans son ensemble avait été un franc succès mis à part un mal de tête et de gorge qu'elle avait contracté au cours des derniers jours et que le voyage avait empiré. Elle semblait fatiguée et, quand j'insistai sur sa santé, elle se plaignit d'une impression de lourdeur dans les muscles des jambes et des bras.

— Mais ne vous inquiétez pas pour moi, John. Je serai de nouveau tout à fait moi-même après un peu de repos et une tasse de thé. Je veux entendre de vos nouvelles. Quelle est cette affaire extraordinaire que j'ai lue à propos de Sherlock Holmes ?

Je me demande à quel point je suis à blâmer pour ne pas avoir examiné Mary plus attentivement. Mais j'étais préoccupé et elle n'a pas pris sa maladie au sérieux. Je pensais aussi à cet homme étrange qui l'avait approchée. Il est très hautement probable que, même si j'avais su, il n'y aurait pas eu grand-chose que j'aurais pu faire. Néanmoins, j'ai toujours dû vivre en sachant que j'avais pris ses plaintes trop à la légère et que je n'avais pas été capable de reconnaître les premiers symptômes de la fièvre typhoïde qui allait me la ravir beaucoup trop tôt.

Ce fut elle qui transmit le message, juste après que la voiture partit.

— Avez-vous vu cet homme, à l'instant ? demanda-t-elle.

— Près du train ? Oui, je l'ai vu. Vous a-t-il parlé ?

— Il s'est adressé à moi en m'appelant par mon nom.

— Qu'a-t-il dit ? m'enquis-je, vivement étonné.

— Seulement : « Bonjour, Mrs. Watson. » Il était assez fruste. Un ouvrier, j'aurais dit. Il m'a donné ceci.

Elle me montra un petit sac en tissu qu'elle serrait dans la main mais qu'elle avait presque oublié dans le plaisir de nos retrouvailles et notre impatience légitime de quitter la gare. Elle me le tendit. Il y avait quelque chose de lourd dedans. Je pensai d'abord qu'il pouvait s'agir de pièces de monnaie car j'entendis un cliquetis métallique. Mais, en l'ouvrant et en en versant le contenu dans la paume de ma main, je vis qu'il s'agissait de trois robustes clous.

— Qu'est-ce que cela veut dire ? L'homme ne vous a rien dit de plus ? Pourriez-vous me le décrire ?

— Pas vraiment, mon cher. Je l'ai à peine aperçu parce que je vous regardais. Il avait des cheveux châtains, je pense. Et un visage sale et mal rasé. Cela a-t-il de l'importance ?

— Il n'a pas parlé plus ? Il a demandé de l'argent ?

— Je vous l'ai dit. Il m'a saluée en m'appelant par mon nom. Rien d'autre.

— Mais pourquoi diantre quelqu'un irait-il vous donner des clous ? Un sac de clous !

Ces trois mots ne furent pas plus tôt sortis de ma bouche que je compris l'allusion et poussai un cri de joie. Le Bag of Nails ! Bien sûr.

— Qu'y a-t-il, mon cher ?

— Je pense, Mary, que vous venez sans doute de croiser Holmes en personne.

— Il ne lui ressemblait pas du tout.

— C'est précisément ce qu'il voulait.

— Ce sac de clous a-t-il un sens pour vous ?

Il avait un sens, et comment ! Holmes voulait que je retourne dans un des deux pubs que nous avions visités alors que nous étions à la recherche de Ross. Tous les deux s'appelaient le Bag of Nails mais auquel pensait-il ? Sûrement pas au second, à Lambeth, parce que c'était là que travaillait Sally Dixon, et que la police le connaissait trop bien. Tout compte fait, le premier, dans Edge Lane, était le plus probable. Il ne voulait sûrement pas qu'on le voie, cela se devinait à la façon qu'il avait choisie pour communiquer avec moi. Il était déguisé et, si quiconque l'avait vu s'approcher de Mary ou de moi et avait ensuite voulu nous arrêter sur ce quai de gare, il n'aurait rien trouvé qu'un sac en tissu avec trois clous de charpentier et aucune indication qu'on ait transmis un message.

— Ma chère, dis-je, j'ai bien peur de devoir vous laisser seule dès que nous serons rentrés chez nous.

— Vous n'êtes pas en danger, n'est-ce pas ? John.

— J'espère que non.

Elle soupira.

— Par moments, j'ai l'impression que vous aimez Mr. Holmes plus que moi.

En voyant la tête que je fis, elle me tapota gentiment la main.

— Je plaisante, dit-elle. Et vous n'avez pas besoin de faire tout le chemin jusqu'à Kensington. Vous pouvez descendre au prochain carrefour. Le cocher portera mes bagages et je peux me raccompagner moi-même à la maison.

J'hésitai. Elle me regarda avec un sérieux accru.

— Allez le rejoindre, John. S'il a pris autant de peine pour vous adresser un message, c'est qu'il a des ennuis et qu'il a besoin de vous, comme cela a toujours été le cas. Vous ne pouvez pas refuser.

Ce fut ainsi que je la quittai, en ne prenant pas seulement ma vie en main mais en manquant la perdre puisque, alors que je descendais de voiture en plein milieu du trafic, je fus à deux doigts de me faire écraser par un omnibus dans le Strand. En réalité, je venais de penser que, si Holmes craignait d'être suivi, je pouvais l'être aussi et que, par conséquent, il était vital qu'on ne me voie pas. Je zigzaguai entre plusieurs attelages avant d'atteindre enfin le trottoir où je regardai attentivement tout autour de moi avant de repartir dans la direction d'où j'étais venu.

Je parvins dans ce quartier perdu et désolé qu'est Soreditch environ trente minutes plus tard. Je me rappelai bien le pub, un endroit décrépit qui, cependant, avait meilleure mine sous le soleil que dans le brouillard. Je traversai la rue et y entrai.

Il y avait un homme assis dans la salle du bar mais ce n'était pas Sherlock Holmes. Avec un mélange de surprise et de déception, je reconnus le dénommé Rivers, qui assistait le docteur Trevelyan à la prison de Holloway. Il ne portait plus son uniforme mais son expression vague, des yeux caves et ses cheveux roux empêchaient qu'on le confonde avec un autre. Il fixait une table où était posé un verre de bière brune.

— Mr. Rivers ! m'exclamai-je.

— Asseyez-vous près de moi, Watson. C'est vraiment bon de vous revoir.

C'était Holmes qui venait de parler – et, en une seconde, je compris comment j'avais été abusé et comment il s'était évadé de la prison sous mes propres yeux. En fait de m'asseoir, je dois confesser que je tombai presque assis sur le siège qu'il me proposait quand je vis, avec un peu de tristesse, le sourire que je connaissais si bien s'épanouir à mon intention au-dessous de la perruque et du maquillage. C'était là le côté merveilleux des déguisements de Holmes. Il n'usait pas de beaucoup de vêtements ou d'accessoires de théâtre. On aurait cru plutôt qu'il possédait le don de se métamorphoser en n'importe quel personnage qu'il voulait jouer. Puisqu'il y croyait, on y croyait aussi, jusqu'au moment où il se révélait.. C'était comme regarder un point obscur dans un paysage lointain, un rocher ou un arbre qui a la forme, disons, d'un animal. Une fois qu'on s'approche et qu'on voit ce dont il s'agit, on sait et on ne se laisse plus jamais prendre. Je m'étais assis à la table de Rivers. Et, à présent, il était évident que j'étais attablé avec Holmes.

— Dites-moi… commençai-je.

— … Chaque chose en son temps, mon ami, m'interrompit-il. D'abord, rassurez-moi : on ne vous a pas suivi jusqu'ici ?

— Je suis certain que non.

— Et pourtant, il y avait deux hommes derrière vous à Holborn Viaduct. Des policiers, d'après leur allure, et sans nul doute aux ordres de notre ami, l'inspecteur Harriman.

— Je ne les ai pas vus. Mais j'ai pris grand soin de quitter la voiture où était mon épouse à mi-chemin du Strand. Je ne l'ai pas laissée s'arrêter complètement et je me suis glissé derrière une victoria. Je puis vous assurer que, s'il y avait deux hommes après moi à la gare, ils sont actuellement à Kensington en train de se demander ce que je suis devenu.

— Mon fidèle Watson !

— Mais comment avez-vous su que mon épouse arrivait aujourd'hui ? Et comment s'est-il fait que vous ayez pu vous trouver à Holborn Viaduct ?

— C'est la simplicité même. Je vous ai suivi depuis Baker Street, j'ai deviné quel train vous alliez attendre et je me suis arrangé pour vous devancer dans la foule.

— C'était seulement la première de mes questions, Holmes, et j'insiste pour que vous me donniez des réponses satisfaisantes parce que j'ai la tête qui tourne du simple fait de vous voir assis ici. Commençons par le docteur Trevelyan. Je présume que vous l'avez reconnu et que vous l'avez persuadé de vous aider à vous échapper.

— C'est précisément le cas. Ce fut une heureuse coïncidence que notre ancien client ait trouvé un emploi à la prison, même si je me plais à penser que n'importe quel médecin aurait rallié ma cause, en particulier quand il est devenu évident qu'il y avait un plan pour m'assassiner.

— Vous le saviez ?

Holmes me regarda intensément. Je me rendis compte que, si je ne voulais pas rompre le serment que j'avais fait à mon hôte sinistre deux nuits plus tôt, je devais prétendre ne rien savoir du tout.

— Je m'y suis attendu à partir du moment où on m'a arrêté. Il me paraissait clair que les charges contre moi tomberaient dès que je parlerais et que, par conséquent, mes ennemis ne me permettraient pas de le faire. Je m'attendais à une attaque sous n'importe quelle forme et j'ai mis un soin particulier à examiner ma nourriture. Contrairement à ce qu'on croit en général, il n'existe que très peu de poisons qui n'ont pas de goût et ce n'est certainement pas le cas de l'arsenic grâce auquel ils escomptaient en finir avec moi. Je l'ai découvert dans un bol de bouillon de viande qu'on m'a apporté le second soir... Une tentative particulièrement irréfléchie, Watson, et dont je leur suis reconnaissant car elle m'a fourni l'arme dont j'avais justement besoin.

— Harriman fait-il partie du complot ? demandai-je, incapable que j'étais de dissimuler ma colère.

— Ou bien l'inspecteur Harriman a été payé grassement ou bien il est au cœur de la conspiration que vous et moi avons découverte. Je penche pour la seconde hypothèse. J'ai d'abord pensé m'adresser à Hawkins. Le gardien chef m'avait fait l'impression d'être un homme civilisé et il avait veillé à ce que mon séjour en prison ne soit pas plus inconfortable qu'il le devait. Cependant, donner l'alerte trop tôt aurait pu précipiter une nouvelle attaque, mortelle, celle-là, aussi, à la place, ai-je demandé à voir le médecin. Quand on m'a conduit à l'infirmerie, j'ai découvert que nous nous connaissions déjà avec un plaisir immense car cela allait me faciliter la tâche. Je lui ai montré un échantillon de soupe que j'avais conservé et je lui ai expliqué ce dont il s'agissait, que j'avais été arrêté faussement et que l'intention de mes ennemis était d'éviter que je quitte Holloway vivant. Le docteur Trevelyan a été horrifié. Il était enclin à me croire de toute façon, car il se sentait encore débiteur envers moi après l'affaire de Brook Street.

— Comment se fait-il qu'il se soit trouvé à Holloway ?

— Le besoin fait loi, Watson. Vous vous rappelez qu'il a perdu son emploi après la mort de son patient à demeure. Trevelyan est un homme brillant que la fortune n'a jamais favorisé. Après plusieurs mois de dérive, cet emploi à Holloway a été le seul qu'il a pu trouver. Et il l'a accepté, à contrecœur. Nous devrons essayer de l'aider un jour.

— Certes, Holmes, mais continuez…

— Sa première intention fut d'informer le gardien chef mais je le convainquis que la conspiration contre moi était trop bien organisée et mes ennemis trop puissants pour que, malgré le besoin vital qui était le mien de recouvrer la liberté, je prenne le risque d'impliquer quiconque d'autre. Il me faudrait me débrouiller avec mes seuls moyens. Nous avons discuté de ce qui pourrait se faire. Il était clair aux yeux de Trevelyan, comme aux miens, que je ne pourrais pas sortir par la force. Il n'était pas question, non plus, de creuser un tunnel ni d'escalader les murs. Il n'y avait pas moins de neuf portes ou portails munis de serrures et de verrous entre ma cellule et l'extérieur et, même avec le meilleur des déguisements, je ne pouvais pas espérer les franchir sans être inquiété. Une heure entière, nous avons discuté et, à tout moment, je craignais de voir reparaître l'inspecteur Harriman car il continuait de m'interroger pour donner du crédit à son enquête vide et frauduleuse.

» Et puis Trevelyan a mentionné Jonathan Wood, un pauvre hère qui a passé l'essentiel de sa vie en prison et qui était sur le point de l'y terminer car il était tombé gravement malade. Il n'était pas supposé passer la nuit. Trevelyan a suggéré que, quand Jonathan Wood mourrait, je pourrais être admis à l'infirmerie. Il cacherait le corps et me ferait sortir clandestinement dans le cercueil. C'était son idée mais je l'ai rejetée dès que j'y ai pensé à deux fois. Il y avait trop d'aspects peu pratiques, le moindre d'entre eux ne manquant pas d'être les soupçons qui s'éveilleraient chez mes ennemis. Ils n'auraient pas manqué, en effet, de se demander pourquoi le poison qu'ils m'avaient administré dans mon dîner ne m'avait pas achevé et auraient pu soupçonner que j'avais été plus malin qu'eux. Un cadavre quittant la prison juste à ce moment-là aurait été trop voyant. C'était exactement le genre de mouvement auquel ils s'attendaient de ma part.

» Seulement, au cours de mon passage à l'infirmerie, j'avais remarqué l'aide-soignant, Rivers, et, en particulier, la chance pour moi que représentaient son aspect, ses manières balourdes et ses cheveux roux. J'ai vu tout de suite que les divers éléments nécessaires – Harriman, le poison, le mourant – étaient en place et qu'il serait possible d'imaginer un plan différent en utilisant les uns contre les autres. J'ai expliqué à Trevelyan ce dont j'aurais besoin et, grâces lui soient rendues, il n'a pas mis mon jugement en doute mais a fait ce que je lui demandais.

» Wood est mort peu après minuit. Trevelyan est venu en personne dans ma cellule m'informer de ce qu'il venait de se passer puis il est rentré chez lui chercher les quelques accessoires que je lui avais demandés et dont j'aurais besoin. Le lendemain matin, j'ai fait savoir que mon propre mal avait empiré. Trevelyan a diagnostiqué un sévère empoisonnement alimentaire et m'a admis à l'infirmerie où Wood reposait déjà. J'étais présent quand le cercueil est arrivé et j'ai même aidé à placer le mort dedans. Rivers, en revanche, était absent. On lui avait donné sa journée et Trevelyan m'avait remis la perruque et les vêtements qui m'ont permis de me déguiser et de me faire passer pour lui.

» On a emporté le cercueil un peu avant trois heures et, enfin, tout était en place. Il vous faut comprendre la psychologie, Watson. Nous avions besoin de Harriman pour faire le travail à notre place. D'abord, nous révélions ma disparition inexplicable d'une cellule fermée à clef. Presque tout de suite après, nous l'informions qu'un homme mort et un cercueil avaient quitté les lieux peu de temps auparavant. Étant donné les circonstances, je ne doutais pas qu'il sauterait sur la mauvaise conclusion, ce qui est précisément ce qu'il a fait. Il était tellement certain que je me trouvais dans le cercueil qu'il n'a même pas jeté un second coup d'œil à l'aide-soignant peu doué qui, apparemment, était responsable de ce qu'il s'était passé. Il s'est précipité pour sortir, ce qui a eu pour effet de m'ouvrir la voie. C'est Harriman qui a donné l'ordre qu'on déverrouille les portes et qu'on les ouvre. C'est lui-même qui a mis à mal le dispositif de sécurité qui m'aurait gardé à l'intérieur.

— C'est vrai, Holmes ! m'écriai-je. Je ne vous ai pas regardé une seconde. Toute mon attention était concentrée sur le cercueil.

— Je dois vous dire que votre apparition était une éventualité avec laquelle je n'avais pas compté et j'ai craint que vous ne révéliez à tout le moins que vous connaissiez le docteur Trevelyan. Mais vous avez été magnifique, Watson ! Je dois dire que de vous avoir tous les deux, vous et le gardien chef, cela a rajouté un élément d'urgence et a rendu Harriman encore plus désireux de rattraper le cercueil avant qu'il ne soit parti.

Il y avait un tel éclat dans ses yeux que je pris ce qu'il venait de dire comme un compliment, même si je comprenais le rôle que j'avais réellement joué dans l'aventure.

— Mais qu'allez-vous faire à présent ? lui demandai-je. Vous êtes en fuite. Votre nom est discrédité. Le simple fait que vous ayez choisi de vous enfuir va simplement finir de convaincre tout le monde de votre culpabilité.

— Vous faites un tableau bien sombre de la situation, Watson. Pour ma part, je dirais qu'elle s'est incommensurablement améliorée depuis la semaine dernière.

— Où habitez-vous ?

— Je ne vous l'avais pas dit ? Je garde des chambres un peu partout dans Londres pour des situations comme celle-ci. J'en ai une dans les parages et je peux vous garantir qu'elle est bien plus plaisante que le logement que je viens de quitter.

— Même ainsi, Holmes, il semble que, sans le vouloir, vous vous soyez fait de nombreux ennemis.

— Il semble, en effet, que ce soit le cas. Nous devons nous demander ce qui unit des gens aussi disparates que lord Horace Blackwater, rejeton d'une des plus vieilles familles d'Angleterre, le docteur Thomas Ackland, bienfaiteur de l'hôpital de Westminster, et l'inspecteur Harriman, qui compte quinze ans de services impeccables dans la police métropolitaine. C'est la question que je vous ai posée dans le décor moins convivial d'Old Bailey. Qu'ont en commun ces trois-là ? Eh bien ! le fait qu'ils sont tous des hommes est un point de départ. Ils sont riches et ont beaucoup de relations. Quand mon frère Mycroft parle d'un scandale, ce sont ces sortes de personnes qui courent le risque d'en souffrir. À propos, je comprends que vous êtes retourné à Wimbledon.

Je ne pouvais absolument pas concevoir comment, ou par qui, Holmes avait pu l'apprendre, mais il n'y avait pas de temps pour ce genre de détails. Je lui répondis par l'affirmative et lui racontai brièvement les circonstances de ma visite là-bas. Il sembla beaucoup s'inquiéter des mauvaises nouvelles d'Eliza Carstairs et du déclin rapide de sa santé.

— Nous avons affaire à un esprit d'une habileté et d'une cruauté inhabituelle, Watson. Cette histoire va très loin et il est impératif que nous en finissions avec notre affaire en cours afin de pouvoir rendre visite à Edmond Carstairs de nouveau.

— Pensez-vous que les deux soient connectés ? demandai-je. Je ne parviens pas à percevoir comment les événements de Boston et même l'assassinat de Keelan O'Donaghue dans une pension de famille, ici à Londres, peuvent avoir débouché sur l'horrible affaire dont nous nous occupons actuellement.

— Mais c'est seulement parce que vous supposez que Keelan O'Donaghue est mort, répondit Holmes. N'importe, nous aurons bientôt des nouvelles à ce propos. Pendant que j'étais à Holloway, j'ai pu envoyer un câble à Boston…

— Ils vous ont permis de télégraphier ?

— Je n'ai pas eu besoin de la Poste. Le monde souterrain criminel est plus rapide, moins cher et accessible à quiconque se retrouve du mauvais côté de la loi. Il y avait un homme dans mon aile, un faussaire du nom de Jacks que j'ai rencontré dans la cour de promenade et qui a été libéré voici deux jours. Il s'est chargé de ma question en sortant, et aussitôt que j'aurai une réponse, nous retournerons, vous et moi, à Wimbledon. Entre-temps, vous n'avez pas répondu à ma question.

— Qu'est-ce qui relie les cinq hommes ? La réponse est évidente. C'est la Maison de Soie.

— Et qu'est-ce que la Maison de Soie ?

— Je n'en ai toujours pas la moindre idée. Mais je crois que je peux vous dire où la trouver.

— Watson, vous me stupéfiez !

— Vous ne le savez pas ?

— Je le sais depuis quelque temps. Néanmoins, je serais fasciné d'entendre vos propres conclusions – et comment vous y êtes arrivé.

Par chance, j'avais le prospectus sur moi. Je le dépliai et le montrai à mon ami en lui racontant mon récent entretien avec le révérend Charles Fitzsimmons.

— La maison du docteur Souat, lut-il.

Un moment, il parut perplexe puis son visage s'éclaira.

— Mais bien sûr ! C'est exactement ce que nous cherchions. Une fois encore, je dois vous féliciter, Watson. Pendant que je m'ennuyais dans ma prison, vous avez été actif.

— C'est l'adresse à laquelle vous vous attendiez ?

— Jackdaw Lane ? Pas exactement. Toutefois je suis persuadé qu'elle nous fournira toutes les réponses que nous cherchions. Quelle heure est-il ? Presque une heure ? J'imagine que nous ferions mieux d'approcher un tel endroit en profitant de l'obscurité. Serez-vous assez aimable pour me retrouver ici dans, disons, quatre heures ?

— J'en serai heureux, Holmes.

— Je savais que je pouvais compter sur vous. Et je vous suggère d'apporter votre revolver d'ordonnance, Watson. Il y a de nombreux dangers en vue, et la nuit promet d'être longue.

XVIII

La diseuse de bonne aventure

Il y a, je pense, des occasions où l'on sait qu'on touche au terme d'un long voyage. Alors, même si la destination n'est pas encore en vue, on est conscient qu'il suffira de tourner le coin de la rue, juste là-devant, pour y être. Telles étaient mes impressions quand j'approchai du Bag of Nails pour la seconde fois, un peu avant cinq heures. Le soleil était couché et une obscurité froide et impitoyable descendait sur la ville. Mary dormait quand j'étais rentré à la maison, et je ne l'avais pas dérangée mais tandis que je me tenais dans mon cabinet, en train de soupeser mon revolver et de vérifier qu'il était dûment chargé, je m'étais demandé ce qu'un observateur candide aurait pensé de la scène : un respectable médecin de Kensington occupé à s'armer et prêt à se lancer à la poursuite d'une organisation criminelle qui, pour l'instant, avait déjà commis le meurtre, la torture, l'enlèvement et le détournement de la Justice. J'avais glissé le revolver dans ma poche, pris mon manteau et étais sorti.

Holmes n'était plus déguisé, à part un chapeau et une écharpe qu'il avait relevée pour cacher le bas de son visage. Il avait commandé deux cognacs pour nous préparer à l'aigreur de la nuit. Je n'aurais pas été surpris qu'il neige car, déjà, quelques flocons flottaient dans le vent au moment de mon arrivée. Nous ne parlâmes presque pas mais je me rappelle que, quand nous avons reposé les verres, il m'a regardé. J'ai vu littéralement danser dans ses yeux cet enthousiasme et cette détermination que je connaissais si bien. Je compris qu'il était aussi impatient que moi d'en finir avec toute cette histoire.

— Alors, Watson… ?

— Oui, Holmes. Je suis prêt.

— Je suis très content de vous avoir une fois encore à mon côté.

Un fiacre nous emmena vers l'est et nous descendîmes dans Whitechapel Road pour faire à pied le reste du trajet jusqu'à Jackdaw Lane. Ces attractions foraines se rencontraient partout dans le pays durant les mois d'été mais revenaient en ville aussitôt que le temps tournait au mauvais. Elles étaient bien connues pour leurs horaires tardifs et le tapage qu'elles faisaient – je me demandai vraiment comment les habitants du quartier pouvaient supporter la Maison des Merveilles du docteur Souat, car je l'entendis très longtemps avant de la voir : le crin-crin d'un orgue de Barbarie, le battement d'un tambour et la voix d'un homme qui criait dans la nuit.

Jackdaw Lane, un passage étroit, courait entre Whitechapel Road et Commercial Road. Des immeubles, surtout des boutiques et des entrepôts, dressaient leurs trois étages de chaque côté et montraient des fenêtres trop petites pour les immenses surfaces de briques qui les entouraient. Une petite allée s'ouvrait à peu près à mi-chemin, et c'était là qu'un homme se tenait, vêtu d'une redingote, d'une cravate à l'ancienne mode et d'un haut-de-forme tellement de travers qu'on l'aurait cru ainsi perché sur le côté de sa tête parce qu'il essayait de sauter. Il avait la barbe, la moustache, le nez pointu et les yeux brillants d'un Méphistophélès de pantomime.

— Un penny l'entrée ! s'exclama-t-il. Entrez, vous ne le regretterez pas ! Vous verrez à l'intérieur quelques-unes des merveilles de la nature, depuis les Nègres jusqu'aux Esquimaux, et bien d'autres encore. Entrez, gentlemen ! La Maison des Merveilles du docteur Souat ! Elle vous abasourdira ! Elle vous étonnera ! Jamais vous n'oublierez ce que vous verrez ici ce soir.

— Êtes-vous le docteur Souat ?

— J'ai cet honneur, monsieur. Le docteur Asmodeus Souat, ancien des Indes, ancien du Congo. J'ai bourlingué partout dans le monde et le fruit de tous mes voyages, vous le trouverez ici pour la modique somme d'un seul penny.

Un Noir nain en caban et pantalon militaire se tenait près de lui. Il jouait du tambour et ajoutait un roulement sonore à chaque fois que le penny était mentionné. Nous donnâmes nos deux pièces et fûmes autorisés à passer.

Le spectacle qui nous attendait me prit quelque peu par surprise. Je suppose que, à la pleine lumière du jour, il se serait révélé dans toute sa misère clinquante mais la nuit, qu'un cercle de torches enflammées maintenait à distance, lui conférait un certain exotisme. De fait, en n'y regardant pas de trop près, on

309

pouvait croire réellement qu'on était transporté dans un autre monde, peut-être celui d'un livre de contes.

Nous nous trouvions dans une cour pavée entourée de bâtiments en si mauvais état qu'ils étaient en partie ouverts aux quatre vents. Ses planchers croulants et des escaliers branlants y pendaient précairement depuis les éléments en brique. Certaines entrées étaient dissimulées derrière des rideaux écarlates et affichaient des distractions auxquelles donnait accès le paiement d'un demi-penny ou d'un farthing supplémentaire. L'homme à deux cous. La femme la plus laide du monde. Le cochon à cinq pattes. D'autres étaient ouvertes, avec des statues en cire et des visionneuses qui offraient un coup d'œil sur des horreurs que je ne connaissais que trop bien du fait de ma collaboration avec Holmes. Le meurtre semblait en être le thème prédominant. Maria Martin était là, de même que Mary Ann Nichols, gisant au sol, la gorge tranchée et le ventre ouvert, telle qu'elle était quand on l'avait découverte pas loin de là, deux ans plus tôt. J'entendis une série de détonations. Un stand de tir avait été installé à l'intérieur d'une des bâtisses. Je pouvais voir les éclats lumineux des coups de feu et les bouteilles vertes placées à l'autre extrémité de la salle.

Ces attractions ainsi que quelques autres étaient installées sur le pourtour de la cour, mais des roulottes de bohémiens en occupaient aussi le centre. Des plates-formes bâties de l'une à l'autre offraient un espace pour un spectacle qui allait durer toute la nuit.

De vrais jumeaux asiatiques jonglaient avec une douzaine de balles : ils se les lançaient avec une telle fluidité que cela paraissait être automatique. Un Noir en pagne tenait un tisonnier qu'on avait fait rougir dans un brasero et le léchait. Une femme portant un lourd turban emplumé lisait les lignes de la main. Un vieux magicien faisait des tours de prestidigitation. Et tout autour, une foule, beaucoup plus importante que je l'aurais imaginé – il devait y avoir plus de deux cents personnes –, riait et applaudissait en se traînant paresseusement d'une attraction à l'autre tandis que l'un orgue de Barbarie n'en finissait pas de cliqueter des rengaines. Je remarquai une femme d'un gabarit monstrueux qui déambulait devant moi à côté d'une autre, tellement petite qu'on aurait pu la prendre pour un enfant si elle n'avait pas eu l'air aussi vieux.

— Et maintenant ? me demanda Holmes.

— Je n'en ai pas la moindre idée, répondis-je.

— Croyez-vous toujours que c'est la Maison de Soie ?

— Cela semble peu probable, je l'admets.

Je saisis brusquement la signification de ce que je venais d'entendre.

— Êtes-vous en train de me dire que vous pensez que ce n'est pas le cas ?

— Je le savais depuis le début. Il n'y avait aucune chance que ce soit ici.

Pour une fois, je ne parvins pas à cacher mon irritation.

— Je dois dire, Holmes, qu'il y a des moments où vous poussez ma patience à ses limites. Si vous saviez depuis le début que ce n'est pas la Maison de Soie, alors peut-être pouvez-vous m'expliquer... Pourquoi sommes-nous ici ?

— Parce que nous sommes supposés y être. Nous avons été invités.

— Le prospectus... ?

— Il fallait qu'on le découvre, Watson. Et vous étiez censé me le donner.

Je pus seulement secouer la tête en entendant sa réponse énigmatique et me dire que, après l'épreuve qu'il avait subie à Holloway, Holmes était bien redevenu tel qu'il était autrefois – cachottier, trop sûr de lui et parfaitement agaçant. Pourtant, je restai déterminé à lui prouver qu'il avait tort. À coup sûr, cela ne pouvait pas être une coïncidence, ce nom de Souat sur le prospectus, le fait qu'on en avait trouvé un exemplaire dissimulé sous le matelas de Ross. S'il fallait qu'il soit découvert, pourquoi l'avoir placé là ?

Je regardai autour de moi pour essayer de repérer quelque chose qui serait digne d'intérêt mais, dans ce tourbillon de mouvements, avec les flammes des torches qui tremblaient et dansaient, il était à peu près impossible de se concentrer sur quoi que ce soit. Les jongleurs s'échangeaient des épées qu'ils lançaient à toute allure. Il y eut une autre salve de détonations et une des bouteilles explosa, en éparpillant du verre sur l'étagère. Le magicien fit un grand mouvement et un bouquet de fleurs artificielles apparut soudain. La foule qui l'entourait applaudit.

— Bien, nous pourrions peut-être…, commençai-je.

Mais alors, à ce moment précis, je vis quelque chose, et mon souffle se bloqua dans ma gorge. Cela pouvait ne rien vouloir dire. Peut-être essayai-je de trouver du sens à un détail infime afin de justifier notre présence. C'était la diseuse de bonne aventure. Elle se tenait sur une sorte de plate-forme surélevée face à sa roulotte, assise derrière une table où s'étalaient tous les outils de sa profession : un jeu de tarot, une boule de cristal, une pyramide en argent et quelques feuilles de papier qui portaient des runes et des diagrammes bizarres. Elle regardait dans ma direction et, quand je croisai son regard, il me sembla qu'elle levait la main pour me saluer. Il y avait, nouée autour de son poignet, une longueur de ruban blanc en soie.

Ma première pensée fut de prévenir Holmes mais, aussitôt, je décidai de ne pas le faire. Je jugeai que j'avais assez été tourné en ridicule pour ce soir-là. Sans un mot d'explication, je le laissai sur place, je continuai d'avancer lentement, comme poussé par la curiosité, et je grimpai les quelques marches menant à l'estrade. C'était une grosse femme d'allure masculine avec une mâchoire forte et des yeux gris mélancoliques.

— Je voudrais qu'on me dise la bonne aventure, dis-je.

— Asseyez-vous, répliqua-t-elle.

Elle avait un accent étranger et parlait sur un ton revêche et peu chaleureux. Il y avait un tabouret dans l'espace exigu qui lui faisait face. Je m'y posai.

— Pouvez-vous voir le futur ? demandai-je.

— Cela vous coûtera un penny.

Je lui donnai l'argent. Elle prit ma main et l'ouvrit dans la sienne de telle sorte que le ruban se trouva juste sous mes yeux. Puis elle tendit un doigt pâle et commença à suivre les lignes dans ma paume comme si elle pouvait les défroisser en les touchant.

— Médecin ? demanda-t-elle.

— Oui.

— Et marié. Heureux en ménage. Pas d'enfants.

— Vous avez raison sur ces trois points.

— Vous avez connu récemment la douleur d'une séparation.

Faisait-elle allusion au séjour de mon épouse à Camberwell ou au bref emprisonnement de Holmes ? Mais comment pouvait-elle savoir pour l'un comme pour l'autre ? Je suis aujourd'hui, et je l'étais déjà à l'époque, un sceptique. Comment ne l'aurais-je pas été ? Durant mon association avec Holmes, il m'est arrivé d'enquêter sur une malédiction familiale, un rat géant et un vampire – les trois ayant trouvé une explication parfaitement rationnelle. J'attendis donc que la bohémienne me laisse deviner comment elle s'y prenait pour me tenter de me berner.

— Êtes-vous venu ici seul ?

— Non, je suis avec un ami.

— Alors j'ai un message pour vous. Vous avez sûrement vu le stand de tir, à l'intérieur du bâtiment derrière nous.

— Oui.

— Vous trouverez toutes les réponses que vous cherchez dans les pièces qui sont situées au-dessus. Mais allez-y en douceur, docteur. Le bâtiment est insalubre et le plancher en très mauvais état. Vous avez une longue ligne de vie. La voyez-vous, là ? Mais elle a des faiblesses. Ces plis… Ils ressemblent à des flèches qu'on tire sur vous, et il en reste encore beaucoup à venir. Prenez garde à ce qu'aucune d'entre elles ne vous atteigne…

— Merci !

Je retirai ma main comme si je l'arrachais à des flammes. Tout certain que j'étais que cette femme était une imposture, il y avait quelque chose dans son numéro qui m'avait irrité. Peut-être était-ce la nuit et les ombres écarlates qui se mouvaient autour de moi, ou peut-être la cacophonie permanente, la musique et la foule, qui submergeaient mes sens. J'avais brusquement l'intuition que cet endroit était maléfique et que nous n'aurions jamais dû y venir. Je descendis rejoindre Holmes et lui répétai ce qu'on venait de me révéler.

— Ainsi nous nous laissons guider par les diseuses de bonne aventure, à présent ? fut sa réponse. Eh bien ! Watson, nous n'avons visiblement pas d'autre choix. Il nous faut voir ça jusqu'au bout.

Nous fîmes notre chemin en dépassant un homme avec un singe juché sur l'épaule et un autre qui, dénudé jusqu'à la ceinture, exhibait une myriade de tatouages épouvantables et les rendait animés en contractant ses muscles. Le stand de tir était devant nous, avec un escalier biscornu qui menait au-dessus. Il y eut une rafale de tirs. Un groupe d'amateurs venait de tenter sa chance sur les bouteille mais ils avaient bu et leurs balles se perdirent dans les ténèbres sans atteindre leur but. Holmes prit les devants et nous montâmes l'escalier en posant les pieds avec précaution car les marches de bois donnaient l'impression d'être sur le point de s'effondrer à tout instant. Face à nous, un trou de forme irrégulière se dessina dans le mur – cela avait pu être une porte autrefois. Derrière, il y avait seulement de l'obscurité. Je tournai la tête et distinguai la bohémienne assise devant sa roulotte qui nous regardait d'un air méchant. Le ruban blanc continuait de pendre à son poignet. Avant d'avoir atteint le sommet de l'escalier, je sus qu'on m'avait trompé, que nous n'aurions pas dû venir là.

Nous prîmes pied à l'étage qu'on avait sûrement utilisé pour y entreposer du café car son odeur flottait encore dans l'air épais. Il était vide à présent. Les murs s'effritaient. La poussière était épaisse partout. Le plancher craquait sous nos pas. La musique de l'orgue de Barbarie semblait désormais distante et discontinue ; le murmure de la foule avait disparu lui aussi. Les torches qui brûlaient tout autour de la foire produisaient assez de lumière pour éclairer la pièce mais leur lueur était inconstante et, comme elle variait sans cesse, elle éveillait des ombres qui bougeaient autour de nous. Cependant, plus nous avançâmes et plus il fit sombre.

— Watson, murmura Holmes.

Le ton de sa voix suffit à me faire comprendre ce qu'il voulait. Je tirai mon arme et éprouvai un certain réconfort à sentir à la fois son poids dans ma main et le contact froid du métal.

— Holmes, dis-je, nous perdons notre temps. Il n'y a rien ici.

— Et pourtant, il y a eu un enfant ici avant nous, répondit-il.

Je regardai dans la direction qu'il désignait et je vis, sur le sol, dans le coin de la pièce le plus éloigné, deux jouets qu'on avait abandonnés là. Il y avait une toupie et un soldat de plomb raidi au garde-à-vous dont presque toute la peinture avait disparu. Leur vue avait quelque chose d'infiniment pathétique. Avaient-ils, un jour, appartenu à Ross ? Cet endroit lui avait-il servi de refuge avant qu'il ne soit tué ? Était-ce les seuls souvenirs d'une enfance qu'il n'avait jamais eue véritablement ? Me sentant attiré vers eux, j'y allai tout droit. Ils avaient été placés là exprès car je vis trop tard un homme surgir d'un renfoncement et je fus bien incapable d'éviter sa matraque. Elle fendit l'air dans ma direction et m'atteignit au bras, au-dessous du coude. Je sentis mes doigts s'écarter dans un éclair de douleur. Mon arme tomba au sol. Je me penchai pour la reprendre et je fus frappé une nouvelle fois. Le coup me fit m'effondrer à quatre pattes. En même temps, la voix d'un autre homme s'éleva dans les ténèbres :

— Qu'aucun de vous deux ne bouge, ou je vous abats sur place !

Holmes ignora cet ordre. Il était déjà auprès de moi, pour essayer de m'aider à me remettre sur mes pieds.

— Watson, allez-vous bien ? Je ne me le pardonnerai jamais s'ils vous ont sérieusement blessé.

— Oh, non !

Je palpai mon bras en quête d'une fracture et me rendis très vite compte que j'avais seulement reçu un sérieux coup.

— Je ne suis pas blessé !

— Lâches !

Un homme dont la chevelure s'éclaircissait, avec un nez en trompette et de lourdes épaules carrées, s'avança vers nous, ce qui permit à la lumière venant de l'extérieur d'éclairer son visage. Je reconnus Henderson, le douanier (ou prétendu tel) qui avait envoyé Holmes dans un piège à la fumerie d'opium de Creer. Il nous avait dit être dépendant à la drogue et ce devait être la seule partie vraie de son discours, car il avait encore ces yeux injectés de sang et cette pâleur maladive que je me rappelais bien. Il tenait un revolver. Son complice ramassa mon arme et s'avança un peu lui aussi, en la gardant pointée sur nous. Ce deuxième homme, je ne le connaissais pas. Il était râblé et ressemblait à un crapaud. Il avait les cheveux coupés court et les oreilles et les lèvres tuméfiées, comme un boxeur après un combat qui se serait mal passé. Sa matraque était en réalité une lourde canne qu'il avait toujours dans la main gauche.

— Bonsoir, Henderson ! lança Holmes d'une voix où ne perçait rien d'autre qu'une absolue tranquillité.

À la façon dont il parla, on aurait pu croire qu'il saluait banalement une vieille connaissance à lui.

— Vous n'êtes pas surpris de me voir, Mr. Holmes ?

— Au contraire. Je m'y attendais tout à fait.

— Et vous vous rappelez mon ami Bratby ?

Holmes hocha la tête. Il se tourna vers moi.

— Voici l'homme qui m'a tenu dans le bureau de Creer pendant qu'on me forçait à ingurgiter un opiacé, expliqua-t-il. J'espérais qu'il serait là lui aussi.

Henderson hésita puis il se mit à rire. Disparues la faiblesse et la soumission qu'il avait affectées lors de son passage chez nous !

— Je ne vous crois pas, Mr. Holmes. J'ai bien peur que vous ne vous laissiez abuser trop facilement. Vous n'avez pas trouvé ce que vous cherchiez chez Creer ? Vous ne l'avez pas trouvé ici non plus. Il me semble que vous vous dispersez comme un feu d'artifice… pour vous, toutes les directions sont bonnes !

— Quelles sont vos intentions à présent ?

— J'aurais cru qu'elles vous paraîtraient évidentes. Nous avons cru en finir avec vous à la prison de Holloway, et cela aurait mieux valu pour vous, tout compte fait, si vous y étiez resté. Cette fois-ci, nos méthodes vont être un petit peu plus directes. J'ai reçu comme instructions de vous tuer. De vous abattre comme un chien.

— Si tel est le cas, seriez-vous assez aimable pour satisfaire ma curiosité sur seulement deux points ? Est-ce vous qui avez tué la fille à Bluegate Fields ?

— De fait, c'était bien moi. Elle a été assez stupide pour retourner dans le pub où elle travaillait. L'enlever n'a pas été bien difficile.

— Et son frère ?

— Le petit Ross ? Oui, c'était nous. C'est une chose horrible que nous avons dû faire, Mr. Holmes, mais il l'avait cherché. Ce garçon avait franchi la ligne et nous devions faire un exemple.

— Merci beaucoup. C'est très exactement ce que je pensais.

Henderson rit une seconde fois mais jamais je n'avais vu une expression aussi dénuée de bonne humeur.

— Bien ! Vous êtes un client plutôt calme, n'est-ce pas, Mr. Holmes ? Je suppose que vous aviez tout prévu.

— Bien sûr !

— Et quand cette vieille chouette vous a envoyé ici en haut, vous saviez qu'elle vous attendait.

— La diseuse de bonne aventure a parlé à mon collègue, pas à moi. Je suppose que vous l'avez payée pour qu'elle fasse ce que vous lui aviez dit.

— Mettez-lui six pence dans la main et elle fera n'importe quoi.

— Je m'attendais à un nouveau piège, oui.

— Finissons-en, suggéra le dénommé Bratby.

— Pas encore, Jason. Pas tout à fait encore.

Pour une fois, je n'eus pas besoin que Holmes m'explique ce qu'ils attendaient. Je le compris trop clairement par moi-même. Pendant que nous montions l'escalier, il y avait foule autour du stand de tir tandis que les coups de feu crépitaient au-dessous de nous. Les deux assassins attendaient que les tirs recommencent. Le bruit des détonations masquerait les deux coups de feu qui seraient tirés en haut. Le meurtre est le pire crime que puisse commettre un être humain, mais ce double meurtre prémédité et exécuté de sang-froid m'apparut comme particulièrement vil.

Je tenais toujours mon bras.

Je n'avais plus aucune sensation à l'endroit où j'avais reçu le coup mais je me remis sur mes pieds, déterminé à ne pas être tué par ces individus alors que j'étais à genoux.

— Vous pourriez tout aussi bien baisser vos armes et vous rendre tout de suite, dit Holmes.

Il était parfaitement calme, et je me demandai s'il savait depuis le début que les deux hommes se trouveraient là.

— Quoi ?

— Il ne va y avoir aucun assassinat ce soir. Le stand de tir est fermé. La foire est finie. N'entendez-vous pas ?

Pour la première fois, je me rendis compte que l'orgue de Barbarie s'était tu. La foule semblait être partie. Hors de cette pièce vide et délétère, tout était silencieux.

— De quoi parlez-vous ?

— Je ne vous ai pas cru la première fois que nous nous sommes rencontrés, Henderson, mais cela m'arrangeait de donner dans votre piège, ne serait-ce

320

que pour voir ce que vous étiez en train de tramer. Seulement, pensez-vous vraiment que j'en aurais fait autant une seconde fois ?

— Déposez vos armes, cria une voix.

Dans les quelques secondes suivantes, il se produisit une telle confusion d'événements que ce fut à peine si je compris ce qu'il se passait. Henderson tourna son arme, comme s'il voulait tirer sur moi ou sur quelqu'un derrière moi. Cela, je ne le saurai jamais, car son doigt n'a jamais enfoncé la gâchette. Une fusillade éclata, les bouches de plusieurs armes lâchèrent des éclairs blancs et il fut littéralement balayé de sur ses pieds tandis qu'une fontaine de sang lui jaillissait de la tête. L'associé de Henderson, l'homme qu'il avait appelé Bratby, pivota sur lui-même. Je ne pense pas qu'il avait l'intention de tirer mais il suffisait qu'il soit armé. Une balle l'atteignit à l'épaule, une autre à la poitrine. Je l'entendis crier en même temps qu'il vacillait en arrière et que mon revolver lui sautait des mains. Il y eut le claquement de sa canne quand elle heurta le plancher. Puis elle roula. Il n'était pas mort. Ahanant, sanglotant de douleur et de panique, il s'affaissa sur le sol. Il y eut alors un bref moment de répit, un silence presque aussi choquant que la violence qui l'avait précédé.

— Vous avez beaucoup tardé, Lestrade, remarqua Holmes.

— J'étais intéressé par ce que disait ce bandit, répondit ce dernier.

En tournant la tête, je vis que l'inspecteur Lestrade était bien là. Trois agents de police pénétraient dans la pièce et inspectaient les hommes qu'ils avaient abattus.

— Vous l'avez entendu confesser les crimes ?

— Oui, Mr. Holmes.

Un de ses hommes était arrivé près de Henderson. Il l'examina brièvement et secoua la tête. J'avais vu la blessure. Je n'étais pas surprise.

— J'ai l'impression qu'il ne répondra pas de ses crimes devant la justice.

— Certains pourraient dire qu'il l'a déjà fait.

— Même ainsi, je l'aurais préféré vivant, ne serait-ce que comme témoin. Je me suis sacrément mouillé pour vous, Mr. Holmes, et ce petit travail de ce soir pourrait encore me coûter cher.

— Il ne vous coûtera rien que de nouveaux éloges, Lestrade, et vous le savez bien.

Holmes reporta son attention sur moi.

— Comment vous sentez-vous, Watson ? Êtes-vous blessé ?

— Je n'ai rien qu'une embrocation et un whisky-soda ne pourront guérir, répondis-je. Mais dites-moi, Holmes, vous saviez depuis le début qu'il s'agissait d'un piège ?

— Je le suspectais fortement. Il me semblait inconcevable qu'un enfant analphabète aille cacher un prospectus sous son matelas. Et puis, comme l'a dit feu notre ami Henderson, j'avais déjà été trompé une fois. Je commence à savoir comment s'y prennent nos ennemis.

— Ce qui veut dire...

— Ils se sont servis de vous pour me trouver. Les hommes qui vous suivaient à Holborn Viaduct n'étaient pas des policiers. Ils étaient au service de nos ennemis. Lesquels vous avaient procuré ce qui apparaissait comme un indice irrésistible en espérant que

vous sauriez où je me cachais et que vous me le trans-
mettriez.

— Mais ce nom, la Maison des Merveilles du docteur Souat… Êtes-vous en train de me dire qu'il n'a
rien à voir avec toute notre affaire ?

— Mon cher Watson, il leur suffisait de trouver un
nom approchant, ce qui n'est pas si difficile. Ils
auraient pu utiliser De Soye, qui est porté par plusieurs
artisans en ville, Soye, Soual ou Souaille. Ou encore
recourir au nom d'une boutique, le Palais de la soie,
Au fil de soie, la Route de la soie. N'importe quoi, en
vérité, qui aurait pu nous faire croire que nous nous
approchions de la Maison de Soie. Ils avaient seulement besoin de me faire sortir à découvert afin de se
débarrasser enfin de moi.

— Qu'en est-il de vous, Lestrade ? Comment vous
êtes-vous trouvé ici ?

— Mr. Holmes s'est adressé à moi et m'a demandé
de venir, docteur Watson.

— Vous croyiez en son innocence !

— Je n'en ai jamais douté, depuis le début. Et
quand j'ai examiné de plus près cette affaire de Coppergate Square, il m'est vite apparu qu'elle avait
quelque chose de tordu. L'inspecteur Harriman a
affirmé qu'il revenait d'un cambriolage de banque
mais il n'y avait pas eu de cambriolage. J'ai lu les
registres, j'ai rendu visite à la banque. Et il m'a semblé que, s'il était prêt à mentir devant la cour à ce
sujet, il était capable de mentir à propos d'un certain
nombre d'autres choses.

— Lestrade a fait un pari, intervint Holmes. Son
premier mouvement a été de me remettre aux autorités
de la prison. Mais, lui et moi, nous nous connaissons

bien quelles que soient nos différences, et nous avons collaboré trop souvent pour nous trouver fâchés à cause d'une accusation mensongère. N'est-ce pas vrai, Lestrade ?

— C'est comme vous le dites, Mr. Holmes.

— Et au fond de son cœur, il a autant envie que moi de mettre un terme à toute cette affaire et d'amener les vrais coupables devant la justice.

— Celui-ci est vivant, s'exclama un des agents de police.

Tandis que nous parlions, Holmes, Lestrade et moi, ils avaient examiné nos deux assaillants.

Holmes se déplaça jusqu'à l'endroit où Bratby gisait et s'agenouilla à côté de lui.

— M'entendez-vous, Bratby ? demanda-t-il.

Il n'y eut d'abord que du silence puis vint un gémissement, comme un enfant qui a mal.

— Il n'y a plus rien que nous puissions faire pour vous mais il vous reste le temps de vous amender, de racheter quelques-uns de vos crimes avant que vous rencontriez votre créateur.

Très faiblement, Bratby se mit à sangloter.

— Je sais tout de la Maison de Soie, poursuivit Holmes. Je sais ce que c'est. Je sais où la trouver… Réellement. J'y suis allé la nuit dernière mais je l'ai trouvée vide et silencieuse. Il y a une seule information que je n'ai pas moyen de découvrir seul et qui pourtant est vitale si nous voulons mettre fin à cette affaire une bonne fois pour toutes. Dans l'intérêt de votre propre salut, dites-le-moi. Quand a lieu la prochaine réunion ?

Il y eut un long moment de silence. Malgré moi, j'éprouvai un élan de pitié pour cet homme qui allait

324

rendre son dernier soupir, quand bien même il avait voulu me tuer – et Holmes avec moi – quelques minutes plus tôt.

— Ce soir, dit-il.

Et il mourut.

Holmes se redressa.

— Enfin, la chance est avec nous, Lestrade, dit-il. M'accompagnerez-vous encore un peu ? Et avez-vous au moins dix hommes disponibles ? Ils auront besoin d'être solides et résolus car, je vous le promets, ils n'oublieront jamais ce que nous sommes sur le point de dévoiler.

— Nous sommes avec vous, Holmes, répondit Lestrade. Finissons-en une bonne fois avec tout ça !

Holmes tenait mon arme. Je n'avais pas vu quand il l'avait ramassée mais, une fois de plus, il me la rendit en me regardant dans les yeux. Je savais ce qu'il me demandait. Je hochai la tête et nous nous mîmes en route.

XIX

La Maison de Soie

Nous retournâmes sur les hauteurs de Hamworth
Hill, à l'école de garçons de Chorley Grange. Où nos
investigations auraient-elles pu nous mener sinon
là ? C'était de là qu'était venu le prospectus. À
l'évidence, quelqu'un l'avait placé sous le matelas
de Ross dans l'intention que le directeur le trouve et
en sachant bien qu'il nous l'apporterait et que cela
nous mènerait au piège qui nous attendait à la foire
du docteur Souat. Bien sûr, il était toujours possible
que Charles Fitzsimmons ait menti tout du long et
qu'il fasse aussi partie de la conspiration. Cela,
pourtant, j'avais du mal à le croire car son sens du
devoir, sa préoccupation pour le bien-être de ses garçons, son épouse si respectable et la tristesse avec
laquelle il avait accueilli la nouvelle de la mort de
Ross me l'avaient fait apparaître comme un modèle
de droiture. Il m'était difficile d'envisager que tout
cela n'avait été qu'une mascarade, et je me sentais
certain que, s'il était mêlé à quelque chose de noir
et de mauvais, cela devait être à son insu et contre
son gré.

Lestrade avait emmené dix hommes avec lui dans quatre voitures séparées. Elles avaient roulé l'une derrière l'autre et grimpé en silence la colline qui semblait s'élever sans fin depuis la limite septentrionale de Londres. Il portait un revolver, de même que Holmes et moi, mais, pour le reste, ses hommes n'étaient pas armés. Nous étions bel et bien en train de nous préparer à une confrontation physique, mais la vitesse et la surprise devaient en constituer l'essence même. Holmes donna un signal, et les voitures s'arrêtèrent à une certaine distance de notre but qui n'était pas l'école elle-même, comme je me l'étais imaginé, mais le bâtiment carré qui se dressait de l'autre côté du chemin. Fitzsimmons avait affirmé qu'il servait pour des récitals musicaux. Sur ce point, au moins, il devait nous avoir dit la vérité : plusieurs véhicules étaient garés dans la cour, et j'entendais le son d'un piano qui provenait de l'intérieur de la bâtisse.

Nous prîmes position derrière un bouquet d'arbres où nous pouvions demeurer inaperçus. Il était huit heures et demie, et il avait commencé à neiger, de grosses plumes blanches qui tombaient du ciel nocturne. Le sol était déjà blanc. Il faisait notablement plus froid là-haut, au sommet de la colline, qu'en ville. Le coup que j'avais reçu à la foire me faisait considérablement souffrir, mon bras tout entier était gonflé et ma vieille blessure s'était réveillée à l'unisson. De plus, je craignais d'avoir un début de fièvre. Mais j'étais résolu à ne rien laisser paraître de tout ça. J'étais venu là. Je voulais rester jusqu'à la fin. Holmes attendait quelque chose et j'avais une foi absolue dans son jugement, même s'il nous fallait rester debout toute la nuit.

Lestrade dut se rendre compte de mon malaise car il me fit signe et me passa une flasque en argent. Je la portai à mes lèvres et bus une gorgée de brandy avant de la rendre au petit inspecteur. Il l'essuya sur sa manche, but à son tour et la rangea.

— Quel est le plan, Mr. Holmes ? demanda-t-il.

— Si vous voulez prendre ces gens en flagrant délit, Lestrade, il faut trouver moyen d'entrer sans donner l'alarme.

— Nous allons faire irruption dans un concert ?

— Ce n'est pas un concert.

J'entendis alors le roulement d'une autre voiture qui approchait et tournai la tête pour voir paraître un brougham tiré par deux jolies juments grises. Le conducteur les fouettait car la colline était raide, et le sol déjà traître sous les pieds, la neige et la boue faisaient patiner les roues. Je regardai Holmes. Il y avait sur son visage une expression qui différait de toutes celles que je lui avais connues. Je l'aurais décrite comme le mélange d'une sorte de froide satisfaction et de la certitude qu'il avait eu raison et que, désormais, enfin, il tenait sa vengeance. Ses yeux brillaient mais les os de sa mâchoire traçaient des lignes sombres en dessous et je me dis, quand nous échangeâmes un regard, que même l'ange de la mort n'aurait pu avoir l'air plus menaçant.

— Avez-vous vu, Watson ?

Cachés derrière les arbres, nous ne pouvions pas être aperçus mais, en même temps, nous avions une vision complète à la fois sur les bâtiments de l'école et sur le chemin, dans l'une et l'autre de ses directions. En regardant ce que désignait le doigt de Holmes, je distinguai une image peinte en doré sur le côté du brougham : un corbeau et deux clefs. C'était les armoiries familiales de lord Ravenshaw. Je me rappelai l'homme arrogant aux yeux gonflés à qui on avait volé une montre et que nous avions rencontré dans le Gloucestershire. Était-il possible qu'il soit impliqué lui aussi ? La voiture tourna dans l'allée et s'immobilisa près des autres. Lord Ravenshaw en descendit, clairement reconnaissable même à cette distance. Il était vêtu d'une cape noire et coiffé d'un haut-de-forme. Il s'avança jusqu'à la porte et frappa. Quelqu'un qui demeura invisible ouvrit mais, dans la lumière jaune, je vis que lord Ravenshaw tenait quelque chose qui pendait de sa main. Cela ressemblait à une longue bande de papier mais, bien sûr, ce n'était pas ça. Le nouvel arrivant fut admis. La porte se referma.

— C'est exactement comme je l'avais imaginé, dit Holmes. Watson, êtes-vous prêt à m'accompagner ? Je dois vous prévenir, ce que vous trouverez de l'autre côté de cette porte peut vous causer un très grand désarroi. Ce cas a été particulier et, depuis longtemps, je craignais qu'il ne puisse nous mener qu'à une seule conclusion. Il n'y a pas moyen de l'empêcher. Nous devons voir ce qui doit être vu. Votre arme est-elle chargée ? Un seul coup de feu, Lestrade. Ce sera le signal pour que vous et vos hommes entriez.

— C'est comme vous le dites, Mr. Holmes.

Nous quittâmes la protection des arbres et traversâmes le chemin. Nos pieds s'enfonçaient déjà dans deux bons centimètres de neige fraîchement tombée. La maison se dressait face à nous, ses fenêtres soigneusement occultées de rideaux qui ne laissaient passer qu'un tout petit rectangle de douce lumière. J'entendais toujours le piano jouer, mais il ne me faisait plus penser à un récital donné dans les formes – quelqu'un jouait une ballade irlandaise, le genre de musique qu'on aurait pu entendre dans un pub de bas étage. Nous dépassâmes la rangée de voitures qui attendaient leurs propriétaires et atteignîmes la porte d'entrée. Holmes frappa. Ouvrit un jeune homme que je n'avais pas rencontré lors de ma précédente visite à l'école, avec des cheveux noirs presque collés au crâne, des sourcils arqués et des manières à la fois dédaigneuses et déférentes. Il était habillé dans un style vaguement militaire, avec une veste courte, un pantalon serré à la cheville et des bottines à boutons. Il portait aussi un gilet lavande et des gants assortis.

— Oui ?

Le maître d'hôtel, si c'était bien ce qu'il était, ne nous reconnaissait pas et nous regardait avec suspicion.

— Nous sommes des amis de lord Horace Blackwater, dit Holmes.

Je fus ébahi de l'entendre prononcer le nom d'un de ses accusateurs au tribunal de police.

— Il vous a envoyés ici ?

— Il nous a très vivement recommandé cet endroit.

— Et votre nom ?

— Parsons. Voici un collègue à moi, Mr. Smith.

— Sir Horace vous a-t-il fourni un gage quelconque ou un moyen d'identification ? Ce n'est normalement pas dans nos habitudes d'admettre des étrangers en pleine nuit.

— Très certainement. Il m'a dit de vous remettre ceci.

Holmes fouilla dans sa poche et en tira une longueur de ruban de soie blanche. Il le tint en l'air un moment puis le lui donna.

L'effet fut immédiat. Le maître d'hôtel s'inclina et ouvrit la porte plus largement en faisant un grand geste de la main.

— Entrez !

Nous fûmes admis dans un hall qui me laissa pantois. Je me souvenais de la nature austère et triste de l'école, de l'autre côté du chemin, et je m'attendais à la même chose. Rien ne pouvait en être plus éloigné : j'étais entouré par l'opulence, la chaleur et la lumière. Un long couloir pavé de noir et de blanc à la mode hollandaise en partait. Il était parsemé d'élégantes tables en acajou avec des fioritures et des pieds sculptés qui se trouvaient placées entre les nombreuses portes. Les lampes à gaz étaient posées sur des socles ornés en abondance ; elles avaient été réglées de façon à projeter leur lumière sur les trésors que possédait la maison. Des miroirs de style rococo très sophistiqués dont les cadres en argent luisant pendaient aux murs, eux-mêmes tapissés d'un papier pourpre et doré lourdement gaufré. Deux statues romaines se tenaient face à face dans des niches et, même si elles auraient pu sembler remarquables dans un musée, elles étaient scandaleusement peu à leur place dans une maison privée. Il y avait des fleurs et des plantes en pot partout, sur les tables, sur des colonnes, sur des socles, et leur parfum chargeait l'air surchauffé. La musique du piano venait d'une pièce à l'autre bout du couloir. Il n'y avait personne en vue.

— Si vous voulez bien attendre ici, messieurs, je vais informer le maître de maison de votre présence.

Le serviteur nous fit entrer dans un salon aussi bien aménagé que l'était le hall. Il était garni de tapis épais. Un canapé et deux fauteuils, tous recouverts de tissu mauve, étaient disposés autour d'une cheminée où plusieurs bûches brûlaient. Comme nous l'avions remarqué depuis l'extérieur, les fenêtres étaient cachées par d'épais rideaux en velours avec de lourdes cantonnières. Il y avait une porte de verre dont la portière était relevée ; elle menait à un jardin d'hiver plein d'orangers et de citronniers avec, placée exactement en son centre, une grande cage en cuivre qui abritait un perroquet vert. Un côté de la pièce était occupé par des étagères couvertes de livres, l'autre par un long buffet sur lequel étaient posés toutes sortes d'objets décoratifs, depuis des faïences blanches et bleues de Delft et des photographies dans des cadres jusqu'à un tableau formé par deux chatons empaillés assis sur des petites chaises et qui se tenaient par la patte comme s'ils étaient mari et femme. Une table pliante se trouvait à côté du feu, portant un grand nombre de bouteilles et de verres.

— S'il vous plaît, mettez-vous à l'aise, dit le maître d'hôtel. Puis-je offrir un verre à ces messieurs ?

Nous refusâmes tous les deux.

— Alors, si vous voulez bien rester ici, je serai de retour très bientôt.

Il quitta la pièce sans que ses pas fassent le moindre bruit sur le tapis et referma la porte.

— Bonté divine, Holmes ! m'écriai-je. Qu'est-ce donc que cet endroit ?

— C'est la Maison de Soie, dit-il gravement.

— Oui. Mais que… ?

Il leva une main, alla jusqu'à la porte et écouta s'il y avait quelqu'un dehors. S'étant rassuré, il l'ouvrit avec précaution et me fit signe.

— Une épreuve nous attend, murmura-t-il. Je suis presque désolé de vous avoir amené ici, mon vieil ami. Mais il faut que tout ça finisse !

Nous nous glissâmes hors du salon. Le maître d'hôtel avait disparu mais le piano jouait, une valse à présent, et je fus frappé de constater que l'air en était légèrement faux. Nous fîmes notre chemin le long du couloir en nous enfonçant dans le bâtiment. Quelque part, loin au-dessus de nous, j'entendis quelqu'un crier très brièvement. Mon sang se glaça : je fus certain qu'il s'agissait d'un enfant. Une pendule accrochée au mur tictaquait bruyamment. Elle marquait neuf heures moins dix mais nous étions tellement confinés, tellement coupés du monde extérieur qu'il aurait tout aussi bien pu être n'importe quelle heure du jour ou de la nuit. Nous atteignîmes un escalier et montâmes vers l'étage supérieur. Alors que nous étions sur les premières marches, une porte s'ouvrit quelque part dans le couloir et j'entendis une voix d'homme qu'il me sembla reconnaître. C'était le maître de maison. Il allait au salon pour nous voir.

Nous accélérâmes pour tourner l'angle de l'escalier juste avant que deux personnes, le maître d'hôtel qui nous avait accueillis et une autre, passent au-dessous de nous.

— Continuons, Watson ! murmura Holmes.

Nous arrivâmes à un deuxième couloir, où, cette fois, les lampes à gaz étaient tournées vers le bas. Les murs étaient tapissés d'un papier à fleurs et il y avait encore de très nombreuses portes, de chaque côté, et des peintures à l'huile dans des cadres chargés qui se révélèrent être de méchantes reproductions d'œuvres classiques. Il flottait dans l'air une odeur sucrée et déplaisante. Même si la vérité ne s'était pas encore totalement fait jour en moi, tous mes instincts me poussaient à fuir cet endroit, à souhaiter ne jamais y être venu.

— Nous devons choisir une porte, souffla Holmes. Mais laquelle ?

Les portes n'avaient pas de marques. Elles étaient identiques, en chêne brillant, avec de petites poignées en porcelaine. Il choisit la plus proche de lui, la poussa. Ensemble, nous regardâmes à l'intérieur et nous vîmes. Le parquet, le tapis, les chandelles, le miroir, le broc et la cuvette, l'homme barbu que nous n'avions jamais rencontré auparavant, assis, vêtu seulement d'une chemise blanche ouverte au col, le garçon sur le lit derrière lui.

Cela ne pouvait pas être vrai. Je ne voulais pas le croire. Pourtant, je ne pouvais nier ce que me révélaient mes propres yeux. Tel était le secret de la Maison de Soie. C'était une maison de mauvaise réputation, rien de plus, rien de moins. Mais une maison conçue pour des hommes avec une grosse perversion et assez de richesse pour se la permettre. Ces hommes avaient une prédilection pour les jeunes garçons et leurs malheureuses victimes étaient ces mêmes écoliers que j'avais vus à Chorley Grange. Des gamins cueillis dans les rues de Londres, sans famille ni amis pour prendre soin d'eux, sans nourriture ni argent, et, globalement, ignorés par une société pour qui ils ne représentaient pas grand-chose de plus qu'une gêne. Par la force ou par la corruption, ils étaient contraints de mener cette vie sordide, menacés d'être torturés ou tués s'ils ne se soumettaient pas. Ross avait été l'un d'entre eux quelque temps. Pas étonnant qu'il se soit enfui. Et pas étonnant, non plus, que sa sœur ait essayé de me poignarder, en croyant que je venais le reprendre. Dans quelle sorte de pays vivais-je, à la fin du siècle dernier, qui pouvait abandonner aussi totalement sa jeunesse ? Ils pouvaient être malades. Ils pouvaient avoir faim. Et pire ! Personne ne s'en souciait.

Toutes ces pensées se bousculèrent dans ma conscience durant les quelques instants où nous nous tînmes là. Puis l'homme nous remarqua.

— Que diable croyez-vous que vous faites ! tonna-t-il.

Holmes ferma la porte. Au même moment il y eut un cri en bas, quand le maître de maison pénétra dans le salon et constata que nous n'y étions plus. Le piano cessa de jouer. Je me demandai ce que nous allions faire mais, une seconde plus tard, la décision ne nous appartint plus. Une porte s'ouvrit un peu plus loin dans le couloir et un homme sortit, entièrement vêtu, mais la chemise hors du pantalon. Cette fois, je le reconnus tout de suite. C'était l'inspecteur Harriman.

Il nous vit.

— Vous ! s'exclama-t-il.

Il se tint face à nous. Sans y réfléchir à deux fois je levai mon revolver et tirai le coup de feu qui allait appeler Lestrade et ses hommes à la rescousse. Mais je ne tirai pas en l'air comme j'aurais pu le faire. Je visai Harriman et actionnai la gâchette avec un désir de meurtre, ce que je n'avais encore jamais éprouvé et que je n'ai plus jamais ressenti depuis. Pour une unique fois dans ma vie, je sus exactement ce que signifiait avoir envie de tuer un homme.

Ma balle se perdit. À la dernière seconde, Holmes dut deviner mes intentions et cria en levant la main vers mon arme. Ce fut assez pour me faire rater ma cible. La balle alla briser une lampe à gaz. Harriman se baissa puis s'enfuit. Il dévala un second escalier, disparut vers le rez-de-chaussée. D'autres portes s'ouvrirent. Des hommes d'un certain âge parurent dans le couloir. Sur leur visage se mêlaient la panique et la consternation, comme s'ils s'étaient attendus depuis des années à ce que leur vice soit dévoilé et s'ils avaient deviné d'emblée que le moment était finalement arrivé. En dessous, il y eut le bruit du bois qui éclate et des cris, signe que la porte venait d'être forcée. J'entendis Lestrade appeler. Il y eut un second coup de feu. Quelqu'un cria.

Dépassant tout ce qui pouvait se trouver sur son chemin, Holmes s'était déjà élancé à la poursuite de Harriman. L'homme de Scotland Yard avait nettement admis que la partie était terminée et il semblait inconcevable qu'il puisse être capable de s'échapper. Les hommes de Lestrade étaient partout. Et pourtant, c'était clairement ce que Holmes craignait car il avait déjà atteint l'escalier à son tour et le dévalait à la hâte. Je le suivis et, ensemble, nous retrouvâmes le rez-de-chaussée, avec son couloir carrelé de noir et blanc. Tout n'y était que chaos. La porte principale était ouverte. Un vent glacial s'engouffrait dans les corridors en faisant clignoter les lampes. Les hommes de Lestrade avaient commencé la besogne. Lord Ravenshaw, qui avait ôté sa cape et se trouvait en veste d'intérieur de velours, sortit en courant d'une des pièces, un cigare encore à la main. Il fut appréhendé par un agent et collé contre le mur.

— Ôtez vos mains ! cria-t-il. Vous ne savez pas qui je suis ?

Il ne lui était pas encore venu à l'esprit que, bientôt, le pays tout entier saurait qui il était, et sans le moindre doute, le tiendrait lui et son nom en parfaite horreur.

D'autres clients de la Maison de Soie étaient déjà en train de se faire arrêter. Ils titubaient de-ci de-là, ayant perdu courage et dignité, et beaucoup d'entre eux larmoyaient sur leur sort. Le maître d'hôtel était assis par terre, du sang coulait de son nez. Je vis Robert Weeks, le professeur diplômé de Balliol College, qu'on faisait sortir d'une pièce le bras tordu dans le dos.

Il y avait une porte tout à l'arrière de la bâtisse qui donnait sur le jardin. Elle était grand ouverte. Un des hommes de Lestrade gisait dans le passage, du sang coulait d'une blessure qu'une balle lui avait faite à la poitrine. Lestrade s'occupait de lui. Quand il vit Holmes, il leva vers lui un visage rouge de colère.

— C'est Harriman, expliqua-t-il. Il a tiré dès qu'il est parvenu en bas de l'escalier.

— Où est-il ?

— Parti ! dit Lestrade en montrant la porte ouverte.

Sans ajouter un mot, Holmes s'élança à la poursuite de Harriman. Je le suivis, en partie parce que ma place était toujours à son côté, mais aussi parce que je voulais être présent quand les comptes seraient enfin réglés. Harriman pouvait n'être qu'un serviteur de la Maison de Soie mais il en avait fait une affaire personnelle en emprisonnant Holmes à tort et en s'associant à la tentative pour l'assassiner. J'aurais été très heureux de l'avoir abattu. Et je regrettais encore de l'avoir manqué.

Dehors, il faisait sombre et la neige tourbillonnait. Nous prîmes un sentier qui contournait la maison. La nuit était devenue un maelström de noir et de blanc. Tout à coup, nous entendîmes le claquement d'un fouet et le hennissement d'un cheval. Une voiture fonça en direction du portail. Impossible de douter de qui tenait les rênes. Le cœur lourd et un goût amer dans la bouche, je compris que Harriman s'était échappé. Il nous faudrait attendre et espérer qu'on le reprendrait dans les prochains jours.

Mais pour Holmes, il n'en était pas question. Harriman avait pris un landau, une robuste voiture à quatre roues tirée par deux chevaux. Sans choisir parmi tous les véhicules qui se trouvaient là, Holmes bondit dans le premier qu'il trouva, un dog-cart léger – et pas le spécimen en meilleur état. Sans trop savoir comment, je parvins à m'accrocher à l'arrière et nous étions partis, ignorant les cris du cocher qui fumait une cigarette dans les parages et ne nous avait pas vus venir avant qu'il soit trop tard. Nous passâmes le portail en trombe avant de nous glisser dans le chemin. Sous le fouet de Holmes, le cheval révéla plus de vivacité que nous l'aurions escompté, et le petit dog-cart se mit à voler sur le sol enneigé. Nous avions un cheval de moins que Harriman mais notre véhicule était plus léger et plus agile. Haut perché que j'étais, je pouvais seulement me cramponner pour sauver ma chère peau, en songeant que si je venais à tomber je me romprais le cou.

Ce n'était pas une nuit pour une poursuite. La neige venait nous heurter, en nous jetant sans cesse des rafales au visage. Je n'avais pas la moindre idée de comment Holmes pouvait y voir car, chaque fois que j'entrouvrais les yeux pour percer l'obscurité, j'étais aussitôt aveuglé. Je ne sentais plus mes joues à cause du froid. Mais il y avait Harriman, pas plus de cinquante mètres devant nous. Je l'entendis crier de dépit, j'entendis le claquement de son fouet. Holmes était assis devant moi, penché vers l'avant, tenant les rênes à deux mains, gardant son équilibre grâce à ses seuls pieds. Chaque nid-de-poule menaçait de l'éjecter. Le moindre virage nous faisait glisser follement sur la surface gelée de la route. Je me demandai si les crochets d'attelage tiendraient le coup et, mentalement, je me représentai une catastrophe imminente, au moment où notre destrier, excité par la course, finirait par nous réduire en miettes. La colline était en pente raide et c'était comme si nous plongions dans un abîme avec la neige qui tourbillonnait autour de nous et le vent qui nous aspirait vers le bas.

Quarante mètres. Trente… Nous parvenions à combler le vide qui séparait les deux voitures. Les sabots des deux autres chevaux faisaient un bruit de tonnerre, les roues du landau tournaient follement, tout le véhicule craquait et grinçait : il allait voler en morceaux d'un moment à l'autre. Harriman savait que nous étions là. Je le vis regarder en arrière. Ses cheveux blancs ressemblaient à un halo de folie autour de sa tête. Il se saisit de quelque chose. Je vis trop tard ce que c'était. Il y eut un petit éclair rouge, une détonation qui se perdit presque dans la cacophonie de la poursuite. J'entendis la balle toucher du bois. Elle avait manqué Holmes de quelques centimètres et moi, d'encore moins. Plus nous étions proches, meilleure était la cible que nous formions.

Pourtant nous continuions à dévaler la pente. Il y avait des lumières dans le lointain, désormais, un village ou un faubourg. Harriman fit feu une seconde fois. Notre cheval cria et trébucha. Le dog-cart tout entier sauta en l'air avant de retomber durement au sol, en me secouant la colonne vertébrale et en mettant mon épaule en feu. Fort heureusement, l'animal avait été blessé mais pas tué. Le danger qui l'avait frôlé le rendit encore plus déterminé. Holmes cria. Trente mètres. Vingt. Dans quelques secondes nous le dépasserions.

Mais alors Holmes tira sur les rênes. Je vis un virage brusque devant nous – le chemin tournait à droite – et, si nous tentions de le prendre à cette vitesse, nous nous tuerions à coup sûr. Le dog-cart se mit à glisser sur le sol, en faisant jaillir de grandes gerbes de glace et de boue sous ses roues. J'allais sûrement être éjecté. Je me cramponnai plus fort. Le vent battait mon visage. Le monde n'était plus qu'un brouillard. Il y eut un claquement aigu devant moi – non pas une troisième balle mais le bruit d'un morceau de bois qui éclate.

En rouvrant les yeux, je vis que le landau avait pris le virage trop vite. Il s'était retrouvé sur une roue, ce qui avait causé une tension terrible sur la caisse. Harriman fut projeté de son siège et tomba en avant, tiré par les rênes. Pendant un bref instant, il demeura en l'air. Puis le tout bascula sur le côté et Harriman disparut de ma vue. Les chevaux continuèrent de courir mais ils s'étaient détachés de la voiture et s'évanouirent dans les ténèbres. Le landau glissa en se disloquant pour, finalement, s'immobiliser juste en face de nous, à tel point que, pendant un moment, je crus qu'il viendrait nous percuter. Mais Holmes tenait toujours les rênes. Il fit contourner l'obstacle au cheval avant de l'arrêter.

Notre cheval resta immobile, à haleter. Il avait une ligne rouge le long du flanc et, pour ma part, j'avais l'impression que tous mes os étaient déboîtés. Je n'avais pas de manteau et je grelottais de froid.

— Eh bien, Watson ! dit Holmes d'une voix râpeuse. Pensez-vous que j'ai de l'avenir comme cocher ?

— Cela se pourrait bien, répondis-je. Mais ne vous attendez pas à beaucoup de pourboires.

— Voyons ce que nous pouvons faire pour Harriman.

Nous descendîmes de voiture mais un seul regard nous apprit que la poursuite était finie, à tous points de vue. Harriman était couvert de sang. Il s'était brisé le cou si vilainement que, même s'il gisait à plat ventre, les paumes à plat sur le sol, ses yeux qui n'y voyaient plus fixaient le ciel tandis que son visage était tout déformé par une hideuse grimace de douleur. Holmes lui jeta un coup d'œil puis hocha la tête.

— Ce n'est pas plus que ce qu'il méritait, dit-il.

— C'est un méchant homme, Holmes. Ces gens sont mauvais.

— Vous l'avez exprimé tout à fait succinctement, Watson. Supporterez-vous de retourner à Chorley Grange ?

— Ces enfants, Holmes ! Ces pauvres enfants !

— Je sais. Mais Lestrade doit avoir pris la situation en main, à présent. Allons voir ce qu'on peut faire.

Notre cheval était plein de feu et de colère, ses naseaux fumaient dans la nuit. Non sans difficulté,

341

nous réussîmes à le faire tourner et remontâmes lentement en haut de la colline. J'étais surpris de voir comme nous étions allés loin. Le trajet vers en bas avait été l'affaire de quelques minutes. Il nous fallut plus d'une demi-heure pour revenir. Mais la neige semblait tomber moins fort et le vent s'était calmé. Je fus heureux d'avoir du temps pour reprendre mes esprits, pour me trouver seul avec mon ami.

— Holmes, dis-je, à quel moment avez-vous su ?

— Au sujet de la Maison de Soie ? J'ai soupçonné que quelque chose clochait la première fois que nous sommes venus à Chorley Grange. Fitzsimmons et son épouse se sont montrés des acteurs consommés mais vous vous rappelez comme il s'est mis en colère quand l'enfant que nous questionnions – un garçon blond nommé Daniel – a mentionné que Ross avait une sœur qui travaillait au Bag of Nails. Il s'est bien rattrapé. Il a essayé de nous faire croire qu'il était fâché, parce que cette information ne nous était pas parvenue plus tôt. En réalité, il était furieux qu'il nous ait révélé quelque chose, si peu que ce fût. J'ai aussi été étonné par le bâtiment en face de l'école. J'ai pu voir tout de suite que les traces de roues étaient celles de nombreux véhicules différents, y compris un brougham et un landau. Pourquoi les propriétaires de voitures aussi chères seraient-ils venus pour un récital donné par un groupe anonyme de garçons démunis ? Cela n'avait pas de sens.

— Mais vous n'avez pas compris…

— Pas à ce moment-là. C'est une leçon que j'ai apprise, Watson, et dont je me souviendrai à l'avenir. Dans ses recherches sur un crime, un détective doit parfois se laisser guider par le pire de ce qu'il peut concevoir – ce qui veut dire qu'il doit se placer lui-même dans l'esprit du criminel. Mais il y a des limites qu'un homme civilisé ne se permet pas de franchir. Ce fut le cas ici. Je n'ai pas pu imaginer que Fitzsimmons et ses cohortes pouvaient être impliqués parce que je ne l'ai pas voulu. Que je le veuille ou non, je dois apprendre à être moins délicat dans le futur. C'est seulement quand nous avons découvert le corps du pauvre Ross que j'ai compris que nous étions entrés dans une arène différente de tout ce que nous avions connu jusqu'alors. Ce ne fut pas seulement à cause de la cruauté des blessures. Il y avait le ruban blanc noué autour de son poignet. Quiconque avait pu faire une chose pareille à un enfant mort devait posséder un esprit totalement, absolument corrompu. À un tel homme, tout était possible.

— Le ruban blanc…

— Comme vous l'avez vu, c'était le signe grâce auquel ces hommes se reconnaissaient entre eux et qui leur permettait d'entrer dans la Maison de Soie. Là, il avait une seconde signification. En le nouant au poignet de Ross, ils en faisaient un exemple. Ils savaient que le fait serait rapporté par les journaux et qu'il constituerait un avertissement signalant que cela arriverait à qui oserait se mettre sur leur passage.

— Et le nom, Holmes ? Est-ce pour cela qu'ils l'ont appelée Maison de Soie ?

— Ce n'était pas l'unique raison, Watson. J'en ai bien peur, la réponse a été tout le temps sous nos yeux même si, sans doute, elle n'est devenue évidente que rétrospectivement. Vous vous rappelez le nom de l'organisation charitable dont Fitzsimmons nous a dit qu'elle soutenait son travail ? La Société Œcuménique pour l'Insertion des Garçons. Je pense qu'en réalité nous avons recherché la « Maison de Soig » plutôt que la Maison de Soie. Ce doit être l'origine, en tout cas. L'organisation charitable a même pu être constituée exprès pour ces gens. Elle leur fournissait le mécanisme pour trouver des enfants et le masque derrière lequel se cacher pour les exploiter.

Nous avions atteint l'école. Holmes rendit le dog-cart à son cocher avec ses excuses.

Lestrade nous attendait à la porte.

— Harriman ?

— Il est mort. Sa voiture s'est renversée.

— Je ne peux pas dire que je suis désolé.

— Comment va votre agent ? Celui qui a été blessé ?

— Méchante blessure, Holmes. Mais il survivra.

Quoique peu désireux d'entrer dans ce bâtiment une nouvelle fois, nous suivîmes Lestrade à l'intérieur. Quelques couvertures avaient été apportées pour le policier que Harriman avait blessé. Le piano, bien sûr, était silencieux. À part cela, la Maison de Soie était à peu près telle que quand nous y avions pénétré. Cela me fit frissonner d'y revenir mais je savais bien qu'il y restait encore des choses à faire.

— J'ai envoyé chercher du renfort, nous dit Lestrade. C'est une sale affaire que nous avons ici, Mr. Holmes, et il faudra quelqu'un de plus haut gradé que moi pour la débrouiller. Laissez-moi vous dire que les enfants ont été renvoyés à l'école, de l'autre côté de la route, et que j'ai deux agents qui gardent un œil sur eux. En effet, tous les professeurs de cet horrible endroit sont impliqués dans ce qu'il se passait et je les ai tous arrêtés. Il y en a deux, Weeks et Vosper, que vous avez déjà rencontrés, je crois.

— Qu'en est-il de Fitzsimmons et de son épouse ?

— Ils sont dans le salon. Nous les verrons bientôt, seulement j'ai quelque chose que je veux vous montrer d'abord.

J'avais du mal à imaginer que la Maison de Soie pouvait abriter d'autres secrets, mais nous suivîmes Lestrade en haut. Il parla tout le temps :

— Il y avait neuf autres hommes. Comment je dois les appeler ? Clients ? Consommateurs ? Dans le nombre figurent lord Ravenshaw et un autre personnage qui est bien connu de vous, un certain docteur du nom de Thomas Ackland. À présent, je vois bien pourquoi ils étaient tellement disposés à se parjurer pour vous nuire !

— Et lord Horace Blackwater ? demanda Holmes.

— Il n'était pas présent cette nuit, mais je suis certain que nous découvrirons que c'était un habitué. Venez donc par ici. Je vous montrerai ce que nous avons trouvé et nous verrons si vous y comprenez quelque chose.

Nous reprîmes le couloir où nous avions rencontré Harriman. Les portes étaient ouvertes à présent, révélant des chambres, toutes luxueusement décorées. Je n'avais pas envie d'entrer là-dedans – ma peau se hérissait à cette idée – mais je suivis néanmoins Holmes et Lestrade. Je me trouvai dans une pièce drapée de soie bleue avec un lit en fer forgé, un canapé et une porte menant à une salle de bains munie de l'eau courante. Le mur opposé était occupé par un placard bas sur lequel se trouvait un aquarium vidé de son eau, mais contenant un certain nombre de pierres et de fleurs séchées. Elles étaient arrangées de façon à représenter une sorte de paysage en miniature, l'œuvre d'un naturaliste, peut-être, ou d'un collectionneur.

— La pièce était vide quand nous y sommes entrés, expliqua Lestrade. Mes hommes ont continué dans le couloir jusqu'à la suivante, qui n'est rien de plus qu'un placard, et ne l'ont ouverte que par hasard. Maintenant, regardez là. Voici ce que nous avons découvert.

Il attira notre attention sur l'aquarium. D'abord, je ne pus voir pourquoi nous l'examinions. Puis je remarquai qu'il y avait une petite ouverture percée dans le mur derrière lui, parfaitement dissimulée par le verre au point qu'elle était virtuellement invisible.

— Un judas, m'exclamai-je.

Juste après, j'en compris l'usage :

— Grâce auquel tout ce qui se passait dans cette pièce pouvait être observé !

— Pas seulement observé, murmura Lestrade gravement.

Il nous ramena dans le couloir et ouvrit en grand la porte du placard. Il était vide à l'exception d'une table sur laquelle était posée une boîte en acajou. De prime abord, je ne fus pas sûr de ce que c'était. Puis Lestrade déverrouilla la boîte qui s'ouvrit comme un petit accordéon. Je compris qu'il s'agissait en fait d'un appareil photographique et que sa lentille, positionnée au bout d'un tube à crémaillère, était appuyée contre le trou que nous avions vu depuis l'autre pièce.

— Un quart de plaque[1] *Le Merveilleux* fabriqué par J. Lancaster and Son de Birmingham, si je ne me trompe pas, fit remarquer Holmes.

---

1. Il s'agit d'un appareil utilisant une plaque photographique d'environ 11 × 8 cm, soit le quart d'une plaque classique de daguerréotype.

— Cela faisait-il partie de leur dépravation ? demanda Lestrade. Histoire de garder une trace de ce qu'il se passait ?

— Je pense que non, répondit Holmes. Mais je comprends à présent pourquoi mon frère, Mycroft, a reçu un aussi mauvais accueil quand il a commencé à poser des questions et pourquoi il n'a pas pu venir à mon aide. Vous dites que vous avez Fitzsimmons en bas ?

— Et sa femme avec !

— Alors il est temps que nous réglions les comptes.

Le feu brûlait toujours dans la cheminée du salon qui était tiède et tranquille. Le révérend Charles Fitzsimmons était assis sur le canapé et je fus heureux de constater qu'il avait échangé son habit ecclésiastique contre une cravate noire et un smoking. Je ne crois pas que j'aurais supporté qu'il continue de faire semblant d'appartenir à l'Église. Mrs. Fitzsimmons se tenait recroquevillée sur elle-même. Elle refusa de croiser notre regard. Elle ne prononça pas un mot tout le temps de l'entretien qui suivit. Holmes s'assit. Je restai debout, présentant le dos au feu. Lestrade demeura près de la porte.

— Mr. Holmes ! s'exclama Fitzsimmons qui sembla plaisamment surpris de le voir. Je suppose que je dois vous féliciter, monsieur. Vous vous êtes montré en tout point aussi formidable que j'en étais arrivé à le croire. Vous avez réussi à vous tirer du premier piège que nous vous avions tendu. Votre disparition de Holloway a été extraordinaire. Et comme ni Henderson ni Bratby n'ont reparu dans cet établissement, je suppose que vous avez pris le meilleur sur eux à Jackdaw Lane et qu'ils ont été arrêtés tous les deux.

— Ils sont morts, dit Holmes.

— Ils auraient fini pendus de toute façon. Je suppose que cela ne fait pas une grosse différence.

— Êtes-vous disposé à répondre à mes questions ?

— Bien sûr. Je ne vois absolument aucune raison de ne pas le faire. Je n'ai pas honte de ce que nous faisions ici, à Chorley Grange. Quelques-uns des policiers nous ont traités très rudement et...

Là, il s'adressa à Lestrade.

— ... Et je peux vous l'assurer, je déposerai une plainte officielle. La vérité est que nous avons seulement fourni ce que certains hommes réclamaient et ce, depuis des siècles. Je suis sûr que vous avez étudié la civilisation des Grecs, des Romains et des Perses. Le culte de Ganymède était un culte honorable, monsieur. Êtes-vous dégoûté par l'œuvre de Michel-Ange ou, même, par les sonnets de William Shakespeare ? Cela dit, je suppose que vous n'avez pas vraiment envie de discuter les aspects philosophiques de l'affaire. Vous avez le dessus, Mr. Holmes. Que voulez-vous savoir ?

— La Maison de Soie était-elle votre idée ?

— Entièrement mon idée ! Je puis vous assurer que la Société Œcuménique pour l'Instruction des Garçons et la famille de notre bienfaiteur, sir Crispin Ogilvy, qui a financé l'achat de Chorley Grange, ne savaient rien de ce que nous faisions. Ils en seraient, j'en suis sûr, aussi horrifiés que vous. Je n'ai pas besoin de vous épargner. Je vous dis simplement la vérité.

— Est-ce vous qui avez ordonné l'assassinat de Ross ?

— Je dois le confesser, oui. Je n'en suis pas fier, Mr. Holmes, mais c'était nécessaire pour assurer ma propre sécurité et la continuation de cette entreprise. Je ne m'accuse pas d'avoir commis le meurtre en personne, vous le comprenez. Cela a été l'œuvre de Henderson et de Bratby. Et il convient aussi d'ajouter que vous vous tromperiez fort en considérant Ross comme un innocent, comme un petit ange qui serait tombé dans un mauvais pas. Mrs. Fitzsimmons avait raison. C'était une affreuse petite chose qui a bien cherché ce qu'il lui est arrivé.

— Je crois que vous avez gardé des souvenirs photographiques de certains de vos clients.

— Vous êtes allé dans la chambre bleue ?

— Oui.

— Cela s'est révélé nécessaire de temps en temps.

— Je suppose que c'était à des fins de chantage.

— Chantage, à l'occasion, et seulement quand c'était indispensable. Vous ne serez pas surpris d'apprendre que j'ai gagné une quantité considérable d'argent avec la Maison de Soie et que je n'ai pas particulièrement besoin d'une autre source de revenu. Non, non, non. Il s'agissait plutôt de ma protection, Mr. Holmes. Comment pensez-vous que j'ai pu convaincre le docteur Ackland et lord Horace Blackwater d'apparaître devant le tribunal ? De leur part, ce fut un acte d'autoconservation. Et pour cette même raison, précisément, je puis vous garantir que, mon épouse et moi, nous ne serons jamais traduits devant la justice de ce pays. Nous savons trop de secrets sur trop de gens dont quelques-uns occupent de très hautes positions. Nous gardons toutes les preuves soigneusement cachées et à l'abri. Les gentlemen que vous avez rencontrés ici ne constituent qu'une petite sélection de ma clientèle pleine de gratitude. Nous avons des ministres et des juges, des avocats et des lords. Mieux que cela, je pourrais citer un membre de la famille la plus noble du pays qui a été un visiteur assidu ici. Seulement, bien sûr, il compte sur ma discrétion, tout comme je puis compter sur la sienne si le besoin s'en faisait sentir.

» Vous saisissez mon point de vue, Mr. Holmes ? On ne vous laissera jamais révéler cette affaire au grand jour. Dans six mois, mon épouse et moi serons libres et, tranquillement, nous recommencerons ailleurs. Peut-être nous faudra-t-il regarder du côté du continent. J'ai toujours eu un certain penchant pour le sud de la France. Mais un jour et quelque part, la Maison de Soie renaîtra. Vous avez ma parole là-dessus.

Holmes ne dit rien. Il se leva et tous deux, lui et moi, nous quittâmes la pièce. Il ne parla plus de Fitzsimmons ce soir-là et n'eut pas plus à dire sur ce sujet le lendemain matin. Car, ce jour-là, nous nous trouvâmes de nouveau très occupés. Toute cette aventure avait commencé à Wimbledon et ce fut là que nous retournâmes.

XX

Keelan O'Donaghue

La neige qui était tombée la nuit précédente avait transformé Ridgeway Hall de façon surprenante, en accentuant la symétrie des lieux et, d'une certaine façon, en les rendant comme intemporels. J'avais trouvé l'endroit beau les deux fois que je l'avais visité mais, quand je m'en approchai pour la dernière fois, en compagnie de Sherlock Holmes, il m'apparut comme aussi parfait qu'une de ces maisons miniatures qu'on voit dans les vitrines des marchands de jouets. Si bien que je perçus presque comme un acte de vandalisme les traces que firent nos roues sur l'allée blanche immaculée.

C'était tôt dans l'après-midi du jour suivant et, je dois le confesser, si on m'en avait donné la possibilité, j'aurais retardé cette visite d'au moins vingt-quatre heures car j'étais encore épuisé après la nuit précédente. De plus, le bras où on m'avait frappé me faisait souffrir au point que je pouvais à peine plier les doigts de la main gauche. J'avais passé une nuit affreuse, cherchant désespérément à trouver le sommeil pour chasser de mon esprit ce que j'avais vu à Chorley

Grange, incapable d'y parvenir, précisément parce que c'était trop frais dans ma mémoire. Lorsque j'avais rejoint la table du petit déjeuner, j'avais été agacé de trouver Holmes frais et dispos, exactement tel qu'à son habitude. Il m'avait accueilli de cette façon concise et précise qui était la sienne, comme s'il ne s'était rien produit de fâcheux.

C'était lui qui avait insisté pour faire cette visite. Il avait déjà envoyé un câble à Edmond Carstairs avant que je ne me lève. Je me rappelai notre entretien au Bag of Nails, quand je lui avais raconté ce qu'il arrivait à la famille Carstairs et à Miss Eliza en particulier. Il était aussi préoccupé ce matin-là qu'il l'avait été alors, et accordait beaucoup d'attention à la soudaineté de sa maladie. Il insistait pour la voir en personne, même si je n'arrivais pas à comprendre comment il pourrait l'aider alors que moi et de nombreux autres médecins n'y étions pas parvenus.

Nous frappâmes à la porte. Ce fut Patrick qui l'ouvrit, le garçon de cuisine irlandais que j'avais rencontré précédemment. Il considéra Holmes d'un air surpris puis me regarda et dit :

— Oh ! c'est vous ! Je ne m'attendais pas à vous revoir ici.

Je n'avais jamais été accueilli sur le seuil d'une porte avec une telle insolence mais Holmes sembla s'en amuser.

— Votre maître est-il chez lui ?

— Qui dirai-je qui le demande ?

— Mon nom est Sherlock Holmes. On nous attend. Et vous, qui êtes-vous ?

— Je suis Patrick.

— C'est un accent de Belfast, si je ne me trompe pas.

— Qu'est-ce que ça peut vous faire ?

— Patrick ? Qui est-ce ? Kirby n'est pas là ?

Edmond Carstairs venait d'apparaître dans le hall et s'avançait vers nous, en proie à une agitation visible.

— Il faut m'excuser, Mr. Holmes. Kirby doit encore être en haut, auprès de ma sœur. Je ne m'attendais pas à ce que la porte soit ouverte par le garçon de cuisine. Vous pouvez aller, Patrick. Retournez à votre place.

Carstairs était habillé impeccablement comme il l'était dans toutes les occasions où je l'avais vu, mais les traces que ces jours d'inquiétude avaient laissées sur son visage étaient clairement visibles et je devinai que, comme moi, il n'avait pas dû bien dormir.

— Vous avez reçu mon télégramme ? demanda Holmes.

— En effet. Mais à l'évidence vous n'avez pas reçu le mien. Car j'y disais nettement, ainsi que je l'avais déjà fait savoir au docteur Watson, que je n'avais plus besoin de vos services. Je suis désolé de le dire, mais vous n'avez pas vraiment été utile à ma famille, Mr. Holmes. Et je dois ajouter que j'ai appris votre arrestation et vos ennuis avec la loi.

— Ces histoires ont été réglées. Quant à votre réponse, Mr. Carstairs, je l'ai bien reçue. J'ai lu ce que vous aviez à me dire avec intérêt.

— Et vous êtes venu quand même !

— Vous vous êtes adressé à moi parce que vous étiez terrorisé par un homme portant une casquette plate que vous pensiez être Keelan O'Donaghue, de Boston. Je puis vous dire que je suis désormais en possession de tous les éléments relatifs à cette affaire et que je serais heureux de les partager avec vous. Je suis en mesure, aussi, de vous révéler qui a tué l'homme que nous avons trouvé dans la pension de famille de Mrs. Oldmore. Vous pouvez essayer de vous persuader que tout cela n'a plus d'importance mais si tel est le cas, laissez-moi présenter les choses très simplement. Si vous voulez que votre sœur meure, vous me renverrez. Sinon, vous me ferez entrer et vous écouterez ce que j'ai à dire.

Carstairs hésita. Je pouvais voir qu'il luttait contre lui-même et que, d'une certaine façon, il avait peur de nous. À la fin, pourtant, son bon sens l'emporta.

— Je vous en prie, dit-il. Laissez-moi prendre vos manteaux. Je ne sais pas ce que fait Kirby. Il me semble par moments que cette maison est en plein désarroi.

Nous ôtâmes nos manteaux puis il nous fit signe de nous diriger vers le salon où nous avions été reçus lors de notre première visite.

— Si vous me le permettez, je voudrais voir votre sœur avant que nous nous asseyions, dit Holmes.

— Ma sœur n'est plus en état de recevoir quiconque. Sa vue a considérablement baissé. Elle peut à peine parler.

— Aucune parole ne sera nécessaire. Je veux juste examiner sa chambre. Refuse-t-elle de manger ?

— Il n'est plus question de refus. Elle est incapable de consommer quoi que ce soit de solide. Tout ce que à quoi je parviens, c'est à lui faire prendre un peu de soupe chaude de temps en temps.

— Elle croit toujours qu'on l'empoisonne ?

— À mon avis, c'est une conviction irrationnelle qui a tourné à l'obsession du fait de sa maladie,

Mr. Holmes. Comme je l'ai dit à votre collègue, j'ai goûté le moindre morceau qui a passé ses lèvres sans en souffrir le moins du monde. Je ne comprends pas la malédiction qui s'est abattue sur moi. Avant de vous rencontrer, j'étais un homme heureux.

— Et vous espérez l'être à nouveau, j'en suis sûr.

Nous montâmes dans la chambre sous l'avant-toit où j'étais déjà allé. Quand nous arrivâmes à la porte, le domestique, Kirby, apparut avec, sur un plateau, une assiette de soupe qui n'avait pas été touchée. Il jeta un coup d'œil à son maître et secoua la tête, ce qui signifiait qu'une fois de plus la malade n'avait pas voulu manger. Nous entrâmes. Je fus épouvanté en voyant Eliza Carstairs. Combien de temps s'était-il écoulé depuis que je l'avais visitée pour la dernière fois ? Pas plus d'une semaine. Et pourtant, dans cet intervalle, elle s'était considérablement amaigrie, au point qu'elle me fit songer au squelette vivant dont on faisait la réclame à la Maison des Merveilles du docteur Souat. Sa peau s'était détendue de cette manière horrible qu'on rencontre seulement chez les patients proches de la mort, ses lèvres pendaient au point de découvrir gencives et dents. La forme du corps, sous les couvertures, était devenue minuscule et pathétique. Les yeux nous fixaient mais ne voyaient rien. Les mains, croisées sur la poitrine, étaient celles d'une femme âgée de trente ans de plus qu'Eliza Carstairs.

Holmes l'examina brièvement.

— La salle de bains est à côté ? demanda-t-il.

— Oui, mais elle est trop faible pour marcher jusque-là. Mrs. Kirby et mon épouse la baignent dans son lit…

355

Holmes avait déjà quitté la chambre pour aller dans la salle de bains. Il nous laissa, Carstairs et moi, dans un silence inconfortable sous le regard de cette femme qui ne voyait pas. Enfin, il reparut.

— Nous pouvons revenir en bas, dit-il.

Carstairs et moi le suivîmes, tous deux médusés car la visite dans son intégralité avait duré moins de trente secondes.

Nous descendîmes dans le salon où Catherine Carstairs était assise, en train de lire devant un feu qui pétillait. Elle ferma son livre au moment où nous entrâmes et se mit brusquement debout.

— Ha ! Mr. Holmes ! Docteur Watson ! Vous êtes les deux personnes que je m'attendais le moins à voir.

Elle regarda son époux.

— Je pensais…

— J'ai fait exactement ce dont nous étions convenus, ma chère. Mais Mr. Holmes a préféré nous rendre visite quand même.

— Je suis surpris que vous ne souhaitiez pas me voir, Mrs. Carstairs, remarqua Holmes. Notamment parce que vous êtes venu me consulter une seconde fois après que votre belle-sœur est tombée malade.

— C'était il y a quelque temps, Mr. Holmes. Je ne veux pas être grossière mais il y a belle lurette que j'ai perdu l'espoir que vous pourriez nous être utile. L'homme qui a pénétré dans cette maison par effraction pour y voler de l'argent et des bijoux est mort. Voulons-nous savoir qui l'a poignardé ? Non ! La certitude qu'il ne peut plus nuire nous suffit. Si vous ne pouvez rien faire pour la malheureuse Eliza, alors il n'y a aucune raison pour que vous restiez.

— Je crois que je peux encore sauver Miss Carstairs. Il est possible qu'il ne soit pas trop tard.

— La sauver de quoi ?

— Du poison.

Catherine Carstairs sursauta.

— Elle n'est pas victime du poison. Il n'y a aucune possibilité que ce soit le cas. Les médecins ignorent la cause de sa maladie mais ils sont tombés d'accord sur ce point.

— Alors, c'est qu'ils se sont tous trompés. Puis-je m'asseoir ? Il y a beaucoup de choses que je dois vous dire. Je pense que nous serions mieux assis.

L'épouse lui lança un regard furieux mais, cette fois, le mari prit le parti de Holmes.

— Très bien, Mr. Holmes. J'écouterai ce que vous avez à dire. Mais ne commettez aucune erreur. Si j'ai l'impression que vous tentez de me raconter des histoires, je n'hésiterai pas à vous prier de partir.

— Mon intention n'est certes pas de vous mentir, répondit Holmes. En fait, c'est tout le contraire.

Il s'assit dans le fauteuil le plus éloigné du feu. Je pris la chaise qui se trouvait près de lui. Mr. et Mrs. Carstairs s'assirent dans le canapé, face à nous.

Holmes commença :

— Vous êtes venu dans mon logement, Mr. Carstairs, sur les conseils de votre comptable, parce que vous craigniez que votre vie puisse être menacée par un homme que vous n'aviez jamais vu auparavant. Ce soir-là, vous alliez à l'opéra – une œuvre de Wagner, si je m'en souviens bien. Il était tard quand vous êtes reparti. J'imagine que vous avez manqué le lever de rideau.

— Non. Je suis arrivé à temps.

— Peu importe. Il y a eu divers aspects de votre histoire que j'ai trouvés tout à fait remarquables, le principal étant l'étrange conduite de l'homme qui vous surveillait, Keelan O'Donaghue, si vraiment c'était lui. J'ai pu croire qu'il vous avait suivi jusqu'à Londres et qu'il avait trouvé votre adresse à Wimbledon dans l'intention expresse de vous tuer. Après tout, vous étiez responsable – partiellement du moins – de la mort de son frère, Rourke O'Donaghue, et les jumeaux sont proches. Il s'était déjà vengé de Cornelius Stillman, l'homme qui vous avait acheté les toiles et qui avait engagé les détectives de l'agence Pinkerton, ensuite. Ces derniers avaient traqué le gang des Casquettes plates à Boston et mis un terme à sa carrière par un déluge de balles. Quel était le nom du chef-détective que vous avez employé ?

— C'était Bill McParland.

— Bien sûr. Comme je l'ai dit, les jumeaux sont souvent très proches et il n'est nullement surprenant que Keelan ait voulu votre mort. Alors, pourquoi ne vous a-t-il pas tué ? Une fois qu'il a découvert où vous viviez, pourquoi ne vous a-t-il pas sauté dessus pour vous poignarder ? C'est ce que j'aurais fait, moi. Personne ne savait qu'il se trouvait dans ce pays. Il aurait pu être sur le bateau pour rentrer aux Amériques avant qu'on vous ait transporté à la morgue. En pratique, il a fait tout le contraire. Il s'est longuement tenu devant votre maison en portant la casquette plate dont il savait qu'elle démasquerait son identité. Pire que ça, il s'est montré de nouveau alors que vous et Mrs. Carstairs quittiez le Savoy. Qu'avait-il à l'esprit, à votre avis ? C'est presque comme s'il vous mettait au défi d'aller trouver la police et de le faire arrêter.

— Il voulait nous effrayer, dit Mrs. Carstairs.

— Mais cela n'a pas été le motif de sa troisième visite. Cette fois, il est revenu à votre demeure avec un message qu'il a déposé entre les mains de votre époux. Il demandait un rendez-vous dans l'église voisine, à midi.

— Il ne s'y est pas montré.

— Peut-être n'en avait-il jamais eu l'intention ? Il est intervenu une ultime fois dans votre vie en faisant irruption chez vous : il a volé cinquante livres et des bijoux dans votre coffre. Pour ma part, je trouve cette dernière action plus que remarquable. Non seulement il sait exactement quelle fenêtre choisir mais encore il a réussi à se procurer, nul ne sait comment, une clef que votre épouse a perdue plusieurs mois avant l'arrivée de cet inconnu en Angleterre. Et il est intéressant de constater, n'est-ce pas, que tout d'un coup il s'intéresse à l'argent et non plus au meurtre, car il se trouvait justement dans la maison au beau milieu de la nuit. Il aurait pu monter l'escalier et vous tuer tous les deux dans votre lit…

— Je me suis réveillée et je l'ai entendu.

— Certes, certes, Mrs. Carstairs. Mais à ce moment-là, il avait déjà ouvert le coffre. Je présume que vous et Mr. Carstairs dormez dans des chambres séparées.

Carstairs rougit.

— Je ne crois pas que nos arrangements domestiques aient le moindre rapport avec cette affaire !

— Mais vous ne le niez pas… Restons-en à votre intrus quelque peu étrange et mal décidé. Il se réfugie ensuite dans une pension de famille à Bermondsey. Seulement les événements prennent une tournure inattendue quand un homme dont nous ne savons rien rattrape Keelan O'Donaghue – de nouveau, nous devons supposer que c'est bien lui –, le poignarde et lui dérobe non seulement son argent mais tout ce qui pourrait permettre de l'identifier – sauf un étui à cigarettes qui, en lui-même, ne nous aide guère car il porte les initiales W. M.

— Où voulez-vous en venir avec tout ceci, Mr. Holmes ? demanda Catherine Carstairs.

— Je vous démontre simplement, Mrs. Carstairs, que, comme je l'ai pensé dès le début, toute cette histoire ne tient pas debout. Sauf si on part de l'hypothèse que ce n'est pas Keelan O'Donaghue qui est venu dans cette maison et que ce n'était pas avec votre époux qu'il voulait communiquer.

— Mais c'est ridicule. C'est à mon époux qu'il a donné le billet !

— Seulement, il n'est pas venu à l'église. Mettons-nous à la place de ce mystérieux visiteur, cela nous aidera. Il désire avoir un entretien privé avec un des membres de la maisonnée, mais ce n'est pas si simple. À part vous et votre mari, il y a sa sœur, les divers domestiques… Mr. et Mrs. Kirby, Elsie et Patrick. Pour commencer, il observe de loin puis finalement approche avec un message qui est écrit en grosses lettres et n'est ni plié ni placé dans une enveloppe. Clairement, il ne peut pas avoir l'intention de le faire passer sous la porte. Mais il se peut, en revanche, qu'il espère voir la personne à qui la correspondance est destinée et qu'il veuille simplement montrer son message de façon à ce qu'il soit lu par la fenêtre de la salle à manger. Pas besoin de sonner. Aucun risque que le message tombe entre les mauvaises mains. Ils seront les seuls à en avoir connaissance, et ils pourront, tous les deux, discuter leur affaire un peu plus tard. Malencontreusement, Mr. Carstairs rentre chez lui très tôt ce soir-là, juste avant que notre homme ait pu atteindre son but. Que fait-il ? Il lève son message bien haut avant de le remettre à Mr. Carstairs. Il sait qu'on le regarde et son plan, désormais, est devenu tout autre. « Trouvez-moi, est-il en train de dire. Ou je dirai à Mr. Carstairs tout ce que je sais. Je le rencontrerai à l'église. Je le rencontrerai où je voudrai. Vous ne pourrez pas m'en empêcher. » Bien sûr, il ne va pas au rendez-vous. Il n'en a pas besoin. L'avertissement est suffisant.

— Mais avec qui voulait-il parler si ce n'était pas avec moi ? demanda Carstairs.

— Qui était dans la salle à manger à ce moment-là ?

— Mon épouse y était, dit-il en fronçant les sourcils comme s'il lui tardait de changer de sujet. Mais qui était cet homme si ce n'était pas Keelan O'Donaghue ? demanda-t-il.

— La réponse est tout à fait simple, Mr. Carstairs. C'était Bill McParland, le détective de l'agence Pinkerton. Réfléchissez un moment. Nous savons que Mr. McParland a été blessé au cours de la fusillade de Boston, or l'homme que nous avons découvert à la pension portait une cicatrice récente sur la joue droite. Nous savons aussi que McParland s'était disputé avec son employeur, Cornelius Stillman. Ce dernier avait refusé de verser une partie de l'argent que McParland estimait qu'on lui devait. Il avait donc des griefs. Et puis il y a le nom. Bill, je m'imagine, est le diminutif de William. Les initiales sur l'étui à cigarettes que nous avons trouvé étaient…

— W. M., l'interrompis-je.

— Précisément, Watson. À présent les choses se mettent peu à peu en place. Commençons par envisager le sort de Keelan O'Donaghue lui-même. D'abord, que savons-nous de ce jeune homme ? Votre récit a été remarquablement détaillé, Mr. Carstairs, ce dont je vous suis reconnaissant. Vous nous avez dit que Rourke et Keelan étaient jumeaux mais que Keelan était le plus petit des deux. Chacun avait les initiales de l'autre tatouées sur le bras, preuve, s'il en était besoin, de l'extrême proximité de leur relation. Keelan était sans barbe et taciturne. Il portait une casquette plate qui, on peut l'imaginer, ne permettait pas qu'on voie bien son visage. Nous savons qu'il était de constitution fine. Lui seul a été capable de se glisser dans l'égout qui menait à la rivière et, ainsi, de réussir à s'échapper. Mais j'ai été tout particulièrement frappé par un détail que vous avez mentionné. Le gang vivait misérablement à l'étroit dans cet immeuble minable, exception faite de Keelan, qui jouissait du luxe d'une chambre individuelle. Dès le début je me suis demandé quelle pouvait bien en être la raison.

» La réponse, bien sûr, est tout à fait évidente étant donné les indices que je vous ai fournis. Je suis heureux de pouvoir ajouter que mes déductions ont été confirmées par rien moins que Mrs. Cailin O'Donaghue. Elle vit encore, dans Sackville Court, à Belfast, où elle possède une laverie. Au printemps de 1865, elle a donné naissance à des jumeaux, pas à deux garçons mais à un garçon et une fille. Keelan O'Donaghue était une fille. »

Le silence qui accueillit cette révélation fut, en un mot, profond. Le silence de cette journée d'hiver s'étendit jusque dans le salon et même les flammes qui, jusqu'alors, avaient clignoté joyeusement dans la cheminée semblèrent retenir leur souffle.

— Une fille ?

Carstairs regarda Holmes avec un air de profond étonnement. Un petit sourire mal aisé flottait sur ses lèvres.

— Chef de gang ?

— Une fille qui avait à cacher son identité pour pouvoir survivre dans un tel environnement, répliqua Holmes. Et, de toute façon, c'était son frère, Rourke, qui menait le gang. Toutes les preuves mènent à cette conclusion. Il ne peut pas y avoir d'alternative.

— Et où est cette fille ?

— C'est simple, Mr. Carstairs, vous êtes marié avec elle.

Je vis Catherine Carstairs devenir pâle mais elle ne dit rien. Carstairs, qui était assis auprès d'elle, se raidit brusquement. À tous les deux, ils me firent penser aux statues de cire que j'avais vues à Jackdaw Lane.

— Vous ne le niez pas, Mrs. Carstairs ? demanda Holmes.

— Bien sûr que si, je le nie ! Je n'ai jamais rien entendu d'aussi grotesque.

Elle se tourna vers son époux et, tout à coup, il y eut des larmes dans ses yeux.

— Vous n'allez pas le laisser me parler de la sorte, n'est-ce pas, Edmond ? Suggérer que je pourrais avoir quelque chose à voir avec une détestable nichée de criminels et de malfaiteurs.

— Vos propos, il me semble, tombent dans l'oreille d'un sourd, Mrs. Carstairs, fit remarquer Holmes.

Et c'était vrai. Depuis l'instant où Holmes avait fait son extraordinaire révélation, Carstairs regardait fixement devant lui avec une expression marquée d'horreur qui me suggérait qu'une petite part de lui-même devait avoir toujours su la vérité ou, du moins, l'avoir soupçonnée. Seulement, à présent, il était forcé de l'envisager bien en face.

— S'il vous plaît, Edmond…

Elle essaya de le toucher mais tressaillit et se détourna.

— Puis-je continuer ? demanda Holmes.

Catherine Carstairs allait parler mais elle se ravisa. Elle relâcha ses épaules et ce fut comme si on arrachait un voile de soie de son visage. Tout à coup, elle nous dévisagea avec une dureté et une expression de haine qui auraient été peu seyantes chez une vraie dame anglaise mais qui l'avaient sûrement aidée tout au long de son existence.

— Oh oui ! grogna-t-elle. Oui ! Nous pouvons aussi bien entendre le reste.

— Merci !

Holmes hocha la tête dans sa direction puis continua.

— Après la mort de son frère et l'anéantissement du gang des Casquettes plates, Catherine O'Donaghue – car c'est le prénom qu'elle avait reçu – s'est retrouvée dans une situation qui a dû lui paraître désespérée. Elle était seule, en Amérique, recherchée par la police. Elle avait aussi perdu ce frère dont elle avait été plus proche que quiconque sur cette planète et qu'elle avait sûrement tendrement aimé. Ses premières pensées furent de se venger. Cornelius Stillman avait été assez irréfléchi pour se vanter de ses exploits dans la presse bostonienne. Toujours déguisée en homme, elle le traqua jusque dans le jardin de sa maison, à Providence, et le tua d'un coup de pistolet. Mais il n'était pas la seule personne qu'avait mentionnée l'annonce du journal. Revenant à sa personnalité féminine, Catherine suivit le jeune associé du milliardaire sur le bateau de la Cunard, le *Catalonia*. Ce qu'elle avait en tête est clair. Elle n'avait plus d'avenir en Amérique : il était temps de revenir dans sa famille à Belfast. Personne ne la soupçonnerait, elle qui voyageait comme une femme seule accompagnée d'une bonne. Elle avait emporté ce qu'elle avait pu sauver d'argent de ses crimes passés. Et, quelque part au milieu de l'Atlantique, elle se trouverait face à face avec Edmond Carstairs. Il est assez facile de commettre un assassinat en haute mer. Carstairs disparaîtrait et sa vengeance serait complète.

Holmes s'adressa directement à Mrs. Carstairs.

— Mais quelque chose vous a fait changer d'avis. Ce que c'était, je me le demande.

La femme haussa les épaules.

— J'ai vu Edmond tel qu'il était vraiment.

— C'est précisément ce que je pensais. Voilà un homme qui n'avait aucune expérience du sexe opposé à part une mère et une sœur qui l'avaient toujours dominé. Il était malade. Il avait peur. Comme cela a dû être amusant pour vous de lui venir en aide, de devenir son amie et, finalement, de l'attirer dans vos filets. D'une façon ou d'une autre, vous l'avez convaincu de vous épouser malgré la défiance de sa famille – comme cette vengeance a dû être plus douce que celle que vous aviez d'abord imaginée ! Vous étiez intimement liée à un homme que vous détestiez. Mais vous jouiez votre rôle d'épouse dévouée – la comédie était rendue plus facile par le fait que vous dormiez dans des chambres séparées et que, je le devine, vous ne vous laissiez jamais voir sans vos vêtements. Car il y avait l'inconvénient du tatouage, n'est-ce pas ? Aussi quand vous alliez à la plage, bien évidemment, vous ne saviez pas nager !

» Tout aurait fonctionné sans l'arrivée de Bill McParland. Comment avait-il suivi votre trace et découvert votre nouvelle identité ? Nous ne le saurons jamais mais c'était un détective, un très bon détective. Sûrement avait-il ses méthodes. Ce n'était pas à votre époux qu'il se signalait ici dehors puis devant le Savoy. C'était à vous. À ce moment-là, il n'avait plus l'intention de vous arrêter. Il venait pour l'argent qu'on lui devait. L'envie qu'il avait de le récupérer, un sentiment d'injustice et sa récente blessure – tout cela l'avait poussé au désespoir. Il vous a rencontrée, n'est-ce pas ?

— Oui.

— Et il vous a demandé de l'argent. Si vous le payiez assez cher, il vous laisserait garder votre secret. Quand il a remis le message à votre époux, il vous avertissait effectivement. Il pouvait révéler ce qu'il savait à tout moment.

— Vous nous avez tout dit, Mr. Holmes.

— Pas tout, pas encore. Vous deviez donner quelque chose à McParland pour le faire taire mais vous ne disposiez pas de ressources en propre. Il fallut donc donner l'illusion d'un cambriolage. Vous êtes descendue une nuit et vous lui avez indiqué la bonne fenêtre avec une lumière. Vous lui avez ouvert de l'intérieur et il est entré en grimpant. Vous avez déverrouillé le coffre avec votre clef que vous n'avez jamais perdue, en réalité. Et même à ce moment-là, vous n'avez pas pu résister à une petite touche de méchanceté. En plus de l'argent, vous lui avez donné un collier qui avait appartenu à feu Mrs. Carstairs et dont vous saviez qu'il avait une grande valeur sentimentale pour votre époux. Il me semble que toutes les occasions que vous aviez de lui faire du mal vous attiraient irrésistiblement et que vous les saisissiez toujours avec joie.

» McParland a commis une erreur. L'argent que vous lui avez donné – cinquante livres – constituait seulement un premier paiement. Il avait demandé plus et, imprudemment, il vous a donné le nom de la pension où il séjournait. Vous voir sous les beaux atours d'une riche lady anglaise l'a-t-il abusé en lui faisant oublier la créature que vous étiez naguère ? C'est possible. Votre époux était à sa galerie d'Abermarle Street. Vous avez choisi votre moment, vous êtes sortie de la maison et vous vous êtes glissée dans la pension par une fenêtre donnant sur l'arrière. Vous attendiez McParland et, quand il est revenu, vous l'avez frappé par-derrière, d'un coup de poignard dans le cou. Je me demande, incidemment, comment vous étiez habillée.

— J'étais habillée à mon ancienne façon. Jupons et tournure auraient été peu commodes.

— Vous avez réduit McParland au silence et fait disparaître toutes traces de son identité en oubliant juste l'étui à cigarettes. Lui expédié, il ne restait plus rien pour s'opposer à la poursuite de votre plan.

— Il y a encore autre chose ? dit Carstairs d'une voix râpeuse.

Tout le sang s'était retiré de son visage, et je pensais qu'il ne devait pas être loin de s'évanouir.

367

— Effectivement, Mr. Carstairs.

Holmes se tourna à nouveau vers l'épouse.

— Ce mariage de sang-froid que vous aviez arrangé n'était qu'un moyen de parvenir à vos fins. Vos intentions étaient de tuer tous les membres de la famille d'Edmond l'un après l'autre : sa mère, sa sœur et, en dernier, lui. Au final, vous hériteriez tout ce qu'il possédait. La maison, l'argent, les œuvres d'art… tout serait à vous. Il est difficile de se figurer la haine qui vous a poussée de l'avant, la satisfaction avec laquelle vous avez accompli votre sinistre tâche.

— Cela a été un plaisir, Mr. Holmes. J'ai savouré chaque minute.

— Ma mère ?

Carstairs avait haleté ces deux mots.

— L'explication la plus plausible était celle que vous m'avez d'abord donnée, que le gaz s'était éteint. Mais elle ne résistait pas à un examen sérieux. En effet, votre domestique, Kirby, m'a avoué qu'il se blâmait pour cet accident car il avait bouché toutes les fissures et les interstices dans la chambre à coucher de sa patronne. Votre mère avait horreur des courants d'air. Par conséquent, il n'était pas possible qu'un courant d'air ait soufflé la flamme. Votre sœur, de son côté, en était arrivée à une autre conclusion. Elle croyait que feu Mrs. Carstairs avait mis fin à ses jours tant elle était désespérée par votre mariage. Mais même si Eliza détestait votre nouvelle épouse et savait qu'elle dissimulait, elle n'a pourtant pas pu imaginer la vérité, qui est que Catherine Carstairs est entrée dans la chambre et qu'elle a délibérément soufflé la flamme, laissant la vieille dame périr. Il ne devait pas y avoir de survivants, voyez-vous. Pour que la propriété lui revienne, il fallait que tout le monde meure.

— Et Eliza ?

— Votre sœur est lentement empoisonnée.

— Mais c'est impossible, Mr. Holmes. Je vous ai dit...

— Vous m'avez dit que vous avez examiné attentivement tout ce qu'elle mangeait, ce qui m'a simplement suggéré qu'on l'empoisonnait par une autre voie. La réponse, Mr. Carstairs, c'est le bain. Votre sœur insiste pour se baigner souvent et utilise des sels de bain très odorants à la lavande. Je dois confesser que c'est une méthode tout à fait inédite pour administrer du poison et que je suis franchement surpris qu'elle se révèle aussi efficace. Toutefois, je peux dire qu'une petite dose d'aconitine est ajoutée régulièrement aux sels de bain. Elle a pénétré l'organisme de Miss Carstairs par la peau et aussi, j'imagine, par l'humidité et les vapeurs qu'elle a forcément absorbées. L'aconitine est un alcaloïde hautement toxique qui est soluble dans l'eau et qui aurait tué votre sœur sur le coup si une dose plus importante lui avait été donnée. Au contraire, vous avez noté son déclin lent mais irréversible. C'est une méthode d'assassinat brillante et innovante, Mrs. Carstairs, et qui figurera à n'en pas douter dans les annales du crime. Il était également audacieux et habile, soit dit en passant, de rendre visite à mon collègue pendant que j'étais incarcéré même si, naturellement, vous avez prétendu que vous n'en saviez rien. Voilà qui a convaincu votre époux de votre dévouement envers votre belle-sœur alors qu'en réalité vous vous moquiez bien d'eux.

369

— Démon que vous êtes ! s'écria Carstairs avec horreur tout en s'écartant d'elle. Comment avez-vous pu ? Comment quiconque peut-il ?

— Mr. Holmes a raison, Edmond, répondit son épouse.

Je notais que sa voix avait changé. Elle était plus dure, l'accent irlandais dominait désormais.

— Je vous aurais tous mis dans la tombe. D'abord votre mère. Ensuite Eliza. Et vous n'avez aucune idée de ce que je projetais pour vous.

Elle se tourna vers Holmes.

— Et à présent, quoi, Mr. Holmes, qui êtes si habile ? Avez-vous un policier qui attend dehors ? Dois-je monter et empaqueter quelques affaires ?

— Il y a effectivement un policier qui attend, Mrs. Carstairs. Mais je n'en ai pas encore fini.

Holmes se redressa et je discernai dans son regard une froideur et une lueur vengeresse qui dépassait tout ce que j'avais vu auparavant. C'était un juge au moment de délivrer sa sentence, un bourreau prêt à ouvrir la trappe de la potence. Un courant d'air froid semblait avoir envahi la salle. Dans un mois, Ridgeway Hall serait vide, inoccupé – suis-je farfelu en suggérant que, pour partie, son sort avait déjà été prononcé et que la maison le savait déjà ?

— Il reste la mort de cet enfant, Ross, pour laquelle il faut rendre des comptes.

Mrs. Carstairs éclata de rire.

— Je ne sais rien de ce Ross, dit-elle. Vous avez été très brillant, Mr. Holmes. Mais là, vous vous égarez totalement !

— Ce n'est plus à vous que je m'adresse, Mrs. Carstairs, répondit Holmes.

370

Il se tourna vers le mari.

— Mes recherches dans le cadre de votre affaire ont pris un tour inattendu la nuit où Ross a été assassiné, Mr. Carstairs, et inattendu n'est pas un mot que j'utilise souvent car j'ai pour habitude de m'attendre à tout. Chaque crime sur lequel j'ai enquêté possédait ce qu'on pourrait appeler un flux narratif – cette espèce de fil invisible que mon ami, le docteur Watson, a toujours infailliblement identifié. C'est ce qui a fait de lui un aussi excellent chroniqueur de mon travail. Mais je me suis rendu compte que, cette fois, j'avais été dérouté. Je poursuivais mes recherches sur une piste et soudain, presque par accident, je me suis trouvé sur une autre. À partir du moment où je suis arrivé à la pension de Mrs. Oldmore, l'affaire de Boston et du gang des Casquettes plates s'est retrouvée loin derrière moi. À la place, je prenais une direction nouvelle qui m'a finalement conduit à mettre au jour un crime plus déplaisant que tous ceux que j'avais rencontrés jusqu'alors.

Carstairs tiqua quand il entendit cela. Son épouse le regardait avec curiosité.

— Revenons-en à cette nuit. Vous, bien sûr, étiez avec moi. Je savais très peu de chose de Ross sauf qu'il appartenait à la bande de petits vagabonds que j'avais surnommés affectueusement les Irréguliers de Baker Street et qui m'avaient rendu service à l'occasion. Ils m'étaient utiles et je les récompensais. Cela m'était apparu comme un accord inoffensif, du moins jusqu'à ce moment-là. Ross est resté pour surveiller la pension pendant que son copain, Wiggins, venait me chercher. Nous sommes allés tous les quatre – vous, moi, Watson et Wiggins – à Blackfriars. Ross nous a vus. Et, tout de suite, j'ai remarqué qu'il était terrifié. Il a demandé qui nous étions, qui vous étiez. Watson a essayé de le rassurer et, ce faisant, a mentionné votre nom et votre adresse. Voilà, je le crains, qui a signé l'arrêt de mort du garçon – mais ne vous en blâmez pas, Watson, car l'erreur a aussi été mienne.

» J'ai présumé que Ross avait peur à cause de ce qu'il avait vu dans la pension. Il était tout à fait naturel de le croire puisque, comme la suite l'a montré, un meurtre venait d'y être commis. J'étais convaincu qu'il devait avoir vu l'assassin et que, pour des raisons qui étaient les siennes, il avait décidé de garder le silence. Je me trompais. Ce qui avait effrayé et boule-versé le garçon n'avait rien à voir avec le crime. C'était votre apparition, Mr. Carstairs. Ross était déterminé à savoir qui vous étiez et où il pourrait vous retrouver parce qu'il vous avait reconnu. Dieu sait ce que vous aviez fait à cet enfant et, même à présent, je refuse d'y penser. Mais vous vous étiez rencontrés tous deux à la Maison de Soie.

Un autre silence de mort.

— Qu'est-ce donc que la Maison de Soie ? demanda Catherine Carstairs.

— Je ne répondrai pas à votre question, Mrs. Carstairs. Et je ne m'adresserai plus à vous si ce n'est pour vous dire ceci : tout votre plan, ce mariage que vous avez arrangé, ne pouvait marcher qu'avec un cer-tain genre d'homme – un homme qui voulait une épouse en dépit de sa famille, pour qu'elle lui apporte une certaine posture en société, pas pour des raisons d'amour ou d'affection. Comme vous l'avez si délicate-ment exprimé, vous le connaissiez pour ce qu'il était. Je me suis moi-même demandé à quelle sorte de personnage j'avais affaire dès le premier soir, car j'ai toujours trouvé fascinant de rencontrer quelqu'un qui affirme être en retard pour aller entendre du Wagner un soir où on ne joue Wagner nulle part en ville.

» Ross vous a reconnu, Mr. Carstairs. C'était la pire chose qui pouvait arriver car je suppose que l'anonymat était le maître mot de la Maison de Soie. Vous arriviez de nuit, vous faisiez ce que vous désiriez faire, et vous repartiez. Ross était, dans tout ça, la victime. Mais il était en fait plus vieux que son âge véritable. La pauvreté et le désespoir l'avaient inexorablement poussé dans la voie du crime. Il avait déjà volé une montre de gousset en or à un homme dont il avait été la proie. Aussitôt qu'il s'est remis du choc qu'avait constitué sa rencontre avec vous, il a entrevu des possibilités encore plus grandes. C'est, à coup sûr, ce qu'il a dit à son copain Wiggins. Vous a-t-il rendu visite dès le lendemain ? Vous a-t-il menacé de vous dénoncer si vous ne lui donniez pas une fortune ? Ou vous étiez-vous déjà tourné vers Charles Fitzsimmons et ses sbires pour qu'ils prennent la situation en main ?

— Je ne leur ai jamais demandé de faire quoi que ce soit, murmura Carstairs d'une voix qui semblait accomplir des efforts désespérés pour amener les mots jusque sur ses lèvres.

— Vous êtes allé trouver Fitzsimmons et vous lui avez dit qu'on vous menaçait. Sur son instruction, vous avez expédié Ross à un rendez-vous où il pensait qu'on le paierait pour qu'il se taise. Il est parti quelques instants avant que Watson et moi n'arrivions au Bag of Nails. À ce moment-là, il était déjà trop tard. Ce n'est pas Fitzsimmons ou vous qu'il a trouvé sur son chemin. Il est tombé sur les deux assassins qui se faisaient appeler Henderson et Bratby. Ils se sont assurés qu'il ne vous dérangerait pas de nouveau.

Holmes fit une pause.

— Ross a été torturé à mort pour son audace. On a noué un ruban blanc autour de son poignet en guise d'avertissement, au cas où un autre de ces malheureux garçons aurait la même idée que lui. Vous n'avez peut-être pas ordonné tout ça vous-même, Mr. Carstairs, mais, je veux que vous le sachiez, je vous en tiens comme personnellement responsable. Vous l'avez exploité. Vous l'avez tué. Vous êtes un homme pervers et vil comme je n'en avais encore jamais rencontré.

Il se leva.

— Et maintenant, je vais quitter cette maison car je ne veux pas m'attarder ici plus longtemps. Il m'apparaît que, somme toute, votre mariage n'était peut-être pas aussi mal trouvé qu'on aurait pu le croire. Vous êtes faits l'un pour l'autre. Il y a dehors des véhicules de la police qui vous attendent tous les deux, même si vous allez prendre des directions différentes. Êtes-vous prêt, Watson ? Nous nous en allons !

Edmond et Catherine Carstairs demeurèrent assis sur le canapé, côte à côte. Aucun des deux ne parla. Mais je sentis qu'ils nous regardaient avec intensité quand nous sortîmes.

Épilogue

C'est le cœur lourd que j'arrive au terme de ma tâche. Écrire ce qui précède a été un peu comme le faire revivre et, même s'il y a certains détails que je souhaiterais oublier, comme cela a été bon, pourtant, de me retrouver aux côtés de Holmes, de le suivre de Wimbledon à Blackfriars, à Hamworth Hill et à Holloway, toujours un pas derrière lui (à tous les sens de l'expression) mais en pouvant savourer le privilège rare de voir son esprit unique à l'œuvre ! Maintenant que s'approche la dernière page, je prends à nouveau conscience de la chambre dans laquelle je me trouve, de l'aspidistra sur le rebord de la fenêtre, du radiateur qui est toujours un peu trop chaud. La main me fait mal et tous mes souvenirs sont désormais couchés sur le papier. J'aimerais qu'il y ait plus à dire car, une fois que j'en aurai terminé, je me retrouverai seul à nouveau.

Je ne devrais pas me plaindre. Je suis bien ici. Mes filles me rendent visite à l'occasion et m'amènent mes petits-enfants. L'un d'eux a même été baptisé Sherlock. Sa mère a pensé que c'était rendre hommage à une longue amitié mais c'est un prénom qu'il n'utilise jamais. Ils viendront à la fin de la semaine, et je leur donnerai ce manuscrit à ranger sagement au coffre.

Alors, mon travail sera achevé. Tout ce qu'il reste à faire c'est de le relire une dernière fois et, peut-être, de prendre l'avis de l'infirmière qui s'est occupée de moi ce matin.

— Presque fini, docteur Watson ? Je suis sûre qu'il y a encore quelques petits détails qui ont besoin d'être réglés. Mettez les points sur les *i* et les barres aux *t*, et alors il faudra nous laisser toutes le lire. J'ai parlé aux autres filles et elles n'en peuvent plus d'attendre.

Il y a encore un peu à ajouter.

Charles Fitzsimmons – je m'abstiens d'utiliser le terme de révérend – a eu tout à fait raison à propos de ce qu'il nous a assuré le dernier soir à la Maison de Soie : il n'est jamais passé en jugement. D'un autre côté, on ne l'a pas libéré comme il l'avait si chèrement espéré. Apparemment, il s'est produit un accident à la prison où il était détenu. Il a dévalé un escalier et on l'a retrouvé le crâne fendu. L'a-t-on poussé ? Cela semble vraisemblable car, comme il s'en était vanté, il connaissait des secrets déplaisants sur un grand nombre de personnalités importantes. Sauf si j'ai mal compris, il était allé jusqu'à suggérer qu'il était en relation avec la famille royale. Absurde, je le sais bien ! Pourtant, je me rappelle Mycroft Holmes et son incroyable visite chez nous. D'après ce qu'il nous a dit, et d'après la façon dont il s'est comporté, il est évident qu'il était l'objet de pressions considérables et... Mais non, je n'envisagerai même pas une telle possibilité. Fitzsimmons mentait. Il tentait d'exagérer sa propre importance avant d'être arrêté et emmené. Mais elle avait ses limites.

Disons juste qu'il y avait des gens au gouvernement qui étaient au courant de ses agissements. Ils ont craint de les révéler, par peur d'un scandale qu'auraient étayé, bien sûr, des preuves photographiques – et il est vrai que, dans les semaines qui ont suivi, une série de démissions au plus haut niveau a étonné voire inquiété le pays. J'espère fermement, toutefois, que Fitzsimmons n'a pas été assassiné. Sans nul doute c'était un monstre mais nul pays ne peut se permettre de négliger la légalité par simple opportunisme. Cela me paraît encore plus clair aujourd'hui que nous sommes en guerre. Peut-être sa mort fut-elle un accident, même s'il s'avéra heureux pour tous ceux qui étaient impliqués dans l'affaire de la Maison de Soie.

Lestrade m'a dit que Mrs. Fitzsimmons était devenue folle après la mort de son mari et qu'on l'avait transférée dans un asile d'aliénés, loin, au nord du pays. De nouveau, cela a été une heureuse occurrence, car une fois là, elle a pu dire tout ce qu'elle a voulu sans que personne la croie. Pour ce que j'en sais, elle s'y trouve toujours aujourd'hui.

Edmond Carstairs ne fut pas poursuivi. Il quitta le pays avec sa sœur qui, même si elle se rétablit, demeura invalide tout le reste de sa vie. La firme Carstairs et Finch cessa ses activités. Catherine Carstairs fut jugée sous son nom de jeune fille, déclarée coupable et condamnée à la prison à vie. Elle a eu bien de la chance d'échapper à la potence. Lord Ravenshaw se retira dans son bureau avec un revolver et se fit sauter la cervelle. Il a pu aussi y avoir deux ou trois suicides supplémentaires, mais lord Horace Blackwater et le docteur Thomas Ackland échappèrent tous deux à la justice. Je suppose qu'on doit se montrer philosophe à ce propos. Pourtant, cela m'exaspère encore, particulièrement après ce qu'ils ont tenté de faire à Sherlock Holmes.

Et puis, bien sûr, il y a cet étrange personnage qui m'a approché une certaine nuit et m'a offert un souper tellement inhabituel. Je n'ai jamais raconté cet épisode à Holmes et je n'en ai pas parlé jusqu'à présent. Certains pourront juger cela étrange mais j'avais donné ma parole et, même s'il s'agissait d'un criminel avéré, en tant que gentleman, je n'ai pas d'autre choix que de tenir ma promesse. Je suis tout à fait convaincu, bien sûr, que mon hôte n'était personne de moins que le professeur James Moriarty qui allait jouer un rôle tellement important dans nos vies peu de temps après. À ce moment-là, ce fut diablement difficile pour moi de devoir faire semblant que je ne l'avais jamais rencontré. Holmes m'a parlé de lui en détail peu avant de partir pour les chutes de Reichenbach et, même alors, j'étais bien certain qu'il s'agissait du même homme.

J'ai souvent réfléchi à cet aspect peu commun de la personnalité de Moriarty. Holmes parlait avec horreur de sa méchanceté et du nombre important de crimes auxquels il était mêlé. Mais il admirait aussi son intelligence et son sens du franc-jeu. Ce jour-là, je pense que Moriarty a voulu sincèrement l'aider et qu'il souhaitait la disparition de la Maison de Soie. En tant que criminel, il avait appris son existence mais jugeait inopportun pour lui, antinaturel, en fait, d'agir en personne. Cependant elle offusquait sa sensibilité, aussi avait-il envoyé le ruban blanc à Holmes avant de me fournir la clef de la cellule dans l'espoir que son ennemi ferait le travail à sa place. C'est, bien sûr, ce qu'il s'est passé même si, pour autant que je sache, Moriarty n'a jamais envoyé un mot de remerciements.

Je ne revis pas Holmes durant la période de Noël car je demeurai chez moi, auprès de mon épouse, Mary, dont la santé commençait à me causer de sérieuses inquiétudes. Toutefois, en janvier, elle s'absenta de Londres pour séjourner auprès d'amis et, sur sa suggestion, je retournai une fois de plus à mon ancien logis pour voir comment Holmes se portait après notre aventure. Ce fut à ce moment qu'il se produisit un dernier incident.

Holmes avait été complètement mis hors de cause et toutes les traces des accusations portées contre lui, effacées. Il n'était pas, toutefois, dans des dispositions d'esprit agréables. Il était agité, irritable, et, aux fréquents coups d'œil qu'il lançait en direction du manteau de la cheminée, je devinais (nul besoin de ses pouvoirs de déduction) qu'il était tenté. Je l'ai souvent noté, c'était quand il était oisif, quand son énergie n'était pas concentrée sur un mystère insoluble qu'il devenait absent et enclin à de longues périodes de dépression. Cette fois, néanmoins, il s'agissait d'encore autre chose. Il n'avait pas mentionné la Maison de Soie ni aucun des détails qui lui avaient été associés mais, en lisant le journal, un matin, il attira mon attention sur un court article concernant l'école de garçons de Chorley Grange qu'on venait tout juste de fermer.

— Ce n'est pas assez, murmura-t-il.

Il froissa le journal à deux mains puis le jeta avant d'ajouter :

— Pauvre Ross !

Je pus déduire de ce fait et d'autres indications que me fournit sa conduite – il signala, par exemple, qu'il ne pourrait plus jamais faire appel aux services des Irréguliers de Baker Street – qu'il continuait à se reprocher, en partie du moins, la mort du garçon et que les scènes dont il avait été témoin cette nuit-là à Hamworth Hill avaient laissé une marque indélébile dans sa conscience. Personne ne connaissait le mal comme Holmes, mais il y a des aspects du mal qu'il vaut mieux ne jamais connaître. Il ne pouvait pas se réjouir de son succès sans se rappeler les lieux obscurs où il l'avait acquis. Cela, je pouvais le comprendre. Je faisais des cauchemars moi aussi. Mais il me fallait m'occuper de Mary, et j'avais la charge d'un cabinet médical. Holmes, lui, demeurait prisonnier de son monde intérieur si particulier et forcé de ruminer des choses qu'il aurait préféré oublier.

Un soir, après que nous eûmes dîné ensemble, il annonça soudain qu'il sortait. La neige n'était pas revenue mais janvier se montrait aussi glacial que décembre l'avait été. Bien que je n'éprouvasse aucune envie de me joindre à cette expédition tardive, je lui demandai néanmoins s'il aimerait que je l'accompagne.

— Non, non, Watson. C'est gentil à vous. Mais je pense que je serai mieux seul.

— Mais où allez-vous à cette heure tardive, Holmes ? Retournons auprès du feu et prenons un doigt de whisky ensemble. De n'importe quelle affaire qu'il s'agisse, elle attendra bien qu'il fasse jour à nouveau.

— Watson, vous êtes le meilleur des amis et je suis conscient d'avoir été de piètre compagnie mais ce dont j'ai besoin, c'est d'un peu de temps tout seul. Nous prendrons le petit déjeuner ensemble demain matin et, j'en suis sûr, vous me trouverez de bien meilleure humeur.

Ce que nous fîmes et qu'il fut. Nous passâmes une journée plaisante et amicale à visiter le British Museum et à déjeuner chez Simpson. Ce fut seulement quand nous rentrâmes que je vis, dans le journal, le compte rendu d'un grand incendie à Hamworth Hill. Un bâtiment qui avait naguère abrité une institution charitable avait été complètement rasé et, apparemment, les flammes étaient montées si haut dans le ciel qu'on avait pu les voir depuis aussi loin que Wembley. Je n'en dis rien à Holmes et ne posai aucune question. Je n'avais pas fait remarquer non plus ce matin-là que son manteau, qui pendait à sa place habituelle, était tout imprégné d'une forte odeur de cendres. Le soir, Holmes reprit son stradivarius pour la première fois depuis un bon moment. J'écoutai avec plaisir l'air qu'il joua tandis que nous étions assis de part et d'autre du foyer.

Je l'entends toujours. Alors que je repose mon stylographe et que je me dirige vers mon lit, je perçois l'archet qu'on tire sur le chevalet, et la musique s'élève dans le ciel nocturne. C'est lointain et à peine audible – mais c'est là ! Un pizzicato. Un trémolo. Le style est impossible à confondre avec un autre. C'est Sherlock Holmes. Il faut que ce soit lui. J'espère que c'est pour moi qu'il joue…